KATY TURNER

Wo die Liebe dich findet

aufbau taschenbuch

Katy Turner arbeitete in einer Literaturagentur in London, bevor sie Lehrerin für Geschichte wurde. Sie lebt mit ihrem Ehemann und ihren drei Kindern in Hampshire. »Wo die Liebe dich findet« ist ihr erster Roman.

Marie Rahn studierte an der Universität Düsseldorf Literaturübersetzen. Sie übersetzt aus dem Französischen, Italienischen und Englischen, u. a. Lee Child, Aldo Busi, Kristin Hannah, Silvia Day und Sara Gruen.

Eigentlich hatte sich Holly alles ganz anders vorgestellt: Statt in einer mondänen Kleintierpraxis als Tierärztin zu arbeiten, wird sie in ein Dorf an die schottische Küste versetzt und muss sich nicht nur mit erschreckend großen Tieren, sondern auch einem knurrigen Chef rumschlagen. Gut, dass ihr ihre Kollegen Chloe und Paolo zur Seite stehen und ihr dabei helfen, die Höhen und Tiefen des Alltags zu meistern. Aber auch sie sind machtlos, als Hollys Herz, auf das sie doch so gut aufpassen wollte, plötzlich macht, was es will ...

KATY TURNER

Wo die Liebe dich findet

ROMAN

Aus dem Englischen
von Marie Rahn

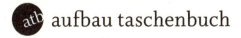

Die Originalausgabe unter dem Titel
The Best Thing That Never Happened To Me
erschien 2023 bei Joffe Books, London.

ISBN 978-3-7466-4051-8

Aufbau Taschenbuch ist eine Marke der
Aufbau Verlage GmbH & Co. KG

1. Auflage 2023
© Aufbau Verlage GmbH & Co. KG, Berlin 2023
www.aufbau-verlage.de
10969 Berlin, Prinzenstraße 85
© 2023 by Katy Turner
Der Verlag behält sich das Text- und Data-Mining nach § 44b UrhG
vor, was hiermit Dritten ohne Zustimmung des Verlages untersagt ist.
Satz LVD GmbH, Berlin
Umschlaggestaltung und Motive www.buerosued.de, München
Druck und Binden CPI books GmbH, Leck, Germany

Printed in Germany

Für Jake

 **KAPITEL 1**

Kennt ihr das, wenn man denkt, es würde einem der Teppich unter den Füßen weggezogen? Genau so fühlte sich Holly gerade – wenn ihr Teppich nicht schon aufgerollt wäre, bereit in den Umzugswagen geladen zu werden.

»Ein Jahr in Schottland?«, wiederholte sie und schaute Judith ungläubig an.

»Das wird wie im Flug vergehen«, versicherte ihre neue Chefin. »Die Tierärztin, deren Stelle Sie übernehmen sollten, bleibt nun doch in Ascot und zieht erst nächstes Jahr nach Manchester. Dann wird die Stelle wieder für Sie frei.«

Holly ballte die Hand zur Faust, um vor lauter Frust nicht loszuschreien. Sie musste unbedingt weg aus London! Und bis vor fünf Minuten hatte sie auch gedacht, es würde klappen. Der neue Job bei VetCo in Ascott war die Antwort auf alles gewesen. Als ihre letzte Stelle in London so desaströs endete, hatte Judith, ihre ehemalige Dozentin und Mentorin an der Uni, sie, ohne zu zögern, für die Stelle in Ascot empfohlen. Es hatte einfach perfekt geklungen.

Als Holly nicht reagierte, fuhr Judith fort: »Außerdem ist Eastercraig einer der idyllischsten Orte auf den Britischen Inseln. Wirklich, ein kleines Paradies.«

Das mochte ja gut und schön sein, aber – das sah Holly, nachdem sie hastig eine Karte auf ihrem Laptop aufgerufen hatte – Eastercraig lag auch unendlich weit von Ascot entfernt, das heißt, eigentlich unendlich weit von allem, was man als Stadt bezeichnen konnte. Hilflos schaute sie sich im Zimmer um, in dem sich die Kistentürme, die ihre gesamte Habe enthielten, stapelten.

»Aber ich wollte doch nächste Woche bei Ihnen anfangen. Und direkt loslegen ...« Holly bemühte sich krampfhaft, ihre Fassung nicht zu verlieren. »Außerdem ... habe ich schon alles für den Umzug gepackt.«

Sie biss sich auf die Unterlippe. Ob mit oder ohne Teppich: Ihr wurde der Boden unter den Füßen weggerissen. Als vor zehn Minuten ihre neue Chefin anrief, hatte sie ein paar freundliche Tipps erwartet. Stattdessen wurde ihr eröffnet, dass sie nicht in der höchst angesehenen VetCo Ascot in Berkshire arbeiten sollte, sondern dass sie in ein entlegenes Kaff in den Highlands verfrachtet wurde, von dem sie noch nie gehört hatte. Für ein ganzes Jahr.

»Ich habe Ihnen gerade den Vertrag gemailt. Sie müssen Ihn nur ausdrucken, unterschreiben und eingescannt wieder zurückschicken«, sagte Judith.

Holly verfluchte sich. Den Vertrag. Bisher hatte sie noch gar nicht offiziell bei VetCo unterschrieben, aber fest geglaubt, dass das nur eine reine Formsache sei.

Dabei war es nicht das erste Mal, dass sie glaubte, eine Stelle wäre ihr sicher, die ihr dann doch durch die Lappen ging. Wie dumm von ihr! Sie hatte einfach so dringend aus London weggewollt, dass sie alle Vorsicht vergessen hatte.

Schweigen. Als Judith wieder zu sprechen begann, klang sie herzlich, aber entschieden.»Ich weiß, es kommt ein wenig überraschend. Aber zu Ihrer Stelle gehört ein vollständig möbliertes Cottage. Wir können alles, was Sie nicht mitnehmen wollen, hier solange in einem Nebengebäude einlagern. Und Sie sagten ja, Sie hätten seit der Uni nicht mehr mit größeren Tieren gearbeitet. Da dachte ich, Sie würden sich über die Gelegenheit freuen, bevor Sie hier anfangen.«

Holly schnappte nach Luft.»Ich dachte, es ginge um den Kleintierbereich der Praxis.«

»Holly, meine Liebe, die Stelle ist für eine leitende Tierärztin ausgeschrieben, und eine leitende Tierärztin muss *alles* aus dem Effeff beherrschen. Ein Empfehlungsschreiben oder ein gutes Zeugnis wird Wunder wirken, wenn die Stelle in Ascot wieder frei wird. Außerdem handelt es sich bei der Stelle in Eastercraig um einen Gefallen für einen alten Studienfreund. Seine letzte Assistentin ist unerwartet gegangen, und er braucht kurzfristig Ersatz.«

Holly schloss kurz die Augen. Im Grunde bleib ihr nichts anderes übrig, als die Stelle anzunehmen.»Tja, vielleicht wird es ja ganz nett«, presste sie hervor.

»In Ihrer Bewerbung haben Sie geschrieben, Ihnen würden Herausforderungen liegen.«

Verdammt! Jetzt wurden ihre eigenen Argumente gegen sie verwendet!»Das stimmt auch. Aber ...«

»Und da steht, Sie wären gern in der freien Natur.«

»Auch das stimmt. Nur ...«

»Dann werden Sie Eastercraig *lieben*! Soll ich Hugh Bescheid geben, dass Sie nächste Woche anfangen können?«, fragte Judith.

»Ja, schon.« Holly versuchte, sich ihre Enttäuschung nicht anmerken zu lassen. Schließlich war ein Job ein Job. Und das Wichtigste war, dass sie aus London wegkam. »Danke, Judith. Ich weiß Ihre Hilfe zu schätzen.«

»Tut mir leid, dass ich Sie so überrumpelt habe, umso besser, dass sich alles so gut fügt. Ich freue mich darauf, Sie nächstes Jahr zu sehen, melde mich aber hin und wieder mal, um zu fragen, wie es in Eastercraig läuft. Es war sehr schön, mit Ihnen zu sprechen, Holly. Einen angenehmen Abend noch.«

Sehr schön? So hätte Holly ihr Gespräch nicht gerade bezeichnet. Was sollte sie jetzt bloß machen? Ihr Selbstvertrauen war am Boden.

Nachdem Judith aufgelegt hatte, blieb Holly starr vor Schock auf ihrem Bett sitzen. Sie schloss die Augen und versuchte, die Neuigkeiten zu verdauen. Sie würde bald in Schottland leben, auf dem Land. Sie würde nicht mit Kleintieren arbeiten, mit denen sie sich auskannte, sondern mit Farmtieren, wovon sie *wirklich* keine Ahnung hatte. Sie bekam nicht den heiß begehrten Job in einer erfolgreichen Tierklinik, auf den sie sich gefreut hatte, sondern einen, vor dem ihre Vorgängerin anscheinend die Flucht ergriffen hatte.

Sie war sich so sicher gewesen, alles unter Kontrolle zu haben. Doch sie hatte sich geirrt, und zwar gründlich. Sie warf erneut einen Blick auf die Landkarte.

Eastercraig lag wirklich am Ende der Welt. Am *hintersten* Ende der Welt. Obwohl ihr nach dem demütigenden Fiasko mit ihrem letzten Job ein bisschen Distanz – nein, kein bisschen, sondern verdammt viel räumliche Distanz – guttun würde. Also war Eastercraig vielleicht doch kein schlechter Plan.

Und so fand sich Holly Anderson an einem eisig kalten Tag im Januar in Eastercraig wieder. Die MacDougal-Tierarztpraxis im Rücken, blickte sie aufs Meer und fragte sich, wie kalt das Wasser war. *Frisch* wäre wohl stark untertrieben, dachte sie, dennoch spürte sie den Drang, sich ins Wasser zu stürzen. Denn als sie erst einmal den Schock überwunden hatte, für so lange Zeit in den Norden verbannt worden zu sein, hatte sie beschlossen, das Beste aus dieser Erfahrung zu machen.

Am Tag zuvor war sie mit dem Wagen von London her gefahren, hatte bei Freunden in Edinburgh übernachtet und war früh aufgebrochen, um noch am Vormittag in Eastercraig anzukommen. Als sie die Lowlands hinter sich ließ, wurden aus den Schnellstraßen schmale, gewundene Landstraßen

Nachdem sie sich schließlich ihren Weg über gewundene Passstraßen durch Heidemoor und dunkle Nadelwälder gebahnt hatte, war sie einen weit gestreckten Hügel hinuntergefahren und an der Küste gelandet. Sie stellte ihren Wagen auf dem öffentlichen Parkplatz von Eastercraig ab und spazierte über einen breiten Fußweg neben der Hauptstraße am Ufer entlang.

Da war die Nordsee, so friedlich, wie sie nur sein konnte. Die Wasseroberfläche war fast glatt bis auf eine sanfte Dünung, die die Fischerboote am anderen Ende des Hafens sanft hin und her wiegte. Am strahlend blauen Himmel wurden ein paar vereinzelte bauschige Wolken kaum merklich von der leichten Brise bewegt. Holly holte tief Luft und atmete die stechend kalte Meeresluft ein, die im Vergleich zum Großstadtsmog erfrischend salzig schmeckte.

Sie zog ihren Mantel enger um sich. Hinter ihr lag die Stadt selbst – wenn es denn eine Stadt war, denn sie wirkte nicht besonders groß. Eher wie ein größeres Dorf. Jedenfalls war es etwas ganz anderes als Milton Keynes, wo sie aufgewachsen war. Oder London, wo sie die letzten Jahre verbracht hatte. Oder auch Ascot, wo sie hatte arbeiten wollen. »Zum Teufel mit Ascot«, sagte sie laut.

Eastercraig sah tatsächlich aus wie ein kleines Paradies, das musste sie Judith lassen. Es war unglaublich hübsch, geradezu pittoresk mit seinen weiß getünchten Cottages und einigen stattlichen Sandsteinhäusern. Die Uferpromenade säumten Reihenhäuser in allen Farben des Regenbogens, und am Ende des Hafens sah sie einen Pub, einen Gemischtwarenladen, eine Apotheke und ein Café mit Pyramiden aus Gebäck in der Auslage. Beim Anblick von Kuchen und Teilchen war sie gleich nicht mehr so unglücklich über ihre unerwartete Verbannung nach Schottland.

Offiziell war Hollys erster Arbeitstag erst am Montag, doch sie hatte vor dem Wochenende ankommen wollen, um ihre Mitarbeiter und die Umgebung kennenzulernen. Sie hatte geplant, sofort nach dem Auspacken ihre Joggingklamotten anzuziehen und eine lange Runde zu laufen. Und wenn das Wetter am Wochenende es zuließ, doch würde sie ihr Standup-Board nehmen, an der Küste entlangpaddeln und vielleicht sogar die eine oder andere Seerobbe sichten. Hauptsache irgendwas tun.

Sie drehte sich um und beäugte nervös die Praxis. Judith hatte ihr nur eine kurze E-Mail von Hugh weitergeleitet, in der er schrieb, wann sie in Eastercraig anfangen sollte und wo sich die Praxis befand, aber ansonsten wusste Holly rein gar nichts. Ihr Magen schlug einen Purzelbaum.

Sie holte tief Luft und redete sich ein, dass es keinen Grund gab, Angst zu haben. Sie war eine gute Tierärztin. Sie kannte sich aus. Und was sie nicht wusste, würde sie lernen, oder nicht? So lang war es auch nicht her, dass sie zur Uni gegangen war! Die meiste Zeit würde sie Kleintiere behandeln, und vielleicht war Hugh bereit, die Aufgaben so aufzuteilen, dass er zu den Farmen fuhr und sie in der Praxis blieb. Allerdings ging es bei ihrem Empfehlungsschreiben darum, dass sie umfassende Erfahrungen hatte. Sie spürte, wie sich ihr Magen verkrampfte.

Mit einem Anflug ihres alten Selbstvertrauens beschloss sie, es endlich hinter sich zu bringen. Sie straffte die Schultern und marschierte mit hoch erhobenem Kopf über die Straße zur Praxis. Als sie die Tür aufdrückte, ertönte eine Klingel, und eine hübsche Brünette mit leuchtend rosa Lippenstift blickte von der Empfangstheke auf.

»Guten Morgen, kann ich Ihnen helfen?«, fragte sie mit lustigem Highlander-Akzent. Erwartungsvoll lächelte die junge Frau sie an. Holly schaute sich um. Der Empfangsbereich wirkte ziemlich schäbig, von der abblätternden Farbe an den Wänden bis zu den Sofas, aus denen an einigen Stellen schon die Füllung herausquoll. Erneut überkam Holly ein Anflug von Panik. Wurde sie überhaupt erwartet?

»Ich bin Holly Anderson. Die neue Tierärztin?«

Das klang eher wie eine Frage. Diesmal war die Welle der Panik noch größer. Wo war bloß ihre Entschlossenheit geblieben?

Die junge Frau strahlte, stand auf und bot ihr die Hand. »Chloe MacKenzie-Ling, Empfangskraft. Wir haben Sie schon erwartet.«

Erleichtert atmete Holly auf, ergriff Chloes Hand und schüttelte sie. »Schön, Sie kennenzulernen. Ich wollte nur kurz vorbeischauen und ›Hallo‹ sagen. Außerdem haben Sie meinen Hausschlüssel, oder?«

Chloe wühlte in einer Schublade und holte einen Umschlag heraus. »Genau. Es ist direkt hier an der Uferpromenade: Sea Spray, das hübsche blaue Haus mit der Bank davor. Ich bin echt neidisch. Fabien hat es erst vor Kurzem renoviert. Handbemalte Fliesen, Armaturen aus antikem Messing, neutrale, aber nicht zu neutrale Einrichtung. Kann ich mir's mal ansehen, wenn Sie sich eingelebt haben?«

Holly schwirrte der Kopf, aber sie wollte unbedingt ein paar Freunde finden. »Natürlich, kommen Sie doch gleich dieses Wochenende auf einen Tee vorbei. Ich hab sonst nichts vor.«

Chloe kritzelte etwas auf einen Notizzettel. »Gern. Hier ist meine Nummer.«

Holly fragte sich gerade, was sie wohl im Cottage erwarten würde, als sich eine Tür öffnete und ein Mann mit dichten schwarzen Locken und blitzenden braunen Augen vor ihr stand.

Er zog sich den Praxiskittel straff, lehnte sich an den Empfangstisch und verschränkte die Arme.

»Ah – die Neue«, bemerkte er und zog eine Augenbraue hoch. »Was machen wir denn jetzt mit Ihnen? Direkt an die Einheimischen verfüttern?«

Was? Mit so einer spontanen Abneigung hatte sie nicht gerechnet. Holly spürte, wie ihr vor lauter Nervosität die Finger prickelten.

»Sei nicht so gemein«, sagte Chloe und warf dem Mann einen mahnenden Blick zu. »Das ist Paolo Rossini, unser Arzthelfer«, stellte sie ihn dann vor.

Paolo steckte glucksend die Hände in seine Taschen. »War nur ein Spaß. Weil ich mich freue, dass jetzt ein anderer der Neue ist. Ich musste vierzehn Monate lang verstohlene Blicke und unverhohlenes Getuschel ertragen. Aber jetzt sind Sie hier und werden das öffentliche Interesse auf sich ziehen. Schon allein, weil Sie aussehen, als kämen Sie direkt aus einem Wikingerboot in einer nordischen Heldensage.«

Holly bemerkte kaum noch, wenn sich die Leute nach ihr umdrehten: Daran hatte sie sich schon vor Jahren gewöhnt. Dabei kam es ziemlich oft vor. Mit ihren eins achtzig überragte sie ihre zukünftigen Kollegen um einiges. Außerdem hatte sie eine wilde blonde Mähne, die sie in einem unordentlichen Zopf trug, und leuchtend blaue Augen. Paolo hatte also recht: Mit Tunika und Harnisch hätte sie eine überzeugende Wikingerin abgegeben.

»Das nehme ich mal als Kompliment«, sagte sie.

»Aye«, nickte er. »War auch so gemeint. Außerdem werden Tierärzte von allen geliebt.«

»Na dann hoffe ich mal, dass Sie recht haben und mich keiner mit einer Mistgabel davonjagt«, erwiderte Holly, und Paolo grinste.

»Sie wollen bestimmt erst mal auspacken, aber hätten Sie vielleicht Lust, heute Abend mit uns in den Pub zu gehen?«, erkundigte sich Chloe.

»Im Ernst?« Holly war dankbar für die Einladung und den Themenwechsel. »Ja, gern!«

»Wir sind gegen acht da«, erklärte Paolo. »Umziehen ist unnötig, Jeans und Pullover reichen völlig. Falls Sie sich gefragt haben, was Sie anziehen sollen. Wo Sie doch aus der Stadt kommen und so weiter. Bloß nicht aufbrezeln, sonst würden Sie auffallen wie ein bunter Hund.«

Holly blickte an sich herunter: alter Pulli und Skinny Jeans. »In den Klamotten wohne ich. Sind die gut genug?«

»Perfekt«, nickte Chloe.

»Dann sehen wir uns später«, sagte Holly. Sie wollte schon gehen, drehte sich in der letzten Sekunde aber noch mal um. »Moment: Ist Hugh da?«

»Nein, er ist heute in Ullapool, alle vierzehn Tage operiert er dort«, erklärte Chloe. »Ich glaube, er wollte am Montag die Termine so aufteilen, dass Sie die Umgebung kennenlernen. Sie werden ihn dann treffen.«

»Toll. Ich freue mich schon drauf«, sagte Holly. »Bis später.«

Kaum war sie aus der Tür, stieß sie vor lauter Erleichterung einen Riesenseufzer aus.

Vor ihrem inneren Auge tauchte VetCo Ascot mit dem imposanten Vestibül und den automatischen Türen auf. Bei diesem Anblick hatte sie geglaubt, die Zukunft, für die sie so lange geschuftet hatte, läge in greifbarer Nähe. Aber die schäbige Praxis hier gab ihr das Gefühl, einen Riesenschritt rückwärts gemacht zu haben. *Hör auf,* ermahnte sie sich selbst, *man sollte ein Buch nicht nach seinem Einband beurteilen.* Schließlich ging es nicht nur darum, wie schick die Praxis daherkam, sondern es kam auch darauf an, wie sympathisch ihre Kollegen waren.

Und jetzt, wo sie Chloe und Paolo kennengelernt hatte, lösten sich die Ängste und Zweifel, die ihr Hirn vernebelt hatten, langsam auf. Die beiden waren so freundlich gewesen. Und ein Besuch im Pub schon am ersten Abend würde ihr alle nötigen Informationen über ihre neue Heimat liefern.

In der Praxis sah Chloe Paolo fragend an.

»Und, wie findest du sie?«, fragte sie, kaum dass Holly ins Freie getreten war.

»Groß«, antwortete Paolo.

»Nein, jetzt mal im Ernst. Komm schon!«

Paolo ließ sich auf einen der Stühle im Warteraum sinken und streckte die Beine aus. »Keine Ahnung! Wir können sie später im Anchor in die Mangel nehmen.«

Bevor Paolo noch etwas hinzufügen konnte, wurde er vom Telefon unterbrochen. Es klingelte zweimal, dann hob Chloe den Hörer ab.

»Tierarztpraxis MacDougal, Chloe am Apparat ...«, sagte sie ihr Sprüchlein auf. Sie hatte es so perfektioniert, dass sie gleichzeitig professionell, aber auch kleines bisschen sexy klang. Wie eine schottische Marilyn Monroe.

Die schroffe Stimme am anderen Ende war unverkennbar.

»Hey Chlo! Wollte kurz nachfragen, ob Hugh nächste Woche vorbeikommt. Hab's nicht notiert.«

»Angus! Ehrlich, du brauchst einen Terminkalender«, sagte Chloe und wechselte nahtlos in ihre normale Sprechweise.

Als sie kurz zu Paolo schaute, sah sie, dass er ihr einen vielsagenden Blick zuwarf, dann wild gestikulierte, als wollte er sagen *Los, mach schon.* Chloe spürte, wie ihre Hände feucht wurden, während sie fahrig den Terminkalender im Computer aufrief. *Der verdammte Paolo!* Jetzt sah er, wie flusig sie wurde, bloß weil Angus anrief!

»Ich schau mal nach.« Sie blickte wieder zu Paolo, der so wilde Bewegungen machte wie ein Dirigent beim dramatischen Höhepunkt einer Symphonie. »Wie geht es denn, Angus? Bist du später im Pub?«

Damit erntete sie zwei erhobene Daumen und ein Zwinkern von Paolo. Chloe biss sich auf die Unterlippe, während sie auf die Antwort wartete.

»Kann sein.«

»Wir bringen die neue Tierärztin mit.«

»Aye.«

Chloe wusste nicht, was sie sonst noch sagen sollte. Angus war nicht gerade der redseligste Mann in Eastercraig. Nicht im Entferntesten. Und mit dieser einen Silbe hatte er das Gespräch beendet. Im Keim erstickt. Chloe unterdrückte einen Seufzer und fuhr geschäftsmäßig fort: »Hugh kommt am Montag zu dir. Nach dem Mittagessen.«

»Danke, Chlo. Bis später.«

»Bye, Angus«, sagte sie und fragte sich, ob er die Sehnsucht in ihrer Stimme bemerkte.

Sie legte auf und presste stöhnend die Hände auf ihre heißen Wangen. Eines Tages würde sie ihre innere Holly Golightly heraufbeschwören und ein Feuerwerk an Selbstbewusstsein sein. Aber im Moment fühlte sie sich nur wie ein rot leuchtender Leitpfosten.

»Tja, das war ein Reinfall«, sagte sie dann und zog die Stirn kraus.

»Kommt er in den Pub?«, erkundigte sich Paolo.

»Vielleicht. Er klang nicht, als wäre die Aussicht, mich zu sehen, besonders verlockend.«

»Du musst aggressiver vorgehen, Chloe.«

Chloe starrte ihn böse an. Es gab niemanden, der weniger aggressiv war als sie: Sie war so unaggressiv wie ein Siebenschläfer. Auch wenn Paolo sie anfeuerte, fiel es ihr schwer, nicht zu resignieren, wenn derjenige, mit dem man am Liebsten ein echtes, bedeutsames Gespräch führen wollte, ein Mann so weniger Worte war.

»Danke, dass du mein Cheerleader bist«, brachte sie hervor. »Aber vielleicht sollte ich weiterziehen.«

»Weiterziehen? Du bist ja nicht mal gelandet!«

Das war schmerzlich, aber leider wahr.

»Musst du dich nicht um irgendwelche Tiere kümmern?«

Paolo grinste. Sie lächelte matt, weil sie dankbar war, dass er sie unterstützen wollte, obwohl sie ans Aufgeben dachte.

»Hoch mit dir! Los! Ich meine zu hören, dass Tiddles nach dir ruft«, fuhr sie fort. »Es ist Zeit für seine Tropfen.«

»Schon gut, ich habe verstanden.« Paolo stand auf und wedelte mit zwei imaginären Pompons. »Sei aggressiv, sei aggressiv«, stimmte er an.

Chloe sah ihm nach, als er in den hinteren Bereich der Praxis tänzelte. Wenn es doch nur gereicht hätte, sich ein paar Mantras aufzusagen!

 # KAPITEL 2

Immerhin war Sea Spray ein Lichtblick. Das hübsche Cottage wirkte, als wäre es einem Einrichtungsmagazin entsprungen. Holly wollte am liebsten zu Hause bleiben und es sich vor dem Kamin gemütlich machen, aber das wäre ungesellig.

Nach dem Auspacken zog sie sich gegen die Kälte ihren langen Daunenmantel an und ging an der Uferpromenade entlang bis zum Pub, der The Anchor hieß. In der Dunkelheit konnte sie nur die Schaumkronen der Wellen sehen, die gegen die Kaimauer schlugen. Von außen war The Anchor eher nichtssagend, aber innen herrschte eine gemütliche, trubelige Atmosphäre. Die Wände waren mit Fischernetzen dekoriert, von der Decke hingen Bojen, und das Stimmengewirr war für Holly wegen des ausgeprägten Akzents vollkommen unverständlich.

Paolo winkte sie zu einem kleinen Ecktisch und stürzte sich sofort in eine Unterhaltung, ihm schien daran zu liegen, sie möglichst schnell kennenzulernen.

»Wir überlegen gerade, wie wir uns dir am besten vorstellen. Du hast doch nichts dagegen, wenn wir uns duzen, oder? Und wir haben beschlossen, dass Chloe mich beschreibt und ich Chloe«, verkündete er und goss Holly ein gefährlich großes Glas Wein ein. »Mit einer Mischung aus Fakten und Meinungen.«

»Halt mal! Meinungen? Dann bleib aber nett«, unterbrach ihn Chloe.

»Bin ich das nicht immer?«, konterte Paolo.

»Du tust immer nur so unschuldig, aber wehe du verrätst meine dunklen Geheimnisse.«

Holly zog eine Augenbraue hoch. »Hast du denn viele?«

Chloe schüttelte den Kopf. »Nein. Eigentlich nicht.«

Paolo hob mahnend die Hand. »Hallo, nicht den Fokus verlieren, Leute! Du zuerst, Chloe. Du darfst Holly über mich erzählen, was du willst. Ich habe nichts zu verbergen.«

»Seine besten Attribute«, setzte Chloe an, »sind: besonnen, großzügig und geistreich. Allerdings möchte man nicht das Opfer seiner grausameren Witze werden.«

»Ach, du bist eine Mimose«, erwiderte Paolo, »aber im besten Sinne. Und du riechst genauso gut wie eine Blume. Außerdem liebt Chloe altes Zeug, vor allem alte Filme und alte Klamotten, in denen sie sehr schön aussieht.«

»Danke, Rossini – aber du bist auch nicht gerade verlottert«, gab Chloe zurück. »Im Gegenteil, unser Paolo ist ziemlich penibel. Geschniegelt und gestriegelt, obwohl die Uniform hier in der Gegend eigentlich aus wollenen Pullovern und Socken besteht, die schon vor Jahrzehnten in den Müll gehört hätten.«

»Aber Jeans tragt ihr beide nicht«, bemerkte Holly.

Sie hatte sich, wie angewiesen, nicht umgezogen, aber Paolo hatte seine Praxiskluft gegen Kleider eingetauscht, die an einen französischen Landadligen erinnerten, mit Weste und Halstuch. Chloe trug noch dasselbe wie in der Praxis: ein tailliertes Blümchenkleid mit Gürtel.

»Aye. Chloe besitzt keine Hosen. Und ich trage keine Jeans«, erklärte Paolo. »Wir haben unsere Standards.«

»Moment mal«, protestierte Holly und wies auf ihr Outfit, in dem sie sich jetzt ein bisschen schlampig vorkam. »Ihr habt doch gesagt, das wäre in Ordnung!«

»Ist es auch. Du solltest nur nicht den Eindruck kriegen, du müsstest ein Schlauchkleid mit hohen Schuhen anziehen«, sagte Paolo.

»Sehe ich so aus, als würde ich so etwas tragen?«, fragte Holly.

»Eigentlich nicht«, antwortete Chloe. »Aber man weiß ja nie.«

»Und dann kommst du rein, und plötzlich wird es im ganzen Pub still – ganz still, und du verspürst mit einem Mal den Drang, auf der Stelle zu verschwinden. Zum Beispiel zurück nach Aberdeen«, fuhr Paolo fort.

»Okay. Zur Kenntnis genommen«, nickte Holly. »Eine Schande aber auch! Dann muss ich das Schlauchkleid im Schrank lassen.«

Chloe riss die Augen auf. »Aber du hast doch gesagt ... Wir wollten dich nicht kränken.«

»Reingefallen«, grinste Holly. »Ich besitze nur zwei Kleider, und die sehen höchst selten das Tageslicht.«

Paolo lächelte, und Chloe seufzte erleichtert.

Nachdem Holly die nächste Flasche besorgt hatte, stellte sie das Tablett auf dem Tisch ab und schenkte ein. Wie empfohlen hatte sie sich Mhairi vorgestellt, der Wirtin, einer Frau in den Vierzigern, die große Tattoos auf den Armen und wilde Rosenranken auf dem Dekolleté trug und dazu mindestens sechs Ohrringe auf jeder Seite. Paolo hatte gesagt, mit Mhairi müsse man sich gut stellen, denn dies sei der einzige Pub im Ort.

»Übrigens, ist Eastercraig eine Stadt?«, erkundigte sich Holly. »Besonders groß ist es ja nicht.«

»Oh, aye.« Chloe nickte eifrig. »Die besten Dinge kommen in kleinen Päckchen, und Eastercraig ist winzig. Aber trotzdem eine Stadt.«

Bislang fand Holly ihre Kollegen und ihr munteres Geplauder sehr sympathisch. Sie bestärkten sie in der Hoffnung, die Atmosphäre in der Praxis würde angenehm sein. Wenn Hugh ähnlich nett war, würde die Arbeit das reinste Vergnügen werden. Sie merkte, wie sie sich mehr und mehr entspannte. Aber vielleicht hatte das auch damit zu tun, dass sie bereits bei ihrer zweiten Flasche Weißwein waren.

»Besten Dank«, sagte Paolo und hob sein Glas. »Und? Wie findest du das Haus?«

»Perfekt«, erwiderte Holly und dachte an das schlichte, helle Interieur von Sea Spray, das ihrem Ordnungssinn entsprach. »Die untere Etage ist offen gehalten, mit einer hübschen neuen Küche und einem gemütlichen Sofa mit Blick aufs Meer. Oben unter dem Dach gibt es ein großes Schlafzimmer und ein kleines Bad mit Dusche. Aber das Beste ist, dass im Schlafzimmer eine große weiße Badewanne direkt am Fenster steht, so dass man baden und gleichzeitig das Meer betrachten kann.«

Sie hatte großes Glück gehabt. Ihr neues Zuhause, ein winziges Fischerhäuschen in einer langen Reihe ähnlich gestalteter Cottages, war nur etwa vier Minuten von der Praxis entfernt.

Vor lauter Begeisterung hatte sie ein paar Fotos für ihre Freunde in London gemacht und eines sogar an ihre eigenwillige Mutter geschickt.

Paolo drückte seine Hand aufs Herz. »Dieser verdammte Fabien.«

Holly blickte ihn an. »Diesen Namen höre ich jetzt schon zum zweiten Mal. Was ist los mit ihm? Wer ist er, und wieso hat er ein so tolles Haus aufgegeben?«

»Er war Paolos große Liebe«, erklärte Chloe und legte Paolo die Hand auf den Arm.

Der runzelte die Stirn. »Bis er einfach so abgehauen ist, der kleine Schisser. Ich bemühe mich zwar, es nicht persönlich zu nehmen, aber es fällt mir schwer.«

»Wart ihr zusammen?«, fragte Holly.

»Fabien und ich hatten eine Beziehung. Oder eine Affäre, ich weiß es nicht. Aber kaum einer in Eastercraig wusste davon, also erzähl's nicht weiter.«

Chloe lehnte sich vor. »Ihr beide hattet *definitiv* eine Beziehung, Paolo, auch wenn sie nur ein paar Monate dauerte. Aber es war schwierig, weil Fabien, so toll er auch ist, sich gegenüber seinen sehr konservativen Eltern nie geoutet hat. Anstatt endlich den Mut aufzubringen, ihnen Paolo vorzustellen, hat Fabe die Beziehung beendet und sich verpflichtet, für zwei Jahre in einer Schweizer Bank zu arbeiten. In der Schweiz.«

»Wo er lauter tolle Typen aus aller Welt trifft, die nur Maßanzüge tragen. Außerdem ist er ganz weit weg von den wachsamen Blicken seiner Heimatstadt«, bemerkte Paolo.

»Du triffst bestimmt auch noch den Richtigen«, sagte Holly betont munter. »Wie ist die Schwulenszene in Eastercraig denn so?«

»Sie sitzt vor dir«, erwiderte Paolo. »Ich bin die ganze Szene. Welch ein Klischee!«

»Paolo ist deswegen ziemlich geknickt«, sagte Chloe. »Aber schau dich um, Holly: Alle Typen sind hier hundertprozentig hetero.«

Während Holly mit dem Blick den Pub überflog, fragte Paolo: »Lasst uns das Thema wechseln. Was ist mit dir, Holly? Hast du jemanden in London?«

»Nein. Ich interessiere mich nicht für Männer«, erwiderte sie.

Sofort schien Paolo sein Elend zu vergessen, denn seine Miene hellte sich auf. »Was? Dann können wir gemeinsam die Schwulen- und Lesbenszene vertreten und Eastercraig übernehmen.«

»Für Frauen auch nicht«, schob sie nach.

Chloe neigte den Kopf zur Seite. »Du stehst auf niemanden? Oder willst du nicht verkuppelt werden?«

»Was? Nein. Keins von beidem. Ich bin momentan nur nicht auf der Suche.«

Sowohl Paolo als auch Chloe wirkten betroffen, wenn auch wohl aus unterschiedlichen Gründen.

»Ich will keinen Freund«, erklärte Holly. »Bevor ich mich binde, will ich Karriere machen.«

Diese Begründung musste erst mal reichen. Sie wollte sie nicht mit ihrer Lebensgeschichte belasten. Jedenfalls nicht mit den unschönen Details.

Paolo beugte sich verschwörerisch zu ihr. »Aber man kann doch beides haben.«

Holly nickte. »Ich weiß, aber ich hab's oft genug gesehen: Man verliebt sich, man verliert sein Ziel aus den Augen, man endet mit einem gebrochenen Herzen. Und gerät dadurch noch mehr ins Trudeln. Ich habe zu hart gearbeitet, um das zu verlieren, was ich bislang erreicht habe. Außerdem ist es schwer, jemanden zu finden, wenn man aussieht, als käme man direkt aus einer nordischen Heldensage.«

»Das habe ich als Kompliment gemeint!«, protestierte Paolo, worauf Holly ihm beschwichtigend zulächelte.

»Wie wär's dann mit einer kleinen Affäre?«, schlug Chloe vor, und ihre Augen blitzten vor Vergnügen. »Ich kenne hier *jeden*. Sag mir, worauf du stehst, dann arrangiere ich was.«

»Ich glaube, eine Affäre will ich auch nicht«, erwiderte Holly und rutschte unbehaglich auf ihrem Sitz hin und her.

»Was denn!«, warf Paolo ein. »Du bist für ein Jahr hier! Ich könnte dir einen der Fischer vorstellen. Sie sind echt sexy.«

»Herrgott, *Paolo*«, sagte Chloe mit gespieltem Entsetzen. »Du machst ihr ja *Angst*!«

»Warum?«, wehrte sich Paolo. »Du kannst ihn ja schnell wieder vom Haken lassen.«

»Gott, jetzt auch noch Wortspiele?«, stöhnte Holly.

»Ja, gut, oder?«, erwiderte Paolo.

»Danke für das Angebot. Aber momentan komme ich klar.«

Sie konnte wirklich keine Ablenkungen gebrauchen. Sie *musste* sich auf die Arbeit konzentrieren. In ihrer Jugend war das Geld immer knapp gewesen, und sie wollte sich einfach keine Sorgen mehr über fehlende Rücklagen machen. Männer brachten einen doch bloß vom Kurs ab. Dazu musste man sich nur ihre Mum anschauen. Holly liebte ihre Mutter, aber was Männer betraf, so war Jackie Anderson eine Pandora in Stilettos, die nur Chaos und Zerstörung hinterließ. Sollte Holly bei einer Beziehung und deren zwangsläufigem Ende auch nur ansatzweise wie ihre Mutter sein, dann wäre ihr Schicksal besiegelt.

Seit Holly denken konnte, hatte Jackie eine Beziehung nach der nächsten in den Sand gesetzt. In ihrer Kindheit hatten sich die Liebhaber die Klinke in die Hand gegeben, ihre Mutter war die verkörperte Verantwortungslosigkeit, und ihre Beziehungen waren von Anfang an dem Untergang geweiht. Manche waren friedlich beendet worden, dann winkten die Liebhaber ihr noch freundlich zu, bevor sie verschwanden. Andere lieferten sich Rückzugsschlachten mit gemeinen Anschuldigungen und ohrenbetäubendem Geschrei. Und der schlimmste ... Nein, daran wollte Holly jetzt nicht denken.

Sobald sie sich ein finanzielles Polster geschaffen hatte, würde sie über eine Beziehung nachdenken. Aber bis dahin hatte sie die Absicht, sich vom anderen Geschlecht fernzuhalten.

»Sag Bescheid, wenn du es dir anders überlegst«, bemerkte Chloe. »Dann ziehe *ich* dir einen Fisch an Land.«

Holly grinste. »Petri Heil«, gab sie zurück.

»Siehst du, du kannst schon mit den Besten mithalten. Du bist zwar gerade erst angekommen, aber ich bin mir schon jetzt sicher, dass du perfekt hierher passt«, sagte Paolo und hob eine Hand. »High Five? Ganz ohne Ironie?«

Holly tat ihm den Gefallen. Paolo hatte recht. Sie war erst seit wenigen Stunden in Eastercraig, glaubte aber, dass sie klarkommen würde. Mehr als das, wenn sie ehrlich war.

»Danke«, sagte sie. »Heeey, wer ist das denn?« Chloe starrte wie hypnotisiert auf jemanden, der gerade in der Tür erschienen war.

Paolo wandte sich um. »Na, wenn *der* schwul wäre, würde ich zu einer Affäre nicht Nein sagen.«

Holly betrachtete den Neuankömmling. Er war groß und muskulös, hatte einen kantigen Kiefer, einen wilden Haarschopf und dunkelbraune Augen. Mit einer schmutzigen Wachsjacke und schweren Stiefeln stampfte er so energisch zur Bar, dass Holly spürte, wie der Boden erzitterte, als er an ihnen vorbeikam.

»Hey, Chlo!«, sagte er beiläufig, als er an ihrem Tisch war.

»Also, den wirst du noch oft sehen. Angus Dunbar von der Auchintraid-Farm: Rinder und davon ziemlich viele«, erläuterte Paolo. »Erde an Chloe, alles in Ordnung?«

Chloe blinzelte: »Was?«

»Angus abgecheckt?«

Chloe wurde rot und murmelte etwas Unverständliches. Aber ihr Gesicht sprach Bände.

»Läuft da was?«, fragte Holly.

»Da könnte was laufen, wenn Chloe nur den Mut aufbringen würde, mit ihm zu reden. Aber zufälligerweise verliert sie immer dann die Nerven, wenn er auftaucht«, erklärte Paolo. »Achte mal auf ihre Oberlippe. Das arme Mädchen braucht ein Schweißband.«

»Schsch, Paolo«, flüsterte Chloe entsetzt. »Können wir bitte das Thema wechseln?«

»Na gut.« Paolo verdrehte die Augen und wandte sich an Holly. »Dann wollen wir Hols – darf ich dich Hols nennen (Holly bekam nicht mal die Chance, sich dazu zu äußern) –, dann wollen wir Hols mal eine kurze Zusammenfassung des Jahresverlaufs in Eastercraig geben. Mit allen Höhe- und allen Tiefpunkten.«

»O ja, bitte!«, rief Holly.

»Während du hier bist, wird es als Erstes den Ball auf Glenalmond Castle geben. Er ist zwar noch nicht angekündigt, aber normalerweise findet er im späten Frühling oder Frühsommer statt«, begann Paolo.

»Schade, dass du das Burns' Supper verpasst hast«, warf Chloe ein. »Aber das könnten wir für dich nachholen.«

»Außerdem gibt es im Herbst den Halbmarathon. Der geht über die Hügel, aber wenn du nicht ganz unsportlich bist, kannst du mitmachen«, fuhr Paolo fort.

»Oder du kannst dich zu mir an die Seitenlinie gesellen«, fügte Chloe hinzu. »Also, wenn du gar nichts mit Sport am Hut hast. Wie sieht's aus?«

»Ehrlich gesagt, laufe ich für mein Leben gern«, sagte Holly, die die Aussicht begeisterte.

»Im nächsten Monat gibt es einen Basar für Handarbeiten und Gartenprodukte«, verkündete Paolo, als wäre das der Höhepunkt des Jahres, und auch Chloe wirkte auf einmal ganz aufgeregt. Holly legte fragend den Kopf schräg. Was fanden die beiden daran nur so toll?

»Guck nicht so skeptisch«, erklärte Chloe. »Letztes Jahr hat Janet Murray vor lauter Wut Doreen Douglas' Karottenkuchen ins Meer geschleudert. Und dann gingen sie aufeinander los, und es stellte sich heraus, dass Janets wunderschöne langen roten Haare, um die sie in ganz Eastercraig beneidet wird ...«

»Extensions sind!«, rief Paolo dazwischen. »Ich verstehe dich, Hols. Letztes Jahr war ich genauso skeptisch wie du. Aber es war saukomisch. Es gab auch eine echte Schlägerei. Jemand wollte die Polizei rufen, aber Mhairi ging dazwischen und trennte die Kampfhähne.«

»Wenn es so wild zugeht, komme ich auf jeden Fall«, versprach Holly. Es klang abgefahren, aber sie würde sich das definitiv nicht entgehen lassen.

»Und was ist mit dir, Hols?«, fragte Paolo und schaute sie direkt an. »Wir haben von uns und von Eastercraig erzählt. Aber jetzt, wappne dich, kommt die Spanische Inquisition.«

Offenbar sah Holly so erschrocken aus, wie ein Reh im Scheinwerferlicht, denn Chloe hob beschwichtigend die Hand. »Sachte, Paolo. Nett sein, ja? Keine Angst, Holly. Er wird langsam betrunken.«

»Nein, nur mutiger«, berichtigte Paolo sie und verdrehte die Augen. »Na schön. Aber wenn man keine unbequemen Fragen stellt, hört man nie die ganze Wahrheit.«

Holly lächelte. »Wo soll ich anfangen?«

»Beim Anfang, natürlich«, gab er zurück.

Es war wie ein Vorstellungsgespräch, wenn auch eins mit ein paar Drinks. Sie fragte sich, ob sie es auch vermasseln konnte.

»Was machst du in deiner Freizeit?«, wollte Chloe als Erstes wissen.

Puh! Eine harmlose Frage. »Ich treffe mich mit Freunden und bin gerne im Freien. Ich mag Wandern, Joggen und Radfahren und habe gerade mit dem Standup-Paddeln angefangen. Ich hab mir für hier oben sogar einen extradicken Neoprenanzug gekauft.«

»Ich bin dran«, sagte Paolo. »Was ist dein Lieblingsbuch?«

Auch das war leicht. »Ich mag Krimis. Zum Beispiel von Agatha Christie. Und als Kind habe ich natürlich James Herriot geliebt.«

»Ich werde dich nicht allzu sehr verurteilen«, bemerkte Paolo.

Chloe blickte entnervt zur Decke. »Paolo ist ein literarischer Snob. Aber weiter: Wieso hast du bei deiner letzten Stelle aufgehört?«

Holly zögerte. Sie hatte einen Riesenstreit mit Rob Francis gehabt, ihrem letzten Chef, weil er seinen Sohn Peter zum Partner gemacht hatte, obwohl der frisch von der Uni kam und nie Interesse daran gezeigt hatte, mit seinem Vater zusammenzuarbeiten. Sie hingegen arbeitete seit acht Jahren für ihn, und Rob hatte ihr oft versichert, sie sei so gut, dass sie irgendwann die Praxis übernehmen könnte.

Besonders schlimm war es, dass sie nach Robs Erklärung, er würde in Ruhestand gehen, auf einer Party von ihrer potenziellen Beförderung erzählt hatte. Sie hatte nicht geprahlt, und es war nur ihr engster Freundeskreis gewesen … Sie hatte sich einfach nicht beherrschen können, weil sie so hart dafür gearbeitet und sie sich so darüber gefreute hatte. Und dann zwei Wochen später die Schlappe. Rob hatte in der Praxis verkündet, dass Peter die Leitung übernehmen würde. Die Ankündigung traf sie wie ein Schlag und kränkte sie zutiefst, umso mehr, als Rob ohne schlechtes Gewissen auch noch behauptete, es wäre immer sein Traum gewesen, seine Praxis an seinen Sohn zu übergeben. Sie fühlte sich so gedemütigt und betrogen, dass ihr gefühlsmäßig keine andere Wahl blieb, als zu gehen. Sie hätte einfach nicht jeden Tag mit ansehen können, wie Peter selbstgefällig herumstolzierte, obwohl er bei Weitem nicht so gut war wie sie.

Aber es war nicht nur die Praxis, die sie hinter sich lassen wollte. Sie musste auch raus aus London. Sie musste zur Ruhe kommen, aus der Stadt fliehen, weit weg von ihren Kollegen, die alle die Karriereleiter erklommen und sie abhängten. Tatsächlich schienen selbst die Tiere, die sie behandelte, sie komisch anzusehen. Es war klar, sie musste irgendwo anders ihr angeknackstes Selbstvertrauen wieder aufbauen.

Nach einem Telefonat mit Judith, bei dem sie ihr die Stelle in Ascot anbot, reichte Holly ihre Kündigung ein. Peter hatte nur genickt und ihr alles Gute gewünscht. London zu verlassen war ein für Holly ziemlich dramatischer Schritt, aber sie hielt es einfach nicht mehr länger dort aus.

»Ich hatte eine Meinungsverschiedenheit mit meinem Chef«, sagte sie jetzt nur knapp.

»Faszinierend. Darüber wollen wir bei Gelegenheit mehr erfahren«, erwiderte Paolo. »Wovor hast du am meisten Angst?«

Jetzt begann das Verhör. Wie in einem Rolodex des Schreckens blitzten all die Dinge auf, vor denen sie sich fürchtete:

Beziehungen, kein Zuhause zu haben, Nutztiere (die erst seit Neuestem auf der Liste standen). Nichts davon wollte sie preisgeben. Glücklicherweise ging in diesem Moment die Tür auf, und ein älterer Mann kam herein. »Sporran ist schon wieder im Hafenbecken. Muss sich mal jemand drum kümmern«, grummelte er, an niemand Bestimmten gerichtet.

Paolo und Chloe sprangen auf und zogen Holly mit. »Keine Zeit für eine Antwort. Nimm deinen Drink mit«, sagte Paolo.

Verwirrt ließ sich Holly ins Freie ziehen und schaffte es gerade noch, ihren Mantel mitzunehmen. Da es Freitagabend war, ging sie davon aus, ein Betrunkener wäre vor dem Pub ins Wasser gefallen. Stattdessen sah sie zu ihrem Entzücken eine riesige Robbe vor sich.

Sie blickte sie erwartungsvoll an, und Paolo hob grüßend die Hand. »Hallo, alter Freund.«

Die Robbe drehte sich im Wasser, bis sie auf dem Rücken lag, und wedelte mit den Flossen. Dann bellte sie zweimal, als würde sie antworten.

»Ist das hier etwa Sporran?« Holly spähte über den Rand der Kaimauer.

»Ganz genau. Hugh hat sich um ihn gekümmert, als er mal in ein Netz geriet. Man erkennt ihn an der langen Narbe über der Schnauze. Außerdem bettelt er gerne um Fritten«, erklärte Paolo.

»Die sind aber nicht gut für ihn«, erwiderte Holly.

Langsam ging sie in die Knie, um näher an die Robbe heranzukommen. Aus solcher Nähe hatte sie noch nie einen Seehund gesehen. Die onyxschwarzen Augen, die im Mondlicht glitzerten, wirkten ein bisschen unheimlich. Der Blick erinnerte an einen Welpen, der nach Hause gebracht werden will. Fast hätte Holly die Hand ausgestreckt, um ihn zu tätscheln.

Chloe kniete sich neben sie. »Weil die Touristen ihm immer was zu essen zuwerfen, ist er ziemlich dick geworden. Wir haben schon Verbotsschilder aufgestellt, aber Sporran ist so niedlich, dass die Leute es trotzdem tun.«

»Das ist der Hauptgrund, warum wir sofort zu ihm stürzen, wenn er auftaucht: Wir passen auf ihn auf. Er ist ein dummer Kerl, aber wir lieben ihn«, erklärte Paolo. »Die meisten Einwohner hier sind vernünftig, aber den einen oder anderen Idioten gibt's immer.«

Holly nickte. Sie konnte sich gut vorstellen, dass man Sporran füttern wollte. Chloe neben ihr gähnte.

»Halten wir dich wach?«, fragte Paolo.

»Ich musste heute Morgen früh in die Praxis«, erwiderte Chloe. »Papierkram. Du weißt ja, wie Hugh ist ...«

Sie verstummte. Holly drehte sich um und sah sie an, weil sie auf das Ende des Satzes wartete. »Wie Hugh ist?«

»Vergiss es«, sagte Chloe rasch. »Ich hab's nur gern ordentlich. Jedenfalls gehe ich jetzt besser.«

Sie stand auf und ging zu einem Rad, das am Pub lehnte. Es war ein pinkfarbenes Hollandrad mit einem Korb. Während sie ihr nachwinkten, fragte sich Holly, was genau Chloe ihr über Hugh hatte verschweigen wollen. Bei der Aussicht, ihrem neuen Chef am Montag gegenüberzutreten, krampfte sich erneut ihr Magen zusammen. Sie biss sich auf die Unterlippe.

»Soll ich dich nach Hause bringen?«, fragte Paolo und wies auf die Straße vor ihnen.

»Gern«, nickte sie. Es war ein langer Tag gewesen, und sie wollte ihren Job lieber ausgeschlafen und nach einem entspannten Wochenende antreten.

Langsam schlenderten sie zum Cottage. Holly bemerkte, dass alle Häuser am Hafen Lichterketten hatten, als wären tausend Sterne vom Himmel gefallen.

»Sag mir, was Chloe mir nicht über Hugh verraten wollte«, bat sie Paolo nach einer Weile.

Paolo lächelte. »Chloe ist sehr loyal. Sie wollte dir verschweigen, dass Hugh ziemlich ... angriffslustig sein kann.«

»Ist die letzte Assistentin deswegen wieder gegangen?«, fragte Holly, eher im Scherz.

»Man könnte sagen, sie hatte eine Meinungsverschiedenheit mit ihrem Chef.«

Holly sah Paolo an, der vielsagend lächelte. »Na gut. Das habe ich herausgefordert.«

»Wie landet ein Mädchen wie du an einem Ort wie diesem?«, fragte Paolo. »Ich meine, es ist nett hier, aber du wurdest von einer völlig anderen Stelle hierhergeschickt. Deine alte Praxis in London steht doch für hochtechnologisierte Tiermedizin. Chloe und ich haben es gegoogelt.«

»Hatten wir uns nicht geeinigt, dass ich mit einem Wikingerboot gekommen bin?«

»Wirst du mir das je verzeihen?«

»Lass mir ein, zwei Wochen, dann bin ich drüber hinweg. Und du?«

Paolo wirkte erleichtert. »Ich liebe die Natur, und nach meiner Ausbildung habe ich zwei Jahre zu Hause in Glasgow gearbeitet, aber dann fing ich an, mich zu langweilen, und wollte mal was Neues. Als ich also die Stellenausschreibung von einer kleinen Praxis direkt am Meer sah, habe ich mich sofort beworben. Zwar habe ich nicht damit gerechnet, abserviert zu werden und keinen neuen Mann zu finden, aber davon abgesehen ist es super hier.«

Paolo schaute aufs Meer, sie folgte seinem Blick. Die Wasseroberfläche spiegelte das Mondlicht, und die vor Anker liegenden, schattenhaften Boote schaukelten in der sanften Dünung.

Als er ihr seinen Arm bot, hakte sie sich bei ihm ein. »Danke, mein Herr«, kicherte sie.

»Ist mir eine Ehre, Mylady«, erwiderte er und führte sie weiter. »Weißt du, es ist *so nett*, mal ein neues Gesicht in der Stadt zu sehen. Vielleicht kannst du ja für ein bisschen Drama sorgen und mich von meiner gescheiterten Romanze ablenken?«

»Ich sagte doch schon: Affären sind nichts für mich.«

»Nicht mal eine kleine? Ein Affärchen?«

»Netter Versuch, aber du kannst es nennen, wie du willst ... Wenn du dich langweilst, warum gehst du nicht morgen mit mir Standup-Paddeln?«, erwiderte Holly. »Du wirst es super finden, versprochen. Halb neun. Bei Sonnenaufgang?«

»Wenn du Kaffee mitbringst, bin ich dabei«, sagte er. »Ich wohne am Ende des Hafens, aber wir können uns hier treffen.«

Sie hatten Hollys Cottage erreicht. Holly winkte Paolo zum Abschied, und als er gegangen war, blieb sie noch kurz auf der Schwelle stehen, um ein letztes Mal aufs Meer zu blicken.

Paolo schloss seine Jacke, wickelte sich den Schal enger um den Hals und ging mit großen Schritten die letzten paar hundert Meter bis zu seiner Wohnung. Während er sich fröstelnd über die Arme rieb, fragte er sich, ob es ein Fehler gewesen war, Hollys Angebot anzunehmen. Verdammt, es war Januar!

Trotzdem brauchte er Ablenkung. Jede Stunde, in der er sich nicht fragte, was Fabien machte, war eine gute Stunde. Er hatte kein Problem mit dem Alleinsein. Aber wenn man am Wochenende einen ganzen Tag allein war, freute man sich doch, jemanden zum Reden zu haben. Für einige Monate war Fabien dieser Jemand gewesen.

Und Paolo war sich so sicher gewesen, dass es gut lief. Zugegeben, Fabien wollte nicht, dass irgendjemand von ihnen erfuhr. Das war nicht gerade ideal gewesen. Aber er hatte sich an die Hoffnung geklammert, Fabien würde eines Tages den Mut finden und seine Liebe zu Paolo von den Dächern Eastercraigs zu rufen. Mit einem riesigen Megaphon.

Doch dieser Tag kam nie. Stattdessen hatte Fabien den Flieger nach Genf genommen. Ohne Rückflugticket. Das war für Paolo wie ein Schlag ins Gesicht gewesen. Und Toblerone mochte er seitdem auch nicht mehr.

Irgendwann würde sein Prinz auftauchen. Wie er schon zu Holly gesagt hatte, war es zwar unwahrscheinlich, dass er hier in Eastercraig erschien, aber Wunder gab es immer wieder. Warum nicht auch hier?

 **KAPITEL 3**

Holly betrat das Cottage und hängte ihren Mantel an einen Haken. Als sie sich umschaute, fiel ihr erneut auf, wie hinreißend das Haus war. Winzig, aber wunderschön. Das genaue Gegenteil der schäbigen Tierarztpraxis. Als sie sich ihre Mütze vom Kopf zog, fiel ihr wieder ihre Mutter ein, und sie griff zum Handy.

Es klingelte länger als üblich. Also war Jackie im Ausland, hatte sich aber nicht die Mühe gemacht, ihr Bescheid zu sagen. Natürlich nicht! Sie war bekannt dafür, einfach unangekündigt abzuhauen. Holly fragte sich, ob sie Urlaub machte oder ihren neuesten Job gekündigt hatte. Sie hielt es meist nie länger als sechs Monate in einer Stelle aus.

Da sich niemand meldete, hinterließ Holly eine Nachricht. »Hi, Jackie! Ich bin's. Ich vermute, du bist irgendwohin gejettet und hast vergessen, es mir zu sagen. Trotzdem hoffe ich, du hast Spaß. Pass mit den Piña Coladas auf. Und tu nichts, was ich nicht auch tun würde.«

Sie drückte den Ausknopf. Ein frommer Wunsch! Jackies Beziehungen waren nicht das Einzige in ihrem Leben, das für Chaos und Verderben sorgte. Während Holly vernünftige, wohl durchdachte Entscheidungen traf, war Jackie impulsiv und verschwendete ihr Geld (wenn sie denn welches hatte) für Dinge wie neue Schuhe, anstatt damit die sich häufenden Rechnungen zu bezahlen. Manchmal ging sie auch spontan auf Reisen (wenn sie das Geld nicht zuvor für Schuhe ausgegeben hatte) und ließ Holly, als sie noch klein war, bei den Nachbarn und später allein. Als Holly mit dreizehn einmal von der Schule kam, fand sie zu Hause nur ein bisschen Geld und die Nachricht vor, dass ihre Mum für eine Nacht mit Richard nach Bournemouth gefahren war: Sie solle sich Pizza holen und sich an die Nachbarn wenden, wenn sie etwas bräuchte. Dies war das erste von etlichen ähnlichen Vorkommnissen. Holly fragte sich oft, wie sie trotz solcher Umstände so normal geworden war.

Sie streifte ihre Schuhe ab und nahm sich vor, sich am nächsten Tag noch mal nach Jackies Befinden zu erkundigen. Als ihre Füße den Holzboden berührten, überkam sie ein Frösteln. Sie musste sich aufwärmen.

»Ach ja!«, rief sie aus, als ihr die riesige Badewanne in ihrem Schlafzimmer wieder einfiel. Die war wie geschaffen für so einen Abend!

Zwei Stufen auf einmal nehmend, sprang sie nach oben, um sich ein Bad einlaufen zu lassen. Während das geschah, rannte sie wieder hinunter und fragte sich, während sie von einem Fuß auf den anderen hüpfte, um warm zu bleiben, ob sie lieber Tee, Wein oder Whisky trinken sollte. Letzteren hatte sie eigentlich nie gemocht, aber die Frau im Gemischtwarenladen hatte erklärt, er käme von einer hiesigen Destillerie, daher hatte sie eine Flasche auf Vorrat gekauft, falls sie einmal Besuch bekam. Aber jetzt schenkte sie sich selbst ein großes Glas ein und sauste wieder nach oben.

Sie drehte die Hähne zu, zog sich aus, zündete eine Kerze an, stellte den Whisky auf einen Hocker neben die Wanne und stieg hinein. Die Badewanne war ein Traum: groß genug, um sich auszustrecken, und herrlich tief. Sie glitt in das heiße Wasser und lehnte ihren Kopf an den Rand.

Ja, der Umzug war nicht geplant gewesen und sabotierte ihren geradlinigen Karriereplan. Aber die wunderschöne Gegend, ihre netten Kollegen und ein fröhlicher Abend im Pub hatten ihre Vorbehalte etwas gemildert. Sie beglückwünschte sich selbst, und weil sie in ihrem beschwipsten Zustand den Eindruck hatte, die Sterne blickten wohlwollend auf sie herab, zwinkerte sie ihnen zufrieden zu. Durchs Fenster drang das sanfte Schlaflied des Meeres, und sie schloss die Augen, um sich zu entspannen.

Doch bevor es dazu kam, meinte sie plötzlich, ein seltsames Geräusch zu hören. Wie ein Schlüssel, der sich im Schloss drehte. Sie spitzte die Ohren. Da war es wieder! Ein leises metallisches Scharren. Sie riss die Augen auf, als die Haustür erst aufging und dann wieder zuknallte. Schritte ertönten auf dem Holzboden.

Holly erstarrte. Was zum Teufel ... Ihre Haut prickelte, und ein Schauer überlief sie.

Und plötzlich hörte sie es von unten: »Was zum Teufel ...?« Eine Männerstimme. Da war ein Mann in ihrem Haus!

Ein Einbruch? Hektisch schaute sie sich im Zimmer um, auf der Suche nach irgendetwas, womit sie sich verteidigen konnte.

Die Stufen knarrten, als der Eindringling die Treppe hinaufstieg. O Gott! Er kam nach oben!

Holly sprang aus dem Bad und warf sich den Bademantel

über. Sie stellte den Whisky auf den Boden und packte den Hocker. Mit nassen Füßen patschte sie über den Boden und versteckte sich hinter der Tür.

Die Schritte verharrten. Stille. Holly presste sich an die Wand. Langsam schwang die Tür auf. Jetzt!

»Was in aller Welt ...?«

Das Deckenlicht ging an, und Holly sprang hinter der Tür hervor. Laut brüllend wollte sie den Hocker auf den Kopf des Eindringlings schmettern.

»*Jesus*...« Der Mann duckte sich, und der Hocker krachte auf den Boden. »Was soll das?«

»Hau ab oder ich ruf die Polizei«, sagte Holly so gebieterisch, wie sie nur konnte. Sie nahm den Hocker und hob ihn erneut, um im Fall der Fälle wieder anzugreifen.

»Hey, halt! Ganz ruhig.« Der Mann richtete sich langsam und mit erhobenen Händen auf. »Ich wollte hier nur übernachten. Aber was machst *du* hier?«

»Ich wohne hier!«

Ihr Ausruf verriet eine Mischung aus Angst und Empörung, genau das also, was sie empfand. Aufgeputscht vom Adrenalin starrte Holly ihn finster an.

Der Mann trat einen Schritt zurück und dachte nach. »Verstehe. Fabien hat die Wohnung vermietet.«

»Genau! Und zwar an mich! Und ich habe gerade ein Bad genommen, als du mich zu Tode erschreckt hast!«

Holly drückte den Hocker fest an die Brust. Sie war noch nicht bereit, sich von ihm zu trennen. Außerdem hielt er ihren Bademantel zusammen. Der Fremde fing an zu grinsen.

»Das ist gar nicht komisch!«, fauchte sie. »Du könntest auch irgendein Eindringling sein.«

»In Eastercraig? Unwahrscheinlich. Ich wusste ehrlich nicht, dass hier jemand wohnt. Fabien hat mir vor einer Ewigkeit verraten, wo der Ersatzschlüssel liegt.«

Vorsichtig senkte Holly den Hocker. Sie zog ihren Bademantel zusammen und ging zurück zur Wanne, nahm das Whiskeyglas und trank einen großen Schluck. Zwar schien der Mann sie nicht angreifen zu wollen, doch wenn, dann konnte sie ihm den Rest ins Gesicht schütten.

»Gibt's davon noch mehr?«, fragte er und wies nickend auf das Glas.

Was? Der hatte vielleicht Nerven! Holly kochte vor Wut.

»Verzeihung«, knurrte sie. »Ich sagte zwar, du könntest auch irgendein Eindringling sein, aber eigentlich meinte ich: Wer zum Teufel bist du, und was willst du hier?«

Der Mann warf den Kopf in den Nacken und brach in Gelächter aus. Holly bezwang sich, ruhig zu bleiben. Er wagte es, hier einfach aufzutauchen, sie zu Tode zu erschrecken und sich nicht mal zu entschuldigen? Und jetzt wollte er auch noch Whisky? Was für ein Arschloch!

Da streckte er ihr die Hand entgegen. »Gregor Dunbar.«

Holly ignorierte sie »Und weiter?«, stieß sie zwischen zusammengebissenen Zähnen hervor.

»Ich sitz ein bisschen in der Klemme, weil ich nicht weiß, wo ich heute übernachten soll, und Fabien hat nicht daran gedacht, mir zu erzählen, dass die Wohnung vermietet ist. Wenn ich das gewusst hätte, wäre ich natürlich niemals gekommen. Tut mir leid, dass ich dich erschreckt habe. Aber lange kannst du noch nicht hier sein, oder?«

»Erst seit heute. Ich bin die neue Tierärztin.«

»Dann kannst du Hugh anrufen. Oder Chloe. Die werden sich für mich verbürgen. Hör mal, ich weiß nicht, wo ich sonst hin soll. Hättest du was dagegen, wenn ich ...?«

»Wenn du hier bleibst?«

Holly entspannte bewusst ihre Schultern und spürte, wie der Adrenalistoß verebbte. Irgendwie wirkte dieser Kerl vertrauenswürdig.

»Aye. Ich bin ganz brav. Versprochen.«

»Wehe, wenn nicht.« Doch kaum hatte sie das gesagt, kamen ihr wieder Zweifel.

»*Ehrlich,* ich weiß nicht, wo ich sonst hin sollte. Und ich wäre dir auf ewig dankbar.«

»Hör zu«, sagte sie und blickte ihm direkt in die Augen. »Mag sein, dass du Gregor Dunbar bist, aber ich kenne dich nicht. Eigentlich bin ich dagegen, aber du kannst trotzdem auf dem Sofa schlafen. Ich verriegle meine Tür und stelle dieses Deospray« – sie zeigte zur Seite – »neben mein Bett. Wenn ich höre, dass du dich hier raufschleichst, kriegst du eine volle Ladung in die Augen.«

»Und du bist dir sicher, dass du nicht noch was mit mir trinken willst?«

Dieser Kerl hatte sie doch nicht mehr alle!

»Nein, danke. Aber nur zu, halt dich nicht zurück. Wenn du betrunken bist, fühle ich mich sicherer.«

»Das weiß ich zu schätzen«, sagte Gregor. »Dass du mich hier übernachten lässt, meine ich. Und bitte, nenn mich doch Greg. Wo wir uns jetzt besser kennen.«

»Danke«, sagte Holly matt. »Und Gute Nacht.«

Sie schickte sich an, die Tür zu schließen. Da sich ihr Puls wieder normalisiert hatte, betrachtete sie Greg zum ersten Mal genauer. Er war groß, wesentlich größer als sie, hatte dunkelbraune Haare und einen Bartschatten auf seinem kantigen Kiefer.

»Moment«, hielt er sie auf. »Ich hab dich noch nicht nach deinem Namen gefragt. Sehr unhöflich von mir.«

Das holte sie unsanft auf den Boden der Tatsachen zurück. »So was betrachtest du als unhöflich? Nicht den Einbruch und die Bitte um Bett und Whisky?«

Wenigstens hatte er den Anstand, beschämt das Gesicht zu verziehen. »Ich kann mich nicht genug dafür entschuldigen.«

»Also gut«, sagte sie, ansatzweise besänftigt. »Ich bin Holly. Holly Anderson und fange beim ...«

»Tierarzt an. Das weiß ich noch. Aber jetzt lass ich dich mal in Ruhe. Gute Nacht, Holly Anderson.«

»Gute Nacht, Greg Dunbar.«

Greg sah sie noch einmal an, und Holly erwiderte seinen Blick. Sie wollte ihn niederstarren, um ihm zu zeigen, dass dies alles höchst fragwürdig war. Doch auf einmal war sie wie hypnotisiert von seiner Attraktivität.

Er ging die Treppe hinunter, und Holly ging in ihr Zimmer und schloss die Tür. Zwar hielt sie ihn nicht mehr für einen Mörder, rammte jedoch trotzdem einen Keil unter die Tür, nur für alle Fälle. Und dann stellte sie ihr Deo neben das Bett, mit abgezogener Kappe. Vorsicht war besser als Nachsicht.

Auf dem Bett streckte sie sich aus und fragte sich, ob sie überhaupt einschlafen konnte, bei dem ganzen Adrenalin in ihrem Körper. Außerdem fand sie es doch recht beunruhigend, dass sie sich erlaubt hatte, die Attraktivität des Eindringlings zu bewundern und dass sie immer noch daran denken musste, wie sie sich angeschaut hatten. Er hatte dunkle Augen, so blau wie das tiefe Meer.

Sie schüttelte sich, wickelte sich in ihre Decke und wartete, dass ihr die Augen zufielen.

 **KAPITEL 4**

Das Klingeln des Weckers riss Holly aus ihrem Schlaf. Sofort fiel ihr ein, dass sie sich mit Paolo verabredet hatte – und direkt danach, dass wahrscheinlich ein gewisser Greg Dunbar unten auf dem Sofa seinen Rausch ausschlief und Whisky ausdünstete. Ihren Whisky. Sie verdrehte die Augen, zog einen Pullover über ihren Pyjama und ging nachsehen.

Auf der untersten Stufe der Treppe zögerte sie. Was sagte man eigentlich in so einer Situation? Hatte man Gastgeberpflichten gegenüber einem Eindringling? Oder konnte man ihn einfach rausschmeißen?

Als sie die Treppe umrundete, stellte sich heraus, dass ihr die Entscheidung erspart blieb, denn es war niemand da. Holly seufzte auf und rieb sich mit den Händen übers Gesicht. Die Ereignisse des Vorabends kamen ihr ziemlich irreal vor. Hatte sie ihn sich nur eingebildet?

Sie ging in die Küche, um sich einen Tee zu kochen, da stolperte sie über ein Hindernis und fiel hin. Sie rieb sich die schmerzenden Knie und sah eine Reisetasche auf dem Boden. Holly stöhnte. Im selben Moment öffnete sich die Haustür.

»Was machst du denn da unten?« Greg kam zu ihr und bot ihr die Hand.

Holly ergriff sie und zog sich wieder hoch. »Ich bin über deine Tasche gestolpert. Also bist du doch noch da.«

»Aye. Wie hast du geschlafen?«

»Schlecht.« Das war doch wohl offensichtlich.

»Aye. Ist ziemlich still hier, oder? Da kann man als Städter manchmal schlecht einschlafen.«

»Nein, es lag mehr an dem Fremden auf meinem Sofa.«

»Hör mal, das mit gestern Abend tut mir leid. Ehrlich. Als Wiedergutmachung habe ich uns was zu essen besorgt. Ich mach dir ein echtes schottisches Frühstück. Keine Sorge, ich kann ziemlich gut kochen.«

Als er die Einkaufstüte hob, ballte Holly unwillkürlich die Fäuste. Gott, wie dreist er war! Erst tauchte er mitten in der Nacht auf und erschreckte sie zu Tode. Dann schlief er hier. Ließ seine Tasche im Weg liegen. Und jetzt richtete er sich häuslich ein und prahlte mit seinen Kochkünsten.

»Ganz ehrlich, ist das dein Ernst!«, platzte es aus ihr heraus.

Greg stellte die Tüte auf den Tisch und hob abwehrend die Hände. »Ich versuche, es wiedergutzumachen.«

»Aber dir ist schon klar, dass du hier nicht wohnst, oder?«

Ohne die Hände zu senken, hielt er kurz inne und sah sich um.

»Oh, soll ich abhauen? Offensichtlich habe ich deine Geduld überstrapaziert.«

Als sich ihre Blicke trafen, bekam Holly seltsamerweise ein schlechtes Gewissen. Vielleicht war es doch nicht ganz fair, ihn auf die Straße zu setzen.

»Ich bin in einer Stunde zum Standup-Paddling verabredet«, sagte sie schroff und warf einen Blick auf die Wanduhr.

»Der Kaffee ist schon fertig«, erwiderte er mit dem Anflug eines Lächelns.

Sie folgte seinem Blick zur Anrichte, wo bereits zwei Becher neben einer Cafetiere standen. Die Aussicht auf ein richtiges Frühstück war verlockend. »Na gut.«

»Du musst mir nicht danken.«

»Fordere dein Glück nicht heraus!«

Zehn Minuten später hatte Holly den Tisch gedeckt und genoss ihren dampfend heißen Kaffee, während Greg eine Pfanne mit Rührei, Pilzen, Tomaten und Black Pudding auftischte.

»So, bitte.« Er stellte einen Teller vor ihr ab. »Ketchup? Brown Sauce?«

Holly lief das Wasser im Mund zusammen. Sie schlug alle Warnungen in den Wind, dass man nichts essen sollte, bevor man ins Wasser ging. Dies hier war ein echtes Festmahl! Sie betrachtete es, stutzte und biss die Zähne zusammen.

»Was ist denn?« Greg nahm ihr gegenüber Platz und reichte ihr Toast und Butter. »Bist du etwa Vegetarierin? Sorry, das hätte ich vorher fragen sollen.«

Holly lächelte. »Nein, obwohl das komisch ist für jemanden, der sich beruflich um Tiere kümmert.«

»Warum verziehst du dann das Gesicht?«

»Ich hab noch nie Blutwurst gegessen, und beim Gedanken, mir geronnenes Blut einzuverleiben, wird mir etwas flau.«

»Da hast du was verpasst!«, entgegnete Greg. »Und ich kann dir versichern, dass das Zeug hier koscher ist. Es kommt von einer Farm in der Nähe. Falls es dir schmecken sollte, kann man die Blutwurst freitags und samstags im Laden kaufen.«

»Klingt gut, aber ich weiß nicht, ob ich das runterkriege.« Holly zögerte und versuchte, nicht an die Zutaten zu denken.

»Doch, das schaffst du. Schließlich hast du auch souverän einen Einbrecher in seine Schranken gewiesen. Also, versuch's mal ...«

Holly beäugte die Blutwurst, holte tief Luft, spießte ein Stück auf, schloss die Augen und kostete, in der Hoffnung, es nicht gleich wieder ausspucken zu müssen. Aber zu ihrem Erstaunen war es genauso köstlich, wie Greg vorausgesagt hatte. Mürbe, leicht krümelig und würzig. Ziemlich aromatisch.

»Und?«, fragte er, während sie kaute.

»Ich bin angenehm überrascht. Obwohl das viele Essen hier keine gute Idee ist. Entweder ich kriege Magenkrämpfe oder versinke wie ein Stein im Wasser.«

»Aber dir ist schon klar, dass wir Januar haben, oder?« Greg bestrich seinen Toast mit Butter. »Bist du etwa so eine Art Sportmasochistin?«

»Herzlichen Dank für den Hinweis, aber mir ist die Jahreszeit vollkommen bewusst. Doch die ist unwichtig, weil ich auf dem Board stehen werde. Eigentlich wäre ich deswegen auch nicht in Zeitnot, aber ich habe dem Arzthelfer vorgeschlagen, mich zu begleiten. Er kommt mich abholen.« Sie blickte auf ihre Uhr. »In etwa fünfundvierzig Minuten.«

Während sie das sagte, merkte sie, dass sie ohne diese Verabredung mit Freuden auf das Standup-Paddling verzichtet hätte, um ein bisschen länger mit Greg zu plaudern. Sein nächtliches Eindringen hatte sie ihm schon fast verziehen. Außerdem wollte sie unbedingt wissen, wieso er auf ihrem Sofa hatte schlafen müssen.

»Das hab ich noch nie ausprobiert«, erwiderte er. »In Prospekten für Karibikreisen sieht es großartig aus. Aber in der eisigen Nordsee?«

»Hast du etwa Angst vor kaltem Wasser?«

»Nicht doch! Schließlich bin ich hier aufgewachsen. Nein, mir imponiert, dass du es versuchen willst – wo du doch aus dem wohltemperierten Süden kommst.«

»Tja, nächstes Mal musst *du* mich mal begleiten«, sagte Holly und schenkte Kaffee nach.

»Gerne«, nickte er und goss ihnen beiden einen Spritzer Milch ein.

Als ihre Blicke sich trafen, lächelte Holly ihn an. Seine Haare waren an diesem Morgen zerzaust, und sein Bartschatten wirkte dunkler. Zu einer schicken Jeans trug er einen dunkelblauen Guernsey-Pullover, der seine kräftige Statur betonte. Er war unleugbar ein attraktiver Mann, dachte sie und spürte ein sachtes Ziehen unter ihren Rippen. Sie versicherte sich innerlich, dass es nicht schlimm war, jemanden attraktiv zu finden. Hauptsache, man blieb auf Abstand.

Irgendwie hatte sie den Eindruck, ihn schon mal gesehen zu haben. Dann bemerkte sie leicht irritiert, dass sie zu vergessen drohte, wie dreist er gewesen war, und beschloss, dass es Zeit war, ein paar Antworten von ihm zu bekommen.

»Wieso bist du gestern Abend hier aufgetaucht? Du hast wohl keine Familie hier, sonst wärst du dorthin gegangen.«

Seine Miene verdüsterte sich. »Doch, meine Familie lebt hier – schon seit Jahrhunderten. Auf der Auchintraid-Farm.«

Prüfend sah Holly Greg an. Greg Dunbar. Zwar hatte er am Vorabend seinen Nachnamen genannt, doch war sie viel zu sehr mit ihren Abwehrmaßnahmen beschäftigt gewesen, um die Verbindung herzustellen. Deshalb kam er ihr so bekannt vor! »Bist du mit Angus verwandt?«

»Aye. Er ist mein Bruder und wohnt mit meiner Mutter oben auf der Farm.«

»Wieso übernachtest du nicht bei ihnen?«

»Ich hatte gestern Streit mit Angus. Riesenstreit«, erklärte er mit grimmiger Miene. »Also besuche ich Mum erst, wenn ich weiß, dass er weg ist.«

»Oh«, sagte Holly. Mehr fiel ihr nicht ein.

Schweigen dehnte sich zwischen ihnen aus. Greg schaute sie an, und Holly sah an seinem Blick, dass er keine weiteren Fragen dulden würde. Es ging sie ja auch nichts an – im Grunde war er ein Fremder. Das Schweigen zog sich in die Länge, bis Greg zu Hollys großer Erleichterung das Thema wechselte.

»Und was ist mit dir? Ich würde gern mehr über dich erfahren. Zum Beispiel, was du hier machst. Und wie es kommt, dass du erst jetzt Black Pudding probierst.«

Holly richtete sich auf und nippte an ihrem Kaffee. »Ich bin für ein Jahr hier, um Erfahrungen mit Farmtieren zu sammeln, bevor ich in eine neue Tierklinik in Berkshire gehe. Eigentlich wollte ich direkt dort anfangen, aber seit der Uni habe ich nicht mehr mit Kühen und so weiter gearbeitet – ich hab mich auf

Kleintiere spezialisiert. Doch offenbar muss ich mich mit allem auskennen, wenn ich vorankommen will. Außerdem tut meine neue Chefin Hugh MacDougal einen Gefallen – sie ist eine alte Freundin von ihm.«

»Du klingst nicht gerade begeistert.«

»Nein, es liegt nur daran, dass ich mich eigentlich auf etwas anderes vorbereitet habe. Ich hab wie wild geschuftet, um eine Stelle wie die in der Klinik in Ascot zu kriegen. Es war ein super Angebot.«

»Klingt, als wärst du ziemlich karrierebewusst.«

»Absolut. Eines Tages will ich meine eigene Praxis haben, meine eigene Chefin sein, mit allem, was dazu gehört. Mir ist klar, dass es nicht gerade angesagt ist, sich so ehrgeizig zu zeigen. Aber ich bin es eben.«

Das musste sie auch sein, sie hatte gar keine andere Wahl. Denn ihr Dad hatte sich nie um sie gekümmert, und das Geld war eigentlich immer knapp gewesen.

Gute Noten waren ihr Ticket aus der Sozialwohnung mit dem undichten Dach und den billigen Möbeln gewesen. Ihre gesamte Schulzeit arbeitete sie hart, um das Fundament zu schaffen, denn als Erwachsene wollte sie als Erstes finanzielle Sicherheit.

»Wann hast du gewusst, dass du Tierärztin werden willst?«, fragte Greg.

»Schon ziemlich früh«, erklärte Holly und erzählte, dass sie stundenweise im Tierheim ausgeholfen hatte, kaum dass sie alt genug war. Mrs Barron, die freundliche Dame, die es geleitet und sich auch oft um Holly gekümmert hatte, wenn ihre Mum übers Wochenende verreiste, hielt Holly für ein Naturtalent und verschaffte ihr ein Praktikum in der Tierarztpraxis ihrer Schwester – für das sie selbst bezahlte. Holly hatte während der Ferien eine Woche dort gearbeitet, und damit stand ihre Entscheidung fest.

»Du hast darauf hingearbeitet, seit du ein Teenager warst?« Greg wirkte beeindruckt.

»Ja, ich war immer gerne mit Tieren zusammen. Ein eigenes Haustier durfte ich nie haben – zu teuer –, obwohl ich mir jedes Jahr eins zum Geburtstag wünschte. Der nicht ganz so romantische Beweggrund war, dass ich wusste, als Tierärztin hätte ich ein anständiges Gehalt und eine lebenslange Beschäftigung – wenn ich es denn wollte.«

»Das kann ich nachvollziehen.«

»Ehrlich?« Holly knabberte an ihrem Toastbrot.

»Ja klar. Ich bin auf einer Farm aufgewachsen, da kann das Geld auch ziemlich knapp werden. Egal ... was ist dann passiert?«

Mit sechzehn hatte sie jeden Samstag in der Hill View Tierpraxis am Empfang gearbeitet und außerdem den Ärzten und Angestellten mit den Tieren geholfen. Es gefiel ihr nicht nur, wie ihr Kontostand stieg, sondern auch, dass sie Tieren helfen und damit ihre Besitzer glücklich machen konnte. Zwei Jahre später bekam sie ein Stipendium an der Universität von Bristol, um dort Tiermedizin zu studieren. Bei der Abschluss-Zeremonie hatte sie gesehen, dass ihre Mutter im Publikum zu Tränen gerührt war. Vor lauter Erleichterung, es geschafft zu haben, hätte Holly selbst weinen können.

»Deine Mutter war bestimmt sehr stolz auf dich«, sagte Greg.
Holly dachte an ihre Mum. Die Zynikerin in ihr fragte sich, ob Jackie vielleicht nicht nur vor lauter Erleichterung geweint hatte, die Verantwortung für ihre einzige Tochter los zu sein und endlich nach ihrem Gusto leben zu können. Oder war dieser Verdacht zu gemein?

Jedenfalls war sie jetzt hier, bereit, den nächsten Schritt zu tun. Wenn sie erst ein paar Jahre in Berkshire gearbeitet hätte, könnte sie sich vielleicht eine eigene Praxis leisten und diese kontinuierlich erweitern. Sie könnte selbst Angestellte haben, ein eigenes Zuhause, Ersparnisse und Geld für Investitionen und – obwohl das ziemlich frivol war – vielleicht auch eine Designerhandtasche. Oder auch nicht. Eigentlich war sie ein Rucksackmädchen. Aber es wäre nett, sich eine kaufen zu können.

»Jetzt weißt du es«, sagte Holly. »Zugegeben, ich klinge wie ein Workaholic. Aber das bin ich nur, weil ich die Kontrolle über mein Leben haben möchte.«

Greg schaute sie an. »Das verstehe ich.«

»Ehrlich? Oder willst du nur höflich sein?«

»Nein, ehrlich. Wie ich schon sagte: Geld ist wichtig. Es ist vielleicht nicht alles, aber es kann wirklich nützlich sein.«

Genau so sah Holly es auch. Als sie einen Schluck von ihrem Kaffee trank, merkte sie, dass sie unter seinem forschenden Blick leicht nervös wurde.

»Und wie geht deine Geschichte?«, fragte sie. »Aus deinen schlammfreien Schuhen und deinen Bemerkungen schließe ich, dass du nicht auf der Farm arbeitest.«

»Die spare ich mir fürs nächste Mal auf. Wenn wir noch länger reden, verpasst du dein Boot, beziehungsweise dein Standup-Board, du verrückte Sassenach.«

»Sasse...was?«

»Englische Person«, erklärte er und zeigte auf die Uhr an der Wand.

Holly sprang auf. »Mist! Ich weiß, es ist komisch, aber ich muss dich hier allein lassen.« Wie ein Tornado fegte sie durch die Wohnung, sammelte alles zusammen, was sie brauchte, und warf es auf einen Haufen neben der Haustür. Greg sah ihr dabei zu. »Kann ich dir irgendwie helfen?«

»Wenn noch Kaffee da ist, könntest du ihn bitte in meine Thermoskanne gießen? In die große im Schrank neben der Spüle.«

Der Wetterbereich hatte einen sonnigen Tag versprochen, und Holly würde auf dem Wasser warm werden, allerdings ging sie davon aus, dass ihr die Zehen abfrieren würden. Sie hoffte nur, Paolo hätte einen anständigen Neoprenanzug. Wenn nicht, würde sie ihn schockgefroren ans Ufer wuchten müssen, und an seinen Ohren würden Eiszapfen hängen.

»Ich muss mich umziehen, dann komme ich wieder runter«, rief sie und rannte die Treppe hinauf.

Drei Minuten später war sie mit einem aufblasbaren Standup-Board, einem Paddel und einem voll gepackten Rucksack bereit zum Aufbruch. Sie fühlte sich wie eine Schildkröte, weil sie alles Notwendige auf dem Rücken trug. Sollte sie hinfallen, würde sie nie wieder aufstehen können und am Stand liegen müssen, bis sich jemand ihrer erbarmte.

»Ich hab einen Karabinerhaken in meiner Tasche«, bemerkte Greg belustigt. »Falls du noch die Küchenspüle anhängen willst.«

»Ha ha ha!«, erwiderte Holly grinsend. »Die kannst du behalten. Aber da wir schon davon reden: Kümmerst du dich vielleicht um den Abwasch?«

»Moment, ich hab doch das Frühstück gemacht!«

»Moment, ich hab gestern Abend nicht die Polizei gerufen!« Diese Bemerkung wehrte er mit einer Hand ab. »Ach, das nächste Revier ist meilenweit entfernt. Da wäre keiner gekommen. Aber danke noch mal, dass ich hierbleiben durfte. Wenn du zurückkommst, werde ich weg sein.«

Merkwürdigerweise verspürte sie einen Anflug von Enttäuschung. Dabei hatte sie nicht mal zwölf Stunden zuvor gedroht, ihm den nächstbesten Gegenstand über den Schädel zu ziehen.

»Na klar. Dann bis irgendwann mal«, sagte sie mit gemischten Gefühlen. »Und lass den Ersatzschlüssel hier.«

»Heißt das, du willst nicht, dass ich noch mal unangemeldet hier auftauche? Das kränkt mich aber.«

»Leb wohl, Greg Dunbar.«

Als sie ging, hatte Holly eher das Gefühl, sich von einem Freund zu verabschieden als von einem Fremden. Sie musste sich eingestehen, dass sie die Begegnung mit Greg genossen hatte. Mehr noch: Hätte jemand sie durchs Fenster beobachtet, hätte er gedacht, sie würden sich schon seit Jahren kennen.

 **KAPITEL 5**

Im Zwielicht des anbrechenden Tages lehnte Paolo an der Hafenmauer. Es sah aus, als verabschiedete Holly sich gerade von jemandem, was eigentlich nicht sein konnte, da sie allein lebte.

Als sie mit einem Pullover über dem Neoprenanzug und einem riesigen Rucksack auf dem Rücken zu ihm joggte, sah sie aus wie ein Marine bei einer Übung. Nein, eher wie eine Amazone. Wenn er einen Kopf größer und hetero gewesen wäre, hätte sein Herz höher geschlagen. Manche Menschen sahen in Surferklamotten einfach großartig aus, und sie gehörte definitiv dazu. Aber am Abend zuvor im Pub hatte er nicht das Gefühl gehabt, dass Holly, in Jeans, Pulli und ohne Make-up, sich ihres guten Aussehens bewusst war. Weshalb er sie noch mehr mochte.

Er hüpfte auf der Stelle und kam sich dabei ein bisschen dämlich vor. Im Gegensatz zu Holly war seine Figur nicht für einen Neoprenanzug geschaffen. Er war schmal – sogar drahtig – mit einer Figur, die sich fürs Klettern oder Marathonlaufen eignete. Er liebte lange Spaziergänge, vorzugsweise, wenn es nicht regnete, aber vor allem schlug sein Herz für Antiquitätenläden, Museen und Bibliotheken. Für Orte, wo es warm war und erstklassige Kaffeespezialitäten serviert wurden.

Im Licht der aufgehenden Sonne glitzerte das Meer. An sonnigen Tagen fühlte man sich in Eastercraig manchmal wie am Mittelmeer, vor allem wenn sich das türkisfarbene Wasser in den flachen Buchten zurückzog und einen schmalen Streifen Sandstrand zurückließ, der von Felsen und Meerestümpeln begrenzt wurde. Aber die kühle Brise erinnerte ihn daran, dass sie hier nicht in Griechenland, Spanien oder Italien waren und er seine Entscheidung vielleicht bereuen würde, sobald sie erst auf dem Wasser wären.

»Warum tust du das, Paolo?«, fragte er sich laut. »Das ist doch Wahnsinn.«

Dabei kannte er die Antwort. Ohne Fabien waren seine Wochenenden viel zu einsam. Zwar konnte er mit Chloe abhängen, aber sie verbrachte auch Zeit mit ihrer Familie oder mit ihren alten Schulfreundinnen Isla und Morag. Er selbst unternahm manchmal mit Leuten aus dem Ort Wanderungen. Aber das war nicht dasselbe, wie einen Freund zu haben. Ohne eine intime Beziehung fühlte er sich ein kleines bisschen einsam, und morgens, im ersten Tageslicht, war es immer noch etwas schlimmer. Andererseits mochte Holly noch einsamer als er sein, obwohl sie ziemlich selbstgenügsam wirkte. Glücklicherweise freute sie sich über einen Begleiter auf dem Wasser und war alles andere als langweilig.

»Du siehst super aus«, rief er Holly zu, als sie die Straße überquerte.

Sie grinste ihn an. »Bereit zum Morgenappell?«

Paolo hielt die Rettungsweste hoch, die er von seinem Nachbarn geliehen hatte, und zog die Augenbraue hoch wie 007: »Bestehe ich damit die Musterung?«

»Ha, gut gekontert!«

Er bot ihr an, beim Tragen zu helfen, und bekam das Paddel. Sie waren bestimmt ein merkwürdiges Paar, dachte Paolo, weil sie so früh am Samstagmorgen am Meer entlangtrotteten. Ansonsten waren nur Gassigänger mit ihren Hunden unterwegs, und Frühaufsteher, die einen Liter Milch kaufen wollten.

»Gut geschlafen?«, erkundigte er sich. »Ich hab die ersten Nächte an einem neuen Ort immer Probleme. Als ich aus der Stadt hierherzog, kam ich überhaupt nicht mit der Stille und Dunkelheit klar und brauchte mindestens eine Woche, um mich daran zu gewöhnen.«

»Ich konnte auch nicht gut schlafen. Aber es lag nicht am mangelnden Lärm oder Licht. Du glaubst nicht, was passiert ist, als ich nach Hause kam.«

Staunend hörte Paolo zu, als sie ihm die dramatische Geschichte erzählte. »Wow, du hast Greg Dunbar fast mit einem Hocker erschlagen?«, rief er aus. »Einer der beliebtesten Söhne unserer Stadt steckt eine Schlappe gegen die neue Tierärztin ein. Ich fasse es nicht, dass er bei dir übernachten durfte.«

»Ich auch nicht.«

»Offenbar ist er ziemlich charmant.«

»Kennst du ihn gut? Er hat nicht viel von sich erzählt, sondern vor allem mich reden lassen.«

Sie liefen die Slipanlage hinunter und pumpten das Board auf.

»Aye, also ich habe von ihm gehört. Er kommt von der Auchintraid-Farm, die Angus übernahm, als ihr Vater starb. Greg zog vor einer Weile nach Aberdeen, folgte dem Ruf des

Geldes. Ich glaube, er ist im Finanzwesen oder Anwalt. Ist er dein Typ?«

Er sah, dass Holly rot wurde. »Unattraktiv ist er nicht. Aber wie ich schon sagte, bin ich momentan nicht auf der Suche.«

»Nicht mal einen kleinen Flirt ab und zu? Soweit ich weiß, ist Greg Single und *liebt* kleine Flirts – und ich verwende ausdrücklich den Plural. Ich sollte dich warnen: Er ist ein Ein-Mann-Blitzkrieg in Sachen Sex.«

So konnte man es auch ausdrücken. Greg Dunbar hatte einen Ruf als Ladykiller. Jedenfalls laut Chloe. Und Angus. Und ein paar Gästen aus dem Pub. Offenbar war Greg dafür bekannt, dass er sich höchstens ein, zwei Monate auf jemanden einließ.

Holly wirkte entsetzt. »Wenn du mich damit ermutigen willst, muss ich dich enttäuschen. Ich bin immun gegen so was.«

Zwar wollte Paolo ganz und gar nicht keusch bleiben, doch in Eastercraig hatte er nicht viele Möglichkeiten. Die Stadt war winzig, jeder kannte jeden, und sollte es tatsächlich noch einen anderen Mann außer Fabien für ihn geben, hatte er noch nicht von ihm gehört.

»Eine Schande«, seufzte er, »dass die Umstände mich zwingen, meinen Traum vom Glück zu zweit nur über Projektionen zu realisieren.«

Holly sah ihn mitleidig an. »Was ist denn mit Chloe? Die könntest du doch verkuppeln. Zum Beispiel mit Angus.«

»Das ist so gut wie unmöglich. Ich hab's schon versucht. Ohne Erfolg. Du kannst sie später darüber ausquetschen. Sie kommt doch zum Tee, oder?«

»Heute Nachmittag«, bestätigte Holly. »Aber jetzt lass uns rausfahren, bevor die Gezeiten wechseln.«

Paolo stand auf dem Anleger und trippelte hin und her, als kleine Wellen seine Füße überspülten. Nur gut, dass er zwei Thermohemden übereinander angezogen hatte. Holly schnappte sich das Board und rannte ohne Vorwarnung ins Wasser, sprang auf und paddelte ein paar Meter.

»Super erfrischend«, rief sie, glitt vom Board und stand bis zur Taille im Meer. »Komm schon!«

Paolo holte tief Luft und rannte brüllend ins Wasser. Wie befürchtet, war es eiskalt. Er kletterte aufs Board, fühlte sich dabei so ungelenk wie ein Nilpferd, und nahm das Paddel von Holly entgegen.

»Ab mit dir«, sagte sie und watete neben ihm durchs Wasser.

»Und wenn ich reinfalle?«, fragte Paolo mit klappernden Zähnen. »Dann sterbe ich.«

»Aber schwimmen kannst du doch, oder?«

»Na klar. Aber es ist eiskalt. Ich werde an Unterkühlung sterben.«

»Du wirst schon warm werden«, versprach Holly. »Los, paddle.«

Das fasste sein momentanes Leben ziemlich gut zusammen, dachte Paolo. Er zog das Paddel durch die widerspenstigen Wellen, hielt den Kopf über Wasser und wirkte von außen, als käme er klar. Aber innerlich durchdrang ihn die Kälte. Also blieb ihm nichts anderes übrig, als weiterzupaddeln.

»Wenn das so einfach wäre«, gab er zurück.

Aber schon eine halbe Stunde später musste Paolo zugeben, dass ihm das Standup-Paddeln gefiel. Beim Aufwachen hatte er seine dem Alkohol geschuldete Zusage noch bitter bereut. Für seinen Geschmack war es nicht nur zu früh und zu kalt, sondern auch ein bisschen zu trendig. Er genoss die Natur lieber, indem er sich entweder die neueste Attenborough-Doku anschaute oder seine Wanderstiefel anzog, ein Picknick und ein Buch in den Rucksack packte und zu einem friedlichen Plätzchen wanderte, wo er es sich im Farnkraut gemütlich machte und las. Oder Tiere beobachtete. Hätte man ihn als komischen Kauz bezeichnet, hätte er das als Kompliment betrachtet.

Aber das Standup-Paddling war ziemlich belebend, und er spürte Muskeln, von denen er bislang nichts geahnt hatte. Seine Waden brannten. Abgesehen davon, konnte er die Küste jetzt aus einer ganz anderen Perspektive sehen. Eine Weile hatte Holly das Paddeln übernommen, während er vor ihr saß wie Buddha im Schneidersitz. Er genoss die – wenn auch kalte – Stille und vergaß alles, was ihm an Land Kummer bereitete.

Als sie zurück zum Ufer paddelten, zog Holly ihre Schwimmweste aus, sprang ins Wasser und tauchte für einen Moment unter. Paolo beugte sich zu ihr und sah sie ungläubig an. »Bist du wahnsinnig geworden?«

»Es geht doch nichts über ein erfrischendes Tauchbad. Was ist, kommst du auch? Sind doch nur zwanzig Meter.«

Er schüttelte vehement den Kopf. »Du wirst schon ganz blau. Außerdem muss ich das Board verteidigen.«

»Vor wem?«

»Vor diesem Burschen da«, sagte Paolo und zeigte aufs Wasser.

Sporran kam auf sie zugeschwommen und bellte freudig, weil er sah, dass ihm jemand Gesellschaft leistete. Jedenfalls hoffte Paolo, dass es ein freudiges Bellen war. Es wäre doch zu schade, wenn er versuchen wollte, an der neuen Tierärztin zu knabbern!

»Soll ich wieder aufsteigen?«, fragte Holly verunsichert.

»Ich weiß nicht, ob schon mal jemand mit ihm im Wasser war. Das ist sicher kein Problem, trotzdem schwimm lieber mal ein bisschen schneller. Lass dir keine Angst anmerken, aber erschrecke ihn auch nicht.«

Vorsichtig begann Paolo zu paddeln. Auch Seehunde konnten beißen. Das brachte einen zwar nicht um, aber dann brauchte man eine Mordsdosis Antibiotika. Er hatte noch nie gehört, dass jemand in der Gegend von einer Robbe angegriffen worden war, doch es gab für alles ein erstes Mal. Auf keinen Fall wollte er, dass es jetzt dazu kam. Glücklicherweise war Holly eine gute Schwimmerin, und sie befanden sich in der Nähe des Ufers.

An der Promenade hatten sich ein paar Fußgänger versammelt, die sich wahrscheinlich fragten, was für Verrückte sich zu dieser Jahreszeit aufs Meer wagten. Sie sahen zu, wie sie mit dem Standup-Board an der Slipanlage landeten. Als Paolo anlegte, richtete Holly sich auf und watete die letzten Meter aus dem Wasser. Dann drehten sich beide um und blickten zu Sporran, der im Hafenbecken schwamm. Er wirkte fast ein wenig gekränkt, weil er zurückgelassen worden war.

»Gut, dass er mich nicht angeknabbert hat«, bemerkte Holly. »So zutraulich wie er ist.«

»Allerdings«, nickte Paolo mit klappernden Zähnen. »Es ist ein Wunder, dass noch nie was passiert ist, wo die Leute ihm beim Füttern doch so nah kommen.«

»Aber abgesehen davon: Wie hat's dir gefallen?«, fragte Holly und wandte sich zu ihm. »Habe ich dich bekehrt?«

Mit diesem Ausflug hatte Paolo sich selbst überrascht. Er fühlte sich fast wie ein neuer Mensch. Von seinem Kopf, wo seine Haare steif vom Salzwasser abstanden, bis hinunter zu seinen tauben Zehen fühlte sich sein Körper vollkommen anders an. Aber richtig gut. Und sein Geist war völlig entspannt.

»Meine Gänsehaut hat eine Gänsehaut, aber ich glaube, ich könnte mich noch mal dazu überreden lassen«, antwortete er. »Nächste Woche um dieselbe Zeit?«

»Gern, wenn ich keine Bereitschaft habe. Wir können einen festen Termin daraus machen.«

Sehr gut: Je weniger Zeit er mit sehnsüchtigen Gedanken an Fabien oder irgendeinen anderen Mann verbrachte, desto besser.

 # KAPITEL 6

Holly betrat ihr Haus. Sie zitterte am ganzen Körper und musste dringend unter die heiße Dusche. Sie begann, ihren Neoprenanzug auszuziehen, hielt dann aber inne.

»Greg?«, rief sie.

Obwohl sie einen Sportbikini unter dem Anzug trug, wollte sie nicht so entblößt dastehen, wenn er noch im Haus war. Ein unerwarteter Striptease konnte die falschen Signale aussenden.

Aber sie erhielt keine Antwort, und als sie sich umschaute, bemerkte sie, dass die Reisetasche fort war. Zwar hatte er gesagt, er würde bei ihrer Rückkehr nicht mehr da sein, doch jetzt fühlte sie sich seltsam enttäuscht.

Als Paolo sie wegen Greg aufzog, hatte sie alles abgestritten – selbstverständlich, schließlich war er immer noch praktisch ein Fremder –, doch ihr Erröten hatte sie verraten. Und nicht nur gegenüber Paolo, sondern auch gegenüber sich selbst. Obwohl sie den Kerl erst eine Nacht kannte, hatte er sich schon in ihrem Kopf festgesetzt. Jetzt stand sie hier im Flur und dachte, es wäre doch nett gewesen, wenn er geblieben wäre.

Davon abgesehen, hatte sie Paolos Warnung, dass er einen hohen Frauenverschleiß hatte, ein bisschen abgeschreckt – nein, mehr als nur ein bisschen. Niemand wollte das neueste Opfer eines Ladykillers werden. Sie hatte immer den Verdacht gehegt, dass ihr Vater auch so einer gewesen war. Denn ihre Mum hatte nie ein Wort über ihn verloren, hatte sich schlichtweg geweigert. Allein die Bezeichnung löste bei Holly schon einen Fluchtreflex aus. Dann schrillten bei ihr die Alarmglocken, weil sie unfehlbar an ein paar von Jackies unangenehmeren Liebhabern denken musste. Aber als sie sich am Morgen mit Greg unterhalten hatte, schien er weitaus mehr zu sein als nur ein Frauenheld. Vielleicht jedoch bestand seine Taktik darin, einen guten Eindruck zu machen. Nach Jahren der Übung konnte Greg die Rolle des »charmanten Fremden« wahrscheinlich im Schlaf spielen.

»Keine Ablenkungen«, ermahnte sie sich, während sie den Neoprenanzug abstreifte. »Du willst dich doch nicht von einem Mann vom Ziel abbringen lassen.« Tropfend trug sie den Anzug durch die Hintertür ins Freie.

Draußen befand sich ein winziger Hof – die Bezeichnung »Garten« verdiente er nicht – mit einer Außendusche. Sie spülte den Neoprenanzug mit Süßwasser ab, hängte ihn an einen Haken an der Mauer und rannte nach oben ins Bad.

Fabien, bei dem sie sich für vieles im Haus zu bedanken hatte, war so aufmerksam gewesen, auch eine Regendusche einbauen zu lassen. Man fühlte sich darin wie unter einem Wasserfall, und das würde sich sicher noch nützlich erweisen, denn vermutlich gab es viele Zeiten in Eastercraig, wo man nach einem im Freien verbrachten Tag das Gefühl hatte, nie wieder warm zu werden.

Holly drehte die Dusche an, wartete, bis der heiße Dampf die Kabine erfüllte und trat hinein. Sobald sie in der nächsten

Woche Zeit hatte, würde sie sich ein gutes Duschgel und eine Feuchtigkeitscreme kaufen, um sich in diesem Bad ihr eigenes Spa zu erschaffen. Viel wahrscheinlicher war es jedoch, dass sie sich hier einfach nur die Kuhscheiße abwaschen würde.

Kurz darauf ging Holly in Thermoleggins und lässigem Hoodie nach unten. Sie wollte noch ein bisschen in ihren alten Büchern von der Uni lesen, um ihr Wissen über Nutztiere aufzufrischen, dann Chloe treffen und vielleicht ein bisschen wandern oder joggen. Aber zuerst brauchte sie etwas zu essen. Da sie auch Durst hatte, machte sie Wasser heiß. Da fiel ihr etwas auf der Küchentheke ins Auge.

Ein Zettel mit einer Nachricht! Greg hatte die Cafetiere daraufgestellt, damit er nicht runterfiel. Mit einem unerwarteten Anflug von Aufregung nahm Holly ihn und las.

Holly! Vielen Dank für Deine Gastfreundschaft und Deine angenehme Gesellschaft. Ich hoffe, Du hast das Standup-Paddling überlebt und wurdest nicht vom schlauen Sporran, von Delfinen oder einer Riesenwelle verschluckt. Viel Glück für Montag. Ich hoffe, wir treffen uns bald wieder. Ich bin öfter in der Stadt und würde mich freuen, Dich beim nächsten Mal zu sehen. Herzlich, Greg.

P.S.: Ich hab Dir einen Dundee-Kuchen dagelassen. Zufällig weiß ich, dass Du damit Mr MacDougal am Montag für Dich einnehmen kannst.

Erst jetzt bemerkte Holly auch eine Kuchendose auf der Küchentheke. Darin befand sich ein köstlich aussehender Früchtekuchen, der mit kreisförmig angeordneten Mandeln dekoriert war.

Greg hatte auf dem Zettel keine Nummer hinterlassen. Dabei

hätte sich Holly gern bei ihm bedankt. Aber vielleicht konnten sie sich bei seinem nächsten Besuch wirklich mal treffen, so wie er vorgeschlagen hatte. Bis dahin jedoch, mahnte ihre innere Stimme der Vernunft, sollte sie besser nicht mehr an ihn denken.

Sie fröstelte, weil ihr immer noch nicht richtig warm wurde. Konnte sie sich erlauben, die Heizung aufzudrehen? Schließlich war es Januar. Lächelnd bei dem Gedanken, dass sie solche Verschwendung überhaupt in Betracht zog, stellte sie den Wasserkocher an und ging, um sich einen zweiten Pullover und zusätzliche dicke Wollsocken anzuziehen. Ach, wenn man jetzt irgendwo in der Wärme wäre!

Der Gedanke an ein wärmeres Klima erinnerte Holly daran, dass Jackie sich vermutlich irgendwo in Südeuropa befand und am Strand oder Pool lag. Sie sollte sie anrufen, Jackie wäre jetzt bestimmt wach. Wenn nicht, würde Holly sie eben wecken.

Während der Rufton erklang, stellte sich Holly vor, wie ihre Mutter mit ihren wasserstoffblonden Haaren, den manikürten Fingernägeln und einem Strandkleidchen ihre Bräune auffrischte. Nach ein paar Sekunden hob sie ab.

»Hallo, Hollyschatz. Wie geht's dir?«, fragte sie, und ihre sonst glockenhelle Stimme war so heiser, dass Holly auf einen Kater schloss.

»Gut. Ich bin gestern in Schottland angekommen. Und wie geht es dir?«

»Es ging mir nie besser, Liebling. Allerdings habe ich leichte Kopfschmerzen. Gestern Abend waren es wohl doch ein paar Gläser Wein zu viel.«

Da, das war die Bestätigung! Und wann wollte Jackie ihr erzählen, dass sie nicht in Milton Keynes war?

»Hast du Pläne fürs Wochenende?«, fragte sie listig, um ihre Mutter zu einem Geständnis zu bringen.

»Nein, eigentlich nicht, Liebes. Schlafen, zum Lunch ausgehen, ein bisschen feiern. Ich habe einen wunderbaren Mann kennengelernt. Er heißt Marco.«

Wow! Diesmal hielt Jackie sie wirklich hin. »Und woher kommt Marco?«

»Aus Malaga. Ehrlich gesagt ...«, ihre Mutter kicherte, »bin ich gerade dort! Der Job im Baumarkt war nicht das Richtige für mich, und dann lernte ich Marco kennen und ... na, du kennst mich ja.«

Dieser Enthüllung folgte einer von Mums unnachahmlichen Lachanfällen. Holly fragte sich, wie lange die Sache diesmal dauern würde. Dann ermahnte sie sich, dass sie schon lange nicht mehr bei ihrer Mum lebte und deshalb auch den Niedergang dieser Beziehung nicht mit ansehen musste. Sie schüttelte den Kopf, leicht verzweifelt, weil ihre Mutter einfach unverbesserlich war. Sie glaubte unbeirrbar an die romantische Liebe und suchte immer noch nach dem perfekten Mann – idealerweise nach einem, der ihr Traumleben finanzierte. Eigentlich musste man ihren Optimismus bewundern. Aber da genau dieser Optimismus Holly eine prekäre Kindheit beschert hatte, fiel ihr das schwer.

»Ich verabschiede mich wohl besser«, seufzte Holly, »damit du zurück zu deinem Marco kommst.«

»Danke, Püppchen. Ich weiß, du bist nicht immer mit mir

einverstanden. Aber er ist wirklich nett, versprochen. Und viel Glück bei deinem neuen Job. Ich krieg vielleicht auch einen hier. Marco besitzt ein paar Bars.«

»Bis bald, Mum. Hab dich lieb.«

»Ich dich auch, Holly. Bye.«

Holly beendete das Gespräch. Gott, ihre Mum war einfach unverbesserlich.

Chloe war nervös. Was, wenn sich Holly an diesem Tag als weniger nett erwies? Oder weniger offen? Am Abend zuvor hatten sie sich, befeuert von ein paar Runden Wein, ganz ungezwungen unterhalten. Aber jetzt, kurz vor dem Tee bei ihr, befürchtete Chloe, die neue Tierärztin könnte ganz anders sein als gedacht. Was, wenn sie einen herumkommandierte? Oder launenhaft war? Was, wenn sie sich gar nicht für Chloe interessierte? Ohne Paolo als Beistand überwältigte sie ihre eigene Schüchternheit.

Chloe klopfte an die Tür, gewappnet mit ihrem herzlichsten Lächeln und einer Schachtel Shortbread. Damit konnte man nichts falsch machen. Außerdem war Holly doch einverstanden gewesen, sich nachmittags mit ihr zu treffen!

»Komm rein«, sagte Holly, kaum dass sie geöffnet hatte.

Chloe bot ihr die Schachtel an. »Ein kleines Willkommensgeschenk für dich.«

Sie musterte Holly, die noch lässiger gekleidet war als am Vorabend – wenn das denn möglich war. Chloe hingegen wirkte mit ihrem Latzrock aus Tweed und der selbst gestrickten Jacke mehr als adrett. Natürlich sollte man Menschen nicht nach ihrem Aussehen beurteilen, doch während sie alles liebte, was Vintage war, wirkte Holly ständig so, als wollte sie etwas im Freien unternehmen. Wenigstens hatten sie eins gemeinsam: Tiere. Wenn nötig, konnte man das Gespräch darauf bringen.

»Wow! Danke. Komm, die brechen wir direkt an.« Hollys Gesicht strahlte, als sie die Schachtel sah. »Kaffee? Tee? Oder was anderes?«

Gott sein Dank, wenigstens mochte sie Shortbread! Chloe folgte Holly ins Haus.

»Mir gefällt deine Halskette«, bemerkte Holly. »Ich liebe Schmuck, aber er ist meistens so unpraktisch.«

»Danke.« Chloe berührte kurz ihre bernsteinfarbene Bakelitkette. »Die habe ich aus einem Trödelladen in der Nähe. Wenn du willst, gehen wir mal gemeinsam hin. Er ist ziemlich chaotisch, aber eine echte Schatzkiste.«

»Gern. Aber jetzt ... was möchtest du trinken?«

»Kaffee bitte«, sagte Chloe. Ihre Augen leuchteten auf, als sie die Kuchendose auf der Küchentheke entdeckte. »Das ist doch einer von Fiona, oder? *Bitte* sag mir, dass es einer ihrer Dundee-Kuchen ist. Oder auch Shortbread? Oh, Mann, du wirst in dem Zeug ertrinken!«

»Es ist der Kuchen. Von Greg Dunbar als Wiedergutmachung.«

Chloe riss die Augen auf. Hatte sie richtig gehört? Sofort verschwand ihre Restnervosität. »Den hast du von Greg Dunbar? Wie in aller Welt ...«

Ihr schwirrte der Kopf, weil sie sich einfach nicht vorstellen konnte, wie einer von Fiona Dunbars Kuchen über Nacht in

Hollys Cottage gelandet sein konnte. Oder wie Holly zwischen gestern Nachmittag und jetzt Greg kennengelernt haben sollte. Sie starrte ihre neue Kollegin an, die verlegen von einem Fuß auf den anderen trat.

»Komm schon. Raus damit! Wie bist du an den gekommen?«

»Greg ist hier eingebrochen. Dachte ich wenigstens.«

Als der Kaffee fertig war, erzählte Holly ihr von den Ereignissen der letzten Nacht.

»O mein Gott! Was für eine Geschichte!«, rief Chloe aus und griff nach ihrem Kaffeebecher.

»Ja, oder? Nicht gerade der Empfang, den ich erwartet hatte.«

Chloe neigte den Kopf zur Seite. Sie kannte Greg seit einer Ewigkeit, und er war ein guter Kerl. Allerdings hatte er sich seinen Ruf wohlverdient. »Also, er ist wirklich nicht ganz ungefährlich. Doch wenn du das vorher weißt, kommst du vielleicht gut damit klar.«

»Nicht ungefährlich?«

»Ich kenne ihn ziemlich gut, weil unsere Mütter befreundet sind. Er ist großartig: warmherzig und großzügig. Kommt immer wieder mal vorbei, um nach seiner Mum und der Farm zu sehen. Aber – und das ist ein großes Aber – er hat seine Verlobte eine Woche vor der Hochzeit verlassen. Ohne einen nachvollziehbaren Grund. Ich glaube, danach hat er ein bisschen die Orientierung verloren, und jetzt ist er ein routinierter Serienmonogamist. Doch wenn du auf eine Affäre aus wärst, hättest du mit ihm sicher viel Spaß.«

Holly warf die Hände in die Höhe. »O mein Gott! Er sieht gut aus, das muss ich zugeben, und er ist auch charmant. Aber ich bin nicht interessiert. Ehrlich, du und Paolo könntet glatt eine Dating-Agentur eröffnen. Aber was ist mit dir und Angus?«

Das hätte Chloe kommen sehen müssen. Wenn sie Holly wegen Greg ausfragte, dann musste Holly sich ja mit Angus revanchieren!

»Ach, da ist nichts zwischen uns. Er ist nur ein netter Kerl«, versicherte sie bemüht munter.

Aber damit überzeugte sie niemanden, nicht mal sich selbst.

»Ein netter Kerl, mit dem du gern mal ausgehen würdest?«, hakte Holly mit verschmitzter Miene nach.

Chloe stieß einen lauten Seufzer aus. Sie konnte es genauso gut sofort gestehen, denn irgendwann würde Paolo es verraten. Oder sie selbst, nach ein paar Drinks im Pub.

»Ich mag ihn seit der Schule, aber er war immer einer der beliebten Jungs. Und ich war zu schüchtern, um ihn anzusprechen. Jetzt, da wir erwachsen sind, ist es noch schlimmer. Als ›Chloe aus der Tierarztpraxis‹ bin ich ganz souverän, aber den Rest der Zeit bin ich ein nervöses Wrack. So als wäre ich immer noch vierzehn.«

Während sie das sagte, spürte sie den vertrauten Knoten im Magen, und ihr Puls beschleunigte sich. Dieses Gefühl kannte sie nur zu gut: Aufregung mit einem Hauch Angst. Vielleicht war es auch Angst mit einem Hauch Aufregung. Es war ein Gefühl, das sie seit ihrer Teenagerzeit begleitete, und mittlerweile hatte sie einen Punkt erreicht, wo sie kaum noch sagen konnte, ob dieser Zustand positiv oder negativ war. Sie schob die Hände in die Ärmel ihrer Jacke.

»Aber er hat dich gestern Abend doch angesprochen«, wandte Holly ein.

»Ja, aber nur, um ›Hallo‹ zu sagen. Aus reiner Höflichkeit.«

»Uns andere hat er kaum zur Kenntnis genommen, nur dich. Er ist ziemlich attraktiv, ich verstehe, wieso du für ihn schwärmst. Er sieht aus wie eine ernste Version von Greg.«

»Aye, das stimmt wohl«, nickte Chloe. »Er ist das Gegenteil von seinem Bruder. Greg ist smart, glatt rasiert und gesellig. Angus ist stiller, haariger und brummiger.«

»Bei dir klingt er wie ein Gorilla.«

Chloe lachte. »Nein, das meine ich positiv. Er mag zwar ungeschliffen sein, ist aber eine gute Seele.«

»Also, wann bittest du ihn um ein Date?«

Diese Frage hatte sich Chloe schon oft selbst gestellt und war immer nur zu einer Antwort gekommen. »Das würde ich mich niemals trauen.«

»Wieso denn nicht?«

Aus hundert verschiedenen Gründen. Zunächst einmal, weil sie viel zu schüchtern war. Dann, weil er Nein sagen würde. Oder gar nichts. Weil es tausend andere nette Mädchen in der Gegend gab, die er vorziehen konnte. Weil sie sich lieber selbst das Herz brach, als es sich von ihm brechen zu lassen. So hätte Chloe endlos weitermachen können. Sie fingerte an ihrer Kette, als wäre sie ein Rosenkranz.

»Ich glaube, es würde nicht funktionieren«, sagte sie schließlich lahm, um das Thema zu beenden.

»Ach, komm schon!«, schnaubte Holly. »Woher willst du das wissen?«

»Woher willst *du* wissen, dass eine Affäre mit Greg nicht das Beste wäre, was dir je passiert ist?«, konterte Chloe.

»Touché«, lachte Holly. »Es ist einfach nicht mein Ding. Vielleicht sollten wir ein Abkommen treffen, mal unsere Komfortzone zu verlassen. Ich hab schon angefangen, weil ich ein paar hundert Meilen aus meiner weggezogen bin. Jetzt bist du dran.«

Chloe lächelte. Eastercraig war tatsächlich ihre Komfortzone: der Bungalow ihrer Eltern, in dem sie noch wohnte; der Quilt, den sie aus Stoffresten gemacht hatte und der seit einer Ewigkeit auf ihrem Bett lag; ihre Freunde aus der Schule, der Pub, das sie ein paar Mal pro Woche besuchte. Und die Bewohner des Orts, die sie immer lächelnd grüßten, wenn sie sie trafen.

Aber es war auch der Ort, an dem sie die stille Chloe war. Ein Ort, wo sich nie etwas änderte, wo sie wohl niemals den Mut aufbringen würde, Angus um eine Verabredung zu bitten. Sie stöhnte, weil sie dem Zwiespalt einfach nicht entkam: Meist war es ein Segen, in Eastercraig zu leben. Aber manchmal war es auch ein Fluch.

»Apropos Komfortzone, wie hat sich Paolo geschlagen? Der Mann hat gerne festen Boden unter den Füßen. Und außerdem geschmackvolles Ambiente um sich herum«, sagte Chloe, um das Thema zu wechseln, und hoffte, Holly würde den Hinweis verstehen.

Holly lächelte. »Wie ein Fisch auf dem Trockenen.«

Chloe kicherte, nahm sich noch einen Keks und lehnte sich auf dem Sofa zurück.

KAPITEL 7

Am Montagmorgen wachte Holly auf, noch bevor ihr Wecker klingelte, weil sie so unter Adrenalin stand, dass sie selbst noch nach einem Marathon vor Energie geplatzt wäre. Sie sprang auf und begutachtete die Kleider, die sie für ihren ersten Tag zurechtgelegt hatte.

Manchmal, wenn sie mit Sabber, Scheiße und Schlimmerem bespritzt wurde, träumte sie davon, nur Kaschmirpullover und Seidenblusen zu tragen, Kleider, die nur chemisch gereinigt werden durften. Allerdings hatte sie die Erfahrung gemacht, dass alles, was nicht in der Maschine gewaschen werden konnte, für ihren Alltag ungeeignet war. Sie erinnerte sich noch, wie sie vor Kurzem von einem Spaniel vollgekotzt worden war, und erschauerte.

Vor ihr lagen eine schmale schwarze Hose, eine blaue Bluse und ein dunkelgrauer Pulli mit V-Ausschnitt – alles sehr pflegeleicht. Für den letzten Schliff hatte sie ein Paar kleine smaragdgrüne Ohrstecker hinzugefügt, da sie nach Chloes Vorbild einen Touch Glamour zeigen wollte. Aber jetzt war sie noch nicht bereit, sich anzuziehen.

Draußen war es stockdunkel und zweifellos glatt. Keine idealen Bedingungen fürs Joggen, aber beim Laufen bekam sie am besten einen klaren Kopf. Also warf sie sich die Joggingsachen über, setzte die Stirnlampe auf, die ihr Freunde aus London zum Erste-Hilfe-Kasten für die Highlands mitgegeben hatten, und sprintete los.

Zuerst joggte sie an der Promenade entlang Richtung Landspitze und warf hin und wieder einen Blick auf die Uhr. Weder die Tierarztpraxis noch der Laden waren schon geöffnet. Eigentlich war kein Mensch zu sehen, wahrscheinlich weil sich alle noch unter ihre Daunendecken kuschelten. Sie ließ die Häuser hinter sich und rannte über die mit Ginster bewachsene Landzunge Richtung Finnen Beach, den sie noch nicht gesehen hatte. Paolo hatte ihr am Samstag erzählt, dass dies einer seiner Lieblingsplätze war: sonnig, aber herrlich geruhsam im Sommer, wild und eindrucksvoll im Winter. Wenn sie gegen halb neun dort ankäme, würde sie die aufgehende Sonne sehen.

Als die ersten Sonnenstrahlen die Landspitze erreichten, entdeckte sie, dass die sandige Bucht tatsächlich unglaublich idyllisch war. Während sie über sanfte Dünen und durch hohe Gräser darauf zulief, fiel ihr auf, wie abgeschieden sie war. Der Sand des V-förmigen Strandes war so weiß wie in der Karibik. Wellen schlugen ans Ufer, und die Luft war feucht von der Gischt, die an den Felsen am Rand aufspritzte. Holly wandte sich zum Festland zurück: Es war kein einziges Haus zu sehen.

»Richtig romantisch. Sollte ich je einen Antrag bekommen, dann bitte am Finnen Beach. Idealerweise an einem kalten, aber sonnigen Tag, mit einer Flasche Champagner auf einer karierten Picknickdecke. Und es müsste menschenleer sein«, hatte Paolo gesagt.

»Wie es aussieht, hast du schon gründlich darüber nachgedacht«, hatte Holly lächelnd bemerkt.

»Kann sein«, hatte Paolo geseufzt. »Du wirst es auch erkennen, wenn du es erst mal siehst.«

Nun, da sie hier war, erkannte sie in der Tat, dass er die Wahrheit gesagt hatte. Selbst an einem kalten, dämmrigen Januarmorgen war es unglaublich romantisch. Ganz kurz kam ihr Greg in den Sinn, und sie ertappte sich dabei, wie sie sich vorstellte, ein Glas Champagner mit ihm am Strand zu trinken. Die Sache mit dem Antrag ging für sie einen Schritt zu weit, das verwarf sie sofort, aber wenn er vor ihrer Tür erschienen wäre und sie zu einem zweiten Frühstück hier eingeladen hätte, dann wäre sie sofort dabei gewesen. Rein platonisch natürlich.

Der Gedanke an Essen erinnerte sie daran, dass sie um neun Uhr in der Praxis sein musste, um Hugh MacDougal zu treffen und mit der Arbeit anzufangen. Davor aber brauchte sie noch unbedingt eine Scheibe Toastbrot. Sie betrachtete ein letztes Mal die Aussicht, machte dann kehrt und rannte in den Ort zurück.

Zaghaft öffnete Holly die Tür zur Tierpraxis. Aus einem der Zimmer ertönte ein metallisches Klappern.

»Hallo! Ich bin's, Holly!«, rief sie, blickte durch die entsprechende Tür und entdeckte, dass sie in der Küche gelandet war.

Chloe hob den Kopf. »Willst du auch einen Tee?«

Holly hängte ihren Mantel an den Haken hinter der Tür. »Ja, bitte.«

Chloe grinste schelmisch. »Hast du noch über Greg nachgedacht?«

Holly wollte das schon verneinen – obwohl es eine Lüge gewesen wäre –, da ging die Eingangstür erneut auf, und Paolo erschien. Holly war erleichtert. Er lehnte sich an den Empfang und rollte die Ärmel auf.

»Seid ihr bereit? Sind die Listen fertig?«, fragte er. Er sah die Kuchendose in Hollys Hand. »Nicht schlecht, Anderson. Du weißt, wie man es macht.«

»Muss ich was über Hugh – also Mr MacDougal – wissen? Ihr habt da ein paar Bemerkungen gemacht, die nahelegen, dass es Probleme geben könnte«, sagte sie.

Chloe und Paolo tauschten einen Blick. Darauf folgte ein unangenehmes Schweigen. Holly begriff, dass jeder der beiden darauf wartete, dass der andere etwas sagte. Sie bekam ein flaues Gefühl im Magen.

»Kommt schon«, drängte sie, »gewarnt ist gewappnet.«

»Also gut, die Sache ist die«, begann Chloe und zögerte.

Paolo holte tief Luft und sagte schnell: »Die Sache mit Hugh ist die, dass er das hier schon seit Urzeiten macht. Er hat seine Ansichten und Gewohnheiten, und wenn man anderer Meinung ist, dann kann es schon mal vorkommen, dass er grantig wird.«

Chloe nickte. »Auf andere Dinge reagiert er auch grantig. Zum Beispiel auf Unpünktlichkeit, Unhöflichkeit, Hunger und vermeintliche Dummheit.«

»Vermeintliche Dummheit ...?«

»Im Großen und Ganzen ist er umgänglich«, versicherte

Paolo, »jedenfalls gegenüber den Kunden und uns. Aber hin und wieder explodiert er. Wir nennen ihn ›den Vulkan‹, weil er wie ein Vulkan ist, der normalerweise schläft, der aber manchmal einen spektakulären Ausbruch hat. Doch er wird dich mögen. Du bist schnell, engagiert und siehst aus, als könntest du ein fest steckendes Kalb aus einer Kuh ziehen ... Wenn's sein muss, sagst du ihm einfach, du interessierst dich für Boote.«

»Für *Boote*?«

»Aye«, nickte Chloe. »Das gesamte letzte Jahr hat er an einem gebaut. Er liebt es. Vielleicht kommt ihr euch darüber näher.«

»Ich hab nichts gegen Boote, kenn mich mit ihnen aber überhaupt nicht aus«, wandte Holly ein.

Paolo verzog das Gesicht. »Na dann ... Es wird schon gut gehen. Jetzt zeige ich dir erst mal die Praxis.«

Er ergriff ihren Ellbogen, führte sie am Empfang vorbei und öffnete eine Tür nach der anderen. »Das Behandlungszimmer, Röntgen, Medizinschrank, Labor. Die Zwinger sind hinter der Tür am Ende. Wenn du um die Ecke gehst, kommst du über die Wendeltreppe zu einem kleinen Pausenraum. Dort sind auch die Klos. Aber duck dich da oben, sonst stößt du dir den Kopf an den Dachbalken. So, jetzt komm mal hier rein, denn hier wirst du wohl viel Zeit verbringen.«

Holly folgte ihm ins Sprechzimmer. Es war hell und hatte ein kleines Fenster und einen Behandlungstisch mitten im Raum. Sie passte gut auf, als Paolo die Schubladen aufzog und ihr erklärte, wo was zu finden war, und versuchte, sich alles zu merken.

»Hier müsste mal renoviert werden«, bemerkte Paolo, »aber unser Budget ist knapp. Am besten erwähnt man das nicht gegenüber Hugh.«

Holly nickte nur. Das Sprechzimmer sah noch schlimmer aus als der Empfang. Die Türen der grauen Schränke hingen ein bisschen schief, und von den Oberflächen war an manchen Stellen der Kunststoff abgeplatzt. Die medizinische Ausrüstung war vermutlich in Ordnung, aber sie war aus London an das neueste Equipment gewöhnt. Dies hier war alles veraltet. Allerdings mochte es ausreichen, da ein Großteil ihrer Arbeit wahrscheinlich draußen stattfand.

»Hast du Fragen?«, erkundigte sich Paolo. »Oder sollen wir mal schauen, was heute ansteht? Montags werfen wir immer zuerst einen Blick auf den Terminkalender, sprechen über die Tiere, die wir übers Wochenende hier behalten haben – obwohl wir gerade keine hier haben – und über alles, was gerade anliegt.«

»Nein, ich bin bereit. Mich juckt's geradezu in den Fingern.«

»Dagegen kann ich dir was geben.«

»Sehr witzig«, sagte Holly, war aber dankbar für Paolos lockere Art.

Als sie zurück zum Empfang gingen, strich Holly zum hundertsten Mal ihren Pulli glatt. Da flog die Tür auf, und hereinkam ein kleiner Mann mit faltigem Gesicht, kurz geschorenen weißen Haaren und wässrig blauen Augen, die durch seine Brille vergrößert wurden. Ohne sie zur Kenntnis zu nehmen, zog er seinen Mantel aus und hängte ihn an die Garderobe an der Tür. Darunter trug er eine schwarze Kordhose, ein blaues Hemd und einen granitfarbenen Pullover mit V-Ausschnitt. Holly zuckte innerlich zusammen, als sie erkannte, dass sie identische Sachen anhatten.

»Chloe, Paolo«, sagte er nickend zu seinen Angestellten. Dann entdeckte er Holly. »Oh.«

Holly setzte ein strahlendes Lächeln auf und ging mit ausgestreckter Hand auf ihn zu. »Holly Anderson.«

»Ich weiß, wer Sie sind«, sagte er sachlich, wenn auch nicht besonders freundlich. »Ich bin ja nicht blöd.«

Das brachte Holly aus dem Konzept. »Das hatte ich auch nicht angenommen«, stammelte sie.

»Irgendeiner muss das aber angenommen haben, denn sonst hätte ich jetzt nicht Sie am Hals.«

Der Schock traf Holly wie die Druckwelle einer Explosion. »Wie bitte?«

»Sie haben mich schon verstanden. Ich hab nicht darum gebeten, dass Sie herkommen. Nur Judith hielt das für eine gute Idee.«

»Ich dachte, Sie hätten Personalmangel«, erwiderte Holly und wandte sich zu Chloe und Paolo, die genauso geschockt wirkten wie sie selbst. Sie war wie gelähmt.

Hugh starrte sie finster an. »Ich komme gut allein klar und brauche keinen albernen Jungspund, der sich hier einmischt. Aber jetzt schlag ich vor, Sie halten sich bedeckt und arbeiten hart, dann bringen wir das Ganze schnell hinter uns und Sie können sich wieder nach Hampshire trollen.«

Von allem, was er ihr an den Kopf geworfen hatte, weckte Letzteres Holly aus ihrer Schockstarre. »Berkshire«, sagte sie. »Ich soll in Berkshire arbeiten.«

Hugh sah aus, als wollte er auch darauf eine bissige Antwort geben, da ging die Tür auf, und hereintaumelte eine Frau, die mit einem riesigen roten Kater zu kämpfen schien. Er hatte die Krallen ausgefahren und wand sich in ihrem Griff. Weil die Frau sich so darauf konzentrierte, ihn festzuhalten, knallte sie gegen die Empfangstheke.

»Schnell, Hugh!«, kreischte sie, sank zu Boden und klammerte sich an die wütende Katze. »Du musst ihn nehmen!« Der Kater wand sich so schnell und geschickt in ihrem Griff, dass es aussah, als wollte die arme Frau einen Wackelpudding festhalten, der zum Leben erwacht war.

»Verdammt, wieso ist er nicht in der Box, Jeannie?«, donnerte Hugh.

Bei dieser Frage miaute der Kater aggressiv und konnte sich endlich befreien. Holly wich zurück, als er Richtung Küche sauste. Als sie hörte, wie Porzellan am Boden zerschellte, zuckte sie zusammen.

»Terence!« Die Frau sprang auf.

»Ich geh schon«, meldete Chloe mit gerunzelter Stirn.

»Nein, ich geh«, widersprach Hugh.

Er rollte die Ärmel auf und marschierte zur Küche. Holly trat hinter Chloe und spähte ihr über die Schulter. Paolo legte Jeannie eine Hand auf den Arm.

»Komm schon, Terence«, sagte Hugh und lockte ihn mit Schnalzgeräuschen.

Doch anstatt näher zu kommen, fegte der Kater eine zweite Tasse von der Arbeitsfläche. Dabei tänzelte er umher und warf ihnen einen provozierenden Blick zu. Hugh machte einen Satz, dann hörte man ein Kreischen – ob von Hugh oder Terence war nicht auszumachen –, und schließlich sprang Terence über Hughs Schulter und flitzte zurück in den Warteraum.

Hugh wirbelte herum. Er hatte ein paar böse Kratzer auf dem Arm, und sein Gesicht war puterrot. Er wollte dem störrischen Kater nachjagen, doch als Holly und Chloe auseinanderfuhren, um ihm Platz zu machen, rutschte er auf dem verschütteten Tee aus und krachte mit rudernden Armen und Beinen auf den Boden.

»Jemand muss die verdammte Katze fangen!«, brüllte er.

Holly drehte sich um und ging auf die Knie. Hinter der Empfangstheke lugten zwei Ohren hervor. Als der Kater langsam seinen Kopf blicken ließ, warf Holly ihm ein Lächeln zu, das Mitgefühl ausdrücken sollte. Schließlich wusste sie ganz genau, wie man sich fühlte, wenn man das Opfer von einem von Hughs Wutanfällen war. Die Katze kam auf sie zu – und dann strich sie verblüffenderweise um ihre Beine. Sie hob sie auf und drückte sie fest an sich.

»Und, was machen wir jetzt mit dir?«, frage sie sanft.

Die Frau trat zu ihr. »Tut mir leid. Ich bin Jeannie Douglas, und das hier ist Terence. Letzte Woche kam es zum Kampf mit einer anderen Katze, dabei wurde er ins Bein gebissen, hier, das linke Vorderbein. Ich hab mich zwar darum gekümmert, aber jetzt sieht es so aus, als wäre es entzündet. Ich hab ihn nur getragen, weil er es hasst, hierher zu müssen.«

Holly holte tief Luft. Sie würde sich zuerst um diesen Kater kümmern und das Chaos beseitigen, und dann würde sie Judith anrufen und ihr mitteilen, dass Hugh ein Irrer war und keine neue Stellvertreterin brauchte, sondern eine Therapie zur Aggressionsbewältigung.

»Hugh«, sagte sie mit bemüht ruhiger Stimme, »kümmern Sie sich bitte zuerst um Ihre Kratzer. Paolo, du kommst mit uns ins Behandlungszimmer, dann schauen wir uns die Sache mal an.«

Ohne auf eine Reaktion zu warten, ging sie ins Sprechzimmer und setzte den Kater sanft auf dem Behandlungstisch ab.

»So, Terence«, sagte sie und untersuchte das Bein. »Was hast du dir denn da einbebrockt?«

An der Bisswunde hatte sich ein Abszess gebildet. Terence miaute kläglich, offenbar erschöpft von seinem Versuch, sich zu befreien. Das Ganze sollte ziemlich einfach sein. Sie musste sich nur noch mal von Paolo zeigen lassen, wo sich alles befand.

»Paolo, ich muss den Abszess aufschneiden, mit Salzlösung spülen und Terence dann Antibiotika spritzen. Mrs Douglas, wenn ich ihn behandelt habe, können Sie ihn wieder mitnehmen, müssen aber die Wunde im Auge behalten«, fuhr sie fort und erklärte Jeannie, was sie zu Hause tun sollte.

Kurz darauf verabschiedete sie eine erleichterte Jeannie Douglas und einen wesentlich ruhigeren Terence. Hugh saß auf einem Stuhl am Empfang und unterhielt sich mit einer Dame mit einem Beagle. Als er sie sah, stand er mit verkrampfter Miene auf. Er würde sie doch nicht schon wieder anschreien?

»Auf ein Wort, Holly«, sagte er und wies zur Tür des Behandlungszimmers.

Holly warf einen Blick zu Chloe, die nur entschuldigend die

Schultern zuckte, und dann zu Paolo, der ihr wortlos »Keine Ahnung« signalisierte. Hugh würde sie doch jetzt nicht feuern, oder?

Ihr Vorgesetzter hielt ihr die Tür zum Sprechzimmer auf. Sie trat ein und spürte, wie ihr Magen sich zusammenkrampfte, als er die Tür hinter ihr schloss, denn das erinnerte sie an ein Gespräch mit ihrem letzten Arbeitgeber – das zu ihrer Kündigung geführt hatte. Einen kurzen, schrecklichen Moment befürchtete sie, sie würde in Tränen ausbrechen.

Hugh blickte sie über seine Brille hinweg an.»Miss Anderson, ich brauche eine Stellvertretung, die weiß, was sie tut. Was ist nicht brauche, ist eine wichtigtuerische Judith, die mir einen Grünschnabel Mitte zwanzig schickt, der eine Kuh nicht mal erkennen würde, wenn sie ihm in die Nase bisse. Ich bin Tierarzt und kein Babysitter.«

Mit einem Mal verging Holly der Drang zu weinen. Hätte sie diesen Job nicht gebraucht, hätte sie Hugh gründlich die Meinung gesagt. Doch sie brauchte ihn, also war das keine gute Idee. Sie korrigierte ihn auch nicht wegen ihres Alters, obwohl es ganz nett war, für Mitte zwanzig gehalten zu werden. Halt – das musste sie streichen, denn *nichts* von dem, was er gesagt hatte, war in Ordnung!

Sie holte tief Luft und bemühte sich erneut um eine ruhige Stimme.»Hugh, Mr MacDougal ... ich war genauso überrascht wie Sie, als ich erfuhr, dass ich hier arbeiten soll. Und es tut mir wirklich leid, dass Sie dies als lästige Pflicht ansehen. Aber ich bin sicher, wir werden miteinander zurechtkommen und das Jahr sinnvoll nutzen.«

»Ein ganzes, verdammtes Jahr«, schnaubte Hugh. »Guter Gott!«

»Ich arbeite hart und lerne schnell ... und ich bin eine gute Tierärztin.«

»Das muss sich noch erweisen. Aber jetzt mach ich mir einen Tee und schau mal, wie Sie mit dem Beagle zurechtkommen. Hoffentlich wissen Sie, was Sie tun.«

Holly folgte ihm mit einigem Abstand. Sie hatte noch nie mit so jemandem gearbeitet und wusste auch nicht, ob sie das konnte. Nicht für ein ganzes Jahr.

Um zwölf begab sich Chloe mit ihr zu einer Bank mit Blick aufs Meer, und zwei Minuten später gesellte sich Paolo zu ihnen. Das war ihr Montagsritual, ganz gleich, welche Jahreszeit sie hatten. Um zehn vor zwölf ging Chloe immer kurz zum Café, um für sie beide Krabbensandwichs und Teilchen zu holen, und dann machten sie draußen zusammen Mittagspause, wenn das Wetter es denn eben zuließ. Für Hugh kaufte sie selten etwas, weil er lieber allein Mittagspause machte, aber da sie immer an alle dachte, hatte sie auch eins für Holly gekauft und es eingepackt und mit einem rosa Post-it in der Küche deponiert.

Sie schaute auf, schloss die Augen und ließ sich das Gesicht einen Augenblick von der Sonne wärmen. Bislang war es ein sehr schöner Tag gewesen, doch da Chloe ihr ganzes Leben in Eastercraig verbracht hatte, wusste sie, dass sich das innerhalb von Sekunden ändern konnte. Man musste das Beste daraus machen, solange es dauerte.

Sie setzte sich aufrechter hin und blickte über das Wasser. Weit draußen glitten in paar Boote langsam am Horizont entlang. Der winzige Hafen in der Nähe brummte vor friedlicher Betriebsamkeit. Es herrschte Ebbe, daher sah man den Strand und viele kleine Felsentümpel, in denen kleine Kinder im Sommer begeistert mit ihren Eimerchen spielten. Fischer riefen sich aus ihren Booten freundliche Bemerkungen zu, Bewohner des Orts besuchten die Geschäfte, und hin und wieder fuhr auf der Straße hinter ihnen ein Auto vorbei. Chloe lächelte, als sie auf die Möwen aufmerksam wurde, die über ihrem Kopf kreisten und sie schrill ermahnten, ihren Lunch zu essen, bevor sie es taten. Erst zwei Wochen zuvor hatte sie mitbekommen, wie eine ihrer Freundin Morag ein Kitkat aus den Fingern stibitzte.

»Also los«, sagte sie. »Spuck's aus. Wie macht sie sich? Der Anfang des Tages war ja nicht so vielversprechend.«

Sie wollte unbedingt wissen, was im Behandlungszimmer vorgefallen war. Normalerweise wusste sie über alle Gerüchte Bescheid und erzählte Paolo jedes Detail, das sie am Empfang aufgeschnappt hatte. Aber dieses Mal nicht, was sie geradezu verrückt machte, vor allem, weil Hugh schon wenige Sekunden nach seiner Ankunft ausgerastet war.

Nachdem Chloe sowohl den Freitagabend als auch den Samstagnachmittag mit Holly verbracht hatte, hatte sie entschieden, dass sie Holly gut leiden mochte. Bronwen, die Assistentin vor ihr, hatte sie nicht gemocht. Sie war zwar unglaublich tüchtig gewesen, und in der Praxis war alles wie am Schnürchen gelaufen, aber sie war auch ein bisschen versnobt gewesen und hatte alle Einladungen von Paolo und ihr, gemeinsam in den

Pub zu gehen, abgelehnt. Um das noch zu toppen, hatte sie Chloe wenige Tage nach ihrer Ankunft eröffnet, sie wäre kein Typ für »Mädelsfreundschaften«, sondern verbrächte ihre Zeit lieber in Männergesellschaft. Für Chloe war das, als hätte sie mit Kryptonit gewinkt, und sie ließ sofort die Idee fallen, mit ihr eine lebenslange Freundschaft zu beginnen. Holly hingegen hatte wirklich Potenzial, auch wenn sie nur für ein Jahr blieb.

»Viel mehr als du weißt ich auch nicht«, sagte Paolo. »Gogos Hüften hat sie wie ein Profi behandelt. Sie ist weder unter Druck zusammengebrochen noch unter Hughs kritischem Blick.«

»Und was, meinst du, hält Hugh von ihr?«

»Ehrlich gesagt, glaube ich, er ist ein bisschen von ihrer Größe eingeschüchtert. Sie könnte es schaffen – schließlich ist sie nach den anfänglichen Schwierigkeiten ziemlich problemlos mit allem fertiggeworden, obwohl ihr Hugh über die Schulter geschaut hat. Sie weiß, was sie kann – zumindest bei Kleintieren.«

»Also, Gogo würde ich nicht gerade ›klein‹ nennen. Die Dogge ist größer als ein Shetlandpony.«

Paolo lachte. »Heute Nachmittag wollen sie zur Auchintraid-Farm.«

»Ich weiß. Fährst du auch mit?«

Als Chloe ihn verstohlen von der Seite ansah, nickte Paolo wissend. »Hast du Angst, sie könnte dir Angus wegschnappen, und willst, dass ich sie im Auge behalte? Keine Sorge, ich glaub nicht, dass er ihr Typ ist.«

»Ich frage mich eher, ob Greg ihr Typ ist.«

»Lenk nicht ab. Wenn du nichts wegen Angus unternimmst,

wird sich eine andere diesen streitsüchtigen Bastard schnappen.«

»Er ist nicht streitsüchtig, er ist leidenschaftlich.«

»Ist dasselbe«, sagte Paolo und nippte an seinem Tee.

Plötzlich kam Chloe ein Bild von Angus in seinem mit Schlamm bespritzten Overall in den Sinn. Er war so groß und breitschultrig, dass sie sich oft vorstellte, er würde sie einfach auf seine Arme heben, als wäre sie leicht wie eine Feder. Aber vielleicht nicht, wenn er schlammbespritzt war. Sie würde ihre Phantasie korrigieren müssen, damit ihre Kleider nicht ruiniert würden.

Jetzt stieß sie Paolo leicht in die Rippen. Es war zwecklos, vor ihm etwas zu verbergen. »Erzählst du mir nachher, was es Neues dort gibt?«

»Aye, natürlich. Für dich doch alles, MacKenzie-Ling.«

Da kam Holly mit Mantel, einem Becher Tee und einem Sandwich aus der Praxis.

»Das sieht köstlich aus, ich liebe Krabben. Vielen, vielen Dank«, rief sie und hielt das Sandwich in die Höhe. »Hugh macht zu Hause Mittagspause, also schätze ich, ich kann mich mal kurz zu euch setzen. Ist noch Platz für eine Wikingerin?«

»Du bist witzig«, erwiderte Paolo. »Also ja.«

Chloe lächelte matt, weil sie erleichtert war, dass Holly Meeresfrüchte mochte. Sie schob Paolo ein Stück zur Seite, so dass Holly sich neben sie setzen konnte.

»Wie läuft's mit Hugh?«, fragte Paolo.

Holly sah ihn mit der Miene eines Menschen an, dem eine unangenehme Wahrheit dämmert. »Meine Mentorin meinte, meine Vorgängerin wäre *unerwartet* gegangen. Lag das daran, dass Hugh ... wie soll ich es ausdrücken ... ständig ziemlich aufgebracht war?«

»Es gab da ein paar Meinungsverschiedenheiten«, erklärte Chloe ausweichend.

»Worüber?«

Chloe warf Paolo einen flehenden Blick zu. Er war im Tratschen wesentlich geübter als sie.

»Über alles Mögliche«, riss Paolo das Gespräch begeistert an sich. »Über Computer, Kunden, das Bezahlsystem. Dann schlug sie vor, er sollte sich doch jemanden suchen, mit dem er an seinem Führungsstil arbeiten könnte. Natürlich drückte sie es nicht so aus. Sie gingen sich ständig an die Kehle. Es war schon gut, dass sie ging, sonst würde einer von ihnen nicht mehr leben.«

Holly wirkte alarmiert. »Was?«

»Nein, tut mir leid, ich hab es ein bisschen zu drastisch geschildert. Hab einfach Geduld mit ihm und halte durch.«

Chloe erinnerte sich daran, wie sie als Kind mit ihrem Hamster Munchkin zu Hugh gegangen war. Schon damals hatte er bedrohlich gewirkt, obwohl er nicht besonders groß war. Aber er war auch nett gewesen. Allerdings ließ sich nicht leugnen, dass er im Laufe der letzten Zeit viel grimmiger geworden war. Trotzdem wollte Chloe ihn verteidigen.

»Eigentlich hat er ein ganz weiches Herz«, sagte sie, worauf Paolo schnaubte. »Wirklich! Er vermisst seine Frau Dorothy, die vor ein paar Jahren gestorben ist. Er ist eben einsam, deshalb wirkt er so mürrisch. Paolo hat recht. Es braucht ein bisschen Zeit, damit sich alles einspielt.«

Schweigend aßen sie ihren Lunch. Nach einer Weile seufzte Holly.

»Du wohnst hier doch schon dein ganzes Leben, oder, Chloe? Bekommst du diese Aussicht manchmal satt?«

Chloe blickte aufs Meer mit seinen faszinierenden dunklen Wellen und den weißen Schaumkronen, die kurz auftauchten und dann wieder verschwanden.

»Nein«, sagte sie. »Nie. Wenn ich das Meer betrachte, vergesse ich manchmal völlig die Zeit.«

»Hey Chlo, kannst du Holly ein paar Tipps zu Auchintraid geben? Du weißt doch eine Menge über die Farm. Und den Farmer«, bemerkte Paolo.

Chloe schoss ihm einen Blick zu und wurde tiefrot.

Sie dachte noch mal an Angus. Er war drei Jahre jünger als sein Bruder, der smarte Geschäftsmann Greg Dunbar. Angus hingegen war Farmer durch und durch. Der Mann schlief ja praktisch in seiner Wachsjacke! Nach dem Tod seines Vaters vor zehn Jahren hatte er die Farm übernommen, und sein wettergegerbtes Gesicht wirkte oft düster vor Sorgen, weil er mit den Anforderungen zu kämpfen hatte, die täglich an ihn gestellt wurden. Aber Chloe wusste, wenn er mal nicht an seine überwältigenden Pflichten von Auchintraid dachte, hatte er ein strahlendes Lächeln und ein Lachen, das weithin zu hören war. Und seine Arme waren so stark und ...

»Äh ... Chloe?« Paolo stieß sie an.

Ups! Während sie an Angus dachte, war sie in ihrem kleinen Phantasieland untergetaucht, wo sie keine Angst hatte, ihm ihre geheimsten Gefühle zu gestehen.

»Es hat keinen Sinn«, sagte sie bedrückt. »Für ihn werde ich immer nur Chloe, das Mauerblümchen aus der Klasse unter ihm sein, das hin und wieder ans Telefon geht, wenn jemand gebraucht wird, der seine Hand in den haarigen Arsch einer Kuh schiebt.«

»Das denkst *du*«, erwiderte Paolo. »Aber sonst auch niemand. Jeder kennt dich hier als Chloe, das immer freundliche, sehr verständnisvolle und großzügige Mädchen von nebenan. Das unglaublich toll aussieht und es nicht mal weiß.«

Chloe wünschte, sie wäre dieses Mädchen. Nach den zwei Stücken Dundee-Kuchen, die sie am Morgen verspeist hatte, kam sie sich eher vor wie eine an Land lebende Verwandte von Sporran.

Sie stieß einen lauten Seufzer aus. »Wirklich?«

Paolos Lippen zuckten. »Da ich nur selten Komplimente verteile, würde ich sie annehmen, wenn ich du wäre.«

»Dem kann ich nur zustimmen«, bekräftigte Holly. »Ich bin noch nicht mal eine Woche hier, und du hast mich bereits in den Pub eingeladen und mir ein Sandwich besorgt – dafür muss ich dir übrigens noch das Geld geben. Außerdem habe ich gehört, wie du Mrs James beruhigt hast, als ihr Kaninchen eine Narkose brauchte. Genau so bist du eben.«

»Danke, Leute«, sagte Chloe.

Dieses Lob reichte aus, um ihre Zweifel erst einmal zu zerstreuen.

KAPITEL 8

Holly klammerte sich an den Türgriff des Land Rovers, als sie durch Eastercraig brausten. Sie warf einen Blick zu Paolo, der auf dem Rücksitz saß, und sah, dass er sich ebenfalls festhielt. Angesichts der rasenden Geschwindigkeit, mit der Hugh um die Ecken kurvte, war das auch das einzig Vernünftige.

»Hüten Sie sich vor Fiona«, brüllte Hugh über das Dröhnen des Motors hinweg, »sie redet wie ein Wasserfall, muss also sofort gestoppt werden. Aber Angus ist ein guter Kerl. Arbeitet sehr hart.«

»Ich hab ihn Freitagabend im Pub kennengelernt«, erwiderte sie.

Paolo beugte sich vor. »Er lebt nur für die Farm. Und ist ganz nett, wenn er nicht gerade schlechte Laune hat.«

»Er trägt die ganze Last der Welt auf seinen Schultern«, erklärte Hugh kopfschüttelnd. »Sollte sich ein nettes Mädchen suchen. Kann ja nicht ewig bei seiner Mutter wohnen.«

Holly drehte sich zu Paolo um, der ihr zuzwinkerte. Arme Chloe: so schüchtern, dass sie ihn nicht nach einem Date fragen wollte. Aber wie es klang, war Angus entweder zu missgelaunt oder zu beschäftigt, um es selbst zu tun, auch wenn er sie wirklich mögen sollte.

Sie rasten über die Landspitze und erreichten die Hauptstraße, der sie ein paar Meilen lang folgten. Holly blickte aus dem Fenster auf die mit Heide bewachsenen Hügel, um sich von ihrer leichten Übelkeit abzulenken. Auf der anderen Seite der Anhöhe gerieten sie in einen großen Nadelwald, dessen hoch aufragende Bäume wirkten, als stünden sie hier schon immer. Eine Sekunde lang warf Holly einen Blick um einen Felsvorsprung, bereute es aber sofort, als Hugh in einer Haarnadelkurve von der Straße abbog und so heftig über ein Schlagloch hüpfte, dass sie sogar mit Sicherheitsgurt fast in den Fußraum gerutscht wäre.

»Lass nie ein Schlagloch aus, oder, Hugh?«, bemerkte Paolo.

»Nicht frech werden«, gab Hugh zurück. »Wir sind ja gleich da.«

»Wow«, hauchte Holly und vergaß ihre wachsende Übelkeit.

Die Auchintraid-Farm war *hinreißend*. Während die Stadt mit ihren bunten Häusern und freundlichen Einwohnern idyllisch wirkte, war dies das genaue Gegenteil: wild und windumtost. Umgeben von Scheunen und Schuppen stand ein lang gezogenes dunkles Steinhaus, und direkt dahinter lag das Meer. Holly stellte sich vor, wie dieser Ort in einer stürmischen Nacht von Wind und Regen gepeitscht würde, denn nirgendwo gab es schützende Bäume. Wenn der Nebel vom Meer käme, würde man sich fühlen wie am Ende der Welt – oder in einer Spukgeschichte. *Sturmhöhe* war der passende Begriff dafür. Wenn Angus nicht von Natur aus grimmig war, musste er es an einem Ort wie diesem ganz sicher werden. Holly sprang aus dem Wagen und überblickte die Felder.

Paolo gesellte sich zu ihr. »An einem Tag wie diesem kann ich mir keine schönere Farm vorstellen.«

Holly nickte. Er hatte recht, trotz der Abgeschiedenheit. Sie war froh über das gute Wetter, denn an diesem Tag glitzerte das Meer in der fahlen Wintersonne, und Seevögel umsegelten die Klippen. Als sie die salzige Luft einatmete, die sich mit dem Geruch von der Farm mischte, hatte sie das flüchtige, aber deutliche Gefühl, im Vergleich zu Auchintraid würden alle Farmen in Berkshire für sie enttäuschend langweilig sein.

Sie folgte Paolo zum Kofferraum, nahm ihre Taschen und zog sich grüne Schutzjacken, Überhosen und Gummistiefel mit extra dicken Socken an. Hugh hatte schon gesagt, er würde nur zuschauen, während Holly die Arbeit übernähme – was das flaue Gefühl in ihrem Magen verstärkte.

»Paolo«, sagte sie leise. »Ich habe ein bisschen Angst wegen dieser Kühe.«

»Wieso genau? Weil du schon länger nicht damit gearbeitet hast?«, fragte er und manövrierte seinen Fuß in einen seiner Gummistiefel.

»Seit der Uni nicht mehr. Und ich wurde mal von einer gegen den Kopf getreten. Es ist nichts passiert, aber damals entschied ich, dass ich lieber in einer Praxis arbeite, wo die Abläufe ein bisschen vorhersehbarer sind. Ich bin einfach aus der Übung und mach mir echt Sorgen.«

»Oje«, sagte Paolo mitfühlend. »Aber du bist ja nicht allein und kannst Hugh um Hilfe bitten.«

»Damit er mich für inkompetent hält?«

»Da hast du auch wieder recht. Ach, keine Angst, du schaffst das schon.«

Bevor Holly widersprechen konnte, kam eine Frau in Gummistiefeln aus dem Haus und begrüßte sie mit fröhlichem Winken. Sie war groß, so groß wie Holly, und hatte eine wilde rote Mähne.

»Hugh, Paolo«, sagte sie mit breitem Grinsen. »Und Sie müssen Holly Anderson sein. Angus ist irgendwo auf den Feldern. Ich rufe ihn.«

Zu Hollys Verblüffung holte sie ein großes Walkie-Talkie hervor.

»Hier draußen ist das Handysignal schwach«, erklärte Paolo, während Fiona ins Funkgerät sprach.

Kurz darauf raste ein Quad auf sie zu, und ein kräftiger Mann in Overall sprang ab. Bei Tageslicht war die Ähnlichkeit zwischen Angus und Greg noch viel deutlicher als im schummrigen Licht des Pubs.

Er schüttelte ihr die Hand und sagte, ohne zu lächeln: »Angus Dunbar.« Dann nickte er Hugh und Paolo zu.

»Ich geh mal Tee machen. Wollt ihr auch Haferkekse?« Fiona klatschte in die Hände. »Kommen Sie mit und erzählen Sie mir von sich, Holly.«

Angus runzelte noch strenger die Stirn. Holly fragte sich, ob seine grimmige Art in direktem Zusammenhang mit Fionas Redseligkeit stand. Er schüttelte den Kopf. »Nicht jetzt, Mum.«

»Das klingt verlockend, Fiona, aber ich glaube, wir haben nicht genug Zeit«, fügte Paolo diplomatisch hinzu.

»Ich würde gerne mit Ihnen Tee trinken, Mrs Dunbar«, sagte

Holly höflich. »Aber heute ist mein erster Arbeitstag, und ich würde gerne die Kühe sehen. Vielleicht danach?«

Sie traute sich nicht zu sagen, dass sie an diesem Morgen bereits mit ihrem großartigen Dundee-Kuchen Bekanntschaft gemacht hatte, und hoffte nur, Hugh und Paolo würden das ebenfalls nicht verraten.

»Tja, dann stelle ich schon mal die Haferkekse raus. Und wenn ihr alle fertig seid, kommt ihr einfach ins Haus.«

Holly sah ihr nach und wünschte kurz, sie könnte sie auf ein Schwätzchen begleiten. Vermutlich gab es im Haus lauter gemütliche Sessel, Decken und Katzen. Und Backutensilien. Stattdessen wandte sie sich an Angus, während ihre Kollegen die Ausrüstung aus dem Wagen holten.

»Rinder«, knurrte Angus.

»Wie bitte?«

»Sie haben sie Kühe genannt. Es sind Highlandrinder.«

»Oh! Dann entschuldige ich mich. Bei Ihnen und den Rindern. Ich hoffe, sie werden nicht gekränkt sein.«

Sie grinste, aber Angus schien nicht amüsiert. Es war wirklich Zeit loszulegen.

Angus wies mit leichtem Nicken zu den Hügeln. »Wir müssen hier lang.«

Hugh, der gerade die Taschen aufs Quad warf, blickte auf. »Fahren Sie vor. Paolo und ich nehmen das andere Quad aus dem Schuppen. Die Schlüssel sind in der Küche, Angus?«

»Aye«, nickte Angus. »Wir sind auf der hinteren Weide.«

Holly schaute Hugh nach, bis er im Haus verschwand. »Ich hab schon lange nicht mehr auf so einem Ding gesessen. Also wenn Sie es langsam angehen könnten ... Die Fahrt hierher war ziemlich holprig.«

Angus zog eine Augenbraue hoch. »Saß Hugh am Steuer?«

»Ist er berüchtigt für seine Fahrkünste?«

»Allerdings. Sie sind auch leicht grünlich. Trinken Sie einen Schluck Wasser, dann werden Sie sich besser fühlen.«

Er lächelte, und auf einmal war sein Gesicht wie verwandelt. In den letzten Minuten hatte Holly sich gefragt, was die sanfte Chloe an einem Mann wie ihm fand. Er wirkte unnahbar, grimmig und alles andere als gesprächsbereit. Doch als er ihr eine Flasche Wasser reichte, erkannte sie, dass unter seiner harten Schale vielleicht doch ein weicher Kern war – genau wie Chloe behauptet hatte.

»Es schmeckt ein bisschen speziell«, bemerkte er, als sie den ersten Schluck Wasser trank. »Weil es aus einer Quelle von den Hügeln stammt. Aber es ist köstlich weich.«

Holly hielt die Flasche ins Licht. »Aus einer Quelle?«

Sie trank noch einen Schluck. »Es schmeckt wunderbar. Sie könnten das Wasser abfüllen und es vermarkten.«

»Ach nein, hier wird nur eins vermarktet, und das sind die Rinder.« Er deutete auf das Quad. »Springen Sie auf.«

Eigentlich war Holly noch nicht bereit für eine weitere Fahrt, aber wenigstens musste sie nicht mit Hugh fahren, der in halsbrecherischem Tempo an ihnen vorbeiraste. Sie war ausgesprochen dankbar, dass nicht sie, sondern Paolo sich an ihn klammern musste, als gälte es sein Leben. Blieb nur zu hoffen, dass er nicht runterfiel.

Oben auf der Weide schaute Holly sich um. Die Rinder wirkten wie Tupfen auf dem grünen Gras. Nur hatten sie die falsche Farbe.

»Sind Hochlandrinder nicht normalerweise braun?«, fragte sie. »Solche schwarzen habe ich ja noch nie gesehen!«

»Es gibt viele schwarze. Eigentlich können sie jede Farbe haben. Und sie sind *sehr* zutraulich«, erklärte Angus. Er streckte die Hand aus, und ein Tier, das in der Nähe stand, trottete zu ihm. »Das ist Maud.«

»Sie sind wirklich prächtig«, bemerkte Holly, streckte langsam ihre Hand aus und ließ sie sich von Maud ablecken.

»Und wenn Sie wirklich wie ein Insider klingen wollen, nennen Sie sie ›Hairy Coos‹«, fügte Angus hinzu. »Dann kann man Sie schon fast für eine Einheimische halten.«

Als erneut ein Lächeln auf seinem Gesicht erschien, wagte Holly zu hoffen, dass er ein bisschen auftaute. Hugh und Paolo waren etwas weiter oben auf der Weide. Angus und sie gingen gemeinsam zu ihnen.

»Die Hochlandrinder sind einfach mein Hobby«, erklärte Angus und zuckte mit den Schultern. »Den größten Teil des Jahres verbringen sie auf den Ländereien und Wiesen von Glenalmond und grasen dort.«

»Aber die Haupteinkommensquelle dieser Farm sind Rinder für die Fleischproduktion, nicht wahr?«

»Aye, Fleischrinder. Eigentlich brauche ich Sie heute zum Beschneiden der Hufe, wie Hugh Ihnen vielleicht schon gesagt hat. Aber zuerst wollte ich Ihnen diese hier zeigen. So was stellen sich doch alle vor, wenn sie an Hochlandrinder denken.

Außerdem wollte ich nicht, dass Sie direkt nach Ihrer Ankunft schon vollgeschissen werden.«

»Was?«, fragte Holly verdutzt.

»Ist Berufsrisiko, wenn man Hufe beschneidet. Jetzt springen wir wieder aufs Quad und fahren zum Stall zurück. Ich helfe Ihnen, alle in den Pferch zu treiben.«

Als sie wieder die Farm erreicht hatten, nahm Holly Hugh beiseite. »Auf ein Wort?«

Das war nicht gerade ideal, da Hugh noch am Morgen behauptet hatte, er bräuchte ihre Hilfe nicht. Doch konnte sie kaum einfach loslegen, wenn sie nicht sicher war, dass sie es auch schaffen würde. In der letzten Sekunde beschloss sie, ihm nicht ihre Angst vor Kühen zu gestehen, sondern sich nur darauf zu beschränken, dass sie schon länger nicht mehr mit ihnen gearbeitet hatte.

»Wenn's sein muss«, knurrte er.

»Es ist schon eine Weile her, dass ich mit Nutztieren zu tun hatte. Ehrlich gesagt, habe ich mich für Kleintiere entschieden, und weiß jetzt nicht, ob ich mich noch an die Feinheiten erinnere.«

»Herrgott nochmal ... welche Feinheiten denn?«, harschte Hugh sie an. »Vorderes Ende, hinteres Ende, Mittelteil. Außerdem sollen Sie hier nur die Hufe beschneiden. Das ist doch kein Hexenwerk!«

Holly war immer noch unsicher. Hexerei war es zwar nicht, aber doch etwas, womit sie seit der Uni keinen Kontakt mehr gehabt hatte. Und da hatte sich der Kontakt so dargestellt, dass eine Kuh versucht hatte, ihr das Hirn aus dem Schädel zu treten. Beim Gedanken daran, sich hinter eine Kuh zu stellen, wurden ihre Beine so wacklig wie Pudding.

Hugh schnaubte laut. »Ziehen Sie sich Ihre Klamotten an! Ich übernehme die Erste, aber Sie kümmern sich um den Rest!«

Als Holly die Hufe der Herde mit einem Gerät beschnitt, das einer Zange ähnelte, ließen ein, zwei Kühe tatsächlich unter sich gehen, genau wie Angus vorhergesagt hatte. Es stank und spritzte bis zu ihren Knien. Aber wenigstens blieb ihr Gesicht sauber. Und sie wurde auch nicht getreten.

Doch die Kuhfladen waren nicht das Schlimmste. Da sie seit über zehn Jahren nicht mehr mit Nutztieren gearbeitet hatte, war sie an eine derartig Kräfte zehrende Aufgabe nicht gewöhnt. Es dauerte nicht lang, da fingen ihre Arme sichtbar an zu zittern. All ihre Muskeln brannten, aber sie durfte nicht aufhören. Denn Hugh und Paolo schauten zu und reichten ihr die Instrumente an. Hin und wieder brummte Hugh (anerkennend, hoffte Holly), und Paolo reckte ermutigend beide Daumen. Angus, wenn er nicht gerade half, die Tiere in eine entsprechende Position zu bringen, stand mit verschränkten Armen da und nickte. Holly betete nur, dass er mit ihrer Arbeit zufrieden war.

Am Ende des Nachmittags verabschiedete sich Holly von den Dunbars und warf ihr Zeug in den Kofferraum. Paolo gesellte sich zu ihr.

»Wie war ich?«, flüsterte sie.

»Für mich sah's super aus«, erwiderte er.

»Ich glaub, mir fallen gleich die Arme ab!«
»Sag das bloß nicht Hugh!«
Holly sah ihn an. »Ehrlich?«
»Ach was, wahrscheinlich ist das kein Problem. Hauptsache, du kommst nicht rüber wie ein Weichei.«

Verdammt, dachte sie, als sie sich auf den Beifahrersitz sacken ließ. Das nenne ich mal Tapetenwechsel!

 **KAPITEL 9**

Vollkommen erledigt saß Holly mit Chloe und Paolo im Pub und versuchte, wach zu bleiben. Ihre erste Woche war ziemlich schnell vergangen. An den Vormittagen hatte sie meistens in Eastercraig gearbeitet. Am Donnerstag war sie an der Küste entlanggefahren und hatte eine mobile Sprechstunde für Kleintiere in Gemeindezentren abgehalten. Nachmittags hatte sie mit Hugh weitere Bauernhöfe aufgesucht.

Jeden Abend war sie geistig und körperlich erschöpft von der Arbeit auf den Farmen und so frustriert von der Bemühung, dem pingeligen Hugh ihre Kompetenz zu beweisen, dass sie am liebsten in Tränen ausgebrochen wäre. Bei einer schwierigen Untersuchung war ihr eine Maus zwischen den Fingern hindurchgeflutscht, und obwohl sie sie noch geschnappt hatte, bevor sie vom Behandlungstisch sprang, hatte Hughs Miene ihr mehr als deutlich gezeigt, dass er sie für eine komplette Idiotin hielt. Es war einfach nur deprimierend, und nachdem Holly Donnerstagabend in der Wanne eingeschlafen war, beschloss sie, sich nur noch zu duschen, um nicht versehentlich zu ertrinken.

Hugh war ein Alptraum. Es tröstete sie, als Chloe ihr sagte, Hugh hätte wahrscheinlich einen Doktor in Streitlust, was Paolo nickend bestätigte. »Ehrlich«, hatte Paolo noch am Morgen zu ihr gesagt, »wenn Hugh dich nicht mindestens einmal am Tag anschreit, fange ich schon an, mir Sorgen zu machen.«

Dabei hing ihre Karriere von Hughs Empfehlungsschreiben ab, und wenn er nicht irgendwann auftaute, würde sie sich durch dieses Jahr kämpfen müssen. Sie hatte Judith geschrieben, wie schwierig er sei, doch die hatte bloß geantwortet: »Halten Sie durch.« Das konnte Holly nicht versprechen.

»Noch eine Runde?«, fragte Chloe, als sie ihr Glas Weißwein geleert hatte.

»Danke, aber ich kann nicht«, erwiderte Holly und unterdrückte ein Gähnen. »Morgen Nachmittag habe ich Bereitschaft, und ich glaube, ich war in meinem ganzen Leben noch nie so erledigt.«

Sie holte tief Luft und musste schon wieder gähnen. Vor ihr stand ein Teller Cullen Skink – eine köstliche, wärmende Suppe mit tagesfrischem Schellfisch. Die schmeckte herrlich, aber wenn sie nicht aufpasste, würde sie einschlafen und mit dem Kopf hineinkippen. Ihr Glas Bier hatte sie kaum angerührt.

»Vielleicht bestellst du dir einfach einen Kakao«, schlug Paolo vor.

»Gute Idee«, grinste Holly. »Mann, was ist bloß aus mir geworden! Freitagabend im Pub, und ich nehme nur Suppe und Kakao.«

»Alles klar«, sagte Chloe und begab sich zum Tresen.

Da schwang die Tür vom Pub auf und ließ eine kalte Brise herein. Als Holly aufschaute, sah sie Angus Dunbar, der mit großen Schritten hereinmarschiert kam. Er nickte ihnen zu, streifte die Jacke ab und ging weiter zur Theke. Holly sah zu

Paolo, und als ihre Blicke sich trafen, wusste sie, dass sie beide dasselbe dachten: Chloe.

»Wird sie ihn überhaupt begrüßen können?«, fragte sie Paolo mit gedämpfter Stimme.

»Ja«, murmelte Paolo, »aber sie wird mit ihrer munteren Sprechstundenstimme irgendwas Belangloses sagen und dann sofort wieder hierher zurückflitzen.«

Holly hatte auf einmal den Drang, Chloe in den Arm zu nehmen und ihr Mut zuzusprechen. Sie überschaute den Pub, und als ihr Blick auf einen Tisch mit Männern fiel, leuchteten ihre Augen auf. So schlecht sahen die nicht aus, fand sie. Nicht besonders gut, aber passabel. Letzte Woche waren sie auch schon da gewesen, und in den vergangenen Tagen hatte sie sie hin und wieder in Eastercraig gesehen. »Wer sind diese Typen da? Könnte sie vielleicht mit einem von denen ausgehen? Zur Übung?«

»Wer, Callum und Rob Grey und Sandy Alexander? Das sind Fischer von hier, die würde ich nicht mal mit der Bootsstange anrühren.«

Hollys Aufmerksamkeit schweifte kurz ab. »Moment, ist Sandy nicht die Kurzform für Alexander?«

»Ja, offenbar fanden seine Eltern den Namen so toll, dass sie ihn gleich zweimal vergaben. Nur ist er selbst nicht so toll. Vor ein paar Jahren musste er vor Gericht.«

»Also ist er nichts für Chloe.«

»Genau. Bevor man sich mit einem von denen einlässt, sollte man sich zuerst ein einwandfreies Gesundheitszeugnis zeigen lassen.« Paolo tat so, als müsste er sich übergeben.

Holly kicherte. Als sie zum Tresen schaute, sah sie, dass Chloe mit Angus redete. Sie feuerte sie im Stillen an.

Paolo sah es auch. »In fünf Sekunden wird sie rot und flüchtet. Sie ist einfach zu schüchtern.«

Als hätte er es damit besiegelt, wurde Chloe auf einmal knallrot, schnappte sich das Tablett mit den Getränken und eilte zu ihnen. Sie ließ sich schwer auf ihren Sitz fallen und blähte die Wangen.

»Wie war's mit Angus?«, fragte Paolo.

»Gut«, versicherte Chloe mit schriller Stimme. Sie hielt inne und wirkte ganz kurz so, als würde sie anfangen zu weinen. »Ich hatte keine Ahnung, was ich zu ihm sagen sollte.«

Chloe wirkte so elend und verloren, dass Holly sie am liebsten mit einer Wärmflasche in eine dicke Decke gepackt hätte.

»Aber mit uns unterhältst du dich doch auch ganz normal«, wandte sie ein. »Und auch mit jedem, der in die Praxis kommt. Es ist nicht so, dass du sozial gehemmt wärst.«

»Aber immer, wenn ich ihn sehe, fängt mein Herz an zu rasen, und ich hab Schmetterlinge im Bauch«, erklärte Chloe ernst. »Und wenn er mir näher kommt, wird mein Mund ganz trocken, meine Zunge fühlt sich zu groß an, und ich kriege keinen Ton mehr raus.«

Sie holte tief Luft und blickte Holly und Paolo abwechselnd an.

»Dass er der schweigsamste Mann von Schottland ist, hilft auch nicht weiter«, bemerkte Holly.

»Wir müssen dein Selbstvertrauen stärken«, schlug Paolo verschmitzt vor.

Holly runzelte die Stirn. Diese Idee hatten sie doch gerade erst verworfen! »Aber doch nicht mit einem von denen da, oder?«, fragte sie ungläubig.

»Ach nein«, sagte Chloe. »Das hatten wir doch schon, Paolo. Auf keinen Fall.«

»Ich rede doch nicht von diesen nach Krabben stinkenden Kerlen! Nein, wir müssen dir mehr Gelegenheiten verschaffen, mit Angus zu reden, bis es für dich völlig normal wird und du nicht schon beim bloßen Gedanken daran Schweißausbrüche kriegst. Ich denke an den Basar von Eastercraig. Du backst ein paar Kuchen, plauderst nett mit ihm und flirtest vielleicht sogar ein bisschen.«

»Was?« Chloe starrte Paolo an, als wäre er verrückt geworden.

»Ich rede hier nur von leichter Konversation. Damit du ihm gegenüber nicht mehr so gehemmt bist.«

Holly fühlte sich genauso, wie Chloe aussah. Das Ganze klang nicht besonders überzeugend. »Geht's da nicht hektisch zu? Außerdem werden da unheimlich viele Leute sein, die Chloe kennt.«

Paolo ignorierte ihre Einwände. »Also wird auch er da sein, und du kannst ihm ganz zwanglos immer wieder begegnen. Ihm ein Stück Kuchen anbieten. Der Weg zum Herzen eines Mannes führt durch den Magen.«

Zufrieden lehnte Paolo sich zurück und verschränkte die Arme. Holly blickte zu Chloe, die nachdenklich die Stirn gerunzelt hatte.

»Also, backen kann ich ganz gut«, meinte sie schließlich.

Paolo verdrehte die Augen. »Nicht nur ganz gut, sondern fabelhaft. Und dann aktivierst du deine Telefonstimme, und tu nicht so, als wüsstest du nicht, welche ich meine.« Paolo imitierte ihre Stimme, und das gar nicht so schlecht: »›O hi, Angus, möchtest du mal von mir kosten?‹ Au!«

Er fuhr hastig zurück, als Chloe ihm gegen das Schienbein treten wollte.

»Du musst nicht gleich anzüglich werden, Rossini. Was meinst du, Holly?« Chloe blickte sie an. »Du bist vernünftiger als dieser Kerl hier.«

Abgesehen von Paolos fragwürdigen Andeutungen, war die Idee gar nicht so übel. Außerdem sah Holly, dass Chloe einen kleinen – oder auch etwas größeren – Schubs brauchte, um in die Gänge zu kommen.

»Es wäre einen Versuch wert«, sagte sie.

»Also bleiben uns noch drei Wochen, um zu planen, wie man Angus dazu bringt, von deinen Törtchen zu naschen«, verkündete Paolo und brachte damit sogar Chloe zum Kichern.

»Habe ich da vielleicht auch noch ein Wörtchen mitzureden?«, fragte Chloe geschlagen.

»Nein!«, ertönte es wie aus einem Mund.

Während Chloe nach Hause radelte, dachte sie über den Basar von Eastercraig nach. Sie war jedes Jahr dort gewesen, seit sie klein war. Sie hatte Burger gegessen, Farmtiere gestreichelt, sich mit Freunden getroffen und, später als Teenager, Jungs beäugt. Und jetzt war es ... tja, im Grunde dasselbe. Es ging darum, Angus zu beäugen und gleichzeitig zu überlegen, wie man sich ihm näherte oder aus dem Weg ging; wie man eine Begegnung initiierte, die völlig natürlich wirkte – ein Widerspruch in sich selbstverständlich!

Nach Meinung ihrer Schulfreundinnen Isla und Morag war ihre Schwärmerei für Angus mittlerweile fast schon Teil ihres Charakters und nichts, was irgendwann ausgelebt werden würde. Zwar hatte Chloe hin und wieder einen Freund gehabt, aber nie etwas Ernstes, und wann immer eine Beziehung endete, kehrte ihr Herz wieder zu Angus zurück. Im letzten Sommer dann hatte sich alles geändert.

Als Angus im Juli mit seiner Freundin Dani Schluss machte, wurde Chloe klar, dass das ihre Chance war, die sie nicht verpassen durfte. Eines nicht mehr allzu fernen Tages würden sie sich dauerhaft binden und eine Familie gründen. Und die Stimme in Chloe, die immer für Angus votiert hatte, flüsterte ihr zu, wenn er nicht mit ihr eine Familie gründete, würde er es mit einer anderen tun.

Wenn sie doch nur ihre Schüchternheit überwinden könnte! Doch die hatte sie begleitet, seit sie denken konnte. Sie war einfach so. Vielleicht lag es auch daran, dass sie als Teenager allein hatte zurechtkommen müssen, weil ihre Mutter krank war. Während alle anderen völlig zwanglos Bekanntschaft mit dem anderen Geschlecht machten, hatte Chloe sich Sorgen um sie gemacht. Vielleicht war sie deshalb so schüchtern und vorsichtig. Aber eigentlich glaubte sie, dass sie eben von Natur aus keine Draufgängerin war. Es konnte nicht jeder so mutig sein, oder?

Dennoch hatte Paolo möglicherweise recht, und sie musste Schritte unternehmen, um ihre innere Kriegerin zu aktivieren.

 **KAPITEL 10**

Nach einem Ausflug mit dem Standup-Board und der danach dringend notwendigen heißen Dusche zog sich Holly eine Jeans und einen dicken Pullover an und machte sich für den Basar von Eastercraig bereit. Wenn sie auf der Arbeit nicht gerade von Hugh unter Beschuss genommen wurde, hatten sich die Gespräche darum gedreht, wie sie Chloe Mut zusprechen und sie darauf vorbereiteten konnten, mit Angus zu reden. Denn bei ihren letzten Besuchen im Pub hatte sich Chloe praktisch unter dem Tisch versteckt, kaum dass er auftauchte.

»Wie stehen die Chancen?«, hatte Holly Paolo gefragt, als sie am Morgen den Anleger entlanggingen. »Glaubst du, in Chloe steckt irgendwo doch eine sexy Verführerin, eine echte Femme fatale?«

»Nein«, gab Paolo zurück. »Ganz ehrlich? Nein.«

»Was erwartest du dir dann von heute? Schicken wir sie in ihr Unglück? Denn dann sollten wir irgendeine Strategie zurechtlegen, damit sie nicht völlig zusammenbricht.«

»Für so was gibt's doch den Pub.«

Da hatte Holly ihm einen empörten Blick zugeworfen.

»Was denn!«, hatte er sich verteidigt. »Entweder wir versuchen, sie in die richtige Richtung zu schubsen, oder wir trampeln einfach über ihre Träume hinweg. Du magst mit einem

Leben ohne Männer zufrieden sein, aber Chloe eben nicht, trotz der Tatsache, dass sie sich praktisch vor Angus versteckt. In der Zeit, seit ich hier bin, hat sie bei jeder Gelegenheit die Flucht ergriffen, dabei waren einige echte Chancen dabei. Am Burnsabend waren beide stark betrunken, und Chloe wollte schon einen Vorstoß wagen, aber dann sah sie, wie er mit irgendeiner Blondine aus Ullapool redete, und überlegte es sich anders. Sie braucht einen kräftigen Schubs.«

»Paolo ...«

»Nur einen kleinen. Keinen Schlag, der einen aus den Schuhen haut.«

Während sich Holly ihre Sportschuhe anzog, dachte sie an Paolos Plan: Heute sollte Chloe Angus auffordern, mit ihr zum Kuchenstand zu gehen, und ihm dort ein Pecan-Blondie anbieten, die sie gebacken hatte. Im Grunde war das überhaupt nichts Schlimmes. Trotzdem wurde Holly bei dem Gedanken daran ein bisschen mulmig. Doch das hatte mit ihr zu tun. Sie hatte keine Angst um Chloe – das heißt, doch, aber nur falls etwas schiefging –, sie hatte Angst um sich selbst. Dass sie selbst ein Opfer von etwas Ähnlichem wurde.

Opfer. Sagte es nicht schon alles, dass das erste Wort, was einem bei Beziehungen in den Kopf kam, so negativ war? Zweifellos lag es daran, dass sie ihre Mutter als Opfer betrachtete: Der war ständig das Herz gebrochen worden, immer wieder lag sie nach zu vielen Gläsern Wein auf dem Küchenboden und weinte, nur um sich ein paar Wochen später dem Nächsten an den Hals zu werfen. Sie musste sich auf den Weg machen, bevor sie noch länger darüber nachgrübelte.

Holly verließ das Haus, knallte die Tür hinter sich zu und war sofort dankbar für ihren Parka. In London hätte sie schon längst etwas weniger Warmes tragen müssen, aber hier war es immer noch schockierend kalt, obwohl der März schon nahte. Eastercraig erforderte zusätzliche Schutzschichten. Außerdem war für den Abend ein Sturm angesagt. Blieb nur zu hoffen, dass er sich zurückhielt, bis der Basar vorbei war.

Wieso veranstaltete man im Februar einen Basar? Holly sah, wie der Wind das Meer so aufpeitschte, dass ihr auf der Promenade der Sprühnebel ins Gesicht wehte. Chloe hatte ihr erklärt, dass sie die Konkurrenz der Jahrmärkte und Basare im Sommer vermeiden wollten, außerdem hatte man dadurch etwas an den kürzeren, kälteren Tagen zu tun. Als Holly darauf hinwies, dass es aber die falsche Jahreszeit für Erzeugnisse aus dem Garten war, hatte Chloe nur die Achseln gezuckt. »Wer braucht schon Riesenkürbisse, wenn es Kuchen gibt?« Und Paolo hatte hinzugefügt: »Sagt Eastercraigs Antwort auf Marie Antoinette.«

Und tatsächlich, dichter Nieselregen, kalte Luft und nicht vorhandenes überdimensionales Gemüse hatten die Einwohner des Orts nicht von ihrem Basar fernhalten können. In den Straßen wimmelte es von Menschen, die zwischen Gemeindesaal und Schule hin und her strömten, welche an diesem Tag beide Ausstellungsräume für Stände mit Handarbeiten und Essen boten. Am Parkplatz machten die Tiere auf dem traditionellen Viehmarkt ziemlichen Lärm, und als Holly ihren Kopf ins Zelt steckte, sah sie Pferche mit Schafen, Shetlandponys, Zwergziegen und Lamas. Davor waren ein paar Hochlandrinder angebunden, die Angus kleinen Kindern zeigte.

Holly lächelte. Es war alles ziemlich urig, dabei aber doch viel authentischer als die »Landwirtschaftsmesse«, die sie mal in Richmond besucht hatte.

Paolo beobachtete für sein Leben gern Leute, und der Basar von Eastercraig eignete sich perfekt dazu. Er hatte den Sandersons zugewinkt, die einen kleinen Hof außerhalb des Orts besaßen, dann dem Hafenmeister Joe, Graeme Innes, der in seinem Buchclub war, und noch ein paar anderen. Hamish von Glenalmond war zu ihm gekommen und hatte ihm gut gelaunt die Hand gegeben, und Paolo hatte ihn Holly vorgestellt. Jetzt standen Holly und er vor dem Café und warteten auf Chloe.

»Chlo!« Paolo hatte sie in der Menge entdeckt und winkte sie zu sich. Dann rückte er mit ihr und Holly zusammen. »Wir müssen die Taktik besprechen.«

»Immer mit der Ruhe!« Holly sah ihn warnend an. »Es ist erst zehn, also haben wir noch viel Zeit. Und ich hab Angus schon gesehen. Er ist da drüben, mit ein paar Hochlandrindern.«

Chloe richtete sich auf. »Ja, lassen wir es langsam angehen, okay?«

Seufzend trat Paolo einen Schritt zurück. Es war schon schwer, diese beiden auf Spur zu bringen, beide waren so widerspenstig. Die eine war strikt gegen jede Beziehung, und die andere wollte unbedingt eine, traute sich aber nicht, irgendwas in Gang zu bringen.

Aber egal: Widerstand war zwecklos, und das würde ihnen Paolo immer wieder sagen und auch zeigen.

»Keine Angst«, sagte er, »drehen wir die nächste halbe Stunde erst mal ein paar Runden und schlagen dann zu. Allerdings sollten wir nicht zu lange warten, Chloe, sonst sind deine Blondies alle verkauft. Und dann kannst du sie Angus nicht mehr anbieten.«

»Wir sehen uns in der Aula. Vorher schaue ich mir kurz die Tiere an. Hugh hat erwähnt, dass er die meisten der Farmer hier kennt, aber nicht alle. Ich will kurz prüfen, ob es den Tieren gut geht«, erklärte Holly. »Und dann hole ich mir einen Tee. Möchtet ihr auch einen?«

»Du willst nur weg von hier«, sagte Paolo und zwinkerte ihr zu. »Geht es dir wirklich um den Tee, oder hoffst du, einen Blick auf den anderen Dunbar zu erhaschen?«

Holly riss die Augen auf, aber als Paolo sie durchdringend anstarrte, wurde sie, die ein bisschen weniger makellos wirkte als sonst, langsam rot. Da erkannte Paolo, dass er mitten ins Schwarze getroffen hatte.

»Keineswegs«, erwiderte Holly und schürzte die Lippen. »Ich mach nur eine kurze Runde durchs Viehzelt, dann treffen wir uns wieder.«

Damit ließ sie sie stehen. Aufgeregt wandte sich Paolo zu Chloe: »Tja, könnte sein, dass ich da auf etwas gestoßen bin. Irgendwo tief in ihrem Innern hat Holly Anderson ein paar Gefühle vergraben. Wäre doch gelacht, wenn ich das nicht freilegen könnte.«

Chloe starrte ihn an, dann wurde ihre Miene weich. »Paolo, irgendwann musst du auch mal an dich selbst denken.«

Paolo schüttelte den Kopf. »Kann sein. Aber nicht jetzt. Komm, beobachten wir ein bisschen die Leute.«

Er fasste Chloe am Ellbogen und führte sie durch die Menge. An sich selbst denken? Auf gar keinen Fall. Denn dann erinnerte er sich wieder daran, wie Fabien ihn ohne richtige Erklärung einfach verlassen hatte, als wäre er nur eine Affäre gewesen. Als hätte ihm ihre Beziehung nichts bedeutet. Als hätte ihm Paolo nichts bedeutet. Gott, er musste endlich loslassen!

Holly schaute sich um. Aber sie konnte Greg Dunbar nirgendwo sehen. Obwohl die Frage war, wieso sie ihn überhaupt suchte. Weil, gab sie sich selbst die Antwort, sie in den letzten Wochen öfter an ihn gedacht hatte, als sie sich hatte eingestehen wollen, und *definitiv* häufiger, als sie gegenüber Chloe oder Paolo eingestehen wollte – vor allem Paolo gegenüber, der sich gerade auf einer möglicherweise zum Scheitern verurteilten Mission befand, Chloe zu verkuppeln. Aber wenn das schiefging, würde er sich zweifellos sie selbst vornehmen.

»Komm schon, Anderson«, sagte sie zu sich.

Sie war stärker als die Versuchung. Stark genug, das leichte Prickeln zu unterdrücken, das immer in ihr aufstieg, wenn sie an Greg Dunbar dachte. Stark genug, wenn sie sich ermahnte, dass er ein Casanova war, der nur an das Eine dachte. Erfreut bemerkte sie, dass dieser Gedanke ausreichte, um Greg Dunbar aus ihrem Frontalkortex zu verdrängen, und machte sich auf den Weg zum Viehzelt.

Nachdem sie Hugh aufgesucht und ihm versichert hatte, dass alle Tiere wohlauf waren, fand sie Chloe und Paolo bei den Kuchenständen in der Schulaula. Chloe trat verlegen von einem Fuß auf den anderen und nagte an ihrer Unterlippe.

»Was ist?«, fragte Holly.

»Nichts«, antwortete Paolo und legte Chloe die Hand auf die Schulter. »Wir haben nur gesehen, dass Angus herkommt, und uns in Stellung gebracht. Hast du Greg ausfindig machen können?«

»Nein«, erwiderte sie knapp. »Bist du bereit, Chloe? Oder ist das eine dumme Frage?«

Chloe sah aus, als müsste sie sich einer Aufgabe stellen, von der das Überleben der Menschheit abhing. »Er ist nur noch zehn Meter entfernt. Ich weiß nicht, ob ich ...«

»Tief durchatmen«, befahl Holly und drückte beruhigend Chloes Arm.

»O nein, ich kann nicht!« Chloe räumte ihren Platz am Kuchenstand und verschwand in der Menge.

»Soll das ein Witz sein?«, fragte Paolo, als Angus an ihnen vorbeiging und ihnen zunickte. Paolo gab der Dame am Stand ein paar Münzen und nahm dafür ein Blondie entgegen. »Ich fasse es nicht, dass sie gekniffen hat. Diese Blondies sind eine Wucht. Ich hatte schon eins davon. Willst du mal abbeißen?«

Holly schüttelte den Kopf, da tauchte Chloe wieder neben ihr auf. Sie war totenbleich.

»Ich war noch nicht so weit«, sagte sie entschuldigend.

Holly sah, dass Paolo so heftig die Brauen zusammenzog, dass sie nur noch ein einziger Strich waren. »Ich koche vor Zorn, Chloe. Das merkst du nur nicht, weil ich Kuchen esse, um nicht zu schreien. Aber diese Chance hast du richtig vermasselt.«

Chloe runzelte die Stirn. »Ich konnte einfach nicht. Mir

wurde plötzlich ganz heiß – aber auf unangenehme Weise –, und ich brauchte frische Luft. Vielleicht bin ich unterzuckert.«

Paolo verdrehte die Augen, bot ihr aber sein Blondie an, von dem Chloe ein Stück abbiss.

»Es drängt ja auch nicht, oder? Es sei denn, er wird dir vor der Nase weggeschnappt, weil er wirklich gut aussieht«, bemerkte Holly.

»Erinnert er dich an Greg?«, fragte Paolo verschmitzt.

»Er steht direkt hinter dir«, flüsterte Chloe und versprühte dabei Krümel. »O Gott, tut mir leid.«

Holly blickte Paolo über die Schulter. Greg bemerkte ihren Blick und lächelte. Unwillkürlich holte Holly Luft. Sie hoffte nur, dass die anderen es nicht bemerkten. Sonst würden Paolo und Chloe sie nicht mehr in Ruhe lassen.

Holly hob die Hand. »Hi, Greg. Du hier?«

Sie spürte, wie Paolo ihr angesichts ihrer lahmen Begrüßung einen Blick von der Seite zuwarf, und war nur dankbar, dass Chloe einsprang.

»Greg! Wie läuft's in Aberdeen? Gibt es was Neues?«

Greg neigte sich zu ihr und gab ihr einen Kuss auf die Wange.

»Es geht gut, danke. Lange nicht gesehen. Und hi, Paolo. Holly. Schön, dich wiederzusehen.«

Damit gab er Holly auch ein Küsschen auf die Wange, und sie spürte, wie ihre Haut dort zu brennen anfing.

»Wir haben gehört, du hast bei Holly übernachtet«, bemerkte Paolo.

Holly spürte, wie sich Hitze in ihrer Brust breitmachte. Sie versuchte, gegen die aufsteigende Röte anzukämpfen, und atmete langsam aus. Ihr war bewusst, dass Paolo und Chloe auf den Boden starrten, weil sie sich das Lachen verbeißen mussten.

»Wie geht es dir?«, fragte Holly Greg.

»Gut«, antwortete Greg, ohne auf Paolos Bemerkung einzugehen. »Eigentlich bin ich auf der Suche nach Mum. Angus habe ich gerade entdeckt – ist auch schwer, diesen Riesen zu übersehen. Haltet ihr es für möglich, dass er in seinem Alter immer noch wächst?«

Chloe kicherte. »Er ist einen Kopf größer als alle anderen hier. Damit und mit seiner wilden Mähne ragt er aus der Menge heraus.«

Greg sah Holly an und legte die Hand auf ihre Schulter. »Und wie ist es dir ergangen? Bist du mit deinem Standup-Board übers Meer gefahren? Hast dich auf der Arbeit eingewöhnt? Wie läuft es mit Hugh?«

Holly wollte schon antworten, da ertönte eine helle Stimme.

»Greg! Schatz!« Fiona umarmte ihren Sohn. »Und hallo, ihr drei. Das Team vom Tierarzt ist wohl nur im Trupp unterwegs. Wie geht es deiner Mum, Chloe? Ich hab sie nicht mehr gesehen, seit ich vor zwei Wochen auf einen Kaffee bei ihr war. Und da wirkte sie ziemlich müde.«

Chloe hatte kaum geantwortet, da entführte Fiona ihren Sohn mit der Erklärung, sie müsste mit ihm reden. Greg warf einen Blick über die Schulter und winkte, was – da war sich Holly sicher – vor allem ihr galt und weniger ihren Kollegen.

»Wow! Er mag dich!«, sagte Chloe mit großen Augen.

»Was? Nein! Auf keinen Fall. Er kennt mich ja kaum.«

»Er hat dir Fragen gestellt, die zeigen, dass er dir bei eurem letzten Treffen zugehört hat. Als er nachts unangekündigt in deiner Wohnung auftauchte«, grinste Paolo.

»Apropos, vielen Dank auch für die Anspielung auf eine gemeinsame Nacht!«

»Ich hab gesehen, dass du rot geworden bist.«

»Was nur verständlich ist. Dein Kommentar war völlig unangemessen.« Trotzdem rann Holly beim Gedanken daran ein Schauer über den Rücken.

»Tja, jedenfalls glauben wir beide, dass er auf dich steht. Er hat dich beim Reden angesehen, hat dir die Hand auf die Schulter gelegt ... Mann, er kann echt charmant sein«, sagte Paolo.

Holly zögerte. Natürlich war er charmant, schließlich hatte er den Ruf, ein Womanizer zu sein. Charme weckte ihr Misstrauen.

»Hey, guckt mal«, sagte Chloe und biss erneut von dem Blondie ab.

»War das ein Ablenkungsmanöver? Ich hab's trotzdem bemerkt, du kleine Diebin.« Paolo drückte das Blondie an seine Brust.

Chloe zeigte zur Tür. »Da, alle Dunbars zusammen. Vielleicht haben sie den Streit, den Greg gegenüber Holly erwähnte, beilegen können.«

»Sieht nicht so aus, Chlo!«, erwiderte Paolo. »Vielleicht übernehmen sie dieses Jahr die Rolle von Doreen und Janet. Dann wirft Angus Greg ins Meer. Gott, ich liebe Dramen!«

Holly drehte sich zur Tür. Dort stand Angus mit rotem Kopf und wildem Blick. Er stach mit dem Zeigefinger gegen Gregs Brust und rückte immer dichter an ihn heran. Greg wich nicht zurück, wurde aber sichtlich immer wütender. In ihren Augen war das keine Versöhnung zweier Brüder. Sie konnte in dem Stimmengewirr der Menge zwar nicht hören, was Greg sagte, aber Fionas Beschwichtigungsversuch drang zu ihr durch: »Nicht hier, ihr beiden. Das können wir zu Hause klären.«

Sofort machte Angus auf dem Absatz kehrt und ging hinaus. Seine Mutter und sein Bruder folgten ihm.

»Wirkt nicht gerade wie ein Waffenstillstand«, bemerkte Paolo. »Angus sieht aus, als befände er sich auf dem Kriegspfad. Sollen wir ihnen nachgehen?«

Holly, die überzeugt war, dass es jetzt für Chloe sicher nicht der richtige Moment war, Angus anzusprechen, scheuchte die anderen zur Tür. »Nein, ich finde, das reicht. Sollen wir uns nicht mal die Lamas angucken, bevor der beste Kuchen gekürt wird?«

Die Lamas würden sie ablenken und beruhigen.

 **KAPITEL 11**

Ich will mich nicht aufdrängen, aber darf ich reinkommen?«, fragte Greg.

Am Abend nach dem Basar klopfte es überraschend an die Tür. Als sie öffnete, stand Greg mit einer Reisetasche in der Hand vor ihr. Seine Haare wirkten noch zerzauster als am Vormittag, und er hatte Schlammspritzer an seiner schicken Jeans und den vorher so gut geputzten Schuhen. Aber es stand ihm.

Durfte er? Holly merkte, dass sie sich freute. Eigentlich wäre es doch schön, Gesellschaft zu haben. Vor allem Gregs. Doch sofort verbot sie sich diesen letzten Gedanken.

»Na klar«, sagte sie und trat einen Schritt zurück. »Alles in Ordnung?«

Greg kam ins Haus, stellte die Tasche ab und rieb sich übers Gesicht. »Wenn ich dir einen guten Grund gäbe, würdest du mich dann noch mal eine Nacht ertragen?«

Holly stockte das Herz. »Heute Nacht?«

»Ich würde nicht fragen, aber das B&B ist von Januar bis März geschlossen, Mhairi hat im Anchor keinen Platz mehr, und der Typ, bei dem ich sonst übernachten würde, hat ein Neugeborenes.«

»Und du kannst nicht auf eurer großen, malerischen Farm

übernachten, weil du dich immer noch nicht mit Angus vertragen hast?«

Er verzog das Gesicht. »Genau. Ich dachte, nach ein paar Wochen hätte er sich wieder abgeregt, doch offenbar habe ich mich geirrt. Wir haben es heute versucht, sind aber beide Sturköpfe. Ich hätte vorher angerufen, aber ich habe deine Nummer nicht.«

Holly starrte ihn lange und durchdringend an. Wie dreist er war! Sicher kannte er noch andere, wo er hätte übernachten können. Und selbst, wenn nicht: Er hätte sich auf jeden Fall ankündigen können, schließlich befanden sie sich im 21. Jahrhundert!

Während sie über seine Bitte nachdachte, schlug ihr Herz heftiger und schneller, als ihr lieb war. Es war, als würde es unabhängig von ihrem Kopf funktionieren, der ihr riet, sich zu beruhigen und vernünftig zu sein. Der ihr sagte, dass Greg ein Spieler war und sie jetzt mit diesem Trick vor vollendete Tatsachen stellte. Da sie sich in solchen Dingen normalerweise nicht über ihre Vernunft hinwegsetzte, überraschte es sie selbst, als sie sich sagen hörte: »Na gut, dann bleib.«

»Danke, Holly. Das weiß ich zu schätzen.«

Er folgte ihr ins Haus. Zwar schuldete er ihr eine Erklärung, aber vielleicht war jetzt nicht der rechte Zeitpunkt, sie von ihm zu verlangen. Abgesehen davon, war es richtig, ihm Unterkunft zu gewähren. Zumindest redete sie sich das ein. Sie half einfach nur einem Freund – wenn man denn einen praktisch Fremden als solchen bezeichnen konnte.

»Ehrlich«, versicherte Greg und klang wirklich dankbar. »Du bist echt ein guter Kumpel. Letztes Mal wolltest du mir noch eins über den Schädel geben, und jetzt bietest du mir Bett und Frühstück an – oder zumindest Tee und Kuchen.«

Letzteres sagte er mit einem Augenzwinkern.

»Ich kann Tee kochen, aber Kuchen habe ich nicht«, lachte Holly.

»Gräm dich nicht, denn Greg, der Überbringer von Gebäck ist da.«

Sie sah, wie er in seine Tasche griff und eine Dose herausholte. Da sie in der vergangenen Woche bereits zweimal von Fiona Kuchen bekommen hatte, machte sie sich langsam Sorgen, ihr Körper würde zunehmend aus Trockenfrüchten bestehen. Wenn sie auch noch anfing, Sherry zu trinken, würde sie bis Weihnachten selbst ein Christmas Cake sein.

»Es ist Shortbread vom Basar und von Mum.« Wieder griff er in die Tasche und holte eine Flasche Whisky heraus. »Und dies ist noch ein Zeichen meiner Dankbarkeit. Damit können wir die Welt später wieder in Ordnung bringen. Es ist ein älterer, rauchigerer Whisky aus besseren Fässern. Für deine Sammlung.«

»Danke! Aber die letzte haben wir noch gar nicht ausgetrunken«, sagte sie. »Außerdem habe ich nach fünf Uhr Bereitschaftsdienst, also darf ich keinen Schluck trinken.«

»Eine Schande!«, bemerkte er und klang dabei, als seien seine großen Pläne den Bach hinuntergegangen.

Holly bemerkte seine Enttäuschung. Komischerweise war sie ebenfalls enttäuscht. »Aber wenn du das nächste Mal hier bist, können wir hoffentlich was zusammen trinken. Und jetzt würde ich gerne das Shortbread probieren.«

Sie ging zum Schrank und stellte zwei Becher auf ihr Tablett. Als der Wasserkocher klickte, gab sie Teebeutel in die Becher, füllte sie mit heißem Wasser und trug das Ganze zum Tisch am Sofa. Greg holte ein paar Teller und verteilte das Shortbread darauf, als wäre dies sein Haus und nicht ihres.

»Was hast du seit dem letzten Mal so gemacht?«, fragte er.

»Die schönen Highlands erkundet und mich ansonsten in die Arbeit gekniet.«

»War's schwer mit MacDougal? Jedenfalls ist er ziemlich berüchtigt. Versuch einfach nur, dich aus seiner Schusslinie zu halten.«

»Unmöglich. Ich bin seine Zielscheibe«, witzelte Holly lahm.

Greg blickte sie mitfühlend an. »Mum hat erzählt, du wärst auf der Farm gewesen.«

Holly nahm ein Stück Shortbread – das die Form eines Dreiecks hatte – und fragte sich, wie Fiona bei all der vielen Arbeit auf der Farm noch die Zeit zum Backen fand. Sie lehnte sich zurück, erzählte ihm, was sie alles in Eastercraig erlebt hatte, worauf er bemerkte, dass sie unbedingt zum Frühlingsball auf Glenalmond gehen müsse.

»Das ist hier eines der größten Events des ganzen Jahres. Besorg dir lieber schnell eine Eintrittskarte, sonst sind sie ausverkauft«, fügte er hinzu.

»Da bin ich dir schon voraus«, erwiderte sie und spürte, wie sie unwillkürlich lächeln musste. »Meine Kollegen und ich haben unsere schon gebucht.«

»Also bist du verabredet?«

Holly schluckte, weil ihr die Antwort auf seine Frage schwerer fiel, als es eigentlich sein sollte. »Irgendwie schon, andererseits aber ... Es ist ...«

Ihre Blicke trafen sich, und auf einmal ertappte sich Holly bei der Vorstellung, sie würde mit Greg tanzen. Der Gedanke, dass er seinen Arm um ihre Taille legte und sie an sich zog, war ... Da vibrierte es in ihrer Tasche. Sie holte ihr Handy hervor und meldete sich.

»Alles in Ordnung?«, fragte Greg, als sie das Gespräch beendete.

»Nein, ich muss sofort los. Ein Hund bekommt Junge, und eines steckt fest. Falls du noch raus willst, ist der Ersatzschlüssel jetzt in der Schublade unter der Mikrowelle. Ich würde ja sagen, fühl dich wie zu Hause«, sie grinste schief, »aber das tust du wohl schon.«

Zwei Stunden später kam Holly wieder zurück. Sie lehnte sich an die Tür, um sich erst mal zu sammeln.

Geri Logan, die Tierzüchterin, die einen Wurf Cocker Spaniel erwartete, hatte schon früh gemerkt, dass es ein Problem gab: Zwar war eine Fruchtblase geplatzt, aber danach geschah nichts mehr. Da sie eine erfahrene Züchterin war, hatte sie sofort zum Telefon gegriffen.

Holly hatte sie in die Praxis bestellt, um dort an dem Spaniel einen Kaiserschnitt vorzunehmen. Sie stand ziemlich unter Strom. Zwar hatte sie den Eingriff schon oft durchgeführt, aber es war eine schwierige Operation, und Hughs Ausrüstung ließ einiges zu wünschen übrig. Und da sie wusste, dass ihr neuer

Chef sie scharf überwachte, musste sie alles einwandfrei machen – idealerweise, ohne ihn zu Hilfe zu rufen. Fehler konnte sie sich nicht erlauben. Aber es würde schon alles gut gehen. Ganz sicher.

»Ansonsten keine Komplikationen während der Trächtigkeit?«, fragte Holly Geri und führte sie in die Praxis.

»Nein, alles problemlos«, erwiderte Geri. »Es gab keinen Anlass zur Sorge.«

Holly bedachte Geri mit einem Lächeln. Sie zögerte kurz und holte tief Luft.

»Alles in Ordnung, meine Liebe?«, fragte Geri.

»Ja«, nickte Holly. »Ich bereite mich nur innerlich vor.«

Und überlege, wo alle Instrumente liegen.

Vorsichtig hob sie den Spaniel auf den Tisch, um ihn zu operieren.

Als sie sich umdrehte, um sich die Hände zu waschen, hörte sie ein Keuchen. Sie wirbelte herum und blickte zu Geri, weil sie befürchtete, es wäre etwas passiert. Stattdessen hörte sie die Hündin einmal aufjaulen und sah ein feuchtes Fellbällchen aus ihr herausgleiten. Sofort legte Holly es vor seine Mutter, die prompt anfing, es abzulecken. Als Holly es atmen sah, erinnerte sie sich daran, auch selbst Luft zu holen. Langsam atmete sie wieder aus.

»Das kommt oft vor«, versicherte sie Geri, als sie beide die Hunde betrachteten.

»Aye«, nickte Geri. »Vor etwa fünf Jahren ist mir das schon mal passiert, nur auf dem Weg hierher, auf dem Rücksitz meines Wagens. Das war vielleicht eine Schweinerei!«

Holly wartete, bis auch der letzte Welpe geboren war, und nachdem sie sich vergewissert hatte, dass alle gesund und munter waren, verabschiedete sie sich von Geri und bat sie, sich zu melden, wenn es Probleme geben sollte. Danach machte sie alles sauber, kümmerte sich um den Papierkram, schloss die Praxis ab und begab sich zurück nach Hause. Sie war sehr zufrieden, dass sie so gute Arbeit geleistet hatte und Hugh wohl keinen Fehler finden würde.

Als sie jetzt merkte, dass sie immer noch grundlos vor der Tür stand, löste Holly ihren Kopf vom Türrahmen.

Der eisige Nieselregen hatte sich zu einem heftigen Schauer entwickelt. Holly blickte noch mal aufs Meer. Es war wesentlich unruhiger als bei ihrem Aufbruch, und ihr fiel ein, dass die Wettervorhersage fürs Wochenende Sturm angekündigt hatte. Sie konnte sich freuen, wenn der Spaniel ihr einziger Notfall blieb.

Als sie ins Haus trat, bemerkte sie sofort den himmlischen Geruch. Da köchelte etwas Wunderbares auf dem Herd. Danach fiel ihr der ungebetene Gast ein, und sie fragte sich, wie sie den hatte vergessen können.

Greg las in einem Sessel Zeitung und hatte die Füße auf einem Hocker abgelegt. »Da bist du ja«, sagte er und schaute auf. »Wie war's?«

»Du fühlst dich wirklich wie zu Hause! Es war gut, danke der Nachfrage. Sieben gesunde Welpen, alle von ihrer Mutter angenommen. Was ich als Erfolg verbuche. Ich erzähle dir gleich alles, aber vorher muss ich mir die Hände waschen und mir ein bisschen Wasser ins Gesicht spritzen.«

»Gut. Und ich habe Abendessen gekocht, denn das war, ehrlich gesagt, das Mindeste, was ich tun konnte. Rindergulasch mit Nudeln«, erklärte Greg und ging in die Küche. »Ich decke schon mal den Tisch.«

Holly rannte die Treppe hinauf. Der Adrenalinschub, den sie jetzt spürte, war genauso stark wie der eben in der Praxis.

In ihrem Zimmer betrachtete sie sich prüfend im Spiegel. Sollte sie sich schminken? Da meldete sich ihre Vernunft: Sie benahm sich albern. Trotzdem konnte ein bisschen Mascara nicht schaden.

Nachdem sie nur einen Hauch Wimperntusche aufgetragen hatte, ging sie wieder nach unten. Die Lichter waren gedimmt, und Greg hatte einen dampfenden Schmortopf auf den Tisch gestellt. Es gab Wein, aber es rührte sie, dass er auch an eine Flasche Wasser gedacht hatte. Sie ließ sich auf einem Stuhl nieder und merkte erst, als er den Deckel des Topfes lüftete, dass sie hungrig war wie ein Wolf.

»Das sieht fantastisch aus. Danke«, sagte sie, und ihr lief das Wasser im Mund zusammen. »Ich hab einen Riesenhunger.«

»Das freut mich«, sagte er. »Ich koche gerne nach Rezept, und habe deshalb für vier und nicht für zwei gekocht. Es ist also reichlich da. Aber wenn nötig, kann man die Reste auch einfrieren.«

»Nein, ist bestimmt nicht nötig«, sagte sie und häufte Tagliatelle auf ihren Teller.

»Was war denn los?«

Sie unterhielten sich nur wenig während des Essens, und als Holly fertig war, sackte sie ein bisschen auf ihrem Stuhl zusammen, weil Gregs Portion sie wirklich geschafft hatte.

»Du musst mich für gefräßig halten«, sagte sie. »Ich hab das halbe Gulasch verputzt.«

»Nein, ich glaube nur, dass du weißt, was gut ist. Denn das hier ist eines von Mums absoluten Spitzengerichten. Sie hat es immer gekocht, wenn ich von der Uni nach Hause kam.«

Holly zog eine Augenbraue hoch. »Hast du das gekocht, weil du von zu Hause rausgeworfen wurdest und irgendwas brauchtest, um dich heimisch zu fühlen?«

»Vielleicht. Aber ich dachte auch, du hättest Lust auf was Herzhaftes. Was hast du denn gekriegt, als du klein warst?«

Holly schnitt eine Grimasse. »Ich ... äh ...«

»Komm schon, du hast doch bestimmt ein Lieblingsessen gehabt. Käsemakkaroni? Würstchen mit Kartoffelbrei? Sonntagsbraten?«

»Ich hab schon ein Lieblingsessen, aber meine Mum hat nicht oft gekocht. Sie hat ständig gearbeitet, deshalb hab ich mir meistens selber was gemacht. Ich war ein Schlüsselkind, seit ich etwa zehn war.«

»Oh«, sagte Greg, »das tut mir leid.«

»Muss es nicht, es geht vielen Kindern so. Es kam nur selten vor, dass mich zu Hause ein Essen erwartete. Normalerweise hab ich gekocht.«

Wenn Jackie kochte, war das Ergebnis meist ziemlich furchtbar. Sie gab sich Mühe, benutzte aber ausschließlich Fertigmischungen. Daher wusste Holly nie, ob sie Pudding mochte oder nicht; schließlich war er immer aus der Schachtel. Ihre arme Mutter: Wenn sie nicht mit einem ihrer nichtsnutzigen Freunde beschäftigt war, arbeitete sie rund um die Uhr im

Büro, beim Friseur oder bei einem ihrer anderen Kurzzeitjobs. Kein Wunder, dass Drei-Gänge-Menüs ganz unten auf ihrer Liste standen.

»Siehst du deine Mum oft?«, erkundigte sich Greg.

Holly schüttelte den Kopf. »Nicht besonders, wenn man bedenkt, wie nah Milton Keynes und London zusammenliegen. Tatsächlich habe ich gerade erst erfahren, dass sie zu einem Typen namens Marco nach Malaga gezogen ist.«

»Hört sich an, als wäre sie eine Abenteurerin.«

»So kann man es auch nennen.« Holly verdrehte die Augen. »Jedenfalls danke für das Abendessen. Es war köstlich. Und sorry, dass ich so viel gegessen habe. Ich weiß nicht, ob überhaupt noch was zum Einfrieren übrig geblieben ist.«

»Ich hoffe aber, du hast noch Platz für Nachtisch.«

Holly zog die Augenbrauen in die Höhe und legte die Hand auf den Bauch. »Können wir erst mal eine Pause machen? Ich glaube, ich muss mich mal aufs Sofa legen.«

»Kein Platz mehr für Brownies und Eiscreme? Ich wollte eine warme Vanillesauce dazu machen.«

»Ach, na dann«, sagte Holly und wünschte nur, sie hätte Leggins statt der Jeans angezogen. Ein Gummibund wäre jetzt genau das Richtige.

Ein wenig später sah Holly zu, wie Greg die Teller vom Nachtisch abräumte. Die Brownies waren perfekt. Kuchen mit Eis war ihr immer willkommen. Also war ihr auch Greg willkommen. Mit einem Anflug von Panik merkte sie, dass ihre Stimme der Vernunft immer leiser wurde.

Greg zog gerade die Kühlschranktür auf, als sein Handy klingelte. Er ging dran, und als Holly aufstand, um den Tisch weiter abzuräumen, sah sie, wie er die Stirn runzelte, während er dem Anrufer zuhörte.

»Wird er denn wieder?«, fragte Greg besorgt. »Soll ich zu euch kommen?«

Er hörte erneut zu und gestikulierte wild Richtung Tür, als er Hollys Blick bemerkte.

»Ich fahr zur Farm und seh, was ich machen kann. Wenn ich fertig bin, rufe ich dich an«, sagte er und beendete das Gespräch. Er schaute zu Holly. »Mach dich fertig. Du kriegst gleich einen Anruf.«

Wie aufs Stichwort klingelte ihr Handy. Als sie sich meldete, hörte sie am anderen Ende der Leitung Fionas Stimme.

»Hugh? Holly?« Fiona klang außer Atem. »Mit wem spreche ich?«

»Holly. Ist alles in Ordnung?«

»Angus hat nach den Hochlandrindern geschaut, weil es windiger wurde. Eins hat sich irgendwie erschreckt, Angus umgerannt und ihm ins Gesicht getreten. Das ist auf der hintersten Weide passiert, und als er am Haus auftauchte, war er blutüberströmt und desorientiert. Jetzt bin ich mit ihm in die Notaufnahme gefahren.«

Holly erschauerte, weil sie an ihren eigenen Zwischenfall mit einer Kuh dachte. Der arme Angus! Fiona plapperte jetzt in einer Tour, und Holly musste die Augen schließen, um sich konzentrieren zu können. »Wie kann ich helfen?«

»Könnten Sie zur Farm fahren und nach den Rindern sehen?

Es sollten siebzehn sein, aber ich habe Angst, dass Angus in seiner Verwirrung das Gatter nicht geschlossen hat. Da draußen stürmt es ziemlich stark, also sollten sie vielleicht in den alten Stall gebracht werden.«

Holly riss die Augen auf. Das klang ziemlich gefährlich. Wenn die Rinder tatsächlich wild herumliefen, konnten sie ernsthaften Schaden anrichten – bei sich selbst und auch bei anderen. Selbst wenn nur eins in einer Nacht wie dieser auf die Straße geriet, konnte es für einen schlimmen Unfall sorgen.

»Ich bin schon auf dem Weg, Mrs Dunbar. Und ich ruf sie sofort an, wenn alles geklärt ist.«

»Danke, Holly«, sagte Fiona hektisch. »Die Fleischrinder dürften in Sicherheit sein, aber könnten Sie auch danach sehen? Wir sind völlig überstürzt losgefahren. Greg, mein zweiter Sohn, hat gesagt, er würde auch zur Farm fahren. Er wird im Hof auf Sie warten.«

Holly beendete das Gespräch und wandte sich zu Greg. »Also weiß sie nicht, dass du hier bist?« Greg warf ihr nur einen Blick zu. Sie zog sich wieder die Jacke und die Sportschuhe an, nahm die Gummistiefel und rannte zum Wagen.

 KAPITEL 12

Der Regen prasselte so heftig gegen die Windschutzscheibe, dass die Scheibenwischer des alten Kombis kaum etwas ausrichten konnten. Da Holly den Weg nicht richtig kannte, fuhr sie vorsichtig. Bei diesem Wetter wollte sie weder eine Kurve zu schnell nehmen noch in ein Schlagloch fahren. Oder in eine Kuh. Hochlandrinder verschmolzen viel leichter mit der Landschaft als eine normale Holsteinkuh, vor allem im Dunkeln. Der Wagen dröhnte laut, als er sich den Hügel hinauf mühte, und Holly wünschte sich, sie hätte ein geländetaugliches Fahrzeug wie Hughs Land Rover.

»Wann willst du mir eigentlich erzählen, was zwischen dir und deinem Bruder vorgefallen ist?«, fragte sie und warf einen Blick zu Greg. »Es gefällt mir gar nicht, vor deiner Mutter geheim zu halten, dass du bei mir übernachtest.«

Greg starrte durch die Windschutzscheibe und antwortete erst nach einer Weile. »Es ist kompliziert. Jetzt ist nicht der richtige Zeitpunkt schließlich haben wir einen Notfall.«

»Na gut. Aber wenn das hier erledigt ist, schuldest du mir eine Erklärung. Schließlich schläfst du zum zweiten Mal auf meinem Sofa, und ich musste deine Mutter anlügen, die, nebenbei gesagt, eine sehr nette Dame ist, die ich nicht gegen mich aufbringen will. Genauso wenig wie deinen Bruder.«

Greg stieß ein hohles Lachen aus. »Ach, der ist doch ständig wegen irgendwas aufgebracht.«

»Vielleicht wäre die Stimmung zwischen euch besser, wenn ihr zwei einfach mal reden würdet«, schlug Holly vor. »Im Ernst! Wieso können Männer nicht über ihre Gefühle sprechen?«

»Wir sind beide durchaus in der Lage, unsere Gefühle auszudrücken. Nur sind unsere Gefühle eben nicht miteinander vereinbar. Pass auf!«

Holly bremste scharf, und ihr Magen machte einen solchen Satz, dass sie ihre Hand gegen den Bauch presste, als wollte sie ihn festhalten. Vor dem Wagen stand eine große, zottige Kuh. Greg und sie stiegen gleichzeitig aus dem Auto.

Vor Hollys Gesicht bildeten sich große Atemwolken. Die Kuh hatte die Augen in Panik aufgerissen und erinnerte in nichts mehr an das entspannte, wiederkäuende Tier, das Holly neulich kennengelernt hatte. Zwar würde sie sie wohl nicht angreifen, doch wenn man sie erschreckte, galoppierte sie womöglich noch in den Nadelwald auf der anderen Seite der Straße. Holly überlief ein nervöser Schauer. Sie blickte zu Greg.

»Was machen wir jetzt?«, flüsterte sie. »Ich sollte den Warnblinker einschalten, aber das arme Mädchen ist völlig verstört. Doch wenn jemand über den Hügel kommt, könnte er sie oder uns anfahren.«

Sie wurden nicht nur pitschnass, es war auch eiskalt, und Hollys Finger fingen schon an zu schmerzen. Jetzt musste es schnell gehen.

»Ich gehe mal zu ihr«, erwiderte Greg, »und versuche, sie von der Straße zu locken. Es ist nicht weit bis zur Abzweigung. Lass uns ein bisschen Freiraum und fahr langsam hinter uns her, mit eingeschalteten Warnblinkern.«

»Aber du weißt schon, was du tust, oder?«

»Schon vergessen, dass ich mit den Rindern aufgewachsen bin?«

Holly stieg zurück in den Wagen, strich sich die feuchten Haare aus der Stirn und sah zu, wie Greg sich vorsichtig der Kuh näherte. Er ging um sie herum, wartete, bis sie ihn anschaute, und legte sachte seine Hände auf ihren Rücken. Soweit Holly das durch den strömenden Regen sehen konnte, redete er dann beruhigend auf sie ein. Nach ein paar Sekunden setzte sich die Kuh in Bewegung. Holly atmete auf und ließ die Schultern sacken, als die beiden begannen, den Hügel hinaufzugehen, langsam zuerst und dann schneller. Sie zündete den Motor und fuhr fast im Schritttempo hinter ihnen her.

Nach der Abzweigung scheuchte er die Kuh den Weg zur Farm hinunter. Sie trabte los, und Greg ging ihr nach. Holly folgte ihnen, und als sie den Hof erreicht hatte, bremste sie scharf und sprang aus dem Wagen.

»Alles in Ordnung?«, rief sie. Sie schnappte sich ihre Ersatzregenjacke vom Rücksitz und rannte zu Greg. »Hier, zieh die an.«

Er war nass bis auf die Knochen, sein Jackett war für dieses Wetter ganz und gar ungeeignet. Mit klappernden Zähnen, doch sichtlich erleichtert drehte er sich zu ihr um.

»Erste Krise abgewendet«, bemerkte er und zog die Jacke an. »Der Rest der Tiere ist hier. Bringen wir sie in den Stall.«

»Ich muss zugeben, ich bin ziemlich froh, dass du bei mir bist«, sagte Holly, als sie gemeinsam zu ihnen gingen. »Ich fühl mich noch nicht ganz sicher im Umgang mit diesen Tieren. Muss mich wohl erst noch an sie gewöhnen.«

Während Greg die Rinder durch den glitschigen Schlamm in den Stall scheuchte, stand Holly an der Tür und zählte sie. Zwar waren sie tropfnass, wirkten aber wohlauf.

»Halt!« Sie packte Greg am Arm. »Hast du das gehört? Das Muhen?«

»Nein, das ist der Wind vom Meer.«

Reglos stand Holly da. »Nein. Hör doch, da ist es wieder! Hinter dem Farmhaus.«

»Warte hier. Ich hole uns Taschenlampen.«

Er rannte ins Haus, kam mit zwei großen Taschenlampen wieder heraus, und dann gingen sie beide zum Weg, der vom Stall zu den Feldern in Richtung Meer führte. Holly war nur froh, dass er ihnen Taschenlampen besorgt hatte, weil sie so etwas Licht hatten und nicht über ihre eigenen Füße stolperten. Der Boden war schon vollkommen schlammig, und Holly befürchtete, wenn sie ausrutschte, würde sie bis zu den Klippen schlittern und ins Meer fallen.

Dann stockte sie und packte erneut Gregs Arm. Aus der Dunkelheit starrten sie zwei schreckgeweitete Augen an. Holly trat näher darauf zu und erahnte langsam eine Form. Das Rind war kleiner als die anderen und etwa ein Jahr alt.

»Ich hol es«, sagte sie mutiger, als sie sich eigentlich fühlte. Aber es ging nicht anders. Sie würde ein Jahr in Eastercraig bleiben und musste einfach lernen, mit großen Tieren klarzukommen. Sie musste sich auch mächtigen Hochlandrindern stellen, ohne vor Angst das Weite zu suchen. Dennoch zog sich ihr Magen zusammen.

»Bist du sicher? Das ist ein junger Stier.«

»Ich bin fast so groß wie du«, sagte Holly und spürte, wie die Empörung ihr Mut verlieh. »Außerdem bin ich Tierärztin.«

Zwar schlug ihr das Herz bis zum Hals, doch sie trat einen Schritt auf den Bullen zu. Das Tier beäugte sie misstrauisch. Ohne ihren Blick von ihm zu lösen, näherte sie sich ihm so weit, bis sie die Hände auf seinen Rücken legen konnte.

»Ruhig, ruhig«, sagte sie leise und besänftigend. »Komm in den Stall zurück.«

Der Jungbulle schien zu nicken, dann schnaufte er laut, fast als wäre er dankbar, dass ihm jemand sagte, was zu tun war. Bestimmt war er erschreckt von dem ganzen Chaos, dachte Holly und streichelte ihm über das zottige Fell.

Sehr mit sich zufrieden, wollte sie ihn vorwärtsschieben, da zuckten plötzlich Blitze über das Meer, und ein lauter Donner krachte. Das Rind machte erschreckt einen Satz und wollte losstürzen. Reflexartig richtete Holly sich zu voller Größe auf und blockierte ihm den Weg.

Doch der Bulle ließ sich nicht aufhalten und rannte um sie herum. Dabei streifte er sie, und sie rutschte im Schlamm aus und konnte nur noch bestürzt zusehen, wie er losstürmte. Greg, der sich ihnen genähert hatte, lief ebenfalls los, konnte ihn festhalten und beruhigte ihn mit leiser Stimme, so dass er ihn in die richtige Richtung lenken und dann in den Stall bringen konnte.

Holly stand auf und bewegte ihre Schultern. Die würden am nächsten Tag wohl ziemlich wehtun.

»Alles in Ordnung?«, rief Greg. »Hast du dich verletzt? Das war knapp.«

Holly ging zu ihm. »Nein, nur mein Stolz wurde verletzt.«

Greg hielt erneut die Stalltür auf. Holly trat hindurch, strich sich die nassen Haare aus dem Gesicht und blies die Wangen auf. Ihre Jeans waren jetzt völlig schlammig, und die braune Flüssigkeit war durch den Stoff gedrungen. Noch nie hatte sie sich so unattraktiv gefühlt. *Ist doch völlig unwichtig,* wies sie sich zurecht. Schließlich war das hier kein Date. Sie warf einen Blick zu Greg. Er sah auch aus, als wäre er erst durch eine Hecke und dann rückwärts durch einen See gezerrt worden. Trotzdem war er noch sexy. Frustriert biss sie die Zähne zusammen, wieso schlichen immer wieder solche Gedanken in den Kopf?

»Check du die da hinten, und ich nehme mir die hier vorne vor. Dann tauschen wir und prüfen alle noch mal«, sagte sie und konzentrierte sich wieder auf ihre Arbeit. »Danach schaue ich mir die anderen Kühe an.«

»Aber du weißt, worauf du achten musst?«

»Auf die am Boden, die alle viere von sich gestreckt haben?«

»Ich sehe, langsam hast du den Bogen raus.«

Sie senkte den Blick, damit er sie nicht grinsen sah.

 KAPITEL 13

Nachdem Holly sich vergewissert hatte, dass es dem Vieh gut ging, erlaubte sie sich eine Pause und wusch sich die Hände. Sie ließ sich auf einem Strohballen neben den Rindern nieder, die jetzt friedlich schnauften, und warf einen Blick auf ihre Uhr. Es war kurz vor elf, und Fiona und Angus würden bald zurück sein. Sie unterdrückte ein Gähnen, merkte, dass sie einzuschlafen drohte, und schaute zur Tür. Greg kam gerade von einer Expedition zum Farmhaus zurück. In der einen Hand hielt er eine Thermoskanne mit Tee, in der anderen ein Bündel Kleider.

»Tut mir leid, dass ich so lange gebraucht habe«, sagte er. »Ich musste erst in meinem Schrank wühlen, um was Trockenes zu finden. Willst du die Pullover hier? Und du bist so groß, dass dir vielleicht diese Jogginghose von mir passt. Keine Angst, wir können uns beide umdrehen.«

Holly nahm das Bündel von ihm und spürte, wie ihre Wangen brannten. Sie wandte sich ab, vergewisserte sich aber mit einem Blick über die Schulter, dass er sich an die Abmachung hielt. Beruhigt streifte sie sich die Jeans von den Beinen und zog seine Jogginghose an. Dann tauschte sie ihren Pulli gegen den mottenzerfressenen Zopfpullover, den er ihr gegeben hatte. Wärme und Bequemlichkeit siegten über ihre Eitelkeit; sie war zu müde, um sich zu schämen, dass seine Sachen ihr passten.

Sie wandte sich um, aber er hatte ihr immer noch den Rücken zugedreht. Er trug jetzt eine alte Jeans, ein Flanellhemd und einen abgetragenen Pullover, wirkte aber, als fühlte er sich damit viel wohler als in seiner üblichen Stadtkluft. Seltsamerweise war er damit sogar noch attraktiver. Ihr wurde leicht schwindelig, versuchte aber, es zu verdrängen. »Das ist schon viel besser. Ich sehe bestimmt aus wie Nessie, aber, ehrlich gesagt, stört mich das nicht. Dazu bin ich zu müde.«

»Sei nicht so hart zu dir«, sagte er über seine Schulter hinweg. »Du siehst eher aus wie Selkie-Frau.«

»Eine, was?«

Er drehte sich um und sah sie an. Als er seinen Pullover glatt zog, erhaschte sie einen Blick auf seinen glatten, muskulösen Bauch. *So* muskulös. Ihr Magen schlug einen Purzelbaum.

»Eine Robbenfrau«, erklärte er. »Eine mythologische Formwandlerin aus dem Meer, die unvorsichtige Menschen entführt.«

Sie sah ihn direkt an. »Ich wette, das sagst du zu allen Mädchen.«

»Nein, nur zu dir.«

Mit einem Mal war die Atmosphäre wie aufgeladen, und Holly wusste, es hatte nichts mit dem Gewitter zu tun. Ihr wurde wieder leicht schwindelig. Sie war nicht mehr sie selbst, musste das Thema wechseln. Auf gar keinen Fall wollte sie in etwas hineingeraten.

»Weckt das glückliche Kindheitserinnerungen? Hier im Stallgeruch zu sitzen?«

Greg ließ sich ebenfalls auf einem Heuballen nieder, goss einen Becher Tee ein und reichte ihn Holly. Sie setzte sich neben ihn, achtete aber darauf, dass zwischen ihnen mehrere Handbreit Abstand blieb.

»Ja, ein bisschen.« Greg schenkte sich ebenfalls Tee ein und nippte daran. »Aber auch wenn die Leute den Hof sehen und ihn einfach wundervoll finden, ist er doch mit ziemlich vielen Sorgen verbunden.«

»Weil immer irgendwas zu tun ist?«

»Aye. Egal wie viel man arbeitet, man wird nie fertig. Und Geld lässt sich damit auch nicht verdienen. Es ist ein ziemlich stressiges Leben ...«

Greg verstummte und betrachtete die Rinder, die im trüben Licht der nackten Glühbirnen vor sich hin dösten.

»Kann ich mir vorstellen«, sagte Holly. »Also warst du nie wirklich in Versuchung?«

»Erinnerst du dich noch an unser erstes Treffen, als ich zu dir sagte, wie prekär das Leben auf einer Farm sein kann? Als Teenager kam ich mal aus meinem Zimmer und ertappte meinen Vater dabei, wie er mit blutunterlaufenen Augen auf einen Stapel unbezahlter Rechnungen auf dem Küchentisch starrte. Es war zwei Uhr morgens, und er grübelte schon seit Stunden darüber, welche zuerst bezahlt werden sollten. Er verbot mir, Mum etwas davon zu erzählen, weil sie sich sonst auch Sorgen gemacht hätte. Ich glaube, in diesem Augenblick entschied ich, mir einen anderen Beruf zu suchen. Also landete ich in der wesentlich weniger idyllischen, dafür aber solideren Welt des Steuerrechts.«

Er hatte sich so gedreht, dass seine Knie zu ihr gerichtet waren. Holly tat es ihm gleich und verringerte ein bisschen den Abstand zwischen ihnen. »Weißt du noch, ich kann das nachvollziehen. Ich wollte auch immer eine sichere Karriere«, sagte sie.

Er sah sie direkt an. »Heißt das, du bist enttäuscht, dass du hier bist, anstatt gutes Geld unten in Ascot zu verdienen?«

Sie dachte daran, dass sie sich immer noch fehl am Platz fühlte, dass Hugh ihr das Leben zur Hölle machte und dass sie immer noch mehr als gesunden Respekt vor Kühen hatte. Aber die schöne Landschaft und die gute Luft waren ein Segen, außerdem hatte sie bereits Freunde gefunden. Zudem hatte sie hier in Schottland irgendwie mehr Freizeit und Möglichkeit zum Durchatmen. In London hatte sie auf der Überholspur gelebt, so viel gearbeitet wie möglich und ihre Sozialkontakte und ihr Laufpensum darum herum geschoben. Hier endete ihre Arbeit oft pünktlich um sechs – außer bei Notfällen –, und sie gewöhnte sich langsam an das gemächlichere Tempo. Aber ... wieder kam ihr Hugh mit seinem zornigen Gesicht und seiner Verachtung in den Sinn.

Gerade wollte sie Greg antworten, da flog die Stalltür auf und Angus erschien auf der Schwelle. Sein Gesicht war eine ganze Palette aus Grün- und Lilatönen. Fiona erschien hinter ihm und blieb an der Tür stehen, als Angus mit großen Schritten auf sie zukam.

»Danke fürs Kommen, Holly«, sagte er. »Wir reden gleich.«

»Geht es dir gut?«, fragte Greg besorgt und trat auf ihn zu. »Du hast ganz schön was abgekriegt.«

»Raus!« Angus verschränkte die Arme. »Wie kannst du es überhaupt wagen, nach heute Nachmittag auch nur einen Fuß auf dieses Grundstück zu setzen?«

»Ich habe jedes Recht, hier zu sein«, entgegnete Greg ruhig. »Und als Mum mich anrief, um mir den Notfall zu melden, bin ich so schnell hergekommen, wie ich konnte. Genau wie Holly.«

»Komisch, dass nur ein Wagen im Hof steht.«

Da wurde es Holly ganz flau im Magen, weil ihr klar wurde, dass sie nicht abstreiten konnte, zusammen mit Greg gekommen zu sein. Und sie hörte an Angus' Ton, dass er davon ganz und gar nicht angetan war.

»Ich weiß, wo sie wohnt«, erwiderte Greg. »Und als ich den Anruf bekam, lief ich direkt zu ihrer Wohnung. Außerdem war es nur gut, dass wir beide gekommen sind. Denn es brauchte zwei Personen, um die Hochlandrinder zusammenzutreiben.«

Angus blickte zu Holly. »Ist das wahr?«

Holly richtete sich zu ihrer vollen Größe auf. »Wir fanden eine drüben auf der Straße und die restlichen hier auf dem Gelände. Und ich war froh, dass mir jemand geholfen hat.«

Damit hatte sie nicht gelogen, sondern nur belastende Details verschwiegen. Außerdem heiligte der Zweck die Mittel, oder etwa nicht? Sie wollte auf keinen Fall Angus' Zorn auf sich ziehen.

Fiona hüstelte. »Kommt, gehen wir doch alle ins Haus! Ich könnte uns Tee kochen.«

»Er wird das Haus nicht betreten«, knurrte Angus.

Greg blickte ihm direkt in die Augen und schritt dann an ihm vorbei. Auf dem Weg nach draußen gab er seiner Mutter einen Kuss. »Ich warte im Wagen«, sagte er zu Holly und verschwand durch die Tür.

Holly blickte von einem Dunbar zum nächsten. Dann ermahnte sie sich, dass sie mit all dem nichts zu tun hatte, und holte tief Luft. »Ich erzähle kurz, was passiert ist, ja?«, sagte sie entschlossen, als sie die Wagentür zuknallen hörte.

Zehn Minuten später schob sich Holly auf den Fahrersitz. Greg betrachtete den Stall und sah zu, wie sich die Schatten seiner Mutter und seines Bruders im Inneren bewegten. Obwohl Holly nun nur noch dringender wissen wollte, was die beiden entzweit hatte, hütete sie sich, jetzt nachzufragen.

»Fahren wir nach Hause«, sagte sie. »Vielleicht können wir noch ein paar Stündchen schlafen, bevor es wieder hell wird.«

Greg wandte sich zu ihr. »Tut mir leid, dass du das mit ansehen musstest.«

Sie winkte ab. »Ich bin sicher, ihr kriegt das wieder hin, worum es auch immer geht. Ihr werdet euch versöhnen, und dann ist euer Streit nur noch eine ferne Erinnerung.«

Holly zündete den Motor und stellte die Scheibenwischer auf die höchste Stufe, weil sie nur so die Windschutzscheibe frei halten konnten.

»Darauf würde ich nicht wetten.« Er seufzte tief. »Gute Arbeit übrigens mit den Rindern. Langsam wirst du richtig souverän im Umgang mit großen Tieren.«

»Freut mich, dass du den Eindruck hast. Aber ohne dich hätte ich das nicht geschafft. Gott sei Dank bist du mitgekommen. Außerdem konntest du trockene Kleider besorgen.«

Unwillkürlich musste sie an seinen nackten Bauch denken. *Lass das!*, ermahnte sie sich. *Mach dich nicht lächerlich!* Sie trat aufs Gas.

 **KAPITEL 14**

Am Montag in der Praxis hing Chloe an Hollys Lippen. Während Holly Bericht erstattete, konnte sie das ganze Drama praktisch vor sich sehen. Ihre Mutter, die mit Fiona befreundet war, hatte ihr schon davon erzählt, aber da hatte es wesentlich nüchterner geklungen, weil Fiona die interessanteren Details eindeutig für sich behalten hatte.

»Mehr kann ich auch nicht sagen. Greg will einfach nicht damit herausrücken, was zwischen ihm und Angus vorgefallen ist«, erklärte Holly, als sie zu Ende erzählt hatte. »Als ich am Sonntag aufwachte, war er schon weg und hat mir nur eine Nachricht hinterlassen, dass er mir keine Probleme bereiten wollte, weil er schon wieder bei mir übernachten würde.«

»Meine Mum weiß es auch nicht«, erwiderte Chloe. »Und Fiona meinte nur, die beiden wären aneinandergeraten, und du hättest das miterlebt. Ich glaube, das ist ihr ziemlich peinlich.«

»Am Sonntag war ich mit Graeme Innes was trinken«, warf Paolo ein, der vom Teekochen aus der Küche zurückkam. »Und der behauptete, Angus hätte eine gebrochene Nase und einen Riesenbluterguss im Gesicht. Sind sie richtig aufeinander losgegangen? Müssen wir mit einem Duell rechnen?«

»Nein und noch mal nein, wir leben schließlich im 21. Jahrhundert«, erklärte Holly. »Angus wurde von einer Kuh getreten.«

»So setzt man Gerüchte in die Welt, Paolo«, bemerkte Chloe. Sie dachte an Angus und fragte sich, ob es ihm gut ging. Und ob seine gebrochene Nase dauerhaften Schaden davontragen würde. Vielleicht brauchte er etwas Zuwendung. Vielleicht von ihr.

Hugh riss sie aus ihrer Träumerei, kam durch die Tür gefegt, als würde ihn der Wind hereinwehen. Chloe schaute durchs Fenster. Der Sturm, der am Wochenende aufgekommen war, hatte sich immer noch nicht gelegt. Zwar überspülten die Wellen noch nicht die Promenade, aber viel fehlte nicht mehr dazu.

»Wie ich gehört habe, ist bei deiner Rettungsaktion Samstagnacht kein Tier zu Schaden gekommen, Holly!«, brüllte Hugh, bevor er in der Küche verschwand.

Chloe zeigte Holly ihre gereckten Daumen, obwohl man Hughs Bemerkung kaum als Kompliment betrachten konnte. Aber nach Hughs unberechenbaren Ausbrüchen während des letzten Monats konnte Holly wohl moralische Unterstützung brauchen, selbst wenn sie gegen Hughs Anwürfe immun schien. Als Hugh wieder auftauchte, reichte Chloe ihm die Tagesliste und sah zu, wie er sie überflog.

»Verdammt«, knurrte er, »schon wieder?«

Er wandte sich zu Chloe, die sich auf die Lippe biss. »Mr Rayner hat angerufen, er meint, irgendwas stimmt nicht mit Perky«, erklärte sie.

Hugh blähte die Nasenflügel. »Ich bereite alles für die erste Untersuchung vor. Holly, Paolo, ihr kommt gleich nach.«

Damit verschwand er Richtung Behandlungszimmer.

»Vermutlich ist jetzt nicht der rechte Zeitpunkt, mal nach neuen Anschlüssen im Sprechzimmer zu fragen«, bemerkte Holly leicht deprimiert. »Letzten Freitag hatten wir Probleme mit dem Strom. Ich musste die Besitzer bitten, ein Kabel hochzuhalten, damit die Lampe funktioniert.«

»Es ist *nie* der rechte Zeitpunkt, Hugh Ebenezer Scrooge zu bitten, für irgendwas Geld rauszurücken«, frotzelte Chloe. »Ich hab ihn mal um einen neuen Computer gebeten, und da meinte er, er würde doch nicht gutes Geld schlechtem hinterherwerfen. Ich sollte froh sein, dass ich nicht mehr auf der Maschine tippen müsste. Und als die Stellvertreterin vor Bronwen ihn nach einer teuren Marke Schmerzmittel fragte, warf er ihr Schimpfwörter an den Kopf. Er argwöhnte, sie wollte ihn irgendwie unter Druck setzen oder wäre von Big Pharma gekauft worden. Oder was auch immer das Äquivalent für Tiermedizin ist ...«

»Big *Farmer*«, schlug Paolo vor und musste über seinen eigenen Kalauer grinsen.

»Wieso ist er denn diesmal so schlecht gelaunt?«, fragte Holly und überflog die Liste.

»Wieso sollte er gut gelaunt sein?« Chloe blickte ihr über die Schulter. »Mr Rayner hat einen Papagei namens Perky, der kurz vor dem Ausstopfen steht. Aber sobald der nichts mehr fressen will, kommt er her. Dann haben wir hier einen Hamster mit einem Abszess. Hugh findet Hamster zu frickelig, er wird ihn also an dich delegieren.«

»Und wer ist Lady Moira Glennis?«, erkundigte sich Holly.

»Sie bringt einen Wolfshund mit – mit dem fantasievollen Namen Wolfie.«

Paolo seufzte wehmütig. »Hamishs Mutter. Sie wohnt auf Glenalmond.«

»Was hast *du* denn?«, fragte Chloe.

»Ich kann den Ball kaum erwarten. Glenalmond ist wie im Märchen: ein großes Schloss mit Türmchen und einem Fluss am Ende der Parkanlage. Es hat sogar einen großen Nadelwald.«

»Klingt wie bei Macbeth«, bemerkte Holly.

»Ist es auch«, nickte Chloe. »Nur ohne Mord und so weiter.«

Verträumt sagte Paolo: »Als ich einmal da war, hatte Hamish gerade frisches Wild vom Schlachter und gab Hugh und mir ein paar Steaks ...«

Während Paolo Lobgesänge über das Wild von Glenalmond anstimmte, wanderten Chloes Gedanken wieder zu Angus. Vielleicht konnte sie in der Kaffeepause noch mehr Einzelheiten über das erfahren, was auf der Farm vorgefallen war. Vor allem Einzelheiten über Angus.

»Hallo, Hugh«, sagte Moira Glennis und schob mühsam einen riesigen, haarigen Hund durch die Tür des Behandlungsraums. »Und willkommen Holly. Wie haben Sie sich hier eingewöhnt?«

»Gut«, erwiderte Holly, wagte es aber nicht, Hugh einen Blick zuzuwerfen, weil sie fürchtete, er könnte ihr widersprechen. »Und das hier muss Wolfie sein. Hallo, mein Freund.«

»Er war heute sehr ungezogen. Wollte einfach nicht mit hierherkommen. Ich glaube, er hat Angst vor Hugh«, erklärte Moira und zwinkerte Hugh zu. »Und bevor Sie nachfragen, ich *weiß*, er ist ein *irischer* Wolfshund, und ich müsste einen Schottischen Hirschhund haben, aber die gab es nun mal nicht im Umkreis, als wir einen neuen Hund suchten. Dann fanden wir Wolfie, und es war Liebe auf den ersten Blick.«

Der Hund gab ein tiefes Bellen von sich, ließ sich an der Tür nieder und starrte Holly unter seinem fransigen Schopf wissend an.

»Ist schon gut«, sagte Holly. »Komm mal her, wir machen das am Boden, du bist zu groß für den Tisch.«

Sie kniete sich hin. Langsam erhob sich Wolfie, tappte zu ihr und fügte sich augenscheinlich in sein Schicksal.

»Sie finden also, dass er zu schnell atmet?«, fragte sie Moira.

Moira nickte und runzelte besorgt die Stirn. »Könnte er einen Virus haben? Der arme Kerl. Wird er sich wieder erholen?«

Holly stellte die üblichen Fragen, während sie ihn abtastete, dann nahm sie ihr Stethoskop und horchte ihn ab. Nach seinem ersten Widerstand benahm er sich jetzt tadellos und ließ alles mit sich machen. Holly kraulte ihn kurz hinter den Ohren und trat vom Tisch zurück.

»Die Atmung hört sich ein bisschen dumpf an, und er hat Fieber«, setzte Holly an. »Das deutet auf einen Infekt hin, daher gebe ich Ihnen ein Mittel dagegen. Aber ich würde auch gerne seinen Brustkorb röntgen, nur für alle Fälle. Der nächste Termin wurde abgesagt, also hätten wir Zeit.«

Holly und Hugh brachten Wolfie in den Nebenraum, legten ihn fürs Röntgengerät zurecht und narkotisierten ihn.

Als Wolfie später aus der Narkose erwachte, rief sie Moira vom Flur herein, wo sie gewartet hatte.

»Ich fürchte, Wolfie hat eine Lungenentzündung, Mrs Glennis. Wir können sofort mit der Behandlung beginnen. Aber er muss auch noch mal für weitere Untersuchungen herkommen.«

Eine Träne rann über Moiras Wange, als sie Wolfie über den Rücken strich. »Mein armer Schatz.«

»Keine Angst, Moira. Wie ich schon sagte, können wir es behandeln. Die meisten Tiere erholen sich vollständig davon.«

Als sie vom Tisch zurück trat, blickte Wolfie plötzlich zu ihr hoch auf. Bevor Holly wusste, wie ihr geschah, stürzte der Hund sich auf sie, warf sie um und schleckte ausgiebig ihr Gesicht ab.

»Ach, du meine Güte! Ist alles in Ordnung mit Ihnen?«, rief Moira und zog Wolfie von ihr weg. »Normalerweise wirft es einen nicht um, weil man vorher sieht, dass er einen umarmen will.«

Holly setzte sich auf. »Ja, mir geht es gut. Er hat mich nur überrascht.«

»Ich glaube, er mag Sie. Nicht, du sentimentaler Kerl, mein armer, alter Freund?« Moira wischte sich übers Gesicht. »Also gut. Klären Sie mich darüber auf, was jetzt kommt.«

Holly tätschelte Wolfie liebevoll den Kopf und begann, die nächsten Schritte zu erläutern.

Kurz vor Feierabend bereute es Chloe langsam, dass sie Holly mit Fragen nach weiteren Einzelheiten gelöchert hatte.

»Ich will nicht tratschen, und ich weiß auch nichts über den Streit, ehrlich«, erklärte Holly, während sie sich noch letzte Notizen machte. »Was ich nur sagen will, ist, dass Angus wirklich ein *echter* Hitzkopf ist. Im Vergleich mit Angus könnte man Hugh geradezu als friedliebend bezeichnen.«

Paolo nickte entnervt. »Das versuche ich ihr auch schon die ganze Zeit zu sagen!«

Chloe hatte das Gefühl, ihn verteidigen zu müssen. Zugegeben, er hatte einen gewissen Ruf. Aber den verdiente er gar nicht! »Er hat halt viel am Hals«, sagte sie leise.

»Was zum Beispiel?«, konterte Paolo.

Chloe blickte hinaus aufs Meer. Es klang wirklich, als hätte Angus an diesem Wochenende kurz vorm Ausrasten gestanden. Er hatte Greg vor Holly attackiert. Das hieß, was auch immer es war, es musste etwas Ernstes sein.

Aber sie wusste einfach, dass er einen weichen Kern hatte. Er war nur ganz tief verborgen. Chloe dachte an einen Vorfall in ihrer Jugend, als sie gesehen hatte, wie Angus eine verwundete Möwe hochgehoben hatte, die Rob Grey mit Steinen vom Himmel geholt hatte. Er hatte sie zur Praxis gebracht und in Hughs Obhut übergeben. Sie hatte damals mit Isla und Morag an der Promenade gesessen, und während die beiden in eine Zeitschrift vertieft waren, hatte sie darüber gestaunt, dass es ihm wichtiger war, die Möwe zu retten, als cool zu wirken. Was war aus dieser sanften Seele geworden?

»Wie war Hugh denn heute so?«, fragte sie Holly. Wenn es jemanden gab, der es noch schwerer hatte als sie, dann war es Holly.

»Ganz okay. Er hat mich nur zweimal angeschnauzt. Ich habe eine Strichliste in meinem Notizbuch«, antwortete Holly. »Hat er eigentlich wirklich nach einem neuen Assistenten gesucht? Oder wurde ich nur als menschlicher Sandsack angestellt?«

»Aber nicht doch!«, widersprach Paolo. »Du machst das super. Er ist berüchtigt dafür, dass er schwierig ist.«

»Aber mich *hasst* er«, entgegnete Holly, und als die anderen schwiegen, sagte sie: »Danke für die Bestätigung, Leute.«

Hinter ihr schwang die Tür auf, und Hugh starrte sie finster an. »Holly. Jemand muss nach der Katze sehen, die wir heute aufgenommen haben.«

Chloe tätschelte Hollys Arm. »Tief durchatmen.«

Als Holly Hugh folgte, wandte sich Chloe zu Paolo. »Glaubst du, sie hält durch?«

Paolo zuckte nur unverbindlich die Achseln.

 KAPITEL 15

Holly wärmte sich im Anchor mit einem Glas Rotwein auf. Das brauchte sie dringend, denn Hugh hatte ihr Überstunden mit Papierkram aufgehalst. Zwar war sie versucht gewesen zu sagen, dass es Freitag war und nichts davon dringend schien, doch hatte sie sich das verkniffen und gehorsam an die Arbeit gemacht. Als sie alles erledigt und Hugh eine Nachricht geschickt hatte, bekam sie nicht mal eine Antwort.

Sie trank noch einen Schluck von ihrem Wein. Was sie jetzt brauchte, war ein Pie, dann wäre ihr Wochenende komplett. Eine leise Stimme in ihrem Kopf wisperte, ihr Wochenende wäre erst komplett, wenn Greg auftauchte, doch sie versuchte, sie zu ignorieren. Dieser Mann war ein Spieler, und sie hatte keine Zeit für Spielchen.

Paolo, der ihr gegenübersaß, versuchte Chloe mal wieder Tipps zu geben, wie sie sich an Angus heranmachen konnte. Sie wollte ihm am Wochenende einen Kuchen bringen. Nur musste sie auch mit ihm reden können. Holly verdrängte alle Gedanken an Greg und seinen Waschbrettbauch und wandte sich wieder den anderen zu.

»Sprich mir nach«, sagte Paolo gerade. »Angus, ich hab dir einen Kuchen mitgebracht. Wie geht es dir?«

Chloe rümpfte die Nase. »Wie lahm! Das kannst du doch

besser! Selbst ich kann das besser. Vermutlich hat Fabien wegen solcher Sätze mit dir Schluss gemacht.«

Holly lachte. »Du brauchst ein paar Bauernhof-Wortspiele. Können wir uns was mit Hörnern ausdenken? Oder mit Heu?«

Sie erlaubte sich die Frage, was sie wohl zu Greg sagen würde, wenn er das nächste Mal auftauchte. *Falls* er auftauchte. Dieser Gedanke erwischte sie kalt. Was, wenn er gar nicht mehr kam? Vielleicht blieb er bis auf Weiteres in Aberdeen und klopfte nicht mehr bei ihr an. Aber es wäre wirklich nett, wenn er an diesem Abend bei ihr auftauchte, mit einer Flasche Wein und vom Wind zerzausten Haaren. Sie seufzte im Stillen, merkte aber an den Mienen ihrer Freunde, dass sie es wohl doch laut getan hatte. Die beiden starrten sie an und wechselten vielsagende Blicke.

»Denkst du zufällig an Greg?«, fragte Paolo.

Holly presste die Lippen zusammen.

»Dein Schweigen spricht Bände. Vielleicht solltest *du* mal ein paar Sätze für ihn proben«, bemerkte Chloe. »Weil du ganz offensichtlich auf ihn stehst.«

»Ich steh nicht auf ihn!«, protestierte Holly. Aber Paolos spöttischer Blick legte nahe, dass sie nicht überzeugend wirkte. »Wirklich nicht. Wir verstehen uns nur gut, außerdem hab ich für so was keine Zeit.«

Paolo nippte an seinem Wein. »Na klar. Rede dir das nur ein. Aber wenn Greg in diesem Moment auftauchte und dich zu einem intimen Essen entführen wollte, würdest du doch Ja sagen, oder etwa nicht?«

Jetzt konnte sie an ihrem Pokerface üben. Sie biss die Zähne zusammen und setzte eine betont gleichmütige Miene auf. Prompt bekam sie Gesichtskrämpfe.

»Ich gebe ihr zehn Sekunden.« Chloe schaute auf ihre Uhr.

»Komm schon, Holly, gestehe! Dann wirst du dich viel besser fühlen. Und du kannst die Gesichtsmuskeln wieder entspannen.«

Das war zu viel. Holly holte keuchend Luft, als wäre sie zu lange unter Wasser gewesen und könnte endlich wieder auftauchen. »Na schön! Ihr habt gewonnen. Ich krieg ihn einfach nicht aus dem Kopf. Er ist interessant, klug und witzig, und als wir das letzte Mal zusammen waren, konnte ich förmlich die Funken zwischen uns sehen.«

»Und er ist super durchtrainiert vom Geländelaufen«, bemerkte Paolo.

»Ja, auch das. Aber wie es scheint, respektiert er die vielen Frauen, mit denen er ausgeht, nicht besonders. Und ich habe keine Zeit. Und ich will so was nicht. Und außerdem kenne ich ihn kaum«, fügte sie hinzu, als hätte sie ein Argument schlüssig zu Ende geführt. Um es nicht noch komplizierter zu machen, verriet sie ihnen nicht, dass sie unter der Woche ein paar Mal mit ihm geschrieben hatte. Nichts Verfängliches, keine Kuss-Emojis – nur ein wenig Plauderei über die Arbeit –, aber für Chloe und Paolo wäre es trotzdem ein gefundenes Fressen.

»Fairerweise muss man sagen, dass er nie mit mehreren Frauen gleichzeitig ausgeht«, sagte Chloe.

»Trotzdem steht er nicht gerade für Verbindlichkeit«, wandte Paolo ein. »Und mittlerweile wissen wir ja, dass Holly sich nur auf so was einlässt.«

»Aber erst, wenn ...«, setzte Holly an.

»Du dein restliches Leben auf die Reihe gekriegt hast«, beendete Paolo den Satz für sie. »Das behauptest du jedenfalls.«

»Aber das Leben besteht nicht nur aus Arbeit, weißt du?«, sagte Chloe.

»Ich weiß«, räumte Holly achselzuckend ein. »Eines Tages möchte ich auch wirklich Familie haben, aber wenn man nichts hat, worauf man zurückgreifen kann, muss man eben sicher gehen, dass die Karriere läuft.«

»Aber eine Affäre ginge doch?«, warf Paolo ein.

»Ich hab's schon mal gesagt und sage es noch mal: Auf Affären lass ich mich nicht ein.«

»Ich will keine Nervensäge sein, aber das Ende einer Affäre ist nicht gleich das Ende der Welt«, beharrte Paolo. »Du bist doch sonst so abgeklärt.«

»Oder steckt mehr dahinter?«, hakte Chloe nach. »Ich weiß, ich bin penetrant, aber ich muss es jetzt einfach wissen, sonst komme ich um vor Neugier.«

Holly schluckte. Plötzlich hatte sie eine trockene Kehle. Vielleicht war es wirklich Zeit, mit der Sprache herauszurücken. Irgendwann musste es ja doch sein. Zur Beruhigung trank sie noch einen Schluck Wein.

»Mein Dad hat uns noch vor meiner Geburt verlassen – ich schätze, ich war das Produkt einer Affäre, aber genau weiß ich es nicht, weil Jackie nie darüber reden wollte. Also war ich wohl zu Recht von Anfang an gegen Affären eingestellt.«

Sie erzählte, dass ihre Mutter nach ihrem Vater einen Mann nach dem anderen gehabt hatte – von Tony aus dem Pub, über den scheinbar so netten Fred, der dann doch bei seiner Frau blieb, bis zu weiteren Mogelpackungen, die nicht dazu angetan waren, bei Holly das Vertrauen in Männer zu stärken. Keiner der Männer wollte was Festes. Und wenn sie gingen, brach ihre Mutter normalerweise zusammen.

»Aber manche Männer wollen was Festes«, widersprach Paolo. »Sorry, das war unsensibel. Ich meinte nur, dass manche Beziehungen auch halten.«

»Ganz genau«, nickte Holly. »Sie dauern mehr als nur ein paar Wochen, aber dann werden sie gefährlich. Weil man denkt, es könnte was werden. Man meint, man könnte sich wirklich binden, sein Herz und seine Seele verschenken. Aber dann zerstören sie einen.«

»Hat jemand das deiner Mum angetan?«, fragte Chloe mit großen Augen.

»Jepp. Der schlimmste Mann, den Jackie je aufgetrieben hat.« Holly holte so tief Luft, dass ihr fast schwindelig wurde. »Gavin Grey, der auftauchte, als ich elf, zwölf Jahre alt war. Er war charmant, und obwohl irgendwas an ihm komisch wirkte, stand Mum völlig auf ihn, also versuchte ich ihn auch zu mögen. Und anfangs wurde durch ihn auch alles besser. Mum vergaß nicht mehr, mich von der Schule abzuholen, und kochte für uns. Wir fuhren sogar mal fürs Wochenende ans Meer, was einfach toll war. Sie schafften tatsächlich ein halbes Jahr, bevor alles den Bach runterging. Das war ein Rekord.«

Sie schüttelte den Kopf. »Mum hatte ein Konto eröffnet, um zu sparen, was einfach unglaublich war. Sie hatte fast fünfhundert Pfund zusammenbekommen. Ich wusste, das Geld war da, in ihrem kleinen Buch, und ich zählte es, träumte von Urlauben und Ausflügen in Freizeitparks, von einer Schuluniform, die nicht aus dem Secondhandladen kam. Aber dann ...«

Holly versuchte, die Wut zu verdrängen, die ihr die Kehle zusammenschnürte und Tränen in die Augen trieb.

Paolo legte seine Hand auf ihre. »Du musst es nicht erzählen, wenn du nicht willst.«

»Nein, ist schon gut. Gavin fand das Sparbuch und erklärte Mum, er würde das Geld in ein Projekt investieren, von dem er erfahren hatte. Bis dahin hatte er Mum keinerlei Anlass zu Misstrauen gegeben. Später erzählte Mum mir, dass sie sogar einige Dokumente unterzeichnet hätte, die echt gewirkt hätten. In den darauffolgenden Monaten hatte sie ihm noch mehr Geld für die Investition gegeben, hatte sogar Überstunden dafür gemacht und dazu noch ein Darlehen bei einem zwielichtigen Typen aus dem Viertel aufgenommen. Denn Gavin betonte ständig, dass jeder Cent helfen würde.«

Im Laufe der Jahre hatte Holly genug Tränen darüber vergossen. Doch als sie jetzt zum Schlimmsten kam, spürte sie, wie sie vor lauter aufgestautem Hass auf Gavin zitterte. Hass war ein großes Wort, aber anders konnte Holly dieses Gefühl nicht bezeichnen. So sehr sie auch versuchte, ihn loszulassen, ein Teil davon blieb und lauerte wie ein Kobold in einer Nische ihres Hinterkopfs, um die ruhige, konzentrierte Person zu irritieren, die sie so gern sein wollte.

»Er gehörte zu einem Spielerring, war aber ein lausiger Spieler. Mums Geld deckte seine Schulden. Als sie etwas davon zurückhaben wollte, um eine Rechnung zu bezahlen, zeigte sich, dass alles weg war – genau wie Gavin, der sich allerdings mit einem Riesenstreit verabschiedete, welcher einen Nachbarn veranlasste, die Polizei zu rufen. Aber er haute ab, bevor sie eintraf.«

Nun waren sie raus, all die Gefühle, die sie lieber unter Verschluss halten wollte. Chloe und Paolo wirkten verblüfft, dass in ihrer sonst so ruhigen und gefassten Kollegin so viele aufgestaute Gefühle brodelten.

»Wir sahen ihn nie wieder. Mum war am Boden zerstört. Sie war mit ein paar Fröschen zusammen gewesen, aber dieser Kerl war eine richtige Schlange! Wir hatten kein Geld mehr, und als der Kredithai sein Darlehen zurückforderte, auch keinen Fernseher und keine Wohnzimmermöbel mehr. Mum war vollkommen fertig. Sie trank zu viel, ging ständig aus und kam erst im Morgengrauen zurück. Glücklicherweise konnte ich da schon mit der Waschmaschine umgehen und bekam in der Schule freie Mahlzeiten.«

Jetzt wirkten Paolo und Chloe geradezu entsetzt, und mit einem Mal bekam Holly ein schlechtes Gewissen, dass sie sie mit ihren Problemen belastete. Außerdem wollte sie nicht, dass jemand ihre Abgründe mitbekam. Die hatte zwar jeder, aber sie fand, ihre waren schlimmer als die der meisten anderen Leute.

»Keine Sorge, mir geht's gut«, sagte sie so munter sie konnte. »Jetzt als Erwachsene trifft mich das kaum noch. Meistens jedenfalls. Und nach etwa einem Jahr kam auch Mum wieder klar und konzentrierte sich darauf, sich einen Neuen zu angeln.«

»O Mann«, flüsterte Paolo.

»Ich kann verstehen, dass die Karriere bei dir an erster Stelle kommt«, nickte Chloe. »Tut mir leid, dass wir dich wegen Greg so bedrängt haben.«

»Ach nein«, wehrte Holly ab. »Ich will kein Geheimnis draus machen, aber so was erzählt man normalerweise nicht, wenn man sich erst eine Woche kennt. Und nur fürs Protokoll: Ich weiß, dass nicht alle Männer Schweine sind, die mich nur ausnutzen wollen. Es verlieben sich ständig Menschen und überleben es, wenn die Beziehung endet. Aber die Stimme der Vernunft in mir ist ziemlich laut, und sie brüllt mir ständig zu, dass ich auf mich aufpassen und bei meinen Prioritäten bleiben muss. Natürlich weiß ich, dass Geld allein nicht glücklich macht, aber es hilft doch. Wenn Mum und ich ein bisschen mehr Geld gehabt hätten, wäre unser Leben wesentlich leichter gewesen. Sobald ich eine solide Grundlage habe, mache ich mich auch auf die Suche nach einem Mann – obwohl Greg mich gerade ziemlich in Versuchung bringt.«

»Wo ist deine Mum jetzt? Du erwähnst sie nicht oft«, sagte Paolo.

»In Malaga – frag nicht! Und wie ihr euch vielleicht denken könnt, ist sie eine echte Chaotin. Wir sehen uns, wenn wir es einrichten können, aber unser Verhältnis ist nicht so, dass wir einmal am Tag miteinander reden. Oder einmal in der Woche. Nicht mal im Monat.«

Und damit hatte Holly keine Probleme. Sie wahrte gern eine gesunde Distanz zu ihrer Mutter. Dann musste sie sich nicht ihre Probleme anhören und Lösungen anbieten. Schließlich war ihre Mutter auch nicht immer für sie da gewesen. Dazu hatte sie sich viel zu sehr darauf konzentriert, ihr »wildes Künstler-Ich« auszuleben, wie sie einmal zu Holly gesagt hatte, als die ein Teenager war. Holly hatte mit »unreife Chaotikerin« gekontert.

Seit Holly denken konnte, wollte sie immer vollkommen anders sein als ihre Mutter: kühl und distanziert wie ein Eisberg, der nicht sinken konnte. Obwohl ihr klar war, dass sich bei Eisbergen der größte Teil unter der Oberfläche abspielte. In Bezug auf Greg stimmte das definitiv. Wie auch immer ... wenn die Zeit reif war, würde sie schon den Richtigen finden.

Apropos ... Sie wandte sich zu Chloe, die die Tür zum Pub im Auge behielt.

»Er kommt ...«, flüsterte Paolo Chloe zu.

Chloe nahm nur wahr, dass Angus sich in einem schrecklichen Zustand befand – so als wäre er bei den Highlandgames direkt von einem Baumstamm getroffen worden.

»Chloe«, Holly stupste sie an. »Hat dir deine Mutter nicht beigebracht, wie unhöflich es ist, jemanden anzustarren?«

Doch Chloe konnte ihren Blick nicht von Angus lösen. »Du hast gesagt, er hätte nur ein paar blaue Flecken. Aber sein ganzes Gesicht ist ein einziger Bluterguss.«

Als sie endlich merkte, dass sie ihn mit offenem Mund anglotzte, wandte sie sich wieder zu ihren Freunden.

»Das wird schon wieder«, erwiderte Holly und legte ihr die Hand auf den Unterarm. »Versprochen. Er ist im Krankenhaus durchgecheckt worden. Vielleicht ist seine Nase gebrochen, aber die kann, wenn nötig, auch wieder gerichtet werden. Chirurgen vollbringen da wahre Wunder.«

Als Paolo hüstelte, blickten Chloe und Holly gleichzeitig auf.

»Huch!«, rief Holly aus. »Hi, Angus!«

Chloe holte erschrocken Luft. Während Holly sie tröstete, hatte sich Angus unbemerkt ihrem Tisch genähert.

»Wie ich sehe, ist, abgesehen vom Chef, die gesamte Praxis hier versammelt«, bemerkte er.

Chloe sah, dass er sich an einem Lächeln versuchte, jedoch zusammenzuckte und es aufgab. Sie verspürte einen starken Drang, ihn in die Arme zu nehmen.

Da darauf niemand reagierte, fuhr Angus fort: »Holly, ich muss dir einen ausgeben. Du warst neulich eine Riesenhilfe.«

»Dann musst du mir wohl auch einen ausgeben«, bemerkte Paolo leichthin. »Weil ich Holly beim ganzen Schriftkram geholfen habe.«

Angus lachte leise. »Geht klar. Und dir, Chloe, muss ich auch einen ausgeben, einfach weil du super bist.«

Chloe spürte, wie ihr das Blut ins Gesicht schoss. Sie wich den Blicken ihrer Kollegen aus, die vor lauter Begeisterung so glühten, dass sie ihre Gegenwart förmlich spürte, und schaute Angus direkt in die Augen. Nun galt es. Jetzt oder nie.

»Danke«, sagte sie. »Für mich einen Gin Tonic, bitte. Und ich bin mir zwar sicher, dass deine Mutter dich ausreichend mit Kuchen versorgt, aber ich habe auch einen für dich gebacken. Kann ich dir den morgen bringen?«

»Willst du damit sagen, ich wäre noch nicht süß genug?«, fragte Angus und zog eine Augenbraue seine grünliche Stirn hoch.

»Ich weiß nicht, ob es genug Zucker auf der Welt gibt, dass du süß werden könntest, Schätzchen.«

Das war ihr einfach so herausgerutscht! Ganz kurz durchzuckte sie Scham, aber dann zwinkerte Angus ihr zu und verschwand an die Bar. Sie war damit durchgekommen! Unwillkürlich musste sie lächeln, denn sie spürte eine Mischung aus Tollkühnheit und Triumph in sich aufsteigen, so als hätte sie die Kronjuwelen aus dem Tower von London geklaut. Sie drehte sich zu ihren Freunden um, die beide gleichermaßen beeindruckt wirkten.

»Ganz schön frech! Hätte ich dir gar nicht zugetraut«, sagte Paolo und hob sein Glas.

»Ich auch nicht! Ich bin völlig baff!«, quiekte sie, so als hätte sie nach ihrer Bemerkung zu Angus die Kontrolle über ihre Stimme verloren. Sie hob ebenfalls ihr Glas.

»Prost«, sagte Holly. »Und jetzt lass uns überlegen, was du morgen anziehst.«

»Was?«, fragte Chloe, aus dem Konzept gebracht. »Ich wollte ein Kleid mit einer Strickjacke tragen.«

»Fairerweise muss man sagen, dass sie zu einer Farm fährt. Also sind weder Smoky Eyes noch Tops mit tiefem Ausschnitt angesagt«, bemerkte Paolo. »Vermutlich steht Angus auch nicht auf so was. Er mag wohl lieber praktische Outfits, allerdings würde er sich bestimmt auch freuen, wenn du darunter seidene Dessous tragen würdest.«

»So was besitze ich nicht mal«, protestierte Chloe. »Außerdem wird er mir nicht gleich die Kleider vom Leib reißen. Schließlich bringe ich ihm nur einen Blechkuchen.«

»Man kann nie wissen«, warf Holly ein. »Das könnte der Auslöser sein ...«

Chloe bemerkte, dass Angus von der Theke zurückkam, und brachte ihre Freunde zum Schweigen, weil sie nicht in Verlegenheit gebracht werden wollte. Sie gehorchten, aber ihre verschmitzt funkelnden Blicke sprachen Bände.

»Willst du dich zu uns setzen?«, fragte Paolo und wies auf einen leeren Stuhl.

»Aye, aber nur kurz«, nickte Angus. »Ferdie Taggart kommt gleich, dann stellen wir uns an die Theke.«

»Pass auf, dass du ihn nicht schon nach einer halben Stunde stützen musst«, bemerkte Chloe. »Dieser Mann verträgt wirklich gar nichts.«

Während Angus Platz nahm, dachte Chloe kurz an Ferdie Taggart, der nicht im Ort wohnte, weil er bei einem Energiekonzern in der Nähe von Inverness arbeitete. Der arme Ferdie war so lang und dünn wie eine Bohnenstange und konnte kaum drei große Bier trinken, bevor seine Beine unter ihm nachgaben.

»Tja, dann muss ich meinen Gesprächsbedarf wohl bei euch abdecken«, erwiderte Angus. »Wie war eure Woche in der Praxis?«

Zwar war die Frage an alle gerichtet, aber er sah dabei Chloe an. Ihr wurde auf einmal ganz heiß, daher zog sie am Kragen ihres plötzlich kratzigen Pullovers, während sie nach Worten suchte. Panik stieg in ihr auf, und ihr wurde leicht schwindelig.

Gleichzeitig spürte sie, wie sie jemand unter dem Tisch trat – ob es Holly oder Paolo war, blieb unklar, doch es reichte, um die Verlegenheit, die sie überkommen hatte, ein wenig zu dämpfen. Sie trank einen Schluck von ihrem Wein.

»Erzähl Angus doch von dem Papagei«, schlug Paolo vor.

»Er warf mit Beleidigungen um sich«, erklärte sie. »Der Papagei schimpfte wie ein Rohrspatz. Gott, Paolo hat uns mit seinen ständigen Wortspielen schon völlig verdorben!«, fügte sie hinzu. Aber Angus lächelte über ihren lahmen Witz, und so ermutigt fuhr sie fort: »Er war noch schlimmer als Hugh, wenn das denn möglich ist.«

Da sie den Anfang gemeistert hatte, konnte sie sich jetzt entspannen und die Geschichte erzählen. Unter dem beifälligen Nicken von Chloe und Paolo, aber vor allem von Angus, blühte sie geradezu auf.

 ## KAPITEL 16

Paolo sah zu, wie Chloe sich immer mehr entspannte und mit zunehmendem Selbstvertrauen erzählte. Er warf einen Blick zu Holly, die ihm zufrieden zuzwinkerte. Wenn Chloe durchhielt, bis Ferdie auftauchte, hatte sie große Fortschritte gemacht.

Da ertönte über das fröhliche Stimmengewirr im Pub hinweg ein Schrei von der Theke. Zuerst dachte Paolo, jemand hätte laut aufgelacht, doch als er den Kopf zur Bar wandte, sah er, dass es ein Wutschrei war. Hamish Glennis sah aus, als fühlte er sich äußerst unwohl in seiner Haut. Er drückte das Kinn an die Brust und schien es geradezu hineinbohren zu wollen. Doch der Schrei war nicht von ihm gekommen, sondern von dem Mädchen, das ihm direkt gegenüberstand: Daisy Morello, seine ultraschicke Freundin, raufte sich die braunen Locken, während ihr die Tränen über die Wangen liefen. Wie alle im Pub starrte Paolo auf diese Szene und fragte sich, was sie zu bedeuten hatte. Soweit er wusste, war Hamish keiner, der einen Streit vom Zaun brach. Bei ihren sonstigen Begegnungen war er der Inbegriff an Reserviertheit gewesen.

Paolo hatte ihn sonst meistens am Schloss getroffen, wenn Hugh und er die Tiere begutachten wollten. Hamish war der einzige Sohn von Moira und David Glennis und arbeitete als Jagdführer auf dem Anwesen. Um Glenalmond unterhalten zu können, ließ die Familie Besucher zum Jagen und Fischen auf den Besitz, und Hamish betreute sie.

Das alles klang hochherrschaftlich, aber Paolo wusste, dass die Familie Glennis trotz ihres prächtigen Schlosses ziemlich bodenständig war. David Glennis hatte keine Adlige geheiratet, sondern sich in eine Kellnerin von einem Café in Edinburgh verliebt und sie schon nach sechs Wochen zu seiner Frau gemacht. Ihr Sohn Hamish wuchs zwar in komfortablen Verhältnissen auf, doch Moira sorgte dafür, dass er sich nicht darauf ausruhte und nur auf seinen Titel verließ. Er musste sich seinen Lebensunterhalt verdienen, und soweit Paolo wusste, machte er das ziemlich gut. Er hatte einen Ruf als engagierter, kenntnisreicher Jagdführer, der dafür sorgte, dass seine Gäste immer gerne zurückkehrten.

»Was meint ihr, worum es da geht?«, erkundigte sich Holly.

»Keine Ahnung«, erwiderte Paolo. »Das ist Hamish, und der kann keiner Fliege was zuleide tun.«

»Und wer ist das Mädchen, das sich da um eine Rolle in einem Horrorfilm bewirbt?«

»Seine Freundin, Daisy Morello. Nett, aber eine echte Dramaqueen. Sie kommt aus Glasgow und ist immer total aufgebrezelt. Weißt du noch, als ich dir bei deiner Ankunft den Dresscode vom Pub erklärt habe? Tja, entweder hat Hamish aus Höflichkeit nichts gesagt, oder sie hat ihn ignoriert. Ich glaube, sie ist eine Möchtegern-Influencerin, und ihr Daddy finanziert das alles.«

Er betrachtete Daisys Outfit. Zu einer schwarzen Skinny Jeans trug sie ein Top mit Pailletten und schwankte auf nietenbesetzten High Heels. Ein Mantel war weit und breit nicht in Sicht, daher fröstelte Paolo schon allein bei ihrem Anblick.

Im ganzen Pub wurde es schlagartig still, als Daisy aufheulte wie eine Banshee: »Meine Schuuuuuuuhe!«, kreischte sie. »Die sind jetzt völlig ruiniert!«

Mittlerweile beobachteten alle, was sich zwischen den beiden abspielte. Selbst Mhairi, sonst völlig ungerührt von den Dramen in ihrem Zuständigkeitsbezirk, hatte die Gläser in ihrer Hand abgestellt. Hamish wirkte wie ein verschrecktes Tier, das bei der leisesten Bewegung zu flüchten versucht. Daisy schnappte sich ihre Clutch von der Theke, stürmte aus dem Pub und knallte die Tür hinter sich zu. Stumm und starr vor Staunen standen alle da.

Schließlich klatschte Mhairi in die Hände und rief: »Hier gibt's nichts zu sehen, ihr Gaffer«, worauf das Stimmengewirr wieder auf den üblichen Pegel stieg.

Hamish trottete zur Tür, vermutlich, weil er für das, was auch immer mit den Schuhen passiert sein mochte, um Vergebung bitten wollte. Angus packte ihn am Arm und zog ihn zum Tisch. »Was war da los, Kumpel?«, brummte er.

Hamish sah ihn gequält an. »Wenn ich das wüsste! Es ging nicht wirklich um die Schuhe, glaube ich. Obwohl sie sündhaft teuer waren. Sie und ich ...«

Paolo sah ihn prüfend an, als er verstummte. Hamish brachte seine Freundin nicht oft mit in den Pub. Vermutlich verbrachten sie die meiste Zeit in Glasgow. Nur – und das wusste Paolo, weil er aus Glasgow stammte – hätte Hamish in den Bars, für die Daisy angemessen gekleidet war, definitiv fehl am Platz gewirkt. Nicht, dass er sich nachlässig kleidete: Im Gegenteil, er war immer gut angezogen, wenn er nicht gerade wetterfeste Jagdkleidung trug. Beim Begriff »Jagdführer« dachte man normalerweise an einen kräftigen Mann mittleren Alters in Tweed mit grauem Bart und wuchernden Nasenhaaren. Aber Hamish war glatt rasiert und hatte ein rundes, freundliches Gesicht mit rötlicher Haut. Allerdings stand er nicht gerade für Glamour, den Daisy hingegen aus jeder Pore verströmte.

Hamish fand keine Worte, um den Satz zu beenden, verdrehte resigniert die Augen und gab es schließlich auf. »Ich muss gehen«, murmelte er entschuldigend. »Macht's gut. Wir sehen uns.« Er nahm seinen Mantel von der Garderobe, warf ihn sich nachlässig über die Schultern und folgte Daisy hinaus in den dunklen Abend. Gleichzeitig tauchte Ferdie in der Tür auf, worauf Angus sich ebenfalls von ihnen verabschiedete und mit Ferdie zur Bar ging.

Holly stand auf. »Ich muss auch los: Ich wollte morgen ganz früh zum Standup-Paddeln, solange noch Flut ist.«

»Ich gehe auch«, sagte Chloe. »Ich fahre mit Mum nach Inverness, um Kleider für den Ball zu kaufen. Ob Daisy wohl auch hingeht? Die beiden sind schon ein seltsames Paar, findet ihr nicht?«

Tatsächlich waren der warmherzige, freundliche Hamish und die kantige, ewig schmollende Daisy ein seltsames Paar. Paolo dachte darüber nach, ob er lieber eine Beziehung mit einem Menschen hätte, der nicht zu ihm passte, oder lieber allein bliebe. Das war eine schwierige Entscheidung, und je länger er überlegte, desto schwerer wurde ihm ums Herz. Denn genau genommen hatte er ja gar keine Wahl.

»Ich komme mit, Hols«, sagte er rasch. »Wir sehen uns morgen früh in alter Frische.«

 # KAPITEL 17

Vielleicht bleibe ich doch noch ein bisschen«, sagte Chloe, »und schau mal, was sich so an der Bar tut.«

»O-oh«, erwiderte Paolo. »Schreib mir morgen früh eine SMS, falls es was Neues gibt. Oder du gesellst dich zu uns. Dann sag Bescheid.«

»Ihr zwei seid doch verrückt«, lachte sie. »Vielleicht später irgendwann mal. Aber ich schick eine Nachricht, wenn was Wichtiges passiert.«

Chloe winkte ihren Freunden und blickte hinüber zur Theke. Sie hatte sich eben ziemlich gut geschlagen und schwamm noch auf der Welle des Erfolgs. Angus hatte jetzt ganz und gar sein brummiges Äußeres abgelegt und lachte schallend über eine Bemerkung von Ferdie. Das konnte sie gut verstehen: Ferdie war ziemlich witzig, bis er einen zu viel getrunken hatte. Mit einem Mal bröckelte ihre Selbstsicherheit. Angus amüsierte sich prächtig. Würde er sich ärgern, wenn ein Mädchen auftauchte und den Männerabend sprengte? Sie starrte auf ihre Füße.

»Chlo!«, brüllte Angus quer durch den Raum. »Komm rüber!«

Jubel! Er hatte *sie* zu sich gerufen. Also hüpfte sie praktisch zu ihm. Mit heftig pochendem Herzen stellte sie ihr fast leeres

Glas auf die Theke, wo Angus einen Hocker zu sich heranzog. während Ferdie sich von einem Teller Fritten bediente und mit Mhairi sprach.

»Wo sind deine Kollegen?«, fragte Angus.

Seine Stimme hatte ein tiefes Grollen an sich. Sie hätte ihm den ganzen Tag zuhören können.

»Schon weg, weil sie morgen beim ersten Tageslicht aufs Wasser wollen.«

»Und du bist nicht dabei?«

»Ich will doch keine Frostbeulen kriegen!«

Als Angus lachte, stieg Chloes Selbstvertrauen wieder, und sie befand, dass sie vielleicht doch keine völlige soziale Niete war.

»Und, wie findest du die neue Tierärztin?«, erkundigte er sich. »Hast du dir schon eine Meinung über sie gebildet?«

Chloe zögerte. Fand Angus Holly etwa attraktiv? Überrascht hätte es sie nicht: Holly sah umwerfend aus, sogar in den schlimmsten Outdoorklamotten. Zudem war sie selbstbewusst. Verglichen mit ihr, verschwand Chloe völlig im Hintergrund. Aber Chloe mochte Holly, und da sie grundehrlich war, konnte sie sie nur in den höchsten Tönen loben und hoffen, dass Angus aus reiner Höflichkeit fragte.

»Sie ist großartig und passt sehr gut in unser Team – schließlich kommen wir rein freiwillig freitags mit ihr her. Hugh toleriert sie auch – obwohl das vielleicht schon zu viel gesagt ist. Zumindest hat er sie nicht gefeuert. Und sie hat noch nicht gekündigt. Bronwen hat es nur einen Monat geschafft.«

»Und wie ist MacDougal so? Immer noch unberechenbar?«

Chloe überlegte und vergaß dabei ihre Sorge wegen Holly. Hughs Stimmungsschwankungen waren nicht unberechenbar, wie Angus es bezeichnet hatte, sondern eine feste Größe, mit der täglich zu rechnen war. Zwar schnauzte er nicht die Kunden an, aber sie sah, dass er sich ständig über Kleinigkeiten wie ein falsch angeklebtes Etikett oder einen zu heißen Tee ärgerte. Erst an diesem Morgen hatte er sie angeschrien, weil sie zu lange mit Mrs Hargreaves geplaudert hatte. Und Holly kriegte ständig von ihm eins aufs Dach, und das ohne Grund.

»Ach, weiß du, in letzter Zeit ist es ziemlich schlimm. Seit ein paar Monaten quillt ihm schon Rauch aus den Ohren, kaum dass er die Praxis betritt. Ich frage mich, ob er sich von Holly bedroht fühlt.«

»Wahrscheinlich steht er auf sie.«

O Gott, ihre Angst war begründet! Sie wahrte die Fassung und sammelte allen Mut, um nachzufragen. »Das tun wohl die meisten Männer, oder nicht? Sie erregt eben Aufmerksamkeit.«

»Ach, mein Typ ist sie nicht«, erwiderte Angus. »Obwohl ich eigentlich gar nicht weiß, was mein Typ ist. Vielleicht eine, die eine gute Farmersfrau abgäbe. Andererseits würde ich keiner ein solches Leben wünschen. Lange Arbeitstage, brutale Schufterei und ständige Geldsorgen.«

»Es gibt bestimmt viele Mädchen, die das nicht stören würde«, sagte Chloe leise.

Dabei mied sie seinen Blick. Sie hatte all ihren Mut gebraucht, um ihm zu verstehen zu geben, dass er ein guter Fang war. Zumindest hatte sie das beabsichtigt. Er sollte wissen, dass sie ihn meinte, nicht irgendeinen x-beliebigen Farmer.

»Nicht mal dich, obwohl du aus gutem Hause stammst und immer so gepflegte Kleider trägst? Du wärest bereit, dich mit einem alten Brummbär wie mir zusammenzutun?«

»Du bist ein junger Brummbär.« Da endlich sah sie ihn an. Sie erhaschte den Anflug eines Lächelns unter seinen blauen Flecken, und blühte innerlich auf.

»Tja, aber das ist nichts für jeden«, sagte er schließlich. »Für Dani jedenfalls war es nichts. Manchmal glaube ich, es ist nicht mal was für mich. Schließlich war es auch nichts für Greg.«

»Du würdest wirklich all das aufgeben?«

»Nein, niemals. Aber dass Greg und ich uns zerstritten haben, macht alles noch schlimmer.«

»Was war denn der Grund?« Chloe wusste, dass es sie nichts anging, aber sie musste einfach fragen.

»Ich will nicht ins Detail gehen. Nur soviel: Greg ist ein egoistischer Verräter, ein Bastard, der vergessen hat, wo er herkommt!«

Jetzt war er wieder wütend. Noch eine Minute zuvor hatte das Gespräch in die richtige Richtung gesteuert, aber jetzt war es völlig gekippt. Mit ihrer Frage hatte sie einen wunden Punkt getroffen. Womit konnte Greg ihn so aufgebracht haben?

»Ich bin sicher, ihr rauft euch schon wieder zusammen«, sagte sie hoffnungsvoll.

»Nicht, bis er wieder zur Vernunft kommt, verdammt!«

Chloes Lippen bildeten ein kleines O, als ihr klar wurde, dass sie nichts sagen konnte, um die Sache zu verbessern. Also suchte sie angestrengt nach einer Möglichkeit, das Thema zu wechseln. Angus musste vom Streit mit Greg abgelenkt werden. Der angetrunkene Ferdie kam ihr zu Hilfe.

»Chloe! Dich hab ich ja noch gar nicht gesehen!«, lallte er fröhlich. »Willst du 'ne Fritte?«

Und damit glitt er vom Hocker.

»Ist wohl Zeit, nach Hause zu gehen«, sagte Chloe.

Für einen Abend hatte sie genug den Boden bereitet. Und war dabei wohl in ein Fettnäpfchen getreten.

 **KAPITEL 18**

Paolo trank einen Schluck Kaffee. »Bald ist der Ball auf Glenalmond Castle. Dorthin könnten Holly und ich als Paar gehen und du und Angus. Oder auch als Gruppe, wenn das weniger einschüchternd ist, Chloe. Nach deinem Vorstoß neulich bist du jetzt schon wieder viel zu scheu. Dort könntest du dich ihm während der ganzen Tanzerei nähern.

Holly krümmte sich innerlich. Sie hatte zwei linke Füße, und wenn sie tanzte, machten die anderen meist einen großen Bogen um sie. »Ich hab kein Talent zum Tanzen.«

Als sie im Februar Karten für den Ball gekauft hatten, hatte sie das noch für eine gute Idee gehalten. Aber jetzt war es Mai, und der Ball stand unmittelbar bevor.

»Daran habe ich schon gedacht«, erklärte Paolo. »Ich dachte, wir könnten in der Country Dancing Society üben.«

Chloe wirkte nicht überzeugt. »In Inverness? Meine Großeltern haben da früher getanzt, und da waren sie schon nicht mehr die Jüngsten. Das ist doch ein Wartesaal zum Himmel.«

»Nein, es wird Spaß machen«, widersprach Paolo und erwärmte sich immer mehr für die Idee. »Fabien und ich waren ein paar Mal da, und es war wirklich nett, mit den alten Leutchen zu plaudern. Die freuen sich so, wenn mal jüngere Tänzer da sind, dass sie sich wie die Geier auf einen stürzen, also kann man wirklich gut üben. Dann wärst du gut darauf vorbereitet, die ganze Nacht mit Angus zu tanzen. Und du mit Greg, Holly?«

Zufrieden lehnte sich Paolo zurück und verschränkte die Arme. Holly blickte zu Chloe, die stirnrunzelnd nachdachte.

»Ich glaube kaum, dass Greg kommen wird. Bestimmt geht er Angus immer noch aus dem Weg. Aber ich hab nichts gegen ein bisschen Tanztraining.« Nur Chloe zuliebe beschloss sie, sich ihrer Angst vorm Tanzen zu stellen. »Aber ich kann es wirklich überhaupt nicht.«

»Und ich bin aus der Übung, also können wir uns gemeinsam zu Idioten machen«, erwiderte Paolo.

Holly streckte Paolo die Faust hin, die er mit seiner Faust anstieß.

Chloe zog eine Augenbraue in die Höhe. »Ich schätze, da darf ich auch nicht mitreden.«

In der Woche darauf fuhr Paolo über die dunkle gewundene Straße aus Inverness Richtung Eastercraig und merkte, dass er seit ihrer Abfahrt von der Country Dancing Society kein anderes Auto mehr gesehen hatte. Holly döste auf dem Rücksitz – sie hatte am nächsten Tag wieder Rufbereitschaft –, aber Chloe plapperte wie ein Wasserfall.

»War Mr Henderson nicht süß?«, fragte sie. »Der mit dem langen Bart.«

Paolo lachte. »Der war großartig. Genau wie seine amüsanten Geschichten über die Sechziger, als er seine Frau kennenlernte. Außerdem hat er sich nicht beschwert, obwohl Holly ihm ständig auf die Zehen trat.«

»Aye. Aber am Ende des Abends war sie schon viel besser.«

»Du hast dein Licht übrigens ziemlich unter den Scheffel gestellt.«

Während Holly wirklich eine blutige Anfängerin war, hatte sich Chloe als richtig gute Tänzerin erwiesen. Sie hatte nicht nur alle Schrittfolgen der Volkstänze gekannt, ihre Haltung war auch perfekt gewesen. Paolo hatte gehört, wie sich ein älteres Pärchen über ihre anmutig gestreckten Zehenspitzen unterhielt.

»Welches Licht? Welcher Scheffel?«, fragte Chloe.

»Beim Reel hast du keinen einzigen Fehler gemacht. Hast du den die ganze Woche bei dir zu Hause geübt? Oder Videos auf Tiktok geguckt?«

»Ich habe während meiner ganzen Schulzeit getanzt«, erklärte sie. »Nicht nur in der Schule, sondern auch jeden Donnerstag im Gemeindezentrum. Aber das endete vor ein paar Jahren, weil die Tanzlehrerin Miss Goldie wegzog.«

»Du warst hinreißend. Kein Wunder, dass der alte Duncan dich für mehr als nur einen Tanz wollte. Er hatte den Spaß seines Lebens.«

»*Ich* hatte den Spaß meines Lebens«, erwiderte sie. »Während ich tanzte, verschwand mein Ich.«

»Also war es richtig von uns, dich für eine Zeit lang von zu Hause zu entführen, damit du mit fremden Tattergreisen einen Jig tanzen kannst?«

»Aye, ich hatte einen wundervollen Abend«, antwortete Chloe mit verträumter Stimme, so als wäre sie ganz weit weg. »Und du?«

Paolo lächelte verhalten. Der Abend hatte nicht gerade verheißungsvoll angefangen. Als er sich dafür fertig gemacht hatte, war er ins Internet gegangen und hatte ein Bild von Fabien mit einem Freund gesehen. Nur war dieser Freund mehr als nur ein Freund. Hätten seine Lippen auf Fabiens Wange dies nicht schon angedeutet, hätte die Zeile unter dem Foto es bestätigt: *Raclette mit dem Liebsten – das verlangt nach einem Kitschfoto.* Als Paolo das Haus verließ, fühlte sich sein Liebeskummer wieder ganz frisch an. Er hatte das Gefühl, Fabien hätte ihm gerade erst das Herz gebrochen – und einen gewaltigen Schlag in den Magen versetzt.

Doch als er an der Bar stand und Chloe beim Wirbeln und Holly beim Stolpern zusah, fiel ihm wundersamerweise ein Mann neben ihm ins Auge. Obwohl der ganze Saal voller Menschen über siebzig war, schien dieser Mann etwa in seinem Alter zu sein. Und: Er war umwerfend, mit blonden Haaren und grünen Augen.

Paolo hatte ihm ein Lächeln zugeworfen. »Eigentlich dachte ich, ich wäre der Jüngste hier.«

Der Mann hatte gelacht und ihm die Hand hingestreckt. »Ritchie, schön, Sie kennenzulernen.«

»Paolo. Kommen Sie oft her? Ich war schon mal hier, habe Sie aber nicht gesehen.«

»Es ist mein zweites Mal. Neulich war ich mit einem Freund hier, und es war super. Außerdem gefällt es mir, mich mit den anderen Gästen zu unterhalten. Sie haben so viele interessante Geschichten zu erzählen. Verstehen Sie mich nicht falsch, ich gehe sehr gerne in Bars oder Clubs, aber das hier macht mir einen Riesenspaß. Übrigens gefallen mir Ihre Schuhe.«

Paolo blickte auf seine glänzend polierten Budapester. »Danke. Aber Ihre sind auch ziemlich stilvoll.«

»Von Gordons and Bros. Teuer, aber sie sind ihren Preis wert. Genau wie ich.«

Paolo lachte. Der Kerl hatte Chuzpe, das gefiel ihm. »Witzig. Also, Ritchie: Was machen Sie und woher kommen Sie?«

»Nun ...«, setzte Ritchie an.

Doch bevor er mehr sagen konnte, kam eine winzige Dame mit grauer Dauerwelle zu ihnen gewackelt. »Dürfte ich bitten, Ritchie?«

»Es wäre mir eine Ehre, Maureen«, antwortete Ritchie.

Er zwinkerte Paolo zu, bot der Dame seine Hand und führte sie auf die Mitte der Tanzfläche. Paolo sah, wie sie in der Menge verschwanden, um den nächsten Tanz zu beginnen. Er wartete an der Bar und hoffte, einen Blick auf Ritchie zu erhaschen. Ihm war seltsam kribbelig, so als hätte er zu viel Kaffee getrunken.

Als Chloe und Holly ihn am Ende des Abends Richtung Ausgang drängten, sah er Ritchie im Gespräch mit einer anderen älteren Dame. Er löste sich schnell aus der Warteschlange vor der Garderobe, ging hinüber und tippte Ritchie auf die Schulter.

»Vielleicht sieht man sich mal wieder«, sagte er und spürte, wie sein Puls sich beschleunigte.

»Aye«, nickte Ritchie, »das fände ich gut.«

»Darf ich Ihnen meine Nummer geben, damit wir uns nicht nur auf unser Glück verlassen müssen?«

Paolo war bereit, etwas Neues zu wagen. Normalerweise war

er nicht so kühn, doch der Anblick von Fabien, der mit seinem neuen Freund auf Tuchfühlung ging, hatte ihm den nötigen Schubs versetzt. Verdammt, selbst aus Zufallsbekanntschaften konnten sich langjährige Beziehungen entwickeln! Und Ritchie schien ein netter Kerl zu sein und außerdem genau sein Typ.

»Gib mir dein Handy«, forderte Ritchie ihn auf.

Paolo reichte es ihm und sah mit angehaltenem Atem, wie Ritchie seine Nummer eintippte und auf Speichern drückte.

»Bitteschön«, sagte er und gab es ihm zurück. »Hoffentlich sehen wir uns ganz bald.«

»Das hoffe ich auch. Gute Nacht.«

Fast euphorisch ging er zu den Frauen zurück.

Als er jetzt die letzte Kurve nach Eastercraig nahm, fragte er sich, wie lange er warten sollte, bevor er sich mit einer SMS bei Ritchie meldete. Heute Abend würde es zu früh sein. Außerdem würde er dann nicht schlafen können, weil er auf eine Antwort von ihm wartete. Morgen war ein neuer Tag. Ein neuer Tag, ein neuer Anfang und ein neuer Mann.

Als sie zu Hause ankamen, war es nach Mitternacht. Chloe winkte Paolo und der verschlafenen Holly und ging dann leise die Einfahrt zu dem weißen Rauputzbungalow hinauf, in dem sie mit ihren Eltern wohnte. So sachte wie möglich drehte sie den Schlüssel im Schloss der Haustür. Sie hängte ihren Mantel auf, streifte sich die hochhackigen Schuhe ab, rieb sich die schmerzenden, aber glücklichen Füße und schlich sich durchs Treppenhaus zu ihrem Dachzimmer.

»Chloe?«, ertönte die Stimme ihrer Mutter.

Chloe fluchte im Stillen und kehrte auf Zehenspitzen zurück. Sie schob die Tür zum Elternschlafzimmer auf, trat ein und kniete sich neben das Bett. Ihr Vater schnarchte laut. Sie hoffte nur, ihre Mutter wäre dadurch geweckt worden und nicht durch sie.

Ihre Mutter – Mei – lag auf der Seite. Trotz der Dunkelheit konnte Chloe ihre Augen glitzern sehen.

»Wieso bist du noch auf?«, fragte Mei flüsternd und streckte die Hand aus. Chloe ergriff sie und legte ihren Kopf neben den ihrer Mutter. Sie roch ihre Lavendelgesichtscreme. »Ich war zum Tanzen in Inverness«, wisperte sie. »Mit meinen Kollegen aus der Praxis. Erinnerst du dich noch an die Country Dancing Society?«

Mei holte tief Luft. »Natürlich. Dein Vater und ich sind ein paar Mal dorthin gegangen. Es hat mir sehr gefallen. Hast du noch alle Tänze gekonnt?«

Chloe nickte. Als die Musik einsetzte, hatte sie sich an den Sportunterricht und an die Tanzstunden im Gemeindezentrum erinnert, wo sie unter anderem den Dashing White Sergeant getanzt hatten und dabei durch den ganzen Saal gehüpft waren, während ein Lehrer den Takt schlug. Allein die Namen der Tänze erinnerten sie daran, wie viel Spaß sie gehabt hatte: der Gay Gordons, der Flying Scotsman, der Eightsome Reel. Chloe hatte es immer genossen, so leichtfüßig zu sein. Und selbst die coolsten Jungs waren begeistert gewesen, wenn am Ende eines Tanzes alle genau am richtigen Platz standen.

Außerdem hatten ihr die Tanzstunden eine Fluchtmöglichkeit geboten, als ihre Mutter mit ihrer Krankheit kämpfte. Als

Chloe fünfzehn war, hatte Mei einen Schlaganfall bekommen und brauchte danach eine monatelange Reha, um wieder auf die Beine zu kommen. Mittlerweile lag dieser Alptraum lange zurück, aber damals hatte Chloe unter Stress und Ängsten gelitten. Einmal die Woche jedoch hatte sie unter der Aufsicht der formidablen Miss Goldie alles vergessen können. Da sie sich sowohl auf die Formationen als auch auf ihre Haltung bis hin zur Neigung ihres Kopfes konzentrieren musste, konnte sie alles andere verdrängen und den Nebel der Sorge hinter sich lassen. Wenn sie es recht bedachte, hatte sie das am heutigen Abend ebenfalls getan.

»Ich habe ein paar Volkstänze mit einem alten Mann getanzt, der früher immer mit seiner Frau getanzt hatte, bevor sie starb.«

»Ach, wie schön, Liebling. Welche denn?«

Chloe zählte sie auf, und ihre Mutter hörte lächelnd zu.

»Als du jünger warst, hast du unheimlich gern getanzt«, bemerkte sie. »Hat es dir heute auch solchen Spaß gemacht?«

»Aye. Es war ein Mordsvergnügen.«

»Und waren auch jüngere Männer da? Vielleicht einer, der dir gefallen hat?«

»Ach, Mum, hör auf«, rief sie.

Da hörte ihr Vater Jack ganz kurz auf zu schnarchen. Chloe und ihre Mutter blickten sich an und seufzten erleichtert auf, als das Schnarchen wieder einsetzte.

»Paolo, Holly und ich haben den Altersdurchschnitt beträchtlich gesenkt. Ich glaube, du wärst die Nächstältere«, flüsterte sie.

»Plan mich mit ein«, wisperte Mei fröhlich. Sie bedachte Chloe mit einem herausfordernden Blick. »Soll ich das nächste Mal deine alten Sachen für dich rauskramen?«

Chloe neigte sich zu ihrer Mutter und gab ihr einen Kuss auf die Stirn. »Danke, aber nein danke. Nacht, Mum.«

»Gute Nacht, Liebling.«

Als Chloe in ihr eigenes Bett kletterte, fragte sie sich, ob Angus sich noch an die Tänze aus der Schulzeit erinnerte. Und ob er zum Ball kommen würde. Sie drückte sich selbst die Daumen, dass er es vorhatte.

Holly trat ins Haus, froh über die Wärme. Schon auf der kurzen Strecke vom Wagen zur Haustür hatte sie mit den Zähnen geklappert.

Eine gute Tänzerin würde sie niemals werden – sie war zweimal über ihre eigenen Füße gestolpert, während sie rätselte, in welche Richtung sie tanzen sollte, doch war es ihr gelungen, etwas von dem Stress loszuwerden, der ihr die gesamte letzte Woche im Nacken gesessen hatte.

Eastercraig war die reinste Postkartenidylle, und die meisten Leute waren wirklich nett. Zwar hatten ein paar der Kunden sie misstrauisch beäugt, als wollte sie ihre Tiere nicht behandeln, sondern stehlen. Aber es war eine sehr enge Gemeinschaft. Sie würden sich schon mit ihr anfreunden. Hugh allerdings nicht. Eine weitere Woche hatte er ständig geschnaubt und gekrittelt, so dass sie sich immer kleiner fühlte – trotz ihrer eins achtzig!

Jedes Mal, wenn er etwas zu kritisieren hatte, was oft der Fall war (und nach Hollys Meinung meistens ungerechtfertigt), hatte er nicht das Feedback-Sandwich benutzt, sondern sie schon fast verhöhnt. Manchmal schaffte er es nicht mal, ihr wenigstens Guten Morgen zu wünschen.

Sie musste sich ständig in Erinnerung rufen, dass sie wirklich eine gute Tierärztin war. Judith hatte das auch gefunden, selbst wenn Hugh anderer Meinung sein sollte. Wenn sie sich nicht völlig verrückt machen wollte, würde sie es einfach über sich ergehen lassen und gute Miene zum bösen Spiel machen müssen.

Ihr Handy vibrierte. Greg. Beim Anblick seines Namens auf dem Display stieg eine wohlige Wärme in ihr auf. Ihr regelmäßiger SMS-Austausch war etwas, worauf sie sich zunehmend freute.

Wie war deine Woche? Gute Neuigkeiten aus der Praxis?

Sie ging nach oben, zog sich den Schlafanzug an und formulierte in Gedanken eine Antwort. Eine platonische Antwort, rief sie sich in Erinnerung und bemühte sich, beim Tippen nicht zu lächeln. Das hier war nicht mehr als eine höfliche Unterhaltung.

Und eine gute Möglichkeit, sich von ihren Sorgen wegen Hugh abzulenken.

 # KAPITEL 19

Und, weißt du, was das ist, Holly?« fragte Hugh und sah sie durchdringend an.

Die Tage wurden zwar länger, aber nur ein wenig wärmer, obwohl es bereits Mai war. Holly brannten immer noch die Finger vor Kälte. Ihr gegenüber stand Mandy Lewis, biss sich nervös auf die Lippe und streichelte eines ihrer fünf Alpakas, während Holly die schmerzhaften Läsionen an den Mäulern der anderen untersuchte. Ihre Latexhandschuhe schützten sie nicht vor der Kälte. Hugh stand mit verschränkten Armen vor ihr und wartete auf ihre Diagnose.

Mandy, die Hugh als alternden Hippie beschrieben hatte, der von Landwirtschaft so wenig verstand wie von Raumfahrt, war den Tränen nahe und holte immer wieder zittrig Luft. Auf der Hinfahrt hatte Hugh Holly erzählt, dass Mandy die Alpakas aus einer Laune heraus gekauft hatte, weil sie im Fernsehen eine Doku über eine Alpakafarm gesehen hatte und auch eine haben wollte. Wie er das erzählte, ließ darauf schließen, dass Hugh das ganz und gar nicht billigte.

Aber Mandy wirkte ganz nett, und nachdem Holly die kleine Herde untersucht hatte, fand sie, dass sie gut gepflegt war.

»Orf«, sagte sie, »oder Lippengrind. Ein höchst ansteckender Virus.«

»Den anderen Tieren auf der Farm geht es gut?«, erkundigte sich Hugh.

Mandy wirkte besorgt. »Den Schafen schon, glaube ich. Die Alpakas haben ein paar Tage auf der Farm von Lindsey Harris gegrast, weil ich wegmusste – vielleicht haben sie sich das dort eingefangen. Den Ziegen und den Eseln geht es auch gut.«

Holly ließ ihren Blick erneut über die Farm schweifen, wo die Weiden mit Drahtzaun abgetrennt waren.

»Lindsey Harris?« Hugh bohrte seinen Blick in Mandys Augen.

»Ja, meine Schwester hat sich eigentlich um die Tiere gekümmert, aber Lindsey bot an, die Alpakas könnten bei ihr auf die Weide. Sie findet sie süß.«

Hugh verdrehte die Augen und blickte zu Holly. »Die verdammte Lindsey! Ich hab im Pub gehört, bei ihren Schafen hätte es einen Ausbruch mit diesem Virus gegeben.«

Mandy riss die Augen auf.

Holly sah Mandy an. »Waren die Schafe seit Ihrer Heimkehr auf denselben Weiden wie Ihre Alpakas?«

Mandy wimmerte auf und schlug sich die Hände vor den Mund. »Nicht seit sie aus dem Stall sind – ein paar haben gerade Lämmer bekommen. Aber sie mögen sich alle so sehr, dass sie durch den Zaun miteinander schmusen.«

Sie schlang ihre Arme um das Alpaka neben ihr, und Holly tätschelte einem anderen sachte den Kopf. Allerdings war sie froh, Latexhandschuhe zu tragen. »Vielleicht sollten Sie sie nicht so nah an sich heranlassen, Mandy. Auch Sie könnten sich anstecken, und das kann ziemlich unangenehm werden.«

Im Anschluss ging Holly mit Hugh zur Schafweide und entdeckte, dass die kleine Herde den gleichen Ausschlag am Maul hatte wie die Alpakas.

»Das war's dann«, befand Holly. »Die Alpakas haben sich bei Lindseys Tieren angesteckt, und Lindsey weiß entweder nichts davon oder es ist ihr egal.«

»Lindsey ist ein ziemlich nachlässiges Weib«, sagte Hugh mit leiser Stimme. »Ich muss mich wundern, dass Mandy die Tiere bei ihr gelassen hat, aber sie wird ihre Gründe gehabt haben. Aber wir haben wohl die Ursache gefunden. Jetzt müssen wir Mandy zeigen, wie sie auf die Lämmer achten muss. Die brauchen besondere Aufmerksamkeit, weil ihre Abwehrkräfte noch schwach sind und die Krankheit sie stärker treffen kann.«

Den gesamten Heimweg spürte Holly ihre übliche Reisekrankheit kaum, so froh war sie. Sie hatten praktisch zusammengearbeitet. Hugh hatte sie nicht kritisiert. Diese Woche hatte sie bisher kaum Striche auf ihrer Anschnauzliste, und sie kam immer besser mit großen Tieren zurecht.

Aber Hughs Bonhomie (wenn man es denn so nennen konnte) war nicht nachhaltig. Noch am selben Nachmittag, nachdem sie einem Hund einen Splitter aus der Pfote entfernt und dies berechnet hatte, schrie er sie an, sie würde den Leuten Geld für Bagatellen aus der Tasche ziehen, und dabei wurde sein Gesicht knallrot vor Anstrengung, so laut brüllte er. »Das sind nicht nur Kunden, sondern auch Freunde! Ich dulde nicht, dass du sie für solche Kinkerlitzchen bezahlen lässt!«

Holly starrte ihn ungläubig an. »Dies hier ist ein Geschäft und kein Wohltätigkeitsunternehmen.«

»Aber es *mein* Geschäft, und ich führe es, wie es mir gefällt. Je schneller du das lernst, desto besser.«

»Ganz ruhig, mein Alter«, sagte Paolo, der mit einem sich sträubenden roten Kater auf dem Arm in der Tür erschien.

Hugh stotterte, vermutlich, weil er nach Schimpfworten suchte, die er Paolo an den Kopf werfen konnte. Doch es kam nichts heraus. Holly hatte schon bemerkt, dass Paolo einen beruhigenden Einfluss auf Hugh hatte, und war jetzt dankbar, dass er aufgetaucht war, bevor die Auseinandersetzung eskalierte.

Auch egal, sagte sich Holly. Sie würde sich davon nicht ihr Wochenende verderben lassen, denn sie hatte keine Bereitschaft, und am Samstagabend sollte der Ball stattfinden. Erst gestern, in einen Anflug von guter Laune, hatte Hugh erklärt, er wäre bereit, nichts zu trinken, und Holly könnte sich amüsieren. Sie hegte den starken Verdacht, dass Paolo und Chloe ihn ermutigt hatten, die Rufbereitschaft mit ihr zu tauschen. Da die gespannte Atmosphäre spürbar verpuffte, hatte Holly jetzt das Gefühl, sie könnte den Raum durchqueren, ohne erneut grundlos zur Schnecke gemacht zu werden. Sie übernahm den Kater von Paolo und redete ihm gut zu.

»So ist's fein«, sagte sie, als er zu schnurren anfing. »Wir untersuchen dich kurz und sorgen dafür, dass du wieder nach Hause kannst.«

Langsam hatte Hughs Gesicht nicht mehr die Farbe von Rote Bete. »Nächstes Mal überlegst du dir genauer, was du berechnest. Du wirst dir hier keine Freunde machen, wenn du die

Leute derart ausquetschst. Lass einfach ein bisschen Vernunft walten.«

Holly spürte, wie sich ihr die Kehle zusammenschnürte, aber sie zwang sich, weiterhin frei zu atmen, und sagte zu sich, dass Hugh Vernunft nicht mal erkennen würde, wenn sie ihm ins Gesicht spränge. Wenn sie diesen Job behalten und seine Empfehlung bekommen wollte, musste sie gute Miene zum bösen Spiel machen. »Wie wär's, wenn du für heute Schluss machst, Hugh? Es steht nichts Größeres mehr an, und morgen hast du ohnehin Bereitschaft. Sollten wir dich brauchen, rufen wir dich an.«

Hugh holte tief Luft, und Holly hielt den Atem an. Großzügigkeit war eine gute Taktik, um schwierige Situationen zu überwinden. Außerdem wollte sie heute keine Minute länger mehr mit ihm ertragen.

Hugh hüstelte. »Sehr nett von dir. Tut mir leid. Ich bin müde und hungrig.«

Holly lächelte, weil ihre Taktik funktionierte. »Alles gut. Wir sehen uns beim Frühlingsball.«

In einer nie da gewesenen Kehrtwende hob Hugh plötzlich einen Arm und fing an, einen Jig zu tanzen. »Ich hoffe, ihr Jungspunde seid auch bereit.«

»Wir haben geübt«, konterte Paolo, fing ebenfalls an zu tänzeln und summte die Melodie von Scotland the Brave. Daraufhin tat Hugh so, als würde er Dudelsack spielen.

Holly schnaubte und versuchte, ihren auf einmal so ausgelassenen Chef nicht ungläubig anzustarren, aber dann gab ihr der Kater mit einem Miauen zu verstehen, was sie zu tun hatte.

»Dies ist wohl nicht der rechte Zeitpunkt«, rief sie über die Kakophonie hinweg. »Sondern morgen Abend.«

Hugh hielt inne. »Aye. Ich spare mir meine Kräfte bis dahin auf. Außerdem hole ich euch alle ab. Treffpunkt Sea Spray.«

Als er ging, erschien Chloe an der Tür. »Alles in Ordnung hier? Ich hab das Gebrüll gehört. Geht es dir gut, Holly?«

»Ich wird's überleben. Hugh hatte mal wieder einen seiner Anfälle. Aber wir haben uns versöhnt – in gewisser Weise, und Hugh geht jetzt nach Hause, um sich vor den Festivitäten zu erholen«, erwiderte Holly. »Du kannst Mrs Roberts in einer Minute sagen, dass sie Ginger abholen kann.«

»Ist gut«, nickte Chloe. »Bist du für morgen bereit? Hast du schon was zum Anziehen? Du kannst da nicht in deinen Plörren auftauchen.«

»Meinen, was?«

»Ich weiß auch nicht, was sie damit meint«, bemerkte Paolo.

»Deinen bequemen Klamotten: Jeans, Pullover, Wollsocken. Hast du ein Kleid?«

»Ein Partykleid, wenn du das meinst«, antwortete Holly. »Schwarz, glitzernd, knielang. Und hohe Schuhe.«

Chloe starrte sie so entsetzt an, dass Holly sich fragte, was sie denn Falsches gesagt hatte.

»Was? Nein! Dies ist deine Chance, das ganz große Abendkleid anzuziehen«, sagte Chloe und streckte die Arme aus. »Das ist ein Ball, keine Bar. Du brauchst was Bodenlanges, in dem du dich bewegen kannst und das sich mit dir bewegt. Ein Abendkleid. Und flache Schuhe, sonst wirst du es schon nach zwanzig Minuten auf der Tanzfläche bereuen.«

Holly dachte nach. Es wäre zu schön gewesen, hohe Schuhe zu tragen. Sie trug gern High Heels, auch wenn sie dadurch die größte Frau im Raum wurde. Aber Chloe hatte nicht ganz unrecht. Außerdem würde es dann schwierig werden, mit Paolo zu tanzen. Sie hatten ein Komplott geschmiedet, das darin bestand, Partner bei den meisten Tänzen zu sein, damit Chloe so oft wie möglich mit Angus tanzen konnte. Sie hatte auch ein Paar Ballerinas, die sie anziehen konnte. Aber ein Abendkleid ...

»Wo kann ich denn so eins auf die Schnelle kaufen?«, fragte sie. »Und würde ich dann nicht völlig albern aussehen? Wie eine Wikingerin in Taft?«

»Dies ist Eastercraig, und wir sind nicht mehr in den Neunzigern«, sagte Paolo. »Wir finden schon was, das dir steht. Und dann finden wir auf dem Ball möglicherweise auch gleich den perfekten Mann für dich. Da wird es viele hübsche Prinzen geben, oder besser gesagt: hübsche Lairds. Und Farmer.«

Er und Holly wandten die Köpfe zu Chloe, die röter wurde als der Bleistiftrock, den sie an diesem Tag trug.

Vielleicht würde auf dem Ball auch jemand anderer als nur Paolo mit Holly tanzen. Vielleicht einer, der groß, attraktiv und dunkelhaarig war. Sie spürte einen Stich, als sie an Greg dachte, der sich seit ihrer letzten Begegnung nicht mehr gemeldet hatte. Wahrscheinlich würde er nicht mehr einfach bei ihr auftauchen. In Anbetracht der Auseinandersetzung mit Angus vergrub er sich wohl in seine Arbeit in Aberdeen. Sicher hatte er sie schon vergessen. Wenn er seinem Ruf gerecht wurde, hatte er vielleicht sogar schon eine andere.

»Themenwechsel!«, rief Chloe schrill und riss Holly damit

aus ihren Gedanken. »Paolo, bist du bereit für dein Date heute mit Ritchie? Komm schon, was ziehst du an? Wohin geht ihr dieses Mal?«

Später lag Holly in der Badewanne und genoss die blaue Stunde. Selbst im Frühling waren die Tage im Norden deutlich kürzer, und schon bevor sie die Praxis verließ, war die Sonne untergegangen und die ersten Sterne funkelten am Himmel. Sie hatte das Fenster geöffnet, um das Rauschen des Meeres und das Knarren der Boote im Hafen zu hören. Nun ließ sie sich in die Wanne sinken und genoss es, die kühle Luft auf ihrer Gesichtshaut zu spüren, während der Rest von ihr in heißem Wasser badete.

Konnte man in Berkshire überhaupt die Milchstraße sehen? Das Meer jedenfalls konnte man nicht hören, geschweige denn, auf ein kurzes, eisiges Bad hineinhüpfen, nachdem man nur die Straße überquert hatte. Erst an diesem Nachmittag hatte sie Judith eine SMS geschickt, um ihr mitzuteilen, dass ihre Versetzung nach Schottland zwar unerwartet gekommen war, sie ihren Aufenthalt aber genoss.

Obwohl die Arbeit mit Hugh sie immer wieder daran zweifeln ließ, ob sie die kommenden Monate durchhalten würde, gefiel ihr der Lebensrhythmus in Eastercraig, nachdem sie sich einmal an ihn gewöhnt hatte, gar nicht so schlecht. Sie wollte das Beste daraus machen, denn das Tempo in der neuen Tierklinik würde sie so in Atem halten, dass wohl kaum Zeit blieb für solchen Luxus wie Schaumbäder mit Blick auf die Himmelskörper.

Apropos himmlische Körper: Sie konnte Greg einfach nicht aus ihren Gedanken verbannen, so sehr sie es auch versuchte. Weil er so nervtötend war! Er kam und ging ohne Erlaubnis, sowohl in der Realität als auch in ihrem Kopf. Sie musste sich ständig ermahnen, dass sie seinen Umgang mit Frauen unentschuldbar fand, dabei waren seine SMS stets das Highlight an einem trüben Tag.

Und so checkte sie ständig ihr Handy, selbst wenn sie ihm keine Nachricht geschickt hatte, auf die er hätte antworten können. Immer noch hoffte sie, er könnte wieder an ihre Tür klopfen, obwohl seit dem letzten Mal schon mehr als zwei Monate vergangen waren. Wieder musste sie an seinen Sixpack denken, von dem sie auf der Farm einen Blick erhascht hatte.

Sie tadelte sich dafür, ihre Zeit mit Gedanken an ihn zu verschwenden, und als sie ihre schrumpligen Fingerspitzen bemerkte, stieg sie aus der Wanne, streifte einen Bademantel über und tappte nach unten. Im Kühlschrank entdeckte sie einen Rest Suppe, stellte ihn auf den Herd und ging erneut ihre SMS checken.

Sie erstarrte.

Da, sie hatte eine Nachricht. Von Greg.

Lang nicht mehr gesehen, Anderson. Bist Du morgen auf dem Ball? Hab eine der letzten Karten ergattert. Hoffe, Du reservierst mir einen Tanz. G

Es war, als würde sich eine höhere Macht über sie lustig machen.

Holly las die Nachricht ein zweites Mal und konzentrierte sich darauf, eine Antwort zu formulieren. Obwohl sie während des Bads fast nur an ihn gedacht hatte – erst hatte sie sich seine Vorzüge vor Augen gehalten, dann seine Fehler, um ihn abzuschreiben –, klang ihre SMS ziemlich kokett. Darauf würde er antworten müssen.

Ich dachte, Du würdest nicht kommen. Leider bin ich schon Paolo versprochen. Doch sicher findet sich noch ein Plätzchen auf meiner vollen Tanzkarte, vor allem für einen Partner, der größer ist als ich. Hast Du Deinen Kilt bereit?

Holly wartete, als sie die Pünktchen sah, die anzeigten, dass er schrieb. Dann verschwanden sie, und Holly ertappte sich dabei, dass sie den Atem anhielt. Dann erschien sein Name auf dem Display, und sie meldete sich sofort.

»Ich dachte, telefonieren wäre einfacher. Und ich dachte, es wäre schön, deinen Sassenach-Akzent zu hören.«

Hollys Herz fing laut an zu pochen. »Hier bin ich, klar und deutlich, hoffe ich. Du hast also deine Meinung über den Ball geändert?«

»Ich glaube, ich hatte Angst, etwas zu verpassen. Folgendes: Um meinen Kilt von der Farm zu kriegen, plane ich einen kurzen Überfall.«

»Wie willst du denn das anstellen?«

»Mum schickt mir eine Nachricht, sobald Angus draußen bei den Kühen ist. Dann fahre ich schnell hin, schnapp mir den Kilt und helfe danach Hamish bei den Vorbereitungen für den Ball.«

Holly stöhnte. »Euer Streit nimmt langsam absurde Züge an«, meinte sie.

»Das ist mir bewusst. Doch wir kriegen uns schon wieder ein. Eines Tages. Aber wie geht es dir?«

»Ganz gut. Ich bereite mich mit einem ruhigen Abend auf morgen vor.«

»Super. Es wird bestimmt ganz großartig. Ich hab gehört, es gäbe sogar ein Feuerwerk.«

»Habe ich auch. Ich kann's kaum erwarten«, bestätigte Holly. »Es klingt, als würde es ein magischer Abend werden.«

»Wie finde ich dich?«

»Sei nicht albern! Ich werde kaum zu übersehen sein, denn mit hohen Schuhen bin ich einen Kopf größer als alle anderen.«

»Auch ohne hohe Schuhe bist du kaum zu übersehen. Ich lass dich jetzt mal in Ruhe. Wie gesagt, ich wollte einfach nur deine Stimme hören. Gute Nacht.«

»Nacht«, sagte sie und fragte sich, ob er ihr anhörte, dass sie lächelte.

Sie drückte den Ausknopf und machte es sich mit ihrer Suppe auf dem Sofa bequem. Kurz darauf signalisierte ihr Handy ihr eine neue Nachricht.

Ich freue mich wirklich darauf, Dich zu sehen X

Ihr Magen schlug einen Purzelbaum. Dies war keine notwendige Nachricht. Also flirtete er mit ihr, oder? Ein ganz kleines bisschen. Sollte sie ein Küsschen zurückschicken? Vielleicht sollte sie vorher selbst eine Nachricht schreiben – das wäre wohl nicht verkehrt.

Ich freue mich auch darauf, Dich zu sehen X

Zugegeben, das war zwar nicht besonders originell, aber man musste ja nicht gleich alle Vorsicht in den Wind schießen.

Paolo trommelte mit den Fingern auf dem dunklen Holztisch. Seit zwanzig Minuten wartete er bereits in der Ocean Bar und kam sich immer mehr wie ein Idiot vor. Der Kellner hatte ihm nicht nur eins, sondern schon zwei Schälchen mit Nüssen gebracht, was hieß, dass das Personal mittlerweile Wetten über ihn abschloss.

Er checkte noch mal seine Armbanduhr und warf dann einen Blick hoch zur Wanduhr. Ritchie hatte ihn versetzt. Es war ja auch zu schön gewesen, um wahr zu sein! Paolo überblickte den Raum und versuchte, die Aufmerksamkeit eines Kellners auf sich zu lenken. Kellner waren wie Busse: Erst tauchten sie eine Ewigkeit nicht auf und dann gleich drei auf einmal und brachten einem ihre winzigen Schälchen mit Mitleidspistazien, obwohl man nur zahlen und abhauen wollte.

Dabei war er so sicher gewesen, dass es zwischen Ritchie und ihm gefunkt hatte. Letzte Woche hatten sie noch so viel Spaß miteinander gehabt. Aber das hatte Ritchie offenbar anders gesehen.

Paolo seufzte. Vielleicht sollte er für eine Weile allen Männern abschwören. Genau wie Holly. Sich auf andere Dinge konzentrieren.

 # KAPITEL 20

Unglaublich«, sagte Holly, als sie sich im Spiegel sah.

An diesem Morgen hatten Chloe, Paolo und sie eine Stunde in einem merkwürdigen, aber wunderbaren Laden verbracht, der eine Viertelstunde von Eastercraig entfernt lag. Er war der Traum eines jeden Sammlers: unzählige Haufen von Kleidern und nur wenige Kleiderbügel. Chloe, die ihr Kleid bereits hatte, war in jeden Haufen getaucht und hatte alle möglichen wilden Roben herausgezogen. Die Ladeninhaberin Mrs Butowski schob zusätzlich eine nach der anderen durch die Lücke zwischen den Vorhängen, die eine Ecke des Ladens in eine Umkleide verwandelten, und dies mit einer Geschwindigkeit, dass Holly kaum nachkam.

»Hirr noch mähr, Darlink«, sagte Mrs Butowski mit schwerem Akzent und reichte ihr ein langes, todschickes rotes Kleid. »Wenn nicht passt, dann wir ändern.«

In ihrem ganzen Leben hatte Holly noch nie so viele Kleider anprobiert. Ein paar davon waren tatsächlich aus Taft gewesen – die hatte Paolo verworfen –, doch schließlich fanden sie ein hautenges Seidenkleid, das Holly an Keira Nightleys grünes in »Abbitte« erinnerte, nur war dieses hier mitternachtsblau. Außerdem war es lang genug für sie und passte perfekt.

Nun, da Hugh jeden Augenblick auftauchen konnte, um sie

zum Ball zu fahren, drehte sich Holly noch mal vor dem Spiegel und musterte sich aus jedem Winkel. Sie zog sich nicht oft so schick an, aber an diesem Abend kam sie sich schon besonders vor. Sie drehte sich um sich selbst und fühlte sich fast wie eine Prinzessin und nicht wie jemand, der nur in schlammbespritzten Hosen herumlief. Ganz kurz stellte sie sich zusammen mit Greg vor.

»Ja, wir sind alle ziemlich ansehnlich«, sagte sie und wandte sich zu Chloe und Paolo.

»Aber hallo«, stimmte Paolo zu.

»Und wir haben noch genug Zeit für ein bisschen Blubberwasser«, sagte Chloe und wies mit dem Kopf zur Treppe.

Sie gingen hinunter in die Küche, und Holly goss drei Gläser ein. Zwar vermisste sie manchmal die Betriebsamkeit der Großstadt und das Ausgehen mit Freunden. Aber nicht so sehr, wie sie gedacht hatte. Trotz ihrer Sorgen was Hugh anging, schlich sich irgendwas an Eastercraig in ihr Unterbewusstsein und stimmte dort einen leisen Sirenengesang an. Genau wie Greg. Sie trank einen Schluck von ihrem Prosecco.

»Hugh ist da«, meldete Paolo, als eine Hupe ertönte. »Seid ihr bereit, euch anzuschnallen?«

»So bereit, wie es nur geht«, erwiderte Holly, während Chloe sie aus dem Haus zerrte.

Zwanzig holprige Minuten später hielt der Wagen vor Glenalmond. Chloe zögerte kurz, stieg aus und zog wegen der Kälte den Mantel enger um sich. Ihr Ballkleid im Stil der fünfziger Jahre hatte nur Spaghettiträger, und sie fror an den Schultern. Sie konzentrierte sich auf die Bäume und versuchte, die Übelkeit von der Fahrt abzuschütteln.

»Zum Schloss geht's da lang«, sagte Paolo und fasste sie am Arm.

»Ich weiß«, erwiderte Chloe. »Ich will nur erst das flaue Gefühl im Magen loswerden. Mein erster Blick auf das geschmückte Glenalmond soll nicht dadurch verdorben werden, dass ich Prosecco auskotze.«

Sie holte noch mal tief Luft, atmete durch die Nase ein und durch den Mund aus. Chloe war erst wenige Male mit Hugh gefahren, und das letzte Mal war schon lange genug her, dass sie die Auswirkungen vergessen hatte.

»Angus ist angekommen«, flüsterte ihr Holly ins Ohr. »Und wow, unter dem Bart hat er versteckt, wie gut er wirklich aussieht! Hier, trink einen Schluck Wasser! Ich habe immer eine Flasche dabei, wenn ich mit Hugh fahren muss.«

Chloe übernahm die Flasche und wünschte nur, es wäre Whisky und nicht Wasser. Sie holte noch einmal tief Luft, drehte sich um und spürte, wie ihr Herz einen Satz machte.

Mit Fiona am Arm stand Angus da und sah fantastisch aus. Wie ein Filmstar. Seine wilde Mähne war gezähmt worden. Er hatte sie aus dem Gesicht gekämmt, und da er sich auch rasiert hatte, sah man seine markante Kinnpartie. Zwar war er kräftiger als Cary Grant oder Clark Gable, doch heute sah er aus, als könnte er ihr gleich einen Martini reichen und ihr dabei tief in die Augen blicken.

»O nein, jetzt versagen meine Nerven«, seufzte sie. Diese Krise war noch schlimmer als die Übelkeit vom Fahren.

Hugh war schon zu den Dunbars hinübergegangen, doch Chloe blieb wie angewurzelt stehen. Ihr war leicht schwindelig, und ihre Gliedmaßen fühlten sich an, als hätten sie sich vom Körper losgelöst. Sie streifte ihren Mantel ab, um kalte Luft an ihre Haut zu lassen, straffte sich und drückte die Füße fest in den Boden, um sich zu erden.

»Alles in Ordnung?«, fragte Holly besorgt.

Chloe wandte ihr das Gesicht zu. »Ich hab mich hierauf gefreut, seit wir die Karten haben. Wir haben tanzen geübt, und ich habe versucht, an meinem Selbstvertrauen zu arbeiten. Und bevor wir das Haus verließen, fühlte ich mich wie auf Wolke sieben und kam mir in meinem Kleid sehr glamourös vor. Aber was ist, wenn der Druck zu hoch ist? Wenn es nicht nach Plan läuft? Was ist, wenn ich nicht genug Mut aufbringe, Angus nach einem Date zu fragen?«

»Was ist, wenn du vor lauter Grübelei implodierst?«, warf Paolo ein.

»Ja, das auch noch!«, quiekte Chloe verzweifelt.

Paolo legte ihr den Arm um die Schultern. »Im Leben läuft es nur selten nach Plan. Du weißt das, ich weiß das, und unser amtierender Kontrollfreak Anderson weiß das vermutlich auch. Keine Sorge, wenn du dir den Mann heute nicht schnappen kannst. Dann ist es eben Vorbereitung für den nächsten Schritt.«

»Was hier glücklicherweise buchstäblich Beinarbeit ist. Etwas, was du exzellent beherrschst«, ergänzte Holly.

»Ihr habt recht«, nickte Chloe in dem Versuch, sich zu beruhigen. »Ich muss den Abend so genießen, wie er ist. Also gehen wir die Dunbars begrüßen. Sie fragen sich bestimmt schon, was wir hier zu bereden haben.«

Sie sammelte all ihre innere Stärke, die nicht so viel war, wie sie gehofft hatte, fasste ihre Kollegen bei der Hand und zog sie mit sich. Auch wenn sie sich nicht bereit fühlte, konnte sie doch einen ganz großen Auftritt hinlegen.

»Hi, Fiona«, rief sie, als sie sich den Dunbars näherten. »Hey, Angus.«

Nach allgemeinem Händeschütteln, Umarmen und Wangenküssen schlenderte die Gruppe zum Schloss. An diesem Abend wirkte es besonders märchenhaft, was Chloe als gutes Omen betrachtete.

Sie gesellte sich zu Angus. »In deinem Kilt siehst du aber smart aus!«

»Smart« war doch gut, oder? Damit gab man jemandem dezent zu verstehen, dass er attraktiv war. Oder war das schon zu viel? Zu ihrer Erleichterung lächelte Angus.

»Und du siehst wunderschön aus. Bist du bereit für den Gay Gordons?«

Chloe nickte. »Aber ja.«

Angus blieb stehen und klopfte sich aufs Bein. »Ach, mein Sgian Dubh ist noch im Wagen. Wartest du auf mich?«

Ja, dachte Chloe. *Das musst du doch nicht fragen!* Er rannte zum Wagen zurück, um den Dolch zu holen, den er sich in seinen Strumpf schieben wollte. Chloe war nur froh, dass er ihr nicht gesagt hatte, sie sollte schon mit den anderen vorgehen. Dann bekam sie Angst, zu viel in seine Worte hineinzudeuten. Als er zurückkehrte, holte sie tief Luft.

Er kniete sich hin, um den Dolch zu positionieren, und da er sie gerade nicht anschaute, hatte sie genug Mut, ihn zu fragen: »Möchtest du mein erster Tanzpartner sein?« Das kam etwas hastig heraus. »Weil, ich dachte, deine Mum und Hugh könnten zusammentanzen und Holly und Paolo auch.«

Sie hörte, wie ihre Stimme erstarb, als ihr wieder Zweifel kamen.

»Aber gern. Ich wollte dich auch schon fragen. Obwohl ich ein bisschen eingerostet bin.«

Atmen, ruhig weiteratmen. Aber im Geiste führte sie ein kleines Tänzchen auf. »Da hast du Glück, denn Holly, Paolo und ich haben geübt.«

»Muss ich mir Sorgen machen, dass du mich stehen lässt?«

»Das würde mir nicht mal im Traum einfallen!«

Ein scharfer Windstoß fegte über die Kiesauffahrt. Chloe hielt ihren Rock fest. Ihre Haare, die sie mühselig geglättet hatte, wehten ihr ins Gesicht und blieben an ihrem Lippenstift kleben.

»Mist«, sagte sie, »Warte, ich muss das erst richten.«

Angus neigte sich zu ihr. »Du siehst perfekt aus. Komm.«

Er bot ihr seinen Arm. Als sie sich bei ihm unterhakte, fühlte sie sich wie eine Prinzessin, und ihr Herz raste, als sie gemeinsam dem Eingang zustrebten.

 ## KAPITEL 21

Als sie die große Vortreppe erreichten, starrte Holly auf das Schloss und packte Paolo am Arm. »Wie im Märchen«, flüsterte sie.

»Ja, oder? Und da vorn ist der Ballsaal.« Paolo wies auf einen lang gestreckten Saal an der Seite. »Den hab ich noch nie gesehen, aber ich kann mir vorstellen, dass er vor Geweihen und gekreuzten Schwertern nur so strotzt.«

Holly hielt kurz inne, um all das in sich aufzunehmen. »Ich bin lächerlich aufgeregt. Du auch?«

»Total. Diese Woche hat mir jemand in der Praxis erzählt, sie hätten Unsummen für die Beleuchtung ausgegeben.«

Das konnte Holly sich gut vorstellen, sie hatte die Lichter schon von ferne gesehen. Als sie durch den Wald rasten, musste sie noch die Zähne zusammenbeißen, weil Hugh wirklich jedes einzelne Schlagloch mitnahm. Aber als sie erst einmal die düsteren Nadelbäume hinter sich gelassen hatten, kamen sie zu einer großen Auffahrt, die von pyramidenförmigen Gewächsen gesäumt war, in denen Lichterketten funkelten. Holly war davon so bezaubert gewesen, dass sie nicht mal das Schloss bemerkte.

Doch jetzt war sie überwältigt. Das riesige graue Gemäuer schien direkt aus einem Märchenbuch zu stammen. Ihr Cottage hätte problemlos auf die Vortreppe gepasst, und die großen Fenster auf beiden Seiten waren über zwei Meter hoch. Auf dem Gelände gab es sogar Laternenpfähle wie in Narnia, was zusätzlich zum Zauber beitrug.

Durch die kühle Luft wehten Dudelsackklänge zu ihnen, ein Spieler stand auf der Treppe und begrüßte die Gäste mit Musik.

Holly ging unwillkürlich schneller und zog Paolo mit sich, weil sie unbedingt das Innere des Schlosses sehen wollte. Sie reihten sich in die Schlange der Gäste ein, deren aufgeregtes Stimmengewirr in die Abendluft stieg.

»Es wird ja immer großartiger«, raunte sie, als sie die Eingangshalle betraten. Sie war so riesig, dass sie sich fragte, wie lange es wohl gedauert hatte, sie zu bauen. Oder sie zu füllen, denn allein die Wände waren schon ein historisches Zeugnis, da Rüstungen, Gobelins, gekreuzte Schwerter und ausgestopfte Tiere um Aufmerksamkeit wetteiferten. Holly erkannte, dass Wolfie für diese Dimensionen wie geschaffen war. Ein riesiges Haus verlangte nach einem riesigen Hund.

»Ich wünschte, ich könnte an so einem Ort wohnen«, seufzte Paolo.

»Daisy wünscht sich das bestimmt auch. Vielleicht ist sie deshalb mit Hamish zusammen.«

»Verdammt, ich würde mit jedem ausgehen, wenn ich dann nur hier wohnen dürfte. Ich würde sogar auf alles pfeifen, wenn es jedes Mal Champagner gäbe, sobald ich meinen Fuß durch die Tür setze und von Dudelsackspielern begrüßt würde.«

»Würde ich auch. Für ein Schloss wie dieses würde ich jeden heiraten. Dafür würde ich sogar meinen Job aufgeben.«

Paolo reichte ihr ein Glas von dem Tablett, das ein Kellner ihnen anbot, und stieß mit ihr an. Holly trank einen Schluck und genoss das Prickeln in ihrem Mund.

»Und ich dachte, du wärst eine Frau mit Prinzipien«, ertönte eine Stimme hinter ihnen.

Holly zuckte zusammen. Dann erfasste sie der leichte Schwindel, der sie in den letzten Wochen immer mal wieder überkommen hatte.

»Greg!«, rief sie aus und wirbelte herum.

»Du siehst phantastisch aus«, sagte er. »Und du Holly, bist auch nicht übel.«

Paolo zog eine Augenbraue in die Höhe, aber Holly lächelte nur. Greg neigte sich zu ihnen, schüttelte Paolo die Hand und gab Holly einen Kuss auf die Wange. Dabei flüsterte er ihr ins Ohr: »Du bist wunderschön.«

Hitze schoss in Holly auf, und sie spürte, wie sie rot wurde. Da ihr Paolos halb neugieriger, halb spöttischer Blick bewusst war, beschloss sie, ein ganz neues Thema anzuschneiden. »Hast du schon deine Mutter gesehen? Sie war eben noch da.«

»Nein, und ich muss sie tatsächlich finden, bevor Angus bemerkt, dass ich hier bin, und einen Aufstand macht«, erwiderte er. »Paolo, ich würde gerne mit deiner Begleiterin tanzen, wenn ich darf. Ich bin heute Abend solo unterwegs.«

»Da musst du *sie* fragen. Wie du gerade gehört hast, ist sie eine unabhängige Frau«, gab Paolo zurück.

Greg wandte ihr seinen Blick zu und fragte, mit einem kaum merklichen Lächeln in seinem ernsten Gesicht: »Holly Anderson, würdest du mir die Ehre erweisen, heute Abend mit mir zu tanzen?«

Obwohl Paolo eindringlich einen Knopf an seiner Manschette inspizierte und niemand auf sie achtete, fühlte sich Holly, als würde sie im Scheinwerferlicht stehen, und alle Blicke wären auf sie gerichtet. Das musste am Champagner liegen.

»Selbstverständlich«, sagte sie so ruhig, wie sie konnte.

Darauf nickte er nur und schlenderte den Gang hinunter zum Saal. Holly leerte so schnell ihr Glas, dass ihre Augen brannten.

»Gute Güte, du bist ja genauso schlimm wie Chloe«, sagte Paolo und zog sie aus der Mitte der Halle.

»Bin ich nicht«, protestierte Holly. »Los, besorg mir noch ein Glas.«

Sie wies mit dem Kopf zum Kellner mit dem Tablett, und kaum hatte Paolo ihr das Glas gereicht, war es auch schon halb leer. »Ganz ehrlich: Hab ich mich zum Idioten gemacht?«

»Nein, es war eine amüsante Szene, und du hast einfach nur hinreißend ausgesehen. Du strahlst geradezu.«

»Aber nur deshalb, weil eine Frage, die mit ›würdest du mir die Ehre erweisen‹ normalerweise damit endet, dass ein Mann auf die Knie geht. Gott, ich fühl mich jetzt schon verschwitzt.«

»Ist Erfolg nicht zu Neunundneunzig Prozent Transpiration?«

»Ach, Klappe! Ich will keine Flecken auf mein Seidenkleid machen. Außerdem schmeißt Greg mit Komplimenten wie mit Konfetti um sich. Das hat gar nichts zu bedeuten.«

Paolo zeigte mit dem Finger auf sie. »Ehrlich, du steckst in Schwierigkeiten, weil du dein Keuschheitsgelübde nicht mit der Tatsache vereinbaren kannst, dass du scharf auf ihn bist.«

»Und wenn, dann nur, weil ich ihn so gut wie nie zu Gesicht bekomme, also kommt er für mich allein deshalb nicht infrage«, konterte Holly. »Wenn du eine Nonne wie ich bist, dann kann man sich durchaus in einen Kerl verlieben, der so gut wie nie in Eastercraig auftaucht.«

Das hatte ein Gegenargument sein sollen, doch dann merkte Holly, dass sie damit nur Paolos Behauptungen bestätigt hatte. Achselzuckend sah sie ihn an. Keine Ahnung, wie sie da jetzt wieder rauskommen sollte.

»Komm, konzentrieren wir uns jetzt auf den Ball«, sagte Paolo mit einem mitfühlenden Blick. »Und wenn möglich, denk nicht mehr an diesen Mann. Und ich darf nicht mehr an Ritchie denken. Gott – meine Beziehungen sind schon zu Ende, noch bevor sie richtig angefangen haben!«

»Versetzt zu werden ist ein weiterer Grund, warum ich keine Affären habe«, bemerkte Holly. »Es ist einfach nur feige und grausam. Du musst ihn vergessen, Paolo. Jeder Gedanke an ihn ist Verschwendung!«

Holly folgte Paolo in den Saal und blieb dann staunend stehen. Sie hatte schon früher schicke Partys besucht: Feiern der Universität, Betriebsfeste mit Kollegen. Aber nichts ließ sich mit dem hier vergleichen!

Lichterketten mit goldenen Birnchen waren kreuz und quer über die Decke gespannt und strahlten die gekreuzten Schwerter auf den weißen Wänden an. An einem Ende des Saals standen Sessel und niedrige runde Tische, am anderen war eine Bühne aufgebaut. In der Mitte befand sich eine riesige Tanzfläche, auf der jetzt Paare und Grüppchen standen und plauderten. Es lag Aufregung in der Luft, während sich eine Ceilidh-Band aufwärmte.

»Glaubst du, die kennen hier alle die Tänze?«, fragte Holly Paolo.

»Viele von ihnen, aye. Aber dafür ist auch der sogenannte Caller da. Du kriegst doch jetzt keine kalten Füße, oder?«

»Ich? Ich krieg so gut wie nie kalte Füße. Du hast mich doch samstagmorgens erlebt. Gegen Angst bin ich praktisch immun.«

Holly verstummte, als der sogenannte Caller auf eine Trommel schlug und das Stimmengewirr erstarb. Ohne dazu aufgefordert worden zu sein, verließ die Menge die Tanzfläche und stellte sich an den Wänden auf. Man hörte jetzt nur noch das Klappern von Absätzen, und als Holly in die Richtung blickte, sah sie, dass sich Laird und Lady Glenalmond vor der Tanzfläche aufstellten.

Der Trommler begann zu spielen, dann fielen die anderen Musiker ein, und die Gastgeber begannen zu tanzen. Jemand klatschte im Takt zum fröhlichen Fiedeln der Geige, zum munteren Klang von Gitarre und Akkordeon und zu den tragenden Tönen des Dudelsacks. Es war ansteckend, und bevor Holly sich's versah, klatschte sie mit den anderen Gästen mit.

Moira und David Glennis waren routinierte Tänzer. Mit der Anmut einer Ballerina wirbelte Moira so fröhlich umher, dass ihr Rock flog. David, der bis dahin immer sehr reserviert gewirkt hatte, blühte auf der Tanzfläche geradezu auf. Schon bald signalisierten die beiden den anderen Gästen, sich zu ihnen auf die Tanzfläche zu gesellen, und sofort wimmelte der ganze Saal von wirbelnden Paaren, während die anfeuernde Musik sich über das Donnern der Schuhe auf dem Boden erhob.

Holly ließ sich von Paolo zur Tanzfläche ziehen und tanzte schon kurz darauf so selbstvergessen und hingebungsvoll wie ein kleines Kind. Sie hatte befürchtet, sie würde nervös sein, weil sie so groß war und noch nie einen Ceilidh mitgemacht hatte. Doch es war eine unglaublich berauschende Erfahrung, mit so vielen anderen zu klatschen, zu tanzen und wie auf einem Karussell herumgewirbelt zu werden, dass sie ihre Befürchtung sofort vergaß. Es war ihr egal, dass sie die Schritte verwechselte und nicht mehr wusste, mit wem sie wann tanzen sollte.

Schließlich endete die Musik, und Holly ging atemlos zu einem der Tische. Sie fand das Tanzen so anstrengend wie Joggen oder Standup-Paddling. Grinsend blickte sie zu Paolo, der aussah, als dächte er dasselbe.

»Ist das ein Spaß! Wie in der Dancing Society, nur viel, viel größer!«, rief sie aus. Ihr war leicht schwindelig. »Aber ich glaube, mir werden ziemlich bald meine Schuhe Probleme machen.«

»Deshalb hat Chloe dir empfohlen, flache Schuhe zum Wechseln mitzunehmen.«

Paolo zeigte zur anderen Seite der Tanzfläche. Chloe, die mit Angus getanzt hatte, wirkte vollkommen ruhig, als hätte sie sich nicht im Geringsten anstrengen müssen. Sie war so vernünftig gewesen, Ballerinas anzuziehen. Holly ohrfeigte sich im Geiste, weil sie sich dagegen entschieden hatte.

Da kündigte der Caller die nächste Nummer an, die Trommel ertönte und lockte die Tanzpaare mit dem hypnotischen Takt zurück auf die Fläche. Holly beobachtete, wie Angus Chloe wieder zum Tanz führte. Ihre Haare waren jetzt nicht mehr glatt, sondern gekräuselt und wirkten wie ein Heiligenschein in dem hellen Licht. Angus, der für eine Nacht verwandelte Mann, wartete auf die Anweisungen, dann tanzten sie los.

»Sie sind beeindruckend«, sagte Holly. »Wie flink er auf den Füßen ist! Und Chloe ist ein echter Profi.«

»Man könnte glatt sagen, dass sie füreinander geschaffen sind«, nickte Paolo.

»Glaubst du denn, das könnte funktionieren? Er ist so launisch und sie so sanft. Was ist, wenn was passiert und er ihr das Herz bricht?«

»Aber was, wenn nicht? Vielleicht ist er genau das, was sie braucht, und umgekehrt.«

Holly beobachtete sie. Schließlich hieß es, dass Gegensätze sich anzogen. Und auf der Tanzfläche heute Abend waren sie ein schönes Paar. Allerdings konnte sie sich nicht vorstellen, wie die beiden von Freunden zu Liebenden werden sollten. In Nächten wie diesen mochte Chloe selbstbewusst sein, doch an den meisten Tagen brachte sie Angus gegenüber kaum ein Wort hervor. Geschweige denn eine Liebeserklärung!

Als die Musik endete, sah sie zu, wie ganze Gruppen von der Tanzfläche verschwanden. Chloe und Angus plauderten mit Fiona und Hugh und traten mit ihnen ins Freie. Vermutlich brauchten sie ein bisschen frische Luft, aber Holly hoffte, Chloe und Angus würden auch Zeit finden, allein miteinander zu reden. Geschützt vor neugierigen Blicken.

Nachdem sie noch ein bisschen getanzt hatten – wenn man

es bei Holly denn so nennen konnte –, setzten sie sich wieder an einen Tisch. Doch kaum hatte es sich Holly auf ihrem Stuhl bequem gemacht, klopfte ihr jemand auf die Schulter.

»Bist du für den nächsten Tanz frei?«

Greg. Sie suchte nach einer Antwort, obwohl ihr klar war, dass sie nur Ja zu sagen brauchte.

Paolo rettete sie. Er stand auf und trat beiseite. »Ich glaube, ich erkunde mal ein bisschen das Schloss.«

»Ich hab gesehen, wie mein Bruder rausgegangen ist. Daher dachte ich, jetzt wäre der beste Zeitpunkt, dich zu fragen«, erklärte Greg, als Paolo sich einen Weg durch die Menge bahnte.

Er bot ihr die Hand, und Holly nahm sie. »Weiß Angus überhaupt, dass du hier bist?«

»Ich hab wohl ein Geheimnis daraus gemacht«, erwiderte Greg mit verlegenem Blick. »Ich weiß, das ist feige, aber ich wollte den Ball nicht verpassen.«

»Oder für eine Szene sorgen?« Holly zog eine Augenbraue in die Höhe.

»Oder für eine Szene sorgen. Also sag Bescheid, wenn du ihn siehst. Halt – du wirkst skeptisch.«

Holly hatte Zweifel. Da sie Angus schon mal wütend erlebt hatte, fand sie Gregs Vorhaben ziemlich riskant. Sie sah förmlich vor sich, wie Angus über die Tanzfläche stürmte, um sich auf Greg zu stürzen, und dabei einen Tsunami aus Tartans auslöste.

»Eigentlich solltet ihr doch darüber reden können. Zwei erwachsene Männer.«

»Kann sein. Aber jetzt ist keine Zeit zu reden. Hol tief Luft, es geht los.«

Und mit funkelndem Blick führte Greg sie ohne Vorwarnung ins Getümmel, weil er die Schritte schon wusste, bevor sie angesagt wurden.

»Ich weiß nicht mehr, wie dieser hier geht!«, keuchte Holly, als er sie über die Tanzfläche wirbelte.

Noch bevor er antworten konnte, stand Holly ein paar Meter entfernt ihm gegenüber, weil sich zwei lange Reihen formiert hatten. Ein Paar fasste sich an den Händen und tanzte walzend durch den so entstandenen Korridor. Bevor sie sich's versah, hatte Greg sie wieder gepackt und wirbelte sie herum.

»Macht's denn Spaß?«, fragte er.

»Ja. Glaube ich. Ich bin nicht sicher. Ich habe zwei linke Füße.«

Als sie sich wieder trennten, musste Holly sich erst mal orientieren, ob sie in der richtigen Reihe stand. Als sie dann erneut mit Greg zusammenkam, wurde sie unter seinem Blick leicht unsicher – nein, total unsicher! Er streckte den Arm aus und drehte sie im Kreis, so dass sie aus dem Gleichgewicht geriet und spürte, wie ihr Zopf sich auflöste. Sie lachte auf. Ihr Herz raste, als er sie wieder an sich zog.

Ihre Blicke trafen sich, und Greg grinste. »Jetzt hast du es raus«, sagte er und strich ihr ein paar Strähnen hinters Ohr.

»Ja, obwohl ich nie eine Medaille gewinnen werde«, bestätigte sie strahlend.

»Wir könnten gleich was trinken gehen. Aber du solltest vorher noch ein paar Tänze üben. Du bist doch nicht der Typ, der schnell aufgibt, oder?«

»Nein! Lass uns weitermachen«, sagte Holly beflügelt.

Sie war doch nicht der Typ, der schnell aufgab. Oder? Sie spürte, wie ihre Entschlossenheit wankte, wie ein Vorbeben, das eine große Katastrophe ankündigte. Aber noch hatte sie das Gefühl, sie durch Tanzen in Schach halten zu können.

 # KAPITEL 22

Paolo betrachtete die Wände. Sie bestanden aus grauem Stein und weiß getünchten Flächen. Bei seiner Arbeit mit Hugh hatte er schon Teile des Anwesens und das Schloss von außen gesehen. Aber das Innere war noch mal etwas anderes. Er hatte sich dunkle Holzpaneele vorgestellt, dunkelrote Läufer und muffiges Zwielicht. Falsch gedacht. Zwar gab es Rüstungen, große Wandteppiche und lebensgroße Bilder von längst verstorbenen Familienangehörigen, aber alles war viel heller als erwartet. Fast schon modern.

Als Holly mit Greg tanzen ging, war er zu einer kleinen Besichtigungstour aufgebrochen. Da er auch Chloe nicht stören wollte, die sich mit Angus an der Bar unterhielt, war er weiter ins Innere des Schlosses vorgedrungen.

Bislang hatte er ein Esszimmer entdeckt, dessen Tisch größer war als sein Apartment, und ein gemütliches Wohnzimmer, wo ein paar ältere Einwohner von Eastercraig ein Nickerchen machten. Die riesige Küche, die wirkte, als würde die ganze Familie Glennis normalerweise dort zusammenkommen, hatte vor Aktivität geradezu gebrummt, weil sich die Leute vom Catering-Service in unglaublicher Geschwindigkeit bewegten.

Als er orientierungslos am Ende eines Ganges landete und dort eine hohe Doppeltür aufstieß, entdeckte er eine imposante

Bibliothek. Abgesehen von einem Panoramafenster, bestanden die Wände nur aus Bücherregalen. Über eine fahrbare Leiter konnte man auch die obersten Borde erreichen. In der Mitte des Raums standen zwei gemütliche Sofas mit dicken Tartandecken einander gegenüber.

Das war's. Er hatte seinen Platz gefunden.

Da die alten ledergebundenen Bücher ihn lockten, ging er zu einer der Regalwände und strich mit dem Finger über die Buchrücken. Sie waren wunderschön. Er zog eins heraus, schlug es auf und atmete genießerisch den leicht muffigen Papiergeruch ein. Er fühlte sich, als wäre er geradewegs im Himmel gelandet.

Plötzlich ging die Tür auf, und Paolo zuckte zusammen. Als er herumfuhr, sah er Hamish. »Verzeihung, das hätte ich bestimmt nicht anfassen dürfen«, sagte er verlegen.

Er schob das Buch rasch – und doch vorsichtig – an seinen Platz zurück.

»Ach, kein Problem. Sie können sich ruhig umschauen«, sagte Hamish abwesend.

Paolo sah zu, wie Hamish die Bibliothek durchquerte, sich auf ein Sofa fallen ließ und sich einen Whisky aus der Kristallkaraffe auf dem Beistelltisch einschenkte. »Wollen Sie auch einen?«

»Ich?«, fragte Paolo. »Gern.«

Er setzte sich Hamish gegenüber aufs andere Sofa. Für einen Abend voll fast schon aberwitziger Pracht und Fröhlichkeit wirkte er ziemlich niedergeschlagen.

Paolo nahm sein Glas. »Stimmt irgendwas nicht, Hamish? Sie sehen bedrückt aus.«

Hamish stöhnte auf. »Was? Sieht man mir das an? Ich hatte einen kleinen Streit mit Daisy, weil ich nicht mit ihren schicken Freunden abhängen und Shots trinken wollte. Die sind mir alle ein bisschen zu ...« Er verstummte und wedelte abwehrend mit den Händen, »... schrill und bunt. Also wollte ich hier kurz Ruhe tanken.«

»Haben Sie denn keine Lust zu tanzen?«

»Ach nein, ich bin ein furchtbarer Tänzer und stolpere ständig über meine eigenen Füße. Da wäre ich doch lieber auf ein Schwätzchen im Rauchsalon. Aber *Sie* sehen aus, als hätten Sie Tanzstunden genommen.«

Paolo zögerte und trank noch einen Schluck von seinem Whisky. »Haben wir auch. Das heißt, Chloe, Holly und ich sind ein paar Mal zur Country Dancing Society gegangen, weil wir nicht wie schwerfällige Tanzbären wirken wollten.«

»Tja, Sie sahen großartig aus. Sie alle. Obwohl Holly ein bisschen zu groß für Sie ist. Ich hätte auch nicht gedacht, dass Sie Ihr Typ ist, wenn ich das sagen darf.«

Paolo lachte. »Ist sie auch nicht. Schon allein, weil sie eine Frau ist.«

»Das dachte ich mir.« Hamish schaute auf. »Aber ich fand es unhöflich, Sie direkt zu fragen.«

Als sie einen amüsierten Blick wechselten, meldete sich Paolos inneres Alarmsystem. Nur leise zwar, doch deutlich spürbar als ganz kurzes Trommeln seines Herzens. Bei früheren Begegnungen mit Hamish war ihm nichts aufgefallen. Wie auch? Daisy hatte alle Signale übertönt. Aber bislang hatte er sich noch nie geirrt – im Gegenteil, er rühmte sich seiner Instinkte, genauso wie er sich seiner Kenntnisse in viktorianischer Literatur rühmte, die recht umfangreich waren.

Merkwürdig. Es war durchaus möglich, dass Hamish schwul war, oder nicht? Oder bi? Paolo war verwirrt, und doch konnte er nicht leugnen, dass sein Gefühl eindeutig war.

Da ging die Tür auf, und Holly erschien. »Hallo, ihr beiden. Wir haben ein Plätzchen gesucht, wo wir uns ausruhen können.«

Paolo verdrängte seinen Verdacht.

Hamish sprang auf. »Wollen Sie sich zu uns setzen?«

»Das ist sehr nett von Ihnen, Hamish«, nickte Holly.

»Ham! Hier bist du!« Hinter Holly erschien Greg. Er kam zum Sofa, umarmte Hamish herzlich und wandte sich zu den anderen. »Das natürliche Habitat dieses Mannes ist draußen, aber wenn das Wetter selbst für ihn zu schlecht ist, zieht er sich gerne hier in die Bibliothek zurück und liest klassische Abenteuerromane. Genau wie schon als kleiner Junge.«

»Welche denn?«, erkundigte sich Paolo. »Der Graf von Monte Christo? Die Schatzinsel?«

Hamish schenkte sich neu ein. »Harry Potter.«

»Das ist doch kein Klassiker!«, protestierte Paolo mit gespielter Empörung.

»Wie können Sie das sagen? Das ist eines der berühmtesten Bücher des späten zwanzigsten Jahrhunderts ...« Er verstummte, als er bemerkte, dass alle ihn anstarrten. »Sorry. Ich schenke lieber noch zwei Whisky ein.«

»Was für ein wunderschöner Raum«, bemerkte Holly, die sich neben Paolo gesetzt hatte. »Ein paar der Bücher sehen aus, als wären sie über hundert Jahre alt.«

Paolo neigte sich zu ihr. »Hier ist es wie in ›Abbitte‹, findest du nicht? Und dann auch noch mit dir, in diesem Kleid! Wenn Hamish und ich nicht hier wären, würdest du sofort verführt werden.«

Holly wandte sich zu ihm und flüsterte: »Da läuft nichts.«

»Leugnen ist zwecklos. Die Luft zwischen euch knistert förmlich vor erotischer Spannung«, murmelte Paolo. »Der Kerl kann gar nicht seinen Blick von dir lösen.«

»Hör auf, mir was einzureden.«

»Ich stelle nur das Offensichtliche fest.«

Hamish und Greg auf dem gegenüberliegenden Sofa brachten sich gerade auf den neuesten Stand. Dann blickte Greg auf und lächelte Holly an. Paolo griff nach der Karaffe, schenkte sich und Holly nach und wollte seine Kollegin gerade weiter aufziehen, da ertönte ein lautes Hüsteln, und alle fuhren zusammen.

Im Türrahmen stand Angus mit ausdrucksloser Miene. Chloe erschien hinter ihm und biss sich besorgt auf die Unterlippe.

»Was fällt dir ein, hierherzukommen?«, bellte Angus und starrte Greg finster an.

Paolo blickte von einem zum anderen. Ihm schwante, dass es gleich rund gehen würde.

Wie gebannt starrte Holly auf die beiden Kontrahenten. Greg stand auf und ging in aller Seelenruhe zu Angus. Es war, als beobachtete man ein Zusammentreffen von Feuer und Wasser.

Aber normalerweise gewann doch das Wasser, oder? Holly spürte, wie ihre Beine sich anspannten, und rutschte nervös zur Sofakante.

»Du hättest nicht kommen sollen«, knurrte Angus, als Greg sich ihm näherte.

»Ich darf genauso hier sein wie du«, erwiderte Greg gleichmütig. »Ich halte mich gerne von der Farm fern, bis du zur Vernunft gekommen bist, aber ansonsten gehe ich, wohin es mir gefällt. Ich will meine Freunde und auch Mum sehen.«

»Als würde dir Mums Wohl am Herzen liegen!«

Greg kniff leicht die Augen zusammen und blähte die Nasenflügel. »Wie kannst du es wagen!«, flüsterte er in drohendem Ton.

So wütend hatte Holly ihn noch nie gesehen. Sie wurde noch nervöser. Bis dahin war Greg immer freundlich, besonnen und höflich gewesen – sogar, als sie ihn mit einem Hocker bedroht hatte. Wie ein vollkommener Gentleman. Aber sie verstand, dass er sich von Angus provoziert fühlte.

»Wie *ich* es wagen kann?« Mit glitzernden Augen sah Angus sich im Raum um. »Glaubst du, die anderen hier würden sich dir gegenüber noch genauso verhalten, wenn sie wüssten, was du getan hast?«

Hollys Herz fing heftig an zu pochen, als Zweifel sie beschlichen. Greg mochte ein Womanizer sein, doch sie war sich sicher, dass er im Grunde ein anständiger Kerl war. Sie durfte sich erlauben, für einen Frauenhelden zu schwärmen. Aber sollte er ein Betrüger, ein Gangster oder gar ein Killer sein, musste sie umdenken.

»Ich will doch nur helfen, kapierst du das nicht? Erzähl's ihnen ruhig. Du bist derjenige, der sich wie ein Idiot verhält«, konterte Greg.

Worum ging es da nur? Holly konnte nicht anders, als sie neugierig anzustarren.

Da erhob sich Hamish. »Kommt schon, Jungs! Das hier ist ein Ball. Schiebt eure Differenzen doch für diesen Abend beiseite und redet morgen bei einem Bier in aller Ruhe miteinander!«

»Bei allem Respekt, Hamish, halt dich raus!«, zischte Angus.

Hamish wirkte geschockt. Chloe schlug sich die Hand vor den Mund. Holly sah Greg an. Er blickte kurz zu ihr, dann holte er tief Luft.

»Angus ist wütend, weil ich mich mit einem Bauunternehmer getroffen habe. Die Farm steckt in Schwierigkeiten, und wir müssen die Konten ausgleichen«, erklärte er.

Holly schaute sich um. Chloe, Paolo und Hamish wirkten so entsetzt, als wäre allein schon die Idee kriminell. Und Angus schien in seinem Zorn so explosiv, dass er in Flaschen abgefüllt als Sprengstoff hätte verkauft werden können.

»Und genau da liegt das Problem. Als unser Vater starb, wollte er, dass die Farm in der Familie bleibt. Aber du hast dich nicht nur verdrückt, erst zum Studium und dann nach Aberdeen, sondern kommst jetzt auch noch mit der Idee, unser Erbe zu verhökern! Ich hingegen habe alle Chancen aufgegeben, zu studieren und die Welt zu sehen, weil mir unsere Farm am Herzen liegt!«

»Das hat er nie gewollt«, donnerte Greg, der seinen Ärger nicht mehr unterdrücken konnte. »Er hätte nie gewollt, dass

Auchintraid eine Bürde wird oder dass du deine eigenen Wünsche aufgibst, um die Farm zu erhalten. Du hast deinen Frust zu einer Kunstform entwickelt, Angus, und nennst das Loyalität.«

»Und du hast unsere Wurzeln verraten. Früher hielt ich dich für den tollsten Kerl auf der ganzen Welt. Du warst mein großer Bruder, für den ich alles getan hätte. Aber ich will nichts mehr mit dir zu tun haben!«

Wie gebannt folgten alle dem Schlagabtausch, als wäre es ein Schauspiel auf einer Bühne. Seit Hamish mundtot gemacht worden war, hatte sich keiner von der Stelle gerührt. Stattdessen sahen alle erschrocken zu, wie das Geheimnis, das die beiden Brüder für sich behalten hatten, nun ans Licht kam.

»Ich finde, Hamish hat recht. Reden wir doch morgen drüber«, sagte Greg.

»Das würde dir so passen, du Verräter!«

»Herrgott nochmal«, mahnte Greg resigniert.

Er wollte die Bibliothek verlassen, doch Angus stürzte sich auf ihn und stieß ihn zum Sofa. Holly sprang erschrocken beiseite und zog Paolo mit sich.

»Angus! Hör auf!« Chloe rannte ins Zimmer und packte Holly am Handgelenk. »Was machen wir nur? Los, du musst sie trennen!«

Holly war unschlüssig. Angus und Greg rauften jetzt miteinander wie zwei Jungen auf dem Schulhof. Nur, dass sie viel größer und stärker waren. Bislang hatte keiner den anderen geschlagen, doch wenn niemand einschritt, würde es bald dazu kommen. Aber wenn sie tat, was Chloe von ihr verlangte, konnte sie durchaus mit einer dicken Lippe enden.

»Soll ich Fiona holen?«, fragte Hamish und schaute sie alle ratlos an.

»Himmel, nein!«, sagte Chloe. »Wenn sie das sähe!«

Die beiden Brüder versuchten mittlerweile, sich ernsthaft niederzuringen.

»Hört auf, alle beide!«, rief Holly so laut sie konnte.

Angus, der sich an Gregs Hemd krallte, schaute kurz auf und sah aus, als erinnerte er sich erst jetzt wieder an sie. Greg, der seinen Bruder an den Schultern gefasst hatte, um ihn auf Abstand zu halten, ließ ihn los. Er strich sich die Haare aus dem Gesicht und wehrte mit dem Arm eine Hand von Angus ab.

Greg schüttelte den Kopf. »Tut mir leid, Hamish, und ihr anderen. Das war unangebracht.« Er blickte zu seinem Bruder. »Reden wir morgen drüber.«

Finster starrte Angus Greg an. »Na schön.«

Holly ließ die Schultern sinken. Es war vorbei, und zum Glück war niemand zu Schaden gekommen. Sie wartete darauf, dass Angus Gregs Kragen losließ, dann konnten sie alle wieder tanzen gehen.

Aber im letzten Moment gab Angus Greg im Vorbeigehen einen Schubs, kein sachter Schubser, sondern – soweit Holly es beurteilen konnte – ein richtiger Stoß.

Greg war darauf nicht vorbereitet und kippte auf das Beistelltischchen. Laut krachend fiel das Tablett zu Boden, wo Karaffe und Gläser in tausend Stücke zersprangen. Alle holten erschrocken Luft – selbst Angus hielt kurz inne, fuhr herum und wirkte bestürzt.

Holly eilte zu Greg und kniete sich neben ihn. Er setzte sich auf und rieb sich den Kopf. Aus einer Wunde an seiner Schläfe rann Blut über seine Wange.

»Alles in Ordnung?«, fragte sie und untersuchte den Schnitt.

»Mein Stolz ist verletzt, die Beziehung zu meinem Bruder vermutlich unwiderruflich zerstört, aber ansonsten geht's mir gut«, erwiderte er. »Hamish, es tut mir ehrlich leid. Waren das Antiquitäten? Kann ich dir das ersetzen?«

»Ich glaube, die waren aus dem Kaufhaus«, sagte Hamish. »Also mach dir keine Sorgen. Aber musst du ins Krankenhaus?«

»Nein, mir geht's gut«, wehrte Greg ab. »Chloe, kannst du mal nach Angus schauen und ihn im Auge behalten? Und du Hamish, zeigst mir mal bitte, wo Kehrblech und Besen sind. Dann räume ich das hier rauf und fahre nach Hause.«

»Aber nicht doch, ich kümmere mich darum«, sagte Hamish. »Du ruhst dich jetzt erst mal aus. Und schick mir morgen eine SMS, ob alles in Ordnung bei dir ist.«

»Ich kann helfen«, bot Paolo an und folgte Hamish nach draußen.

»Ist dir schwindelig?«, fragte Holly besorgt.

»Ja, aber ich hatte ein paar Drinks und eine Prügelei mit meinem Bruder. Also weiß ich nicht genau, was die Ursache ist. Ich glaube, ich muss mir ein Taxi rufen.«

»Willst du etwa nach Aberdeen fahren? Das ist viel zu weit weg. Übernachte bei mir.«

Holly hielt es nicht für unwahrscheinlich, dass er eine Gehirnerschütterung hatte. Wenn er bei ihr blieb, konnte sie ihn wenigstens im Auge behalten. Sie redete sich ein, dass dies der Hauptgrund für ihren Vorschlag war.

»Bist du sicher? Ich hab das Gefühl, ich hätte heute Abend schon genug Probleme gemacht.«

»Ja, ich bin sicher. Außerdem kann ich dich dann wieder zusammenflicken.«

»Würde Hugh das nicht für Vergeudung von Ressourcen halten?«

»Ich hab meinen eigenen Notfallkoffer. Sag mir nicht, was ich tun soll.«

Sie untersuchte noch mal den Schnitt. Er war zwar nicht tief, aber ein paar Wundnahtstreifen konnten nicht schaden.

»Wenn das wirklich okay für dich ist, wäre das großartig.« Greg stand auf, ohne zu schwanken. »Hol du die Mäntel, ich rufe ein Taxi.«

 KAPITEL 23

Bist du sicher, dass du nicht gleich umkippst?«

Das Taxi raste durch die Koniferenspaliere die Auffahrt zurück. Holly war nur dankbar, dass der Fahrer besser fuhr als Hugh.

»Nein, mir geht's gut«, behauptete Greg stur. »Tut mir leid, dass dein Abend schon zu Ende ist.«

Er klang, als würde er es wirklich bedauern. Holly hatte zwar Spaß gehabt, fand es aber besser, mit ihm nach Hause zu fahren. Nur wegen der Kopfwunde, versicherte sie sich.

»Das macht mir nichts aus«, entgegnete sie. »Da ich nur selten hohe Schuhe trage, hätte ich sonst Blasen bekommen. Und viel länger hätte ich wohl auch nicht mehr tanzen können.«

»Du lügst zwar, aber ich weiß deine Unehrlichkeit zu schätzen. Ich mach mal kurz die Augen zu«, sagte Greg. »Die linke Seite pocht ganz schön.«

Als sie zu Hause ankamen, schlief Greg. Sie rüttelte ihn sacht und war sehr erleichtert, als er die Augen aufschlug.

Nachdem sie den Taxifahrer bezahlt und die Haustür aufgeschlossen hatte, führte sie Greg zum Sofa. »Keine Angst, es wird mir viel leichter fallen als sonst, weil du kein Fell hast.«

»Mein Gesicht vielleicht nicht, aber meine Brust ist haariger als die einer ›Hairy Coo‹.«

»Hör auf«, protestierte Holly und spürte, wie sie bei der Vorstellung rot wurde. »Bring mich nicht zum Lachen, ich muss fürs Nähen ruhige Hände haben!«

Sie holte ihren Notfallkoffer aus dem Schrank unter der Treppe und setzte sich neben Greg, der ganz stillhielt, als Holly sich zu ihm beugte, um den Schnitt zu untersuchen, der vom Wangenknochen bis zur Augenbraue verlief. Da sie mehr Licht brauchte, zog sie die Lampe vom Beistelltisch heran.

Als sie sich noch weiter zu ihm beugte, um die Wunde zu reinigen, fühlte sie, wie ihre professionelle Distanz ins Wanken geriet. Sie spürte Gregs Atem an ihrem Schlüsselbein, und als sie kurz an sich herunterblickte, bemerkte sie, dass sie immer noch ihr Ballkleid trug.

Sie biss sich auf die Lippe, sie musste sich zusammenreißen. Greg zuckte nicht mit der Wimper, als sie die Wunde noch mal gründlich säuberte.

»Tut's sehr weh? Oder geht's?«, fragte sie.

»Ging mir nie besser. Aber werde ich eine Narbe behalten?«

»Schwer zu sagen. Der Schnitt ist nicht tief, und ich hab auch keine Glassplitter darin gefunden. Mit etwas Glück wirst du ohne bleibende Schäden davonkommen. Aber verlass dich nicht drauf. Wie ich schon sagte, sind Menschen nicht gerade meine Stärke.«

Holly kniete sich aufs Sofa und drückte einzeln die Nahtstreifen auf die Wunde. Obwohl sie mit aller Macht versuchte, ruhig zu bleiben, hämmerte ihr Herz, und sie fragte sich, ob Greg das hörte. Oder vielleicht sogar sah. Obwohl er dazu auf ihre Brust hätte gucken müssen. Sie lenkte ihre Aufmerksamkeit auf die vor ihr liegende Aufgabe und rückte ein Stück zurück, um ihr Werk zu begutachten.

Sie hatte saubere Arbeit geleistet. »Gar nicht schlecht, wenn ich das sagen darf.«

Holly neigte sich noch mal zu ihm, um einen letzten Blick daraufzuwerfen. Gleichzeitig wandte Greg ihr sein Gesicht zu, so dass sie sich fast berührten. Dabei kamen sich ihre Lippen gefährlich nah.

»Holly«, sagte Greg mit leiser, rauer Stimme. Hollys Herz schlug noch schneller, und ihre Gefühle gingen mit ihr durch. Sie war wie gelähmt und konnte sich nicht rühren, so sehr sie sich auch bemühte. *Das ist Wahnsinn!* Dies war völliger Wahnsinn. Das konnte sie einfach nicht bringen.

Sie wich seinem Blick aus, zwang sich, das Sofa zu verlassen, und schloss ihren Notfallkoffer. »Möchtest du was trinken? Ich persönlich könnte ein Glas Wasser und eine Scheibe Toast gebrauchen.« Sie durfte einfach nicht zulassen, dass etwas passierte.

Greg räusperte sich. »Da du schon fragst, hätte ich gerne beides. Ich kann mich gar nicht genug dafür entschuldigen, dass ich dir deinen Abend ruiniere.«

Holly hörte einen Hauch Enttäuschung in seiner Stimme. Und sie vermutete, dass die nicht nur vom Streit mit seinem Bruder herrührte. Höchste Zeit, das Thema zu wechseln. Sie hielt inne, holte tief Luft und zwang mit ihrer nächsten Frage beide, an etwas anderes zu denken. »Und du willst tatsächlich die Farm an einen Bauunternehmer verkaufen? Das ganze schöne Land?« Sie stand auf und ging in die Küche, um nach Brot zu suchen.

»Traust du mir das wirklich zu?«, fragte er zurück, und Holly spürte seinen Blick in ihrem Rücken.

Da ihr Herz immer noch verdächtig schnell pochte, mied sie seinen Blick. »Ich weiß nicht. Jedes Mal, wenn ich dich nach dem Streit mit deinem Bruder gefragt habe, bist du mir ausgewichen. Wieso solltest du das tun, wenn es nicht um etwas Großes ginge?«

»Aber du hast keine Gerüchte im Ort gehört? Es ist nicht Tratschthema Nummer eins? Hier im Ort wären alle von der Idee entsetzt.«

»Soweit ich weiß, hat Angus nichts davon erzählt. Auch wenn er sich vor Wut mit dir prügeln könnte, will er dich wohl nicht vor allen Leuten im Ort Vorwürfe zu machen«

Greg runzelte die Stirn. »Findest du ich habe mir etwas vorzuwerfen? Nicht ich habe die Dinge schleifen lassen und die Farm in Schwierigkeiten gebracht. Ich würde nicht ans Verkaufen denken, wenn es nicht sein müsste.«

Er gab es also zu! Holly konnte ihn nur anstarren. Dann fragte sie: »Also hat Angus recht ...«

»Nicht unbedingt. Es ist auch kein großer Bauunternehmer, mit dem ich gesprochen habe, der ein neues Dorf errichten will. Oder einen Golfplatz oder einen Supermarkt. Angus hat die ganze Sache aufgebläht. Außerdem regt er sich nicht nur darüber auf. Er hat es heute Abend ja selbst gesagt: Er ist sauer, dass ich ihn im Stich gelassen habe. Hör mal: Könnte ich eine Scheibe Toast und ein Glas Whisky bekommen? Dann erzähle ich dir alles ganz genau.«

»Na klar. Moment.«

Sie wuselte eine Zeitlang herum, um alles für den Drink zu holen, und stellte es zusammen mit dem Toastbrot auf ein Tablett. Endlich würde sie der Sache auf den Grund kommen.

»Erinnerst du dich noch daran, wie ich dir erzählte, dass ich meinen Vater nachts in der Küche dabei ertappte, wie er über den Rechnungen brütete?«

Holly setzte sich – auf den Sessel, um ihm nicht zu nahe zu kommen – und reichte Greg einen Teller. »Ja, da fiel dein Entschluss, die Farm nicht zu übernehmen.«

»Ja, aber das war nicht das einzige Mal. Von da ab schlief ich nicht mehr gut und hörte ihn ziemlich oft nachts in der Küche. Wenn ich mich nach unten schlich und einen Blick durch die Tür riskierte, sah ich den Stress in seinem Gesicht, den trüben Blick, die angespannten Kiefermuskeln. Nach seinem Tod erklärte ich Mum und Angus, ich würde mir die Bücher anschauen. Ich kann dir sagen, die waren ein ziemliches Chaos. Als ich alles geordnet hatte, erwies sich, dass wir riesige Schulden hatten. Angus und ich waren uns einig, kein Wort zu Mum zu sagen. Angus versprach mir, alles zu tun, um die Farm profitabler zu machen, und ich glaubte ihm.«

»Aber ich vermute, er schaffte es nicht.«

»Ich hatte zu tun und nahm immer mehr Aufträge an. Angus meinte, er hätte alles im Griff, und soweit ich wusste, stimmte das auch. Jedenfalls rief mich Mum Ende letzten Jahres an, weil sie einen Haufen unbezahlte Rechnungen entdeckt hatte. Angus hatte zwar gesagt, sie müsse sich keine Sorgen machen, aber Mum befürchtete, dass er das nur so leichthin abtat, weil so viel auf der Farm zu tun war.«

Holly sah Greg an. »Also bat sie dich, mal einen Blick daraufzuwerfen?«

»Genau. Ich fuhr für eine Woche zur Farm, und jedes Mal, wenn Angus weg war, sichtete ich den Schriftkram, den er in den Akten gesammelt hatte. Es hatte alles seine Richtigkeit, aber es wirkte vollkommen chaotisch. Nach ein paar Tagen erkannte ich, dass die Farm noch genauso große Probleme hatte wie zu Dads Zeiten.«

»Und was geschah, als du das Angus sagtest?«

»Er behauptete, das wäre schon in Ordnung, Farmen steckten oft in Schulden. Aber mir missfiel die Vorstellung, dass sich rein gar nichts verbessert hatte. Denn weißt du, ich glaube, der finanzielle Druck war einer der Gründe, warum Dad gestorben ist. Er hatte draußen auf der Weide einen Herzinfarkt.«

»Das tut mir leid«, sagte Holly. »Das war bestimmt sehr schlimm für dich.«

Sie dachte an ihre eigene Kindheit und fragte sich, wieso sich ihre Mutter wegen ihrer dürftigen Finanzen nicht mehr Sorgen gemacht hatte.

»Aye, aber für Angus vielleicht noch schlimmer. Er war so ein fröhlicher Kerl, aber mit der Farm erbte er auch die schlechte Laune, für die Dad berüchtigt war. Wie auch immer: Ich wusste, wenn ich die Geldprobleme nicht lösen oder wenigstens mindern würde, könnte er vielleicht enden wie Dad.«

»An wen willst du die Farm verkaufen?«, fragte Holly.

»Herrgott, du jetzt nicht auch noch!«, stieß Greg hervor und barg den Kopf in den Händen. »Es ist noch nichts entschieden. Ich hatte nur Vorgespräche mit ein paar Bauunternehmern. Auf einen Hektar Land kann man zehn anständige Häuser stellen, und ich hab zu Angus gesagt, wenn er nur zwei, drei Hektar verkaufen würde, wäre die Farm bis zur nächsten Generation sicher. Aber kaum brachte ich das zur Sprache, rastete er aus und meinte, wenn ich das verkaufen würde, bliebe nichts mehr für die nächste Generation. Dann warf er mir vor, immer nur an Geld zu denken. Der Kerl merkt gar nicht, dass er die Farm ruiniert.«

Holly hörte Greg seine Frustration an.

»Ich wollte nicht neugierig sein«, sagte sie.

»Das weiß ich doch«, erwiderte Greg. »Und ich wollte nicht sauer werden. Aber die Sache ist echt ein wunder Punkt.«

Unwillkürlich berührte er mit den Fingern die genähte Wunde und kniff leicht die Augen zusammen.

»Genau wie dieser?«, fragte Holly. »Soll ich dir was gegen die Schmerzen geben?«

»Eine große Geldspritze wäre gut«, sagte Greg ironisch.

»Ich dachte eher an Paracetamol.«

»Gern«, nickte er, »und bitte noch ein Glas Wasser.«

Eine Minute später stellte Holly beides auf dem Sofatisch ab, merkte aber, dass Greg mittlerweile eingeschlafen war. Der Augenblick war vergangen, ohne dass etwas vorgefallen war. Zwar waren sich ihre Lippen sehr nah gewesen, aber Holly hatte schon viel zu viel Chaos im Leben, als dass sie noch mehr vertragen konnte. Das redete sie sich zumindest ein.

 **KAPITEL 24**

Chloe stieg aus dem Wagen und sah zu, wie Angus zu Fiona ging, um ihr vom Beifahrersitz zu helfen. Als er sie mit einer Kopfbewegung zu sich winkte, folgte sie ihnen ins Haus.

In der Küche war es warm. Der Ofen verströmte Hitze, und Angus holte klappernd aus dem Schränken Untertassen, Tassen und eine Kuchendose, die er auf den Tisch knallte. Er setzte Wasser auf, während Fiona, erschöpft nach dem vielen Tanzen, auf dem schäbigen Sofa an der Küchenwand Platz nahm und sich die Schuhe auszog. Keiner von ihnen sagte auch nur ein Wort.

Die Szene in der Bibliothek hatte Chloe verwirrt. Hier war Angus der Beschützer, der seiner Mutter ins Haus half, Tee kochte und nach einem Tanzabend für Stärkung sorgte. Aber an diesem Abend hatte sie auch Angus den Zerstörer gesehen – wenn auch nur von einem Tisch.

Diese Seite von Angus ließ sie an ihren Gefühlen für ihn zweifeln. Wieso war er so wütend gewesen? Es blieb abzuwarten, wo seine sanfte Seite von früher geblieben war, doch Chloe fragte sich jetzt ernsthaft, ob Angus sie sich aus dem Leib gerissen und in die Nordsee geschleudert hatte.

»Bin gleich zurück. Muss mir den hier ausziehen«, bemerkte er und zeigte auf seinen Kilt.

»Hattest du heute Abend Spaß, Chloe?«, fragte Fiona leise, nachdem Angus ihr eine Tasse Tee gereicht hatte und dann verschwunden war.

»Ja, hatte ich«, sagte sie langsam.

Als sie sich gegen die Anrichte lehnte, spürte sie Fionas Blick und fragte sich, ob sie nach dem Streit fragen würde. Sie holte tief Luft und suchte schon nach beschwichtigenden Worten, aber Fiona ersparte ihr das mütterliche Verhör.

Sie seufzte. »Ich bin entsetzt, dass du das mit ansehen musstest. Sie haben sich beide von ihrer schlimmsten Seite gezeigt. Ich hab sie ganz sicher nicht erzogen, sich so zu benehmen.«

»Aber das weiß ich doch! Genau wie alle anderen auf dem Ball.«

»Ach wirklich? Oder werden sie jetzt zwischen den Tänzen mein Leben durchhecheln? Darüber lästern, dass Greg in die City verschwunden ist und Angus sich mit dieser Farm im Stich gelassen fühlt?«

»Niemand wird über euch tratschen«, versicherte Chloe hastig. »Es muss frustrierend sein, dass sie sich entzweit haben, denn am Ende des Tages versuchen doch beide, für dich und die Farm zu sorgen.«

»Das ist wohl mal wieder die Ironie des Lebens. Und der einzige Mensch, der gewusst hätte, was zu tun ist, weilt nicht mehr unter uns. Sonst wäre das alles gar nicht erst passiert.«

Chloe sah, dass Fiona eine Träne über die Wange rann. Sie sprang auf, zog ein Taschentuch aus einer Schachtel und reichte es ihr.

»Danke, Schatz«, sagte Fiona und wischte sich übers Gesicht.
»Und da ist ja auch Angus wieder. Ich geh jetzt auf mein Zimmer. Dann könnt ihr euch ungestört unterhalten.«

Angus stand in der Tür. Er wirkte, als würde er sich in seinem alten Pullover und der Schlafanzughose aus Flanell viel wohler fühlen. Fiona stand auf, gab ihm einen Kuss auf die Wange, schob ihn beiseite und verschwand nach oben.

Angus setzte sich an den kleinen Tisch. Chloe nahm ihm gegenüber Platz.

»Soll ich eingießen?«, fragte er.

Als Chloe nickte, füllte er ihre Tasse mit Tee.

»Deiner Mutter geht es schrecklich. Hör mal, Angus, ich weiß, es geht mich nichts an ...«

»Nein, wirklich nicht«, sagte er etwas schroff. »Aber wegen eben tut's mir leid. Eigentlich bin ich nicht so. Ich verprügle keine Leute, und schon gar nicht meinen Bruder. Nur dass ich es eben getan habe.«

Chloe wusste, dass sie ihn bedrängte, doch sie hatte Fiona weinen sehen, daher fand sie, sie müsste Angus ihre Meinung sagen. Schließlich kannten sie sich schon lange. Also würde er vielleicht über das, was sie ihm zu sagen hatte, nachdenken. Da sie kurz vor ihrem inneren Auge sah, wie er Hamish nach seinem Beschwichtigungsversuch angefahren hatte, hielt sie sich am Tisch fest – um von der Wucht seiner Reaktion nicht weggefegt zu werden.

»Ihr müsst das wieder klarkriegen. Du und Greg. Hast du nicht gesehen, dass deine Mum geweint hat? Es bricht ihr das Herz.«

Angus zuckte die Achseln. »Wenn diese Farm verschwindet, wird es ihr erst recht das Herz brechen. Heute redet Greg nur von ein, zwei Hektar. Aber was kommt morgen?«

»Ich glaube, morgen wird er sich den Kopf reiben und sich fragen, wie das mit euch so schieflaufen konnte. Er will bestimmt nicht die Farm zerstören.«

»Doch, das will er, denn er ist ein Verräter. Dieser Kerl hat seit seinem Collegeabschluss keinen einzigen Tag ehrliche Arbeit verrichtet. Er sitzt in seinem klimatisierten Büro auf seinem Arsch und schießt jede Verbindung zu dieser Farm hier in den Wind.«

»Das glaubst du doch nicht im Ernst!«

»Aye. Heute redet er nur davon, ein Feld zu verkaufen. Aber das ist erst der Anfang – so fängt es nämlich immer an. Sobald die Planungen beginnen, werden weitere Bauunternehmer kommen und fragen, ob wir noch mehr verkaufen wollen. Auchintraid befindet sich seit Jahrzehnten in Familienbesitz und sorgt für uns und die Menschen im Ort. Diese uralten Wege, diese Mauern und Bäume sind mein ganzes Leben. Und davor war dies hier der ganze Stolz meines Vaters.«

»Vielleicht waren seine Söhne sein ganzer Stolz, und wenn er noch hier wäre, sähe er es bestimmt nicht gerne, dass ihr euch prügelt.«

»Ich wollte Greg nicht verletzen.«

Dieses Geständnis war ein erster Riss in seinem Panzer, eine Möglichkeit weiterzubohren. Damit sie ihm näherkam und herausfand, was sich hinter seiner Wut verbarg. Ein kleiner Versuch konnte nicht schaden, aber sie würde an anderer Stelle ansetzen.

»Wolltest du eigentlich auch aufs College?«, fragte sie beiläufig, nahm ihre Teetasse und führte sie sich an den Mund. Dann senkte sie sie wieder. Eine Tasse war kein ausreichender Schutzschild.

»Ich? Studieren? Nicht doch. Wäre nur Zeitverschwendung gewesen.«

»Nicht mal Landwirtschaft? Das wäre doch genau das Richtige für dich gewesen. Und du hättest dich mal abnabeln können.«

Chloe hielt inne, als sie sah, dass er die Stirn runzelte. Dann entspannten sich seine Gesichtszüge wieder.

»Ich hatte keine Zeit, mich abzunabeln«, sagte Angus. »Dad starb, da musste jemand einspringen. Wir hätten auch jemanden anstellen können, aber es ist *mein* Vermächtnis. Ich hatte keine Zeit zu verlieren. Schon möglich, dass es Spaß gemacht hätte, auf dem Campus herumzutollen und Partys zu feiern ...«

»Könnte es sein, dass du es Greg ein kleines bisschen verübelst, dass er die Möglichkeit hatte, seine Jugend noch ein wenig länger zu genießen und seine Zeit zu vertrödeln?«

Als Angus ihr direkt in die Augen blickte, setzte ihr Herz einen Schlag aus. »Aye. Kann sein.«

Darauf sagte keiner ein Wort. Chloe trank einen Schluck Tee. Und noch einen. Es war, als könnte sie ihn gar nicht schnell genug trinken.

»Was ist mit dir?«, fragte Angus schließlich. »Du bist ja auch nicht aufgebrochen, um die Welt zu entdecken.«

Chloe lächelte. »Stimmt. Aber ich war immer glücklich hier, und nach Mums Schlaganfall hatte ich das Gefühl, ich müsste in der Nähe bleiben – nein, eigentlich *wollte* ich in der Nähe bleiben. Zwar erholte sie sich wieder, aber sie ist immer noch nicht vollständig die Alte. Außerdem wollte ich eigentlich nie irgendwo anders leben. Ich verreise zwar gern, aber hier ist mein Zuhause.«

Während sie das sagte, schien sich eine Wolke über Angus' Kopf in Luft aufzulösen. Er stieß einen tiefen Seufzer aus. »Aye. Auch wenn ich mich ständig beklage, gibt es doch keinen Ort, an dem ich lieber wäre.«

Chloe bekam den Eindruck, dass er Stück für Stück die Ereignisse des Abends losließ und sich allmählich beruhigte.

»Willst du eine Scheibe Toast?«, fragte er und stand auf.

»Hast du Marmite?«

»Ob *ich* Marmite habe? Was für eine Frage!«

Chloe lachte. »Hugh hält das für eine Geschmacksverirrung und duldet es nicht in der Praxis. Er behauptet, es sei eine Schande für alle Brotaufstriche – in einer Kategorie mit Fischpaste und Nutella.«

»Bei Fischpaste gehe ich mit, aber bei Nutella liegt er auch falsch. Der Mann hat doch keine Ahnung!«

»Finde ich auch. Sandwichs mit Nutella und Bananen sind mein persönliches Nirwana.«

Angus drehte sich zu ihr um. »Okay, Chlo. Deine drei Lieblingsaufstriche auf Toast. Los!«

»Marmite, Brombeermarmelade, Butter. Und deine?«

»Marmite, Erdnussbutter oder Himbeermarmelade – aber selbst gemacht. Und jetzt: deine drei Lieblingstänze heute Abend.«

»Gay Gordons, Strip the Willow, Dashing White Sergeant. Da bin ich altmodisch. Deine drei liebsten Kuhrassen?«

»Für mich gibt's nur eine Rasse, die Hochlandrinder. Dagegen verblassen alle anderen«, verkündete Angus mit leichtem Triumph.

Chloe zuckte zusammen, weil der Toast aus dem Toaster sprang. Angus, der mit der Explosivkraft des Geräts vertraut war, fing mit beiden Händen die Scheiben.

»Her damit, ich streich Butter drauf!«, befahl Chloe.

Als er ihr den Toast reichte, berührten sich ihre Finger, und sie spürte, wie sich ein warmes Kribbeln in ihren Händen ausbreitete. Sie legte die Scheiben auf einen Teller, griff sich Butter und ein Schmiermesser und schob kurz darauf den Teller mit den gebutterten Toasts in die Mitte, worauf Angus sie mit Marmite bestrich. Dabei konnte Chloe ihn ungestört betrachten.

Seine Haare, die er für den Ball aus dem Gesicht gegelt hatte, waren jetzt wieder in ihrem ursprünglichen Zustand: zerzaust und allen Versuchen mit Wachs und Gel trotzend. Tatsächlich war er jetzt ohne Kilt, dafür aber mit gammeligem Wollpullover wieder ganz der Alte – was Chloe viel lieber war. Als sie spürte, wie sein Fuß unter dem Tisch ihren streifte und sich nicht zurückzog, machte ihr Herz einen Satz. Um sich abzulenken, griff sie sich einen Toast und biss ein großes Stück davon ab. Angus folgte ihrem Beispiel. Eine Minute aßen sie schweigend.

»Tut mir leid, wenn ich dir den Abend verdorben habe«, bemerkte Angus schließlich.

»Hast du nicht.« Chloe legte ihre angebissene Scheibe wieder auf ihren Teller. »Er war schön. Ich hab getanzt, Champagner getrunken und konnte einen schicken Fummel anziehen.«

Und mit zur Farm fahren und den Rest des Abends mit dem Mann verbringen, an den sie mindestens zehnmal pro Stunde denken musste.

»Du kannst super tanzen. Aber ich mein's ernst mit der Entschuldigung. Du verdienst was Besseres, als mit mir auf einer einsamen Farm zu hocken, noch bevor die Uhr Mitternacht schlägt.«

»Da bin ich wie Aschenputtel.«

»Aye. Nur hatte die einen hübschen Prinzen.«

Sie spürte, dass er sie anschaute. Wie gern hätte sie gesagt, dass *er* ihr Prinz war. Dass es für sie perfekt war, mit ihm hier in der Küche zu sitzen, während sich ihre Füße unter dem Tisch berührten.

»Ich genieße den Abend immer noch«, sagte sie, wagte aber nicht, ihn anzublicken.

»Hör zu, ich hab zwar keinen Champagner, aber was hältst du von einem Drink am Kamin? Wir könnten einen Film gucken oder so – du stehst doch auf die alten Schinken, oder? Davon haben wir ein paar da.«

Und da endlich schaute sie ihn an und musste grinsen wie ein Honigkuchenpferd. »Ja klar. Gern.«

 # KAPITEL 25

Mit Hemd, schwarzer Boxershorts (Holly wandte sofort den Blick ab) und gerunzelter Stirn tauchte Greg am Sonntagmorgen mit einem Tablett an Hollys Schlafzimmertür auf.

Er stellte es auf dem Nachttisch ab und zeigte auf seine Wunde. »Die hab ich mir gerade angeguckt. Kein Wunder, dass du hier so ein Senkrechtstarter bist. Wenn du so was schon mit all dem Champagner zustande bringst, was schaffst du dann erst nüchtern? Du bist eine echte Lebensretterin und eine Gesichtsretterin noch dazu. Super!«

Holly wurde bei diesem Lob ganz warm ums Herz, doch sie antwortete, bescheiden wie immer und bestrebt, sich nicht davon den Kopf verdrehen zu lassen: »Ist doch nur Klebestreifen. Schließlich musste ich nicht eine Nadel über einer Kerze sterilisieren und es mit Seidenfaden flicken. Aber danke, es ist schön, auch mal Anerkennung zu erfahren.«

»Also macht Hugh dir immer noch das Leben schwer?«

»Jeden einzelnen Tag. Aber keine Sorge. Das verkrafte ich schon.«

Greg zögerte kurz und holte tief Luft. »Ich hab dir den Abend versaut und komme mir vor wie ein Riesenidiot.«

»Ist doch nicht das Ende der Welt. Viel mehr Tänze hätte ich ohnehin nicht geschafft. Allerdings wäre es mir lieber gewesen, der Abend wäre ohne Verletzungen geendet.« Beides stimmte, aber sie wollte sein eindeutig vorhandenes schlechtes Gewissen nicht noch verstärken.

»Gibt es denn irgendwas, womit ich das wiedergutmachen kann? Ein Dundee-Kuchen wird da wohl nicht reichen.«

»Wenn davon was für mich ist«, sagte Holly und wies zum Tablett, »ist das schon mal ein guter Anfang.«

Greg nickte. »Aye. Das ist alles für dich. Außerdem habe ich die Sonntagszeitungen besorgt, falls du lesen willst.«

»Und du isst gar nichts?«

»Ich hatte auf dem Ball einen Streit. Hab auf deiner Couch übernachtet. Da wäre es wohl ein bisschen zu viel, auch noch Frühstück zu schnorren. Ich hau jetzt ab.«

»Normalerweise hält dich so was doch nicht ab.«

Greg lächelte. »Ich weiß. Du warst sehr nett zu mir. Doch dieses Mal passe ich.«

»Aber du hast dir so viel Mühe gemacht. Ich kann das alles gar nicht essen.«

Holly wies aufs Tablett und hoffte, ihn damit zu überzeugen. Es gab Toast, Rührei, Orangensaft, Kaffee und Zeitungen.

»Na gut«, sagte er, »aber nur ein bisschen.« Er schenkte sich einen Kaffee ein. »Danke.«

Holly nahm sich den Teller mit dem Rührei und fing an zu essen. Greg griff sich eine Scheibe Toast und bestrich sie mit Marmelade.

»Du warst so ein Idiot!«, bemerkte Holly, die nicht länger an sich halten konnte.

»Ich weiß.«

»Also, mir hat es nicht viel ausgemacht, so früh zu gehen. Aber Hamish, Paolo und Chloe? Und erst deine Mum? Und das Chaos in der Bibliothek? Als ihr beide gegangen seid, saht ihr aus wie nach zehn Runden im Ring! Ihr seid doch erwachsene Männer!« Sie spürte, wie Empörung in ihr aufkam.

»Das wird für Wochen die Gerüchteküche in Eastercraig anheizen«, sagte er leichthin, um die Stimmung aufzulockern.

Es gelang ihm nicht, im Gegenteil, Holly wurde immer wütender, weil sie an ihre eigene enttäuschende Familie dachte. Wie gern hätte sie Familienbande gehabt, die nicht immer wieder zum Zerreißen gespannt waren! »Hör zu: Auchintraid hat Probleme. Ihr beide müsst eure Beziehung kitten. Wenn ihr euch nur die Köpfe einschlagt, ändert sich gar nichts. Davor habt ihr euch doch richtig nahegestanden – setz das nicht aufs Spiel! Sonst wird die Kluft zwischen euch noch tiefer, und die Farm gerät noch mehr in Schulden.«

»Ich versuch's ja«, erwiderte Greg. »Das Problem liegt bei Angus. Er kann nicht mal mit mir im selben Raum sein, ohne gleich aggressiv zu werden. Wie sollen wir uns da vernünftig unterhalten?«

»Sucht euch einen Vermittler.«

»Soll das ein Witz sein?«

»Nein, soll es nicht. Ihr braucht einen Schiedsrichter, der dafür sorgt, dass ihr friedlich bleibt. Einen, der euch notfalls trennen kann, falls ihr euch an die Gurgel geht.«

»Bietest du dich an?«

»Sei nicht albern«, protestierte Holly und verdrehte die Augen. »Dazu ist eure Mum eindeutig am besten geeignet.«

»Nein, Dad wäre der richtige Mann dafür gewesen.«

»Kann sein, aber ihr habt eine Mutter, die sich wie ein normaler Mensch verhält. Das ist mehr, als ich aufweisen kann. Tut es für sie. Lasst ihr von euch helfen.«

Holly hielt inne und fragte sich, ob sie zu weit gegangen war. Schließlich ging sie das Ganze nichts an. Obwohl, eigentlich schon: Es führte dazu, dass Greg Dunbar immer wieder in ihrem Leben auftauchte, was sie gar nicht gebrauchen konnte. Ihre Gedanken huschten zu ihrem Beinahe-Kuss am Vorabend zurück, sie presste die Lippen zusammen und versuchte, das zu verdrängen.

»Du hast recht«, sagte Greg schließlich. »Ich rede mal mit ihr. Aber jetzt: Wie lauten deine Pläne für heute?«

»Ich wollte eigentlich meinen Kater verschlafen, aber da der vorhergesagte Sturm noch nicht losgebrochen ist, könnte ich um die Klippen joggen.«

»Klingt gut. Hast du Lust auf Gesellschaft? Ich hab mein Zeug im B&B. In zehn Minuten könnte ich bereit sein.«

Holly schwirrte der Kopf. Hatte er gestern Abend nicht gesagt, er würde nach Aberdeen zurückfahren? Das B&B hatte er zu keiner Zeit erwähnt.

Fühlte er sich von ihr genauso angezogen wie sie von ihm? Und wäre etwas passiert, wenn er nicht eingeschlafen wäre? Keiner von ihnen hatte erwähnt, wie nah sie sich gestern gekommen waren. Ungebetene Gedanken strömten auf sie ein, die sie nach Kräften zu verdrängen suchte. Nach dem Schlag hatte er es wahrscheinlich vergessen. Es war ganz unnötig von ihr, sich Szenarien auszudenken, in denen Greg immer kreativer darin wurde, Gründe für sein Bleiben zu erfinden, weil er auf sie stand.

Sie bedachte ihn mit einem kritischen Blick. »Ich dachte, du wolltest mir ein bisschen Ruhe von dir gönnen. Und bist du sicher, dass du mit einer Kopfverletzung laufen solltest?«

Greg grinste. »Du hast doch schon bewiesen, dass du in Krisen einen kühlen Kopf bewahrst. Wenn nötig, kannst du mich retten.«

»Ich bin Tierärztin, schon vergessen? Keine Notärztin.«

Eine Stunde später rannte Holly hinter Greg den Küstenpfad entlang. Sie bereute schon, ihn mitgenommen zu haben: Greg war ein extrem guter Läufer. Angesichts seiner Figur hatte sie schon vermutet, dass er fit war, aber sie hatte tatsächlich Mühe, mit ihm mitzuhalten. Seit der dritten Meile musste sie gegen Seitenstiche ankämpfen, für die sie das Rührei verantwortlich machte.

»Wie weit wollen wir noch?«, fragte sie, als sie ihn eingeholt hatte.

Er war langsamer geworden und joggte auf der Stelle. »Zu schnell für dich?«

»Nein«, log sie. »Ich will es nur wissen. Mir geht's gut.«

»Aber du wirkst nicht so.«

»Ich hab Seitenstiche. Aber die vergehen gleich wieder.«

Sie sprintete los und rannte so schnell sie konnte den nächsten Hügel hinauf. In dem Bestreben, Greg hinter sich zu lassen, stürmte sie bergan und atmete tief die salzige Seeluft ein. Doch bevor sie ganz oben war, merkte sie, dass ihr schwindelig wurde.

Vielleicht war sie dehydriert. Sie hörte Greg hinter sich und drehte sich um, um zu prüfen, wie weit er noch entfernt war. Ärgerlicherweise hatte er sie fast erreicht und wirkte kein bisschen erhitzt.

Da erwachte ihr Ehrgeiz, und sie unternahm einen letzten Sprint zur Spitze der Anhöhe. Als sie dort angelangt war, blieb sie stehen, blickte hinunter zu Greg und wollte schon triumphieren. Doch als er näher kam, tanzten weiße Sternchen vor ihren Augen.

»Holly? Alles in Ordnung?«

»Ja, ja. Ich hatte nur ein bisschen Atemnot«, wehrte sie ab.

»Hier«, er legte ihr einen Arm auf den Rücken, »wir machen mal eine kleine Pause.«

Holly ertappte sich dabei, dass sie sich bei ihm anlehnte, ihren Kopf an seine Schulter legte und die Augen schloss. Sie hätte schwören können, dass er sie daraufhin enger an sich zog und mit dem Daumen über ihre Taille strich. Greg fühlte sich stark und muskulös an, und wieder spürte sie seine unleugbare Anziehung. Sie öffnete die Augen, blickte über den Finnen Beach, und ihre Gedanken schweiften schon wieder ab.

»Das Meer ist so klar«, sagte sie, »da könnte man glatt meinen, man wäre in der Karibik und könnte da unten Rum trinken.«

»Oder Cider, der lohnt sich da unten immer. Vielleicht sollten wir mal ein Picknick am Finnen Beach veranstalten. Wir könnten in den Felsentümpeln Garnelen fangen.«

Sie versuchte sich auf ihr Keuschheitsgelübde, wie Paolo es genannt hatte, zu konzentrieren, doch vergeblich. Vielleicht sollte sie stattdessen an die Exfreunde ihrer Mutter denken. Das funktionierte normalerweise. Aber es klang so verlockend, und sie sah sich dort förmlich mit ihm!

»Klingt ... wie bei Fünf Freunde«, kicherte sie und blickte zu ihm auf.

Er schaute sie an. »Also, machst du beim Eastercraig-Wettlauf mit? Das ist doch die Frage.«

Damit war der Bann gebrochen, und sie wurde ins reale Leben zurückkatapultiert. Ein Leben, so ermahnte sie sich, in dem Greg im besten Fall ein Serienmonogamist und im schlimmsten Fall ein gefährlicher Herzensbrecher war. Holly musste ihn auf Abstand halten. Und jetzt war der Abstand wirklich viel zu klein. Sie löste sich aus seiner Umarmung.

»Den hatte ich ganz vergessen. Wann ist der noch mal?«, fragte sie, entschlossen, sich ihren kurzzeitigen Tagtraum nicht anmerken zu lassen.

»Normalerweise in der ersten Septemberwoche.«

»Läufst du mit?«

»Wieso? Glaubst du, du kannst mich schlagen?«

»Versuchen kann ich's ja mal«, gab sie zurück, obwohl es nahezu unmöglich sein würde, für dreizehn Meilen mit ihm Schritt zu halten.

»Da ich im Ort nicht für Wirbel sorgen will, lasse ich das wohl besser. Außerdem will ich dich nicht vorführen.«

»Als ob«, protestierte Holly und stieß ihn mit der Schulter an.

»Aber ich könnte dich trainieren, wenn du willst. Dir ein paar echte Trainingsreize setzen.«

»Ha ha ha! Du bist wirklich der Letzte, von dem ich mich trainieren lassen würde, du selbstgefälliger Gimpel«, sagte Holly, worauf Greg lachte. Da landete ein Regentropfen auf ihrer Nase. »Komm, laufen wir nach Hause, bevor es zu schütten anfängt. Hier scheint schon ein einzelner Tropfen einen Sturm anzukündigen.«

Sie joggten zurück nach Eastercraig. Greg kam nicht mehr mit ihr ins Cottage, sondern lief direkt zum B&B weiter. Er gab ihr nur einen Kuss auf die Wange. »Ich schulde dir was.«

»Ziemlich viel sogar, würde ich sagen«, erwiderte Holly.

»Na gut, dann mach ich's zwei- oder dreifach wieder gut. Danke noch mal. Bis bald, hoffe ich.«

Und damit winkte er zum Abschied und verschwand.

Holly sah ihm nach, wie er den Hafen entlang zum B&B lief. Sie war verwirrt über ihren Gefühlssturm. Greg verkörperte alles, was sie aus ihrem Leben hatte verbannen wollen. Und doch brannte sie darauf, ihn wiederzusehen.

 ## KAPITEL 26

Ich muss euch noch etwas erzählen«, verkündete Paolo nach der Mittagspause mit ernster Miene. »Haben wir vor dem nächsten Patienten ein paar Minuten Zeit?«

Es war ein ziemlich hektischer Montagmorgen gewesen, weder sie noch die anderen hatten überhaupt kurz Zeit gehabt über die Ereignisse auf dem Ball zu reden. Holly nickte. Etwas an Paolos Tonfall weckte ihre Aufmerksamkeit, denn er hörte sich an, als wollte er ihnen entweder außergewöhnlich gute oder wirklich schreckliche Neuigkeiten mitteilen. Paolo richtete sich auf, straffte die Schultern und wirkte wie der Premierminister vor einer wichtigen Rede.

»Du bist endlich auf einem Online-Datingportal!«, quiekte Chloe.

Paolos Mundwinkel zuckten. »Nein, noch aufregender.«

Holly wartete. Paolo strahlte eine solche Energie aus, dass sie Greg und den Umstand vergaß, dass sie tropfnass war. Als sie kurz zum Laden gesprungen war, hatte es einen Wolkenbruch gegeben. Sie staunte immer noch, dass der Regen hier in Eastercraig selbst im Frühjahr nicht nur von oben kam, sondern von allen Seiten.

»Ich glaube ...«, setzte Paolo langsam an, »ich glaube, Hamish steht auf Männer.«

»Was?« Holly dachte an Daisy auf dem Ball, in einem hautengen Paillettenkleid.

»Passt auf. Ich erzähle euch jetzt, was passiert ist, als ihr alle gegangen seid«, begann Paolo.

Paolo betrachtete die Scherben auf dem Boden der Bibliothek. Hamish hatte Kehrblech und Feger in der Hand und blickte ebenfalls auf die tausend Scherben, die über den Teppich verteilt waren.

»Was das alles wirklich aus dem Kaufhaus?«, erkundigte sich Paolo.

Hamish wandte sich zu ihm und verzog das Gesicht. »Nein, georgianisch. Es heißt, Robert Burns hätte sich selbst aus dieser Karaffe ein, zwei Gläschen eingeschenkt.«

Paolo wich alles Blut aus dem Gesicht. Fassungslos starrte er Hamish an. »Gott! War die versichert?«

»Ach, ich zieh Sie nur auf.« Hamish lachte. Jetzt spürte Paolo, wie seine Wangen zu brennen anfingen. »Dad hat sie in den Achtzigern in Aberdeen gekauft. Im House of Fraser.«

»Gehen Sie nach dem Aufräumen zum Bacchanal zurück?«

»Zum Bacchanal?«

»Ja, zum wilden Feiern. Sie wissen schon, dass das Ihre Party ist, oder?«, fragte Paolo.

»Ich weiß, was ein Bacchanal ist. Aber ich bin eigentlich kein Partymensch.« Hamish starrte aus dem Fenster in die Dunkelheit.

Er beseitigte das Chaos und ließ sich dann in einen Sessel am Feuer fallen. Paolo nahm in dem Lehnstuhl ihm gegenüber Platz.

»Was für ein Mensch sind Sie dann?«

»Ein Beta-Mann, nein, ein Zeta-Mann oder noch besser: eine Zeta-Schnecke, aber ich finde es gut. Ich bin gerne im Freien und lass es am liebsten ruhig angehen. Lieber trinke ich ein, zwei richtig gute Whiskys als irgendein Gesöff im Überfluss. Und ich genieße die Ruhe und den Frieden des Landlebens. Daisy findet es ein bisschen öde hier und zieht die Stadt vor. Alles in allem passen wir wohl nicht gut zusammen.«

»Wieso haben Sie dann eine Beziehung?« Normalerweise hätte Paolo das nicht gefragt, aber Hamish war ihm gegenüber ungewöhnlich offen.

»Sie hat sich sehr um mich bemüht. Und es war schön, sich begehrt zu fühlen, zuerst gefiel es mir auch: Sie ist klug, witzig, außerdem ist sie sehr extrovertiert, und ich hatte das Gefühl, ich bräuchte so jemanden. Jemanden, der mich aus meiner Komfortzone lockt. Aber eigentlich sind wir viel zu verschieden.«

»Haben Sie denn schon jemanden getroffen, bei dem es besser gepasst hat?«

Hamish dachte eine Weile nach. »Ehrlich gesagt, nein. Es hat immer gut angefangen, doch dann tauchten Schwierigkeiten auf. Und was ist mit Ihnen? Oder wollen wir uns nicht duzen?«

»Ja, gern. Aber, offen gestanden, gibt es in Eastercraig nicht viele Möglichkeiten für mich, und langsam mache ich mir Sorgen.«

»Das verstehe ich«, nickte Hamish. »Es ist ein kleiner Ort.«

»Ja, sehr klein. Die meiste Zeit möchte ich nirgendwo anders leben. Eastercraig ist wunderschön. Aber was Männer betrifft, gibt es hier starke Defizite.«

»Fabien kommt nicht zurück?«

Paolo blinzelte, dann starrte er Hamish an. »Woher weißt du ...?«

»Ich wusste es. Ein paar andere auch. Aber ich hätte euch beide auch nicht als ideales Paar betrachtet.«

Paolo lachte. »Ich weiß. Ich bin kein Glamourtyp.«

»Ganz genau«, sagte Hamish. »Im Gegensatz zu unserem Fabien. Tut mir leid, dass es nicht funktioniert hat.«

Da Paolo sich durch ihr offenes Gespräch ermutigt fühlte, stellte er die Frage, die halb Eastercraig beschäftigte: »Wenn du nicht glaubst, dass Daisy die Richtige ist, wieso bleibst du dann mit ihr zusammen?«

»Ach, ich weiß nicht.«

»Komm schon. Du *musst* doch nicht mit der falschen Person zusammen sein.«

»Vielleicht nicht. Aber eigentlich war ich noch nie richtig verliebt. Ich schätze, mit Mitte dreißig kann ich wohl nur noch jemanden erwarten, mit dem ich mich so durchwurstle. Liebe macht alles nur kompliziert.«

»Kann aber wundervoll sein«, widersprach Paolo vehement. »Das Fieber der Anfangszeit, die Ungewissheit, die Qual, die Ekstase.«

»Und das hast du erlebt? Mit Fabien? Und waren es bei dir immer Männer? Oder hast du je so für eine Frau empfunden?«

Bei diesem Ansturm von Fragen legte Paolo den Kopf schräg und sah Hamish an.

Holly starrte Paolo an und ahnte, was er ihr sagen wollte.

»Ich hatte meine Zweifel, aber in diesem Moment war es buchstäblich, als wäre jemand ins Zimmer geflogen, hätte eine Glühbirne über mir eingeschaltet und ›Ping‹ gerufen«, erklärte Paolo aufgeregt.

»Hör doch auf!«, sagte Chloe.

»Nein, ich bin mir ziemlich sicher«, verkündete Paolo, verschränkte die Arme und lehnte sich an die Empfangstheke.

»Zwar ist das Internet hier so schwach, dass ich mich manchmal fühle wie in den Fünfzigern«, sagte Holly, »aber was das betrifft, sind wir im 21. Jahrhundert. Hätte er sich da nicht längst geoutet? Er ist doch schon über dreißig, oder?«

»Holly hat recht. Hamish ist zwar ziemlich reserviert, aber er hat noch nie das geringste Anzeichen in diese Richtung gezeigt«, bekräftigte Chloe. »Ich hab ihn nie mit einem Typen zusammen gesehen, oder auch nur gehört, dass er von einem gesprochen hätte.«

»Dies ist ein kleiner Ort, da wäre es verständlich, wenn man etwas für sich behält. Jedenfalls haben wir uns weiter über die Liebesbeziehungen in unserem Leben unterhalten, und seine klangen alle ziemlich unerfüllt. Später haben wir über Bücher geredet, und er hat mich eingeladen, mir noch mal die Bibliothek anzuschauen.«

»Hamish und schwul?«, schnaubte Chloe. »Das hättest du wohl gerne, Paolo!«

»Was? Du glaubst, weil ich keinen Partner finde, dichte ich Männern jetzt schon an, dass sie schwul sind? Ich hab der Liebe abgeschworen, wie du sehr gut weißt. Außerdem ist er nicht mein Typ.«

Holly beobachtete ihren Schlagabtausch. Sie kannte Hamish nicht gut genug, um sich eine eigene Meinung zu bilden. Aber das war auch egal, denn sie fand es höchst amüsant, Paolo und Chloe darüber streiten zu sehen. So hatte sie wenigstens ein bisschen Spaß an einem ansonsten doch sehr tristen Tag.

Da schwang die Eingangstür auf, und Hugh erschien. Sein Regenmantel blähte sich wie ein Fallschirm. Holly drückte die Tür hinter ihm zu und musste sich dazu schwer gegen die steife Brise stemmen.

»Wieso steht ihr hier rum, verdammt nochmal? Habt ihr nichts Besseres zu tun«, bellte Hugh und wischte sich den Regen aus dem Gesicht.

Chloe nahm ihm den Mantel ab. »Mrs Cromarty kommt wegen des Sturms zu spät, und Tony Pennington hat den Kastrationstermin für sein Meerschweinchen abgesagt. Er will nicht im strömenden Regen herfahren.«

Hugh knurrte missbilligend und strebte zum Sprechzimmer. »Alles Weicheier«, murrte er. »Ihr drei sucht euch was zu tun. Holly, wieso verteilst du keine Aufgaben? Wenn du das verdammte Empfehlungsschreiben willst, musst du auch was dafür leisten!«

Er starrte Holly an. Ihr fielen zwar schon ein paar dringende Aufgaben ein, doch sie wollte sich gegenüber ihren Freunden nicht als Boss aufspielen. Da Hughs Blick sich aber wie ein roter Laserstrahl in sie bohrte, hielt sie es für das Beste, ein, zwei Vorschläge zu machen.

»Paolo, könntest du mal den Medizinschrank überprüfen, und du, Chloe, hakst mal bitte wegen der Büromaterialbestellung nach. Ich kümmere mich um die offenen Rechnungen«, sagte sie.

»Gut«, nickte Hugh und ging den Flur hinunter, rief aber über die Schulter zurück: »Und einer soll mir einen Tee bringen!«

»Gott, ist der heute wieder gut gelaunt«, sagte Holly mit gesenkter Stimme. Sie wollte auf keinen Fall von ihm gehört werden. »Dabei haben wir kaum die Oberfläche all der Ereignisse vom Wochenende gekratzt.«

»Ehrlich, es wird immer schlimmer mit ihm«, befand Paolo. »Ständig geht er in die Luft. Aber zu unserem Thema eben: Ich würde sogar Geld darauf setzen, dass Hamish schwul ist.«

Damit verschwand er, und Chloe gab Holly eine lange Liste mit ausstehenden Rechnungen. Die schnappte sich das zweite Telefon, setzte sich und machte sich daran, die Kunden anzurufen. Schulden einzutreiben war nicht gerade ihre Lieblingsaufgabe. Sie erinnerte sich noch allzu gut an das flaue Gefühl im Magen, das sie als Studentin immer wegen ihrer unbezahlten Rechnungen gehabt hatte.

Zuerst überflog sie die Liste. Es gab ein paar große offene Rechnungen – um die sollte sie sich zuerst kümmern. Hughs Buchführung ließ wahrlich zu wünschen übrig. Beim Prüfen der Liste fiel ihr Blick auf den Namen Dunbar.

Sofort stellte sie sich vor, mit Greg den Küstenpfad entlangzuwandern, durch das Gras zum Finnen Beach zu laufen und sich dort ins Wasser zu jagen. Danach würden sie sich auf eine

Picknickdecke setzen, sich gemeinsam eine Decke um die Schultern legen und über einen Korb mit Köstlichkeiten herfallen. Oder sie würden gar nicht erst zum Essen kommen, weil sie zu sehr damit beschäftigt waren, sich in die Augen zu schauen. Und dann würden sie übereinander herfallen, und ...

Holly rief sich innerlich zur Ordnung, denn wenn sie eine eigene Praxis haben wollte, stand der Zahlungsfluss ganz oben auf der Liste, und romantische Phantasien hatten da keinen Platz. Mühsam löste sie ihren Blick von den Wellen draußen und wandte sich wieder der Liste vor ihr zu.

Kurz darauf gab ihr Handy ein Signal. Es war eine Nachricht von Judith.

Holly, wie geht's? Telefonieren wir bald mal? Vielleicht sollten wir für Juni ein Gespräch mit Hugh vereinbaren, für einen Zwischenbericht. Melden Sie sich bei Bedarf. J

Ha! Einen Zwischenbericht? Es würde sie nicht überraschen, wenn Hugh dabei kurzen Prozess mit ihr machte. Also musste sie sich was überlegen. Ehrlich, erst das Wetter, dann Hughs Laune und jetzt noch Judiths Vorschlag: Der Tag wurde immer schlimmer!

Wir haben viel zu tun, aber alles läuft gut. Ist ein Zwischenbericht wirklich notwendig? Alles entwickelt sich bestens. Holly.

Sie drückte auf Senden und wartete mit angehaltenem Atem.

Freut mich zu hören. Vielleicht reicht ein kurzes Telefonat mit Hugh. Ich rufe ihn mal an und höre, was er meint. J

Holly wusste nicht, ob das jetzt besser oder schlechter war.

 **KAPITEL 27**

Langsam bekam Holly den Eindruck, dass sie den Bogen raushatte – selbst mit Hugh. Aber ihr war auch klar, dass sich das jederzeit als Irrtum herausstellen konnte. An einem sonnigen Junitag gegen Mittag, als Hugh zu einer Farm gerufen worden war und Holly gerade aufräumte, ertönte die Klingel am Empfang. Zwar erwartete sie niemanden, ging aber trotzdem nach vorne, da Chloe und Paolo in der Mittagspause waren. Im Wartezimmer stand Gordon Laurence, ein riesiger Mann mit wilder grauer Mähne und wettergegerbtem Gesicht, mit einem Collie, der schlaff auf seinem Arm hing.

Holly erstarrte. Gordon hatte eine Schaffarm außerhalb des Orts und konnte es laut Chloe an Griesgrämigkeit locker mit Hugh aufnehmen. Er und Hugh waren befreundet, und Holly fragte sich, ob sie einen heimlichen Wettstreit hatten, wer bei der Begrüßung die grimmigste Miene aufsetzen konnte.

»Wie kann ich Ihnen helfen, Mr Laurence?«, fragte sie.

»Als wir draußen auf der Weide waren, ist Tess in ein Kaninchenloch gefallen. Sie humpelt, und wenn ich ihr Bein anfasse, winselt sie«, erklärte Gordon mit schmalen Lippen und tief gefurchter Stirn. »Ist Hugh da?«

»Nein, er ist unterwegs«, erwiderte Holly. »Aber ich kann mir Tess mal anschauen.«

»Hugh wäre mir lieber«, knurrte Gordon. »Er weiß, was er tut.«

»Wenn sie Schmerzen hat, sollten wir uns so schnell wie möglich um sie kümmern.«

In dem Versuch, ihren Ärger zu verbergen, streckte Holly die Arme aus. Resigniert übergab Gordon ihr Tess. Holly trug sie ins Behandlungszimmer, legte sie auf den Tisch und fing an, sie unter beruhigendem Kraulen zu untersuchen.

Da schwang die Tür zum Behandlungsraum auf, und Hugh erschien. Abwechselnd blickte er von Gordon zu Tess zu Holly. »Alles in Ordnung hier?«

»Die arme Tess hat sich ihr Bein gebrochen. Ich wollte sie untersuchen und narkotisieren, um sie zu röntgen und ihr einen Gips anzulegen. Mr Laurence, wir werden sie über Nacht hier behalten und Schmerzmittel geben, aber morgen früh wird sie wohl wieder abgeholt werden können.«

»Danke, Miss Anderson«, sagte Gordon und verzog das Gesicht zu einer Grimasse, die Holly als Versuch zu lächeln auffasste.

»Holly, ich rufe Paolo zurück, dann kannst du sofort anfangen«, bemerkte Hugh. »Und du Gordon, kannst gerne hierbleiben, aber ab jetzt übernehmen wir.«

Als er und Gordon das Zimmer verlassen hatten, hörte Holly Gordon sagen: »Ich weiß nicht, was du hast, Hugh. Das Mädchen wirkt doch sehr tüchtig.«

»Sie hat so ihre Momente.«

Wenn das kein Kompliment war!

Doch wie Holly befürchtet hatte, war Hughs Anerkennung wenn überhaupt nur flüchtig. An einem Freitagabend nach einer sehr betriebsamen Woche hatte Hugh einen spektakulären Wutausbruch und begrub wie ein ausbrechender Vulkan alles unter sich.

»Glaubt ihr vielleicht, ich hätte nicht schon genug am Hals, verdammt nochmal?«, brüllte er und knallte seine Tasse so heftig auf den Empfangstisch, dass der Tee überschwappte.

Holly sah zu, wie Chloe die Bescherung mit Papiertüchern aufwischte und sich dann vorsichtig vom Wartezimmer in die Küche zurückzog. Holly beneidete sie um ihre Zuflucht.

Sie holte tief Luft, weil sie eine besonnene Antwort geben wollte. Was sie getan hatte, war außerordentlich sinnvoll: Sie hatte gehört, dass ein Schaffarmer in der Umgebung einen neuen Tierarzt suchte und sich bei ihm gemeldet. Holly fand das durchaus geschäftstüchtig, schließlich bekam Hugh dadurch möglicherweise neue Einnahmen.

»Wie ich schon sagte, ist das zusätzliches Einkommen. Wieso sollte das ein Problem sein?«

»Wer soll sich denn darum kümmern, wenn du nicht mehr da bist? Allein der zusätzliche Schriftkram!«

»Aber du holst dir doch einen neuen Assistenten, oder nicht?«

»Herrgott nochmal, Frau! Manchmal verfluche ich wirklich den Tag, an dem ich dich angeheuert habe!«

»Ich will doch nur helfen«, sagte Holly so ruhig sie konnte.

Darauf knurrte Hugh nur und stürmte den Flur hinunter. Holly ließ sich auf Chloes Stuhl sinken, doch kaum hörte sie die Tür zufallen, ging sie auch schon wieder auf. Holly machte sich auf eine weitere Tirade gefasst: Wie bei den meisten Vulkanen gab es meist noch kleinere Ausbrüche nach dem großen. Gott sei Dank jedoch war es nur Paolo.

Er stemmte die Hände in die Hüften. »Kannst du denn keine Woche vergehen lassen, ohne den armen Mann in den Wahnsinn zu treiben?«

»Ich habe ihm nur eine zusätzliche Einnahmequelle besorgt. Aber den Fehler mache ich nicht noch mal«, murrte Holly. »Sonst ist meine Empfehlung gefährdet ...«

»In zehn Minuten im Pub?«

Paolo hatte schon seinen Parka angezogen. Die Vorstellung war verlockend, aber Hughs Ausbruch hatte sie ausgelaugt, daher wollte sie nur noch nach Hause, in die warme Badewanne und früh ins Bett.

»Ach, ich geh lieber nach Hause. Ich bin erledigt.«

»Was? Nicht mal ganz kurz?«

»Nein, aber morgen früh gehe ich Standup-Paddeln. Wenn du mit willst?«

»Du kannst auf mich zählen – es sei denn, ich bin völlig verkatert. Und vergiss nicht, dass Hugh schnell in die Luft geht. Übers Wochenende beruhigt er sich bestimmt wieder.«

Chloe spähte aus der Küche. »Ach Mist! Können wir dich nicht doch überreden? Täte dir vielleicht gut.«

Holly rieb sich die Schläfen. »Auf euch reagiert er nicht so schlimm.«

»Wir haben einfach nur gelernt, mit ihm umzugehen«, erklärte Chloe. »Obwohl er dir gegenüber eindeutig schneller ausrastet. Viel schlimmer als bei Bronwen, der letzten Assistentin.«

»Hat sie gekündigt, oder hat er sie gefeuert?«, erkundigte sich Holly und sah schon vor sich, wie Hugh sie mit einem Skalpell in der Hand die Hauptstraße hinunterjagte.

»Hugh hat sie so laut angebrüllt, dass sie vor Schreck tot umgefallen ist – nein, Scherz! Bronwen wollte wieder nach Edinburgh zurück«, erklärte Paolo. »Vermutlich kam sie mit hochfahrenden Ideen von einem beschaulichen Leben auf dem Lande hierher und merkte schnell, wie ihr die Annehmlichkeiten der Stadt fehlten ... und sie konnte überhaupt nicht mit MacDougal umgehen.«

Holly stieß ein Lachen aus, das ziemlich erstickt klang. »Tja, so leicht wird er mich jedenfalls nicht los. Was er auch immer gegen mich haben mag, er wird sich damit abfinden müssen«, sagte sie betont energisch, obwohl sie spürte, wie ihre Entschlossenheit schwand. Sie hatte erst die Hälfte des Jahres hinter sich gebracht.

»Bist du sicher, dass du nicht doch mit uns in den Pub willst?« Paolo sah sie mit hochgezogener Augenbraue an. »Ein paar Tequila-Shots lassen dich die Dinge wieder klarer sehen.«

»Nein, aber danke«, sagte Holly. »Und ich überprüfe vor meinem Feierabend noch mal die Bücher. Dann kann Hugh nicht mehr auf mich sauer sein.«

»Du weißt ja, wo du uns findest, falls du es dir anders überlegst«, ergänzte Chloe und zog ihren Mantel an.

Paolo öffnete die Tür und ließ damit die warme Luft hinaus und die kalte Luft herein. Im Hintergrund krachten die Wellen.

Sofort wurde es in der Praxis kälter, und Holly winkte ihnen hastig zum Abschied zu, bevor sie ihre Steppjacke und Mütze aus der Küche holen ging.

Dann setzte sie sich vor den Computer, holte die Akte hervor und fing an, sie zu sichten. Das mochte monoton und öde sein, doch für jemanden, der ein Auge für Finanzielles hatte, war dies eine enorm befriedigende Aufgabe. Wenn man all das in Tabellen erfassen könnte, wäre die Arbeit für ihren Nachfolger wesentlich einfacher. Falls sie Hugh an einem guten Tag erwischte, könnte er sich vielleicht dazu überreden lassen, in ein Buchhaltungsprogramm zu investieren. Oder zumindest in einen neuen Taschenrechner. Sie lächelte über ihren eigenen Witz.

Wie gerufen tauchte Hugh plötzlich hinter ihr auf, starrte über ihre Schulter auf den Bildschirm und machte ein missbilligendes Geräusch. Holly wappnete sich.

»Judith hat gesagt, du wärst tüchtig«, bemerkte er. Dann holte er tief Luft. »Früher hat meine Frau sich um den ganzen Kram gekümmert. Sie hatte einen ausgezeichneten Sinn für Zahlen.«

Als Holly ihn jetzt anschaute, sah sie nicht mehr einen wütenden Mann, sondern einen Witwer, der ohne seine Gefährtin hilflos war.

»Ich mach so was gerne«, sagte sie sanft. »Mir gefällt es, wenn alles seine Ordnung hat.«

»Mir auch, aber ich bin nicht besonders gut darin. Sobald sich Dorothy darum kümmerte, wurde aus Chaos Ordnung. Gott, wie ich sie vermisse!«

»Woran ist sie denn gestorben?«, fragte Holly.

Hughs Miene wurde weich. Er lehnte sich gegen die Wand. Holly drehte den Stuhl zu ihm herum. »An Krebs. Vor drei Jahren.«

»Das tut mir leid, Hugh. Ihr hattet nur euch beide, nicht wahr?«, fragte Holly. Paolo und Chloe hatten ihr kurz nach ihrer Ankunft alles erzählt, aber sie hatte Hugh nie selbst danach gefragt. Es hatte sich einfach nicht ergeben.

»Ja, wir haben keine Kinder. Es hat einfach nicht geklappt. Sehr schade, aber wir waren trotzdem glücklich. Außerdem haben wir unsere liebe Nichte Skye, die Tochter meiner Schwester. Sie wohnt jetzt in Edinburgh, ist aber früher jeden Sommer hierhergekommen. Als Teenager wurde sie zu uns verfrachtet, damit sie nicht in Schwierigkeiten gerät«, gluckste Hugh.

Plötzlich sah Holly ihn in einem ganz neuen Licht. Zum ersten Mal erzählte er ihr etwas aus seinem Privatleben und wirkte plötzlich viel nahbarer.

»Hast du schon Pläne fürs Wochenende, Hugh? Arbeitest du an deinem Boot? Der Dorothy-Jo, nicht wahr?«

»Aye. Sie sieht prächtig aus. Vielleicht bekommt sie noch einen neuen Anstrich, wenn das Wetter es zulässt. Und du?«

Auch die Wände der Praxis könnten mal einen neuen Anstrich brauchen, schoss es ihr durch den Kopf, sie wollte ihn aber nicht wieder in Rage bringen.

»Vielleicht laufe ich eine Runde. Versuche, mich zu entspannen.«

»Klingt gut. Aber bring das vorher alles in Ordnung.«

Das war ja klar, Hugh konnte es einfach nicht gut sein lassen.

Im Cottage holte Holly den Praxislaptop aus ihrer Tasche und nahm sich vor, ein letztes Stündchen zu arbeiten, bevor sie vor dem Fernseher versumpfen wollte. Als sie die Datei aufrief, klingelte ihr Telefon.

Himmel! Es war Greg! Ganz ruhig, Anderson, ermahnte Holly sich. Es ist nur ein Mann. Ein attraktiver Mann, der versuchen könnte, dich ins Bett zu locken. Ein Mann, dessen Anblick dich dahinschmelzen lässt. Aber du musst ihm widerstehen!

»Holly! Wie geht's dir?«

In dem Versuch, sich ihre Aufregung nicht anmerken zu lassen, schob Holly den Laptop beiseite und zog die Beine unter den Po. »Gut. Ich arbeite noch ein bisschen.«

»Bist du nicht mit Chloe und Paolo im Pub? Ist doch Freitagabend ...«

»Ich hatte keine Lust.«

»Mein Glück, weil du so ans Handy gegangen bist.«

»Moment mal.« Argwohn regte sich in ihr. »Willst du mich etwa fragen, ob du auf meinem Sofa übernachten kannst?«

»Wie kommst du darauf?«

»Das ist doch die Grundlage unserer Freundschaft, oder etwa nicht? Du stehst nicht zufällig vor meiner Haustür?«

Ihr rann ein Schauer über den Rücken bei dem Gedanken, er könnte mit einer Flasche Wein draußen stehen und auf sie warten. Neuerdings rasierte sie ihre Beine immer Freitagmorgens – nur für den Fall, dass er unangekündigt auftauchte.

»Ich finde, unsere Freundschaft basiert auf ein bisschen mehr.«

»Da bin ich mir manchmal nicht so sicher.«

»Das kann ich verstehen«, räumte er ein. »Deshalb rufe ich auch an: Um dir etwas vorzuschlagen, mit dem ich alles wiedergutmachen kann. Denn ich möchte nicht der Mann sein, der in dein Haus einbricht, von dir verarztet werden muss und am Morgen wieder verschwindet.«

»Danke, dass du das zumindest zugibst.«

Greg lachte. »Hättest du Lust, nächstes Wochenende mit mir in einen Supper Club zu gehen? Im Old Lookout ist einer, etwa eine Dreiviertelstunde entfernt an der Küste. Ich hab angerufen, und es sind noch zwei Plätze frei.«

Damit verschwand auch der letzte Rest an Frustration über Gregs unvorhersehbares Erscheinen und Verschwinden.

»Oh, gerne«, sagte sie und kniff sich ins Bein, um sich zu vergewissern, dass sie das Ganze nicht nur träumte.

»Puh! Ich hatte gehofft, dass du zusagst, weil ich die Karten schon gekauft habe.«

»Um wie viel Uhr, und was soll ich anziehen? Soweit ich es bisher mitbekommen habe, lautet der Dresscode hier entweder Jeans und Pullover oder Abendgarderobe.«

»Sportlich elegant, aber zieh einen warmen Mantel an und nimm Gummistiefel mit, für den Fall, dass die Zufahrt schlammig ist. Es fängt um halb acht mit Drinks an, also hole ich dich um Viertel vor sieben ab und bringe dich anschließend auch wieder nach Hause.«

Hollys Herz raste. Das war quasi ein richtiges Date. Jetzt war sie nur froh, dass er nicht vor ihrer Tür stand, denn sonst hätte er gesehen, dass sie grinste wie ein Honigkuchenpferd.

»Ich freu mich schon«, sagte sie nur. »Bis dann.«

»Nacht«, erwiderte Greg. »Schlaf gut.«

»Du auch. Gute Nacht.«

Gähnend streckte Holly die Arme und boxte spontan in die Luft. Halt – hatte sie das wirklich getan? Sie blickte zu ihren immer noch erhobenen Fäusten. Ja. Es sah so aus. Ist nur ein Flirt, versicherte sie sich hastig und senkte die Arme. Damit konnte sie umgehen.

Paolo war zur Theke gegangen und hatte Chloe ihren Gedanken überlassen. Ehrlich gesagt, hatte sie an diesem Abend nichts zum Gespräch beizutragen. Seit dem Tag nach dem Ball hatte sie Angus nicht mehr gesehen, und das belastete sie. Sie hatten *Casablanca* geschaut, sich stundenlang unterhalten, und schließlich war Chloe auf dem Sofa eingeschlafen. Am nächsten Morgen hatte Angus sie nach Hause gebracht, und sie schwebte den ganzen Tag wie auf Wolken. Sie hatten sich zwar nicht geküsst, aber sie hatte sich ihm so nah gefühlt, näher als je zuvor. Zum Abschied hatte er gesagt, sie würden sich bald wiedersehen, und Chloe war überglücklich gewesen.

Aber seitdem? Nichts außer ein paar SMS, in denen er sich erkundigte, wie es ihr ging. Nichts Besonderes. Getroffen hatte sie ihn gar nicht. Vielleicht hatte er auf der Farm viel zu tun, aber normalerweise sah sie ihn mindestens einmal in der Woche. Sollte er in den Ort gekommen sein, war er unsichtbar gewesen. Oder vielleicht war *sie* unsichtbar. Wie ein Geist. Moment, war sie geghostet worden? Wenn das einem weltläufigen Städter wie Paolo passieren konnte, dann ihr sicher auch.

»Guck nicht so, Chlo. Wird schon nichts passieren«, rief Rory MacShane, ein Fischer, der gerade hereingestapft kam.

Obwohl Rory damit unbewusst ins Schwarze getroffen hatte, lächelte Chloe nicht mal. Paolo zwängte sich durch die Menge und schob ihr ein Glas Wein rüber.

Sie griff danach und trank zwei riesige Schlucke, weil sie sich nach der süßen Betäubung sehnte. »Er meldet sich einfach nicht. Obwohl es schon so lange her ist.«

»Wahrscheinlich hat er zu tun.«

»Ach, halt doch die Klappe«, sagte Chloe und spürte, wie sich ihr Gesicht verzog.

»Hey.« Paolo beugte sich zu ihr. »Du hast ihn eben ein paar Tage nicht gesehen. Kein Grund zu weinen.«

Chloe senkte den Blick. Sie spürte, wie ihre Wangen brannten. Ihr Pony klebte ihr an der Stirn

»Paolo! Es wird nicht geschehen. Hol mir ein paar Chips. Auf der Stelle. Nein, gleich mehrere Tüten!«

Bevor sie wusste, wie ihr geschah, wischte ihr Paolo mit einem Taschentuch die Tränen weg und richtete ihre Frisur. »Nicht solange du weinst. Hey, Angus!«, rief er laut. Dann senkte er die Stimme. »Und jetzt lächeln. Wenn du so grimmig guckst, wird er niemals Ja sagen.«

»›Ja‹ zu was?«, zischte sie. Dann blickte sie gerade rechtzeitig auf, um Angus am Tisch stehen zu sehen. Sie schluckte ihren Schreck herunter und brachte betont munter hervor: »Oh, hi! Wie geht's«

Angus zog seine Jacke aus und ließ sich auf einen freien Stuhl sinken. »Gut. Den Rindern geht's gut, also geht's mir auch gut.

Hättest du mir in der Schule gesagt, dass meine Laune irgendwann mal vom Gedeihen einer Herde Kühe abhängig ist, hätte ich dich ausgelacht. Und jetzt sieh mich an! Aber wie geht's euch denn?«

»Super. Wir reden gerade über das Wettrennen«, sagte Paolo und stand auf. »Und über eine neue Runde. Was kann ich dir bringen?«

Angus warf einen Blick zum Tisch. Dort standen zwei volle Gläser. Chloe nahm ihres und trank es in drei großen Zügen leer, als wäre das völlig normal.

»Für mich noch mal dasselbe«, sagte sie und sah Paolo mit hochgezogener Augenbraue an.

Dabei war es so offensichtlich ein Fake! Sollte Angus es nicht schon bemerkt haben, wäre es ihm spätestens jetzt klar.

»Chloe meinte, du würdest teilnehmen«, sagte Paolo. »Bin gleich wieder da.«

Er verschwand Richtung Bar. Als Chloe Angus ansah, fühlte sie sich vor lauter Nervosität wie ein riesiger Wackelpudding. Sie betete nur, dass sie einen halbwegs vernünftigen Satz zusammenbringen würde, ohne dass ihre Stimme schwankte.

»Am Halbmarathon?«, fragte Angus. »Hast du echt gedacht, ich würde mitmachen?«

Der verdammte Paolo! Was hatte ihn nur geritten? »Könnte doch sein. Holly und Paolo machen mit, und ich vielleicht auch. Was meinst du? Hast du Lust?«

»Mein Sport ist weniger auf der Laufstrecke als auf dem Feld.«

»Sehr witzig. Aber hättest du nicht Lust? Ich bin dabei, wenn du's bist.«

Sie war dabei. Mehr als das. Vor allem, wenn er es war.

Von der Theke aus beobachtete Paolo seine Kollegin und suchte nach Anzeichen für Erfolg. Oder Panik. In dem gedämpften Licht des Pubs konnte man schwer erkennen, wie aufgelöst sie war.

»Paolo!« Er bekam einen freundschaftlichen Schlag auf den Rücken. »Was kann ich dir bestellen?«

Er drehte sich um und sah Hamish vor sich.

»Hamish!«, rief er aus und gab ihm die Hand. »Die Runde geht auf mich. Du wirkst so gut gelaunt.«

Hamish wiegte sich auf den Füßen vor und zurück. »Ich hab mit Daisy Schluss gemacht und fühle mich so leicht, als könnte ich schweben. Für mich einen Whisky, bitte.«

Paolo bestellte und betrachtete Hamish prüfend. Er wirkte erheblich munterer als sonst und wippte auf den Fußballen wie ein jagdbereiter Spaniel.

»Das sehe ich! Keine Spur von Traurigkeit.«

Ganz kurz wirkte Hamish verlegen. »Sollte ich trauern?«

»Keine Ahnung. Wie hat Daisy es aufgenommen?«

»Ich würde sagen, sie war vor allem verärgert. Wüsste ich es nicht besser, würde ich sagen, sie war sauer, dass ich ihr zuvorgekommen bin. Sie sagte: ›Dir ist doch klar, dass ich ein guter Fang bin, oder?‹, worauf ich nur konterte: ›Ist eine Seeforelle mit fünfzig Zentimeter auch. Trotzdem muss man sie wieder ins Wasser werfen.‹«

Paolo lachte laut. »Das hat ihr wohl nicht gefallen!«

»Sie sagte: ›Wenn du so gern Fisch magst, wieso heiratest du dann keinen, du Trottel in Tweed?‹, und stürmte raus.

Sie gluksten beide, als Mhairi ihre Drinks vor sie hinstellte. Dann konnte Hamish sich nicht mehr halten und lachte laut los. Paolo spürte, wie seine Schultern zu zucken begannen; es war ansteckend.

»Das wären dann zwölf Pfund achtzig«, sagte Mhairi. »Was ist so lustig?«

»Hamish hat mit Daisy Schluss gemacht.« Paolo wischte sich eine Lachträne aus dem Augenwinkel.

Mhairi starrte ihn nur an, als er zahlte. Beide Männer lehnten sich eine Sekunde an die Theke, um sich wieder zu beruhigen.

»Willst du dich zu uns setzen?«, fragte Paolo schließlich.

»Warum nicht«, erwiderte Hamish. »Ich treff mich hier mit Ferdie, aber der kommt erst später. Ich bin extra früh hier, um ein bisschen zu feiern.«

»Und dann geht's wieder auf die Pirsch?«

»Soll das ein Witz sein? Ich werde meine wohlverdiente Pause vom anderen Geschlecht genießen!«

Da! Damit wollte Hamish ihm doch eindeutig etwas zu verstehen geben, oder nicht? Es war *so* offensichtlich!

 **KAPITEL 28**

Holly stieg in ein gelbes Neckholderkleid. Es war aus sommerlich leichter Baumwolle, aber ziemlich spektakulär, vor allem im Vergleich zu den Leggins oder Jeans, in denen Greg sie normalerweise sah. Allerdings trug sie darunter eine bewusst langweilige Unterhose. Greg würde sich heute Abend sicher nicht in diese Bereiche vorwagen. Das wollte sie ja auch gar nicht, oder? Aber die Stimme in Hollys Kopf klang nicht überzeugt, daher nahm sie ihre ganze Entschlusskraft zusammen.

Als es an der Haustür klopfte, rannte Holly nach unten. Sie schlitterte bis zur Tür und fasste sich einen kurzen Moment, um völlig entspannt zu wirken, als sie schließlich öffnete.

Greg stand dort, ohne Mantel, da die Abende mittlerweile milder waren. »Du siehst hinreißend aus«, sagte er und gab ihr einen Kuss auf die Wange.

Daraufhin verließ sie jeglicher Rest an Entschlossenheit. Sie wandte sich ab, um zu verhindern, dass er ihre Verwirrung sah, schnappte sich ihre Jeansjacke von der Garderobe, warf sie sich über die Schultern und stürmte ins Freie.

»Soll ich die Haustür schließen?«, rief Greg.

Holly blickte sich um. Sie hatte sie sperrangelweit offen stehen lassen. Dieser Mann raubte ihr jegliche Vernunft!

In Gregs Auto fuhren sie den Hügel hinauf aus dem Ort und

dann auf die Hauptstraße. Mittlerweile blieb es abends lange hell, und an diesem Abend war der Himmel mit Wolken getüpfelt, die aussahen wie rosa Zuckerwatte. Holly kurbelte ihr Fenster herunter und betrachtete den Sonnenuntergang, der den Ginster mit surrealem Licht überzog. Am Rand von einem der Felder sah sie einige von Gordon Lawrences Bienenstöcken und machte sich eine Notiz im Hinterkopf, bei ihrer nächsten Joggingrunde etwas Geld für die Honigkasse mitzunehmen. Als er neulich mit Tess in die Praxis kam, hatte er ihr erzählt, dass er demnächst einen beträchtlichen Vorrat an Honig haben würde.

»Was ist das jetzt für ein Supper Club?«, erkundigte sie sich. »Ich hab versucht, online etwas darüber herauszufinden, aber die Website ist nicht gerade aufschlussreich.«

Greg warf ihr einen Blick zu und grinste. »Ist alles höchst geheim.«

»Komm schon. Gib mir ein paar Anhaltspunkte.«

»Ich weiß nicht viel, nur dass alle Zutaten aus der Gegend kommen, also wird es exquisit sein. Das Pärchen, das dahintersteckt, veranstaltet es nebenberuflich. Sie ist Architektin und er in der Ölbranche. Er ist ein Kunde von uns und sprach vor ein paar Monaten davon.«

»Und der Veranstaltungsort? The Old Lookout? Ich hab im Netz Fotos davon gesehen.«

Die Bilder zeigten ein kleines weißes Gebäude an einem menschenleeren Kiesstrand, über dem ein paar Möwen kreisten. Es war von einer Grasfläche umgeben, die in Dünen überging, und Holly meinte fast, den Sand zwischen ihren Zehen zu spüren. Sie stellte sich vor, zum Wassersaum zu gehen, ihre Füße hineinzutauchen und dann mit Greg im flachen Wasser zu laufen, Hand in Hand – o nein, sie musste diese Phantasien im Keim ersticken!

»Ah ja! Es ist eine Schutzhütte, aber in Privatbesitz.«

»Eine Schutzhütte?«

»Hütten für Wanderer oder Camper, die sich ausruhen wollen. Manchmal ist es ein bisschen zu kalt zum Zelten, dann kann man sich in eine Schutzhütte zurückziehen. Jeder darf sie nutzen. Kirsty und Rod haben sie von den Besitzern ein paar Abende zur Verfügung gestellt bekommen.«

»Also ist es wie auf einem Campingplatz?«, fragte Holly.

»Nein, nicht ganz. Es gibt weder Strom noch fließend Wasser. Und die Hütten stehen oft ziemlich einsam. Man kann dort großartig Ferien machen. Als Angus und ich noch jünger waren, haben wir gemeinsam Wanderungen durch die Hügel unternommen und uns nur von Dosenbohnen ernährt.«

»Moment. Es gibt keinen Strom und kein fließend Wasser?«

Greg lachte. »Sie haben tragbare Generatoren und ein Mobilklo. Es wird alles ziemlich komfortabel sein. Was ganz anderes als der Campingkocher, den wir mitgenommen haben.«

»Wollte Angus eigentlich studieren? Und konnte es nicht, weil euer Vater starb?«, fragte Holly, der das Zerwürfnis der Brüder immer unverständlicher wurde, je mehr sie hörte, wie nahe sie sich gestanden hatten. Mit klopfendem Herzen wartete sie auf eine Antwort, aber Greg antwortete nicht. Und als das Schweigen anhielt, fragte sich Holly, ob sie zu weit gegangen war.

»Ich glaube schon«, sagte er schließlich. »Aber ihm lag die Farm viel mehr am Herzen als mir. Er war ständig im Freien, und ich schätze, als Dad starb, hat er sich einfach direkt an die Arbeit gemacht.«

»Das muss schwer für ihn gewesen sein.«

»Aye. Er war immer Dads kleiner Schatten, folgte ihm auf Schritt und Tritt. Es war hart für ihn, dass er Dad nicht mehr um Rat fragen konnte.«

»Hat er je mit dir darüber geredet?«

»Nein, nicht richtig. Wir haben uns Mum zuliebe zusammengerissen. Aber ich sah, welche Last auf seinen Schultern lag. Und wie er Dad vermisste.«

Holly strich sich eine Strähne aus der Stirn. »Darüber solltest du mit ihm als Erstes sprechen. Und erst danach über den Bauunternehmer.«

Greng wandte den Blick nicht von der Straße ab. »Wenn er mich nur ließe.«

»Könnte er sich jetzt nicht mal eine Auszeit nehmen? Er ist doch noch jung. Ihr könntet jemanden einstellen, der täglich nach der Herde sieht.«

»Ich weiß nicht, ob er das tun würde. Außerdem könnte *ich* ihn nicht dazu überreden. Dazu hätte er zu viel Angst, dass ich in seiner Abwesenheit das Okay für ein großes Einkaufszentrum oder so geben würde.«

Der Landverkauf. Als jemand, der nicht für immer in Eastercraig leben würde, betraf sie das kaum, doch sie verstand, was Angus dagegen hatte. Abgesehen davon, war Auchintraid ein wunderschönes, abgeschiedenes und naturbelassenes

Fleckchen Erde. Es wäre eine Schande, es zu Bauland zu machen. Aber das würde sie Greg natürlich nicht sagen. Er würde es gar nicht zu schätzen wissen, wenn es so aussäh, als ergriffe sie Angus' Partei.

»Übrigens sprichst du nie über *deinen* Dad. Oder auch deine Mum. Wie sind sie denn so?«, fragte Greg.

Holly biss sich auf die Unterlippe. Jetzt konnte sie nicht kneifen. Schließlich hatte er ihr von Angus, ihrem Dad und dem Landverkauf erzählt.

»Mein Vater verließ uns schon vor meiner Geburt. Ehrlich gesagt, glaube ich, dass er schon direkt nach meiner Zeugung abhaute«, begann Holly. Es fühlte sich nicht schlecht an, ihm davon zu erzählen, also fuhr sie fort: »Und weil meine Mum ein bisschen verrückt ist, was Männer betrifft, hatte ich nie einen anständigen Vaterersatz.«

Er wandte ihr rasch den Kopf zu. »Das klingt ziemlich hart. Deine Mum hatte also mehrere Freunde?«

»Nein, *unzählige*. Und einer war unbrauchbarer als der andere«, erklärte Holly.

Sie beschrieb die größten Fehlgriffe ihrer Mutter, von Dan Glossop, den sie nur »Popelmann« nannte, weil er die Angewohnheit hatte, bei Tisch in der Nase zu bohren, bis hin zu Scooby Benton, dessen Abgang ihre Mutter so mitgenommen hatte, dass sie bei dem Versuch, betrunken Pommes frites zu machen, ausversehen ihre Schürze in Brand steckte. Glücklicherweise war Holly zu dem Zeitpunkt zu Hause und schaffte es, das Feuer zu löschen, bevor Schlimmeres passierte. Und von Gavin. Holly erzählte die Geschichte in bewusst munterem Ton

– was sie immer tat, um sich nicht darüber aufzuregen –, aber Greg wirkte entsetzt.

»Das ist nicht gerade das, was ein Kind braucht«, bemerkte Greg.

»Nein. Ich meine, sie versuchte schon, ihrer Elternrolle gerecht zu werden. Manchmal zumindest. Sie wurde nur immer von den Losern abgelenkt, mit denen sie zusammen war.«

»Das klingt hart, Holly.«

Holly blickte zu Greg. Wegen der vielen Freunde ihrer Mutter hatte Holly einen ziemlich guten Instinkt in Bezug auf Männer und ihre Absichten entwickelt. Jetzt fiel ihr auf, dass ihr dieser Instinkt trotz aller Warnungen von Paolo und Chloe nie geraten hatte, sich von Greg fernzuhalten. Sie empfing einfach nicht die ungguten Schwingungen, die sie normalerweise sofort spürte, wenn ihre Mutter mit einem neuen Typen auftauchte.

Bevor einer von ihnen noch etwas sagen konnte, verließen sie die Straße und fuhren zu einem kleinen Haus, dessen Fenster im Licht der untergehenden Sonne golden leuchteten.

»Ist es das?«, fragte Holly. »Jedenfalls wirkt es, als wären wir hier am Ende der Welt.«

Greg setzte in einen Parkplatz zurück. »Das ist es. Und könnten wir bitte den Rest des Abends den Streit mit meinem Bruder aussparen? Es ist schön, dass ich mit jemandem darüber reden kann, aber an diesem Abend wollen wir doch eine gute Zeit haben.«

Holly lachte. »Na klar. Aber nur, wenn wir auch nicht mehr über die Kerle meiner Mutter reden. Nur über Schönes«, bat sie.

»Abgemacht«, nickte Greg. »Hey – das sieht großartig aus.«

Von Nahem war die Schutzhütte nicht größer als ein Schuppen oder eine Garage. Zwischen der Tür und zwei dünnen Bäumchen waren Lichterketten gespannt. Darunter stand ein Grill mit mehreren Baumstämmen als Sitzgelegenheiten. Für die kühleren Temperaturen des Abends waren sie mit dicken Schaffellen und Decken versehen.

Greg bot Holly seinen Arm, den sie dankbar nahm, denn der Pfad durch das Gras war holprig, und sie wollte nicht stolpern.

Die Tür der Hütte ging auf, noch bevor sie klopfen konnten. »Willkommen«, sagte ein schlanker Mann mit Hornbrille und Kurzhaarschnitt. »Ah! Greg Dunbar. Schön, Sie zu sehen. Und Sie müssen Holly sein. Ich bin Rod.«

Er bat sie herein, und unversehens hatte Holly ein Glas in der Hand. »Ein Twilight Brambler«, erklärte eine zierliche Frau mit kurzem Afro, die neben Rod aufgetaucht war. »Ich bin Kirsty. Wollen Sie mir Ihre Jacken geben?«

Während Kirsty sie wegbrachte, schaute Holly sich in der Hütte um. Sie war winzig. An dem einen Ende stand ein quadratischer Tisch mit Bänken. An dem anderen hatten Kirsty und Rod einen Küchenbereich und eine kleine Bar eingerichtet, so dass nur wenig Platz dazwischen blieb. Mitgebrachte Zimmerpflanzen schmückten die Fenster, und an den Wänden hingen Girlanden mit Trockenblumen. An der Decke spendeten weitere bunte Glühbirnen anheimelndes Licht.

»Guck, da oben!« Greg schubste sie an. »Da könnte man schlafen, wenn man hier übernachten wollte.«

Auf beiden Seiten der Hütte gab es eine Galerie, die jeweils für zwei Personen Platz bot.

»Wie kommt man da hoch? Selbst jemand in deiner Größe bräuchte eine Leiter.«

»Bestimmt gibt es auch eine. Oder man versucht es mit reiner Willenskraft«, witzelte er. »Schmeckt großartig, oder? Schade, dass ich fahre, da muss ich mich wohl ein bisschen zurückhalten.«

Er tippte an sein Glas, und Holly nickte. Die Mixtur aus Whisky, Brombeersaft und Sirup war köstlich und gefährlich. Noch einer mehr, und sie wäre betrunken.

Als das Essen bereit war, fühlte sich Holly schon recht beschwingt und, was schlimmer war, ziemlich redselig. Der zweite Drink war ihr tatsächlich zu Kopf gestiegen. Aber was machte das schon? Schließlich war sie hier, um sich zu amüsieren. Rod rief die Gruppe zu Tisch; Holly war nur froh, dass die Gäste nicht gemischt wurden, sondern dass sie und Greg über Eck saßen.

Sofort ergaben sich angeregte Gespräche. Hollys zweiter Sitznachbar war der Mann eines älteren Pärchens, einer von Kirstys Architektenkollegen, der sich als Sven Sinclair vorstellte. »Meine Mutter ist Schwedin, mein Vater kommt aus Dundee«, erklärte er und sah sie über seine gelbe Designerbrille hinweg an. »Da ich ständig danach gefragt werde, erzähle ich es immer gleich als Erstes.«

»Was für Gebäude entwerfen Sie denn?« fragte Holly interessiert.

»Alle möglichen. Ich nehme grundsätzlich alle Aufträge von Kunden an, die sich ein für sie entworfenes Haus wünschen, versuche aber, mehr in Richtung Nachhaltigkeit zu arbeiten.

Vor allem möchte ich die Häuser so in die Umgebung einfügen, dass sie mit der Landschaft verschmelzen.«

Holly kam eine Idee. »Dann müssen Sie mit Greg reden. Sie könnten gemeinsame Interessen haben.«

»Ihr Partner?« Sven blickte zu Greg, der sich mit der Frau neben ihm unterhielt.

Holly wurde rot. »Nein, wir sind nur Freunde.«

»Ach, wirklich?«

»Ja, wirklich«, sagte Holly so entschieden sie konnte.

»Aber Sie wirken wie ein Paar.«

Hatte Sven denn gar kein Taktgefühl? Holly krümmte sich innerlich, während sie versuchte, sich vor der Antwort zu drücken. Glücklicherweise rettete sie die Ankunft des ersten Ganges. Vor ihr wurde eine Schüssel mit dampfenden Muscheln in leichter Buttersauce abgestellt.

Greg stieß sie an. »Offenbar sind die erst heute Morgen aus dieser Bucht geholt worden.«

Holly schaute ihn an. Er war ihr quälend nah. »Unglaublich.« Sie schob sich eine Muschel in den Mund, ein Tropfen Butter löste sich und tropfte ihr vom Kinn. Hastig griff sie nach ihrer Serviette, holte dann erschrocken Luft, als Greg ihr mit seiner das Kinn abwischte. Sie spürte Svens Blick, der sie mit hochgezogener Augenbraue beobachtete. Wenn Augenbrauen sprechen könnten, hätte diese gesagt: »Wem willst du was vormachen?«

Mit glühenden Wangen drehte sich Holly wieder zu Greg. Glücklicherweise verhinderte das gedämpfte Licht, dass er sah, wie rot sie war.

»Danke«, sagte sie spröde. »Ist nicht ganz einfach, die zu essen.«

»Aber sie sind es wert, oder? So frisch kriegt man sie nur, wenn man sie selber aus dem Wasser holt.«

»Das würde ich gerne mal versuchen. Ich könnte dazu das Standup-Board nehmen.«

Greg sah sie an. »Gar keine schlechte Idee. Wir könnten damit rausfahren und entweder hinter der Landzunge oder jenseits der Farm suchen. Du weißt doch, dass Muscheln ein Aphrodisiakum sind?«

Wir?

Sie schluckte und suchte sie nach einer passenden Erwiderung. »Wieso ist alles, was aus dem Meer kommt, ein Aphrodisiakum? Austern zum Beispiel, die sehen zumindest aus wie eine Vagina!«

Gott! Noch nie hatte sie so etwas Peinliches von sich gegeben! Verzweifelt versuchte Holly gegen die Verwirrung anzukämpfen.

»Wie ist die Vorspeise? Kommen Sie, ich schenke Ihnen noch nach«, sagte Rod.

Holly fuhr zusammen, weil sie nicht bemerkt hatte, dass er hinter ihr stand. »Ja, bitte! Wir haben gerade gesagt, wie köstlich es ist. Und ein Aphrodisiakum. Anscheinend.«

Kirsty erschien neben ihrem Mann. »Wir haben unbewusst ein ziemlich erotisierendes Menu geplant«, sagte sie mit funkelndem Blick. »Als Nächstes kommt Lachs, frisch aus dem Loch. Angeblich hat er auch eine besondere Wirkung.«

Nachdem Rod und Kirsty allen nachgeschenkt hatten, gingen sie zu Sven und seiner Frau und unterhielten sich mit ihnen. Der Geräuschpegel im Raum stieg. Greg lehnte sich so nah zu ihr, dass seine Schläfe ihre berührte, als er ihr ins Ohr flüsterte: »Amüsierst du dich?«

Holly bekam eine Gänsehaut, als sie seinen Atem an ihrem Hals spürte. »Ja, ich habe einen wunderbaren Abend.«

»Obwohl dein Essen aussieht wie ...«

Holly wurde rot. »Können wir das bitte nicht vertiefen? Glaubst du, Rod hat mich gehört?«

»Keine Angst, selbst wenn, würde er sich nichts dabei denken.«

Sie schwiegen kurz. Holly seufzte auf. »Das ist alles wunderschön, nicht wahr?«

Holly zögerte kurz und ermahnte sich, nicht zu viel von ihren privateren Gedanken preiszugeben. Sie richtete sich auf ihrem Platz auf. »Du weißt schon, das Essen, das Ambiente, diese hinreißende Hütte. Ich kann's kaum glauben, dass du immer hierher kamst, als du noch jünger warst.«

»Aye. Aber es sind noch ein paar andere Schutzhütten in der Nähe. Hast du in deiner Kindheit oder Jugend auch manchmal gezeltet?«

»Nach allem, was ich dir über meine Mutter erzählt habe: Glaubst du, wir sind zelten gegangen? Oder auch überhaupt in die Ferien gefahren?«

Greg zog sich sofort zurück und wirkte betroffen. »Ich wollte keine unguten Erinnerungen wecken.«

Holly grinste. »Kein Prrroblem«, sagte sie in übertriebenem schottischem Akzent und grinste. »Aber nein, nie. Und als ich älter wurde, auch nicht. Wenn ich mit Freunden wegfuhr, waren wir immer in Ferienhäusern oder Hotels.«

Er wirkte erleichtert, dass er ihr nicht die Laune verdorben hatte. »Das ist doch verrückt! Du bist in den Dreißigern und hast noch nie in einem Zelt geschlafen?«

»Ich möchte dich darauf hinweisen, dass dies kein Zelt ist, sondern ein Häuschen aus echtem Stein. Das sehe ich, obwohl ich schon einiges getrunken habe.«

»Okay. Dann könnte dein erster Campingversuch in einer Schutzhütte stattfinden. Das ist nicht ganz so abenteuerlich. Es ist ja auch langsam warm genug.«

Holly blickte ihm direkt in die Augen und kam sich dabei ziemlich kühn vor. Schließlich hatte Greg den Vorschlag gemacht, mit ihr Muscheln zu ernten. »Ist das ein Angebot?«

Das klang anzüglicher, als sie beabsichtigt hatte. Sie fühlte sich geradezu verwegen.

Er rückte näher zu ihr. »Was würdest du denn sagen?«

»Ich glaube, ich würde Ja sagen«, erwiderte Holly und verspürte den überwältigenden Drang, ihn zu küssen. »Ja.«

Im selben Moment stellte Kirsty dampfende Teller vor ihnen ab und bremste damit Hollys Gefühle, bevor sie mit ihr durchgingen. Greg lächelte und wechselte das Thema. Sie plauderten über die Praxis, Gregs Büro, den Halbmarathon, ihre Eltern und alles Mögliche. Dabei rückten sie immer näher zusammen, bis ihre Köpfe sich praktisch berührten.

In Gregs Gesellschaft fühlte sie sich ganz anders als sonst, kein bisschen kontrolliert und geerdet. Im Gegenteil, sie hatte das Gefühl zu schweben, so als wäre sie leichter als Luft. Wie in einem wundersamen Traum. Als sie erneut an ihrem Drink nippte, merkte sie, dass es ihr zunehmend schwerfiel, auf ihre innere Stimme zu hören, die sie zur Vernunft rief. Ach, zum Teufel auch: Wer brauchte schon Vernunft?

Nach dem köstlichen Lachs mit Krautsalat, einem süßen Auflauf mit selbst gesammelten Beeren und heimischer Sahne und vielen Gläsern Wein war die Zeit zum Aufbruch gekommen. Holly war deutlich angetrunken – und bereit, alle Vorsicht über Bord zu werfen.

Als sie zu Hause ankamen, umrundete Greg den Wagen, öffnete die Beifahrertür und bot ihr seine Hand. Holly stieg aus. Sie fühlte sich wesentlich klarer als bei ihrer Abfahrt, zweifellos, weil sie während der Fahrt das Fenster heruntergekurbelt und sich vom Wind hatte durchpusten lassen.

Am Himmel blinkten tausend Sterne. Das Meer, das in der vergangenen Woche gebrodelt und getobt hatte, war endlich zur Ruhe gekommen. Glitzernde Wellen wogten sanft im silbrigen Mondlicht.

Auf der Schwelle ihrer Haustür hielt Holly erwartungsvoll inne. Jetzt oder nie. Wenn sie etwas unternehmen wollte, war nun der richtige Zeitpunkt gekommen. Sie wollte ihn unbedingt spüren und war bereit, diesem überwältigenden Bedürfnis nachzugeben.

»Kommst du mit rein?«, fragte sie. »Ich meine, das wäre ja nichts Neues. Mittlerweile hat das Sofa schon einen Abdruck von dir.«

Greg lächelte, doch nicht so, dass Holly sich ermutigt fühlte.

Eher so, als wollte er freundlich ablehnen. Plötzlich glaubte sie, im Boden zu versinken, und Enttäuschung erfasste sie.

»Würde ich gerne«, sagte er. »Aber Hamish hat mir ein Bett im Schloss angeboten, daher musst du dich nicht mit mir abplagen.«

»Würde ich auch nicht. Ich fände es schön.«

Das klang zu eifrig. Holly bereute es, kaum dass sie den Satz ausgesprochen hatte.

Entweder hatte Greg ihren Übereifer nicht bemerkt – was unwahrscheinlich war –, oder er gab sich alle Mühe, ihre Gefühle zu schonen. »Ich hatte einen sehr schönen Abend«, sagte er, beugte sich zu ihr und gab ihr einen Kuss auf die Wange. »Gute Nacht, Holly.«

Er drehte sich nicht sofort um, sondern zögerte kurz, als wollte er noch etwas sagen. Dann schien er es sich anders zu überlegen, hüstelte leise und ging zum Wagen zurück.

»Gute Nacht«, antwortete Holly leise.

Sie trat ins Haus und schloss die Tür hinter sich.

Nachdem sie sich die Schuhe abgestreift hatte, setzte sie sich aufs Sofa und zog sich ein paar flauschige Wollsocken an, die auf dem Kissen gelegen hatten. Sie hatten sich super verstanden, aber irgendwo zwischen der Schutzhütte und Eastercraig hatte er seine Meinung geändert. Dieser verdammte Idiot! Es war so frustrierend, dass sie sich am liebsten getreten hätte. Sie hob einen Fuß und überlegte, ob sie dazu gelenkig genug war.

Doch bevor sie es herausfand, klopfte es an der Haustür.

Sofort sprang Holly auf und schlitterte dorthin. Sie öffnete, und vor ihr stand Greg, mit ihren Gummistiefeln in der Hand. Er hielt sie ihr hin und sagte: »Ich glaube, die gehören dir.«

Holly griff nach ihnen. Das war ein Zeichen. Er war zurückgekommen. Die Szene erinnerte an Aschenputtel, auch wenn Prinz Greg keinen Glasschuh in Händen hielt, sondern ein paar schmutzige Stiefel.

Ohne zu registrieren, was sie da tat, ließ sie die Stiefel fallen, schlang die Arme um Gregs Hals und küsste ihn. Gregs Lippen pressten sich an ihre, er trat näher zu ihr, legte ihr die Hand an die Taille und zog sie an sich. Für eine Sekunde waren sie miteinander verbunden, Hollys Körper verschmolz mit seinem, und Hitze durchströmte jede Faser ihres Seins. Sie fuhr mit ihren Fingern durch sein Haar, und er zog sie noch enger an sich, obwohl das kaum möglich war.

Dann brach der Bann.

Greg trat einen Schritt zurück. »Es geht nicht, Holly. So leid es mir tut.«

O Gott! Sie hatte seine Signale falsch gedeutet. Angestrengt suchte sie nach einer Entschuldigung. »Nein, mir tut es leid. Ich hätte das nicht tun sollen. Es ... es liegt am Alkohol«, sagte sie in dem verzweifelten Versuch, wenigstens eine Spur von Restwürde zu behalten.

»Ich habe den Abend sehr genossen. Wirklich«, erklärte Greg, wich aber ihrem Blick aus.

Holly spürte, dass er unbedingt wegwollte. »Ich hab mir einen Tee gemacht«, log sie rasch. »Den trinke ich mal besser, bevor er kalt wird. Und du solltest zu Hamish fahren. Es ist schon spät.«

»Natürlich«, sagte er, trat ins Freie und drehte sich noch mal um. »Wir sehen uns.«

Aber Holly hatte das schreckliche Gefühl, dass es nicht dazu kommen würde. Tränen brannten in ihren Augen, daher schloss sie rasch die Tür und wollte am liebsten im Boden versinken. Sie war ein Wagnis eingegangen und ihrem Herzen gefolgt statt ihrem Kopf. Und das war ein Fehler gewesen.

Niedergeschlagen und trostbedürftig machte Holly einen kurzen Abstecher in die Praxis, um nach einem flauschigen Löwenkopfkaninchen namens Mordecai zu schauen, das nach einer Operation zur Beobachtung dageblieben war. Zwar würde Hugh sich schon darum gekümmert haben, aber sie brauchte jetzt etwas zum Schmusen. Ohne Licht zu machen, schlich sie sich durch die Hintertür.

Dem Kaninchen ging es gut. Sie öffnete den Käfig, holte es heraus und kuschelte sich an Mordecai, was ihr wesentlich mehr nützte als ihm.

»Nein, ich bin gar nicht zufrieden«, ertönte eine Stimme.

Holly beäugte das Kaninchen, weil sie sich vorkam wie Alice im Wunderland. Hatte er etwa mit ihr geredet?

Dann ertönte die Stimme erneut. Natürlich war es nicht das Tier, und sie war auch nicht in einen Kaninchenbau gefallen. Die Stimme drang durch die Wand. »Hugh«, flüsterte Holly dem Kaninchen zu. »Und er ist gar nicht zufrieden. Überraschung!«

Sie steckte Mordecai zurück in den Käfig und schlich durch den Flur, um Hugh nicht zu erschrecken. Aber wem wollte sie was vormachen? Sie war Sherlock Anderson auf der Suche nach Informationen und wollte sich nicht bemerkbar machen. Am Sprechzimmer presste sie ihr Ohr an die Tür.

»Judith, deutlicher kann ich es nicht sagen. Es mag ja sein, dass sie beim Vorstellungsgespräch ganz wunderbar war, aber sie hat so eine Art an sich ... Nein, wir haben oft Differenzen ... Ich bin weit davon entfernt, ihr eine Empfehlung zu schreiben. Ehrlich, Judith. Sie macht einen Fehler nach dem anderen ... Nein, ich will sie erst mal hierbehalten und dafür sorgen, dass sie sich so weit verbessert, dass sie woanders keinen Schaden anrichtet.«

Holly unterdrückte einen Schrei und richtete sich mühsam auf. Sie biss sich auf die Fingerknöchel, um sich zu beherrschen, dann schlich sie sich wieder zur Hintertür hinaus und schloss sie leise ab. Dies entwickelte sich wahrlich zum schlimmsten Tag ihres Lebens. Erst der Alptraum mit Greg, und jetzt zeigte sich, dass Hugh, den sie doch für sich gewonnen zu haben meinte, sie kaum noch aushalten konnte. Er verschwor sich hinter ihrem Rücken mit Judith – die sie auf ihrer Seite gewähnt hatte –, und schlimmer noch: Er fand, dass sie keine Empfehlung verdiente.

Zurück in ihrem Cottage, schnappte Holly sich ihren Laptop und verfasste eine E-Mail:

Liebe Judith,
ich hoffe, es geht Ihnen gut. Ich melde mich, weil ich mich frage, ob sechs Monate in Eastercraig nicht ausreichen? Gibt es eine Möglichkeit,

in eine andere Praxis versetzt zu werden? Nur um meinen Erfahrungsbereich noch zu vergrößern?

Vielen Dank und beste Grüße

Holly

Ganz kurz schwebte ihr Zeigefinger über der Tastatur. Aber warum zögerte sie? Sie musste hier weg. Eastercraig war doch kein Paradies – höchstens ein verlorenes Paradies. Oder ein bislang unbekannter Vorhof zur Hölle.

Sie drückte auf Senden.

 # KAPITEL 29

Holly hob die Schildkröte aus der Schuhschachtel und hielt sie prüfend vors Gesicht.

»Und Sie sagen, Bubbles hätte eine Art Tumor?« Sie blickte Helena MacLeod an, die mit ihrem kleinen Sohn Harry gekommen war.

»Ja, er ist da unten aus dem Panzer gekommen«, versicherte Helena hastig.

Verwirrt drehte Holly die Schildkröte um. »Können Sie ihn mir zeigen?«

»Da«, flüsterte Helena und zeigte mit dem Finger ans hintere Ende des Panzers.

»Moment.« Holly reichte Helena die Schildkröte zurück und griff nach ihrem Handy.

Sie gab ein, zwei Begriffe in die Suchleiste ein, fragte sich, was sich jemand bei diesem Eintrag im Verlauf denken mochte, und zeigte Helena die auftauchenden Bilder.

»Ja, genau!«, rief Helena aus.

»Das ist kein Tumor, dass ist Bubbles' Penis«, erklärte Holly. »Sie ist ein Er. Kein Grund, sich Sorgen zu machen.«

»Ach«, sagte Helena, »darauf wäre ich nie gekommen.«

»Die Geschlechtsbestimmung ist nicht so einfach. Vor allem, wenn sie jünger sind.«

Nachdem Holly sie aus dem Behandlungszimmer geleitet hatte, hielt sie kurz inne. Normalerweise hätte sie sich in so einem Fall ein Lachen verkneifen müssen. Zumindest hätte sie gelächelt. Aber nicht heute. Vor etwa einer Stunde war ihr das Lachen völlig vergangen.

Judith hatte ihr direkt am Montagmorgen zurückgeschrieben.

Liebe Holly,
ich habe über Ihre Bitte gründlich nachgedacht, finde aber, Sie sollten noch ein bisschen länger in Eastercraig bleiben. Ich bin sicher, Sie leisten großartige Arbeit, doch Hugh meint, Sie bräuchten noch ein bisschen mehr Erfahrung mit Farmtieren.
Herzliche Grüße
Judith

Holly war am Boden zerstört. Da sie ohne verlässliche Mutterfigur aufgewachsen war, hatte sie sich sehr gefreut, als Judith sie an der Uni unter ihre Fittiche genommen hatte. Judith war eine kluge, erfolgreiche Frau, die sich auf ihren Verstand verließ. Sie war genau so, wie Holly sein wollte. Judith hatte sie ermutigt und angeleitet. Sie hatte ihr bei der Jobsuche geholfen. Allerdings hatte sie ihr auch diesen Job verschafft. Was hieß, dass Judith doch nicht auf ihrer Seite war, sondern mit Hugh unter eine Decke steckte. Einer der Menschen, zu denen sie am meisten aufgeschaut hatte, ließ sie schmerzlich im Stich.

Als Holly die Nachricht noch im Bett las, winselte sie vor lauter Enttäuschung und zog sich die Decke über den Kopf.

»Die Luft ist ja zum Schneiden hier«, bemerkte Hugh, als er in der Praxis erschien. »Was ist los mit euch, verdammt nochmal? Ihr zieht ja alle ein Gesicht wie sieben Tage Regenwetter.«

»Nein, ich spreche für uns alle, wenn ich sage: Uns geht's gut«, erwiderte Holly und steckte ihren Kopf durch die Küchentür.

»Dein Ton sagt was anderes«, erwiderte Hugh.

Chloe blickte vom Empfang auf. »Soll ich dir einen Kaffee machen, Hugh? Zeit hättest du.«

»Ja, dann bereite ich schon mal im Behandlungsraum alles vor.«

Als er ging, atmete Holly erleichtert auf. Sie konnte Hugh kaum in die Augen blicken.

»So, jetzt erzähl, was dir heute über die Leber gelaufen ist«, sagte Chloe. »Ich habe kurz Zeit.«

»Na schön«, nickte Holly. »Ich hab einen Schritt auf Greg zugemacht, nein, eigentlich wollte ich ihn küssen, aber er hat mich abgewiesen. Ich habe meine Prinzipien über Bord geworfen und mich einem Kerl an den Hals geschmissen, der als Frauenheld verschrien ist. Nur von mir wollte er nichts wissen! Es war so peinlich! Ich hab ihn völlig missverstanden. Ich dachte, ich würde was für ihn empfinden, ehrlich, und er würde auch was für mich empfinden. Vielleicht bin ich nach all den Jahren der Abstinenz einfach unfähig, die Signale richtig zu deuten.«

Sie lehnte sich an die Empfangstheke und rieb sich die Augen. Die letzten Nächte hatte sie nicht gut geschlafen, weil sie ständig über die Szene nachgrübeln musste. Greg hatte ihr am Sonntagabend auf die Mailbox gesprochen, aber Holly war so angespannt gewesen, dass sie die Nachricht ungehört gelöscht hatte. Aus den Ohren, aus dem Sinn.

»Aber es gibt noch was Schlimmeres, denn ich habe Judith um eine Versetzung gebeten, aber heute Morgen kam die Ablehnung. Sie meint, ich müsste das ganze Jahr hierbleiben.«

»Was hast du?« Paolo ließ fast seinen Kaffeebecher fallen.

»In der Mittagspause erzähle ich euch mehr«, sagte Holly.

»Das müssen wir in Ordnung bringen. Oder uns zumindest ablenken«, bemerkte Paolo.

»Mandy Lewis macht mit ihren Alpakas Gongmeditationen. Wir könnten ein Reinigungsritual und Gruppenkuscheln veranstalten«, schlug Chloe vor.

»Was?! Nein, ich muss meinen Frust in die richtigen Bahnen lenken, um ihn zu nutzen«, entgegnete Holly.

Paolo nahm einen Flyer vom Empfang und wedelte damit. »Der Halbmarathon von Eastercraig. Das wäre eine echte Herausforderung – nicht für dich, Hols, aber du könntest versuchen, eine persönliche Bestzeit zu erreichen. Chlo, du hast Angus ja schon gesagt, du würdest mitlaufen. Trainieren wir also wie die Olympioniken. Schließlich ist körperliche Ertüchtigung auch gut für die psychische Gesundheit.«

Holly blickte zur Decke. »Ich lauf doch ständig! Eigentlich dachte ich eher an Kickboxen oder so. Um alles rauszulassen und seelisch auf das vorbereitet zu sein, was Amor noch auf mich abschießt.«

Chloe legte den Kopf schräg. »Und ich bin echt kein Sportfan.«

Paolo knurrte entnervt. »Kampfsprache ist das ja nicht gerade! Kommt schon, Leute!«

Da schwang die Tür auf und hereinkam eine Frau mit einem Schlangenterrarium. Holly krempelte die Ärmel auf, wies sie durch den Flur und folgte ihr. Dabei dachte sie an den Halbmarathon. Spaß würde er ja machen. Aber würde er sie wirklich von allem anderen ablenken?

 **KAPITEL 30**

Chloe setzte sich auf einen Felsen und griff sich an die Flanke. Sie hatte schreckliche Seitenstiche. Zumindest hoffte sie, dass es Seitenstiche waren und kein Herzanfall. Es war unmöglich, mit Holly und Paolo Schritt zu halten. Holly hatte ein hartes Tempo vorgelegt, um sich von ihrer Abfuhr bei Greg abzulenken. Paolo war trotz seiner Behauptung, jegliche Form von Kardiosport zu hassen, schlank und schnell und hatte gestanden, in der Schule im Leichtathletikteam gewesen zu sein.

»Komm schon, MacKenzie-Ling.« Paolo war wieder zu ihr zurückgelaufen und hüpfte vor ihr auf der Stelle.

»Ich kann nicht ... ich kriege kaum ... genug Luft ... um aufrecht ... zu stehen.«

Holly tauchte auf dem Gipfel eines kleinen Hügels auf. »Hört auf zu quatschen, Leute. Wenn wir das schaffen sollen, darf es keine Pausen geben!«

»Ich hasse dich, Holly Anders ...« Chloe ging in der Mitte des Satzes die Luft aus. »Was ... habe ich ... mir nur ... dabei gedacht?«

Als Holly zu ihnen zurückgejoggt kam, schwitzte sie kaum. Chloe hingegen hatte das Gefühl, in Schweiß zu baden. Ihre Leggins konnten schon keine Feuchtigkeit mehr aufnehmen.

»Muss ich auch deinem Gedächtnis auf die Sprünge helfen – wenn das Wortspiel erlaubt ist?«, fragte Holly. »Du sagtest, du hättest Angus in einer Art Flirt herausgefordert und erklärt, du könntest ihn jederzeit schlagen. Um das zu erreichen, haben wir nur noch bis Anfang September Zeit.«

»Dumm, so, so dumm«, bemerkte Paolo kopfschüttelnd. »Der Mann ist weit über eins achtzig.«

»Das war *deine* Schuld!«, hätte Chloe gerufen, wenn sie nicht geschnauft hätte wie ein übergewichtiger Labrador. »Nur deine. Und jetzt bin ich hier, das Rennen steht kurz bevor, und ich werde es niemals schaffen!«

»Ich hab dir nur einen Schubs gegeben«, verteidigte sich Paolo. »Schon vergessen? Wir locken dich aus deiner Komfortzone und verwandeln dich in eine Amazone, die sich alles zutraut – auch, Angus um ein Date zu bitten.«

»Jedenfalls besteht Angus zu fünfzig Prozent aus Dundee-Kuchen«, behauptete Chloe. »Er ist zwar fit, aber kein Läufer. Er kann eine Kuh hochstemmen, aber keinen Geländelauf gewinnen.«

Am Ende hatte Chloe Angus erklärt, dass sie natürlich am Halbmarathon teilnehmen könne, ohne Probleme. Zu dem Zeitpunkt war sie ziemlich angetrunken gewesen, und in einem solchen Zustand sagte man nicht immer ganz die Wahrheit. Ehrlich gesagt, konnte sie diese Distanz genauso wenig schaffen, wie sie auf dem Wasser laufen konnte.

»Genauso wenig wie du, wenn du schon beim Training die Hälfte der Zeit auf einem Stein hockst«, erwiderte Paolo.

»Du bist gemein«, maulte Chloe, ließ sich jedoch von ihm hochziehen.

»Wir gehen es erst mal langsam an«, versprach Holly.

Chloe warf ihr einen vernichtenden Blick zu, der ihr sagen sollte, dass sie gar nicht wusste, was *langsam* bedeutete. Doch da ihr klar wurde, dass sie ohne hartes Training als Letzte enden würde, was peinlich wäre, da etliche Teilnehmer doppelt so alt waren wie sie, machte sie sich wieder bereit. *Ich schaff das*, redete sie sich gut zu.

»Also los«, sagte sie und schüttelte die Beine aus.

Sie liefen den Küstenpfad entlang. Hier oben war alles ungeschützt, und sie hatten Gegenwind. Wenigstens liefen sie jetzt langsamer, so dass sie mithalten konnte. Sie wollten mit acht Meilen anfangen, in der Hoffnung, dass Chloe am Tag des Rennens die erforderlichen dreizehn Meilen zurücklegen konnte. Es würde hart werden, aber sie hatte zugesagt.

Schließlich, als ihr Gesicht so rot leuchtete, dass sich die Schiffe auf dem Meer daran hätten orientieren können, erreichten sie den Hügel, der nach Eastercraig hinabführte. Noch nie war er Chloe so schön erschienen. Sie blieb stehen, um auf die vertrauten Häuser zu schauen, die sich in die Bucht schmiegten.

»Ein kleiner Sprint zum Cottage?«, fragte Holly, die auf der Stelle hüpfte.

»Wir sehen uns dort. Und ich brauche ein Riesenglas Wasser«, erwiderte Chloe.

Sie sah Holly und Paolo nach, die offenbar beide noch genug Energie hatten, um den Hügel hinunter zu Hollys Haus zu rennen. Sie hingegen legte die Hände auf die Brust und atmete so tief ein, dass sie spürte, wie sich ihre Lunge vollständig mit Luft füllte. Auf dem Meer sah sie, wie die Wellen sich auftürmten und mit weißer Gischt zum Ufer stürmten, um dann wieder in die Tiefe gesogen zu werden. Am Horizont wirkte das Wasser fast schwarz.

Während sie das Meer betrachtete, merkte sie, dass der Rand ihres Sichtfelds immer dunkler wurde. Sie wandte den Blick zu den weißen Häusern, konnte sie aber auch nicht mehr fokussieren. Sie wirkten seltsam verpixelt. Und in ihren Ohren summte es, als versteckte sich ein Bienenschwarm in ihrem Kopf.

Das war gar nicht gut. Und dann wurde alles schwarz.

»Chlo? Chloe?«

Ein Mann rief ihren Namen. Sie hörte es so undeutlich, als wäre sie unter Wasser. Als Chloe ein Auge öffnete, sah sie einen Farbfleck, der sich als Angus herauskristallisierte.

»Ich glaube, ich bin ohnmächtig geworden«, krächzte sie.

»Glaube ich auch«, erwiderte Angus. »Als ich aus dem Laden kam, sah ich dich rückwärts ins Gras kippen. Ich bin noch nie so schnell gerannt.«

»O Gott«, sagte sie und versuchte, sich aufzurichten.

»Das wird schon wieder. Bleib flach liegen, ich halte eine Weile deine Beine hoch.«

»Was? Nein!«

Das konnte sie jetzt gar nicht gebrauchen. Dieses Szenario war nicht dazu angetan, Angus davon zu überzeugen, dass sie das Mädchen seiner Träume war. Tanzen in einem mit Kerzen erleuchteten Saal war romantisch. Gemeinsam auf einem Sofa sitzen und einen Schwarz-Weiß-Film anschauen war romantisch. Aber auf dem Küstenpfad liegen, mit den Beinen in der

Luft, schweißgebadet und mit knallenger Lycrahose, ohne selbstständig aufstehen zu können, war ganz und gar nicht romantisch.

»Ich muss zu Hollys Cottage«, sagte sie. »Meine Schlüssel ... trockene Kleider ...«

»Langsam. Ganz langsam.« Angus hielt ihr seine Hand hin. »Erst mal gucken, ob du aufstehen kannst.«

Chloe ergriff sie, merkte aber, dass ihre Beine ihr Gewicht nicht tragen konnten. Da ihr wieder schwindelig wurde, ließ sie Angus Hand los und sank auf den Boden zurück.

»Sachte!«, sagte Angus. »Nimm den Kopf zwischen die Beine, bis der Schwindel nachlässt.«

Chloe beugte sich vor und spürte, wie ihr das Blut in den Kopf strömte. »Nie wieder laufe ich mit den beiden!«

»Paolo und Holly?«

»Sie haben mit mir für den Halbmarathon trainiert«, erklärte Chloe. Dann fügte sie verlegen hinzu: »Ich hab doch im Pub gesagt, ich könnte dich schlagen. Aber da hab ich mich wohl überschätzt.«

»Ich hab deinen Mumm bewundert. Allerdings hab ich mich auch gefragt, ob du bluffst. Ich jedenfalls habe geblufft.«

»Mich hast du überzeugt«, sagte Chloe kleinlaut. »Nach dem vielen Tanzen habe ich beschlossen, mich mehr aus meiner Komfortzone zu wagen.«

Und größtenteils, um den Mut zu finden, dich um ein Date zu bitten, fügte sie im Stillen hinzu.

Laut sagte sie: »Ich weiß, es sieht jetzt nicht danach aus, aber eigentlich schaffe ich das ziemlich gut. Nur ist es jetzt ein Problem, in meine Komfortzone zurückzukehren: nach Eastercraig nämlich. Meine Beine fühlen sich an wie Pudding. Wie in aller Welt soll ich es bloß den Hügel hinunter schaffen?«

Angus lachte. »So zum Beispiel?«

Chloe schrie auf, als er sie über die Schulter warf. Ihr Herz schlug einen Purzelbaum, weil ihre Welt nun Kopf stand.

»Ist doch eine gute Lösung«, sagte Angus und setzte sich in Gang. »Mal raus aus dem üblichen Trott. Sollte ich vielleicht auch mal wagen.«

»Du müsstest nur mal einen Tag weg von der Farm. Das würde schon reichen.«

Angus schnaubte und erwiderte mit ganz anderer Stimme: »Schön wär's! Ich bin doch nicht mehr mein eigener Herr. Mein Leben gehört den Kühen. Ich bin praktisch mit ihnen verheiratet!«

Schweigen. Ohne ihm in die Augen blicken zu müssen, war es viel leichter, ihm die Frage zu stellen, die sie die ganze Zeit umtrieb.

»Ach Angus! Ehrlich? Meinst du nicht, du wirst irgendwann wirklich heiraten und eine Familie gründen?«

»Ein Dasein wie meines würde ich niemandem aufbürden. Das Leben auf einer Farm ist schwer. Und Auchintraid liegt ziemlich abgelegen. Da ist es leichter, ich bleibe allein.«

»*So* abgelegen ist es auch wieder nicht. Außerdem hast du deine Familie und Freunde. Und praktischerweise auch ein Auto, ein Telefon und Internet. Eine Gemeinde, in die du gehörst. Du bist kein Einsiedler irgendwo im Nirgendwo, meilenweit von jeglicher Zivilisation entfernt.«

Als er darauf nicht antwortete, legten sie den Rest der Strecke schweigend zurück. Chloe fragte sich, ob er über ihre Worte nachdachte. Vielleicht merkte er, dass jemand an ihn glaubte.

Als er sie vor Hollys Tür absetzte, wurde ihr noch mal schwindelig, denn er packte sie, hielt sie fest und zog sie an sich. Eine Sekunde spürte sie seinen Herzschlag und ließ sich an seine Brust sinken.

»Danke, dass du mich mitgenommen hast«, scherzte sie.

Angus sah sie an und klopfte an Hollys Tür. »Es war mir ein Vergnügen«, erwiderte er mit verschmitztem Lächeln. »Aber wenn ich dich jetzt loslasse, fällst du dann wieder hin?«

»Vielleicht solltest du mich noch ein bisschen länger halten.«

Das war ihr so herausgerutscht. Es hatte auch nicht so zweideutig klingen sollen. Aber jetzt war es raus, und Chloe wartete mit angehaltenem Atem auf seine Reaktion.

Angus zog sie noch näher zu sich und legte das Kinn auf ihren Kopf. »Du albernes Ding.«

Als Holly eine Sekunde später öffnete, schnellten ihre Augenbrauen in die Höhe. »Wir haben uns schon gefragt, wo du bleibst! Kommst du auf ein Bier mit rein, Angus?«

»Danke, aber ich kann nicht«, antwortete er. »Ich muss zurück zur Farm. Dort türmt sich die Arbeit.«

Chloe blickte zu ihm auf. Sie meinte, ein Stocken in seiner Stimme gehört zu haben. Vielleicht türmte sich die Arbeit auf der Farm wirklich, aber sie hoffte, er zögerte, weil er viel lieber mit ihr zusammenbleiben würde.

Sie stellte sich auf die Zehenspitzen und gab ihm einen Kuss auf die Wange. »Danke, dass du mich gerettet hast«, sagte sie.

»Jederzeit wieder. Ruf mich heute Abend mal an, um zu melden, ob alles wieder in Ordnung ist«, erwiderte er leise und nickte den anderen zum Abschied zu. »Wir sehen uns.«

Holly packte Chloes Handgelenk und zog sie so heftig ins Haus, dass sie ihr fast den Arm auskugelte. »Was ist denn da passiert?«

Chloe spürte, wie sich ein Grinsen auf ihrem Gesicht ausbreitete. »Wenn ich eine Tasse Tee bekomme, erzähle ich alles ganz genau.«

Später ging Paolo einkaufen. Im Laden sah er Hamish, der an der Theke unzählige Packungen Räucherlachs bekam und rasch in eine Tasche packte.

»Steht die Apokalypse unmittelbar bevor? Gibt es eine Delikatessenknappheit? Sollte ich mich auch eindecken?«

»Schsch«, machte Hamish. »Nicht so laut.«

Lola Carlson, das Mädchen an der Kasse, nickte verschwörerisch.

»Was ist denn das große Geheimnis?«, flüsterte Paolo.

Hamish winkte ihn in einen Gang.

»Nächstes Wochenende kommt eine große Jagdgesellschaft. Wir behaupten auf unserer Webseite, dass unser Essen vom Anwesen stammt, doch wir haben alle Forellen beim Ball verbraucht.«

»Aber das ist doch Lachs!«

»Ist denen bestimmt egal. Nur haben sie für das Samstagsmenu geräucherten Fisch verlangt. Also habe ich Lola angerufen, die mir versicherte, dass sie genug hat. Und dass sie Stillschweigen bewahrt.«

»Gut, ich erzähl's auch nicht weiter«, sagte Paolo.

Hamish wirkte sehr erleichtert. Dann huschte ein fragender Ausdruck über sein Gesicht. »Hör mal, hab ich eben Chloe auf Angus' Schulter gesehen? Läuft da was zwischen den beiden?«

»Nein, nichts. Chloe ist beim Joggen umgekippt, und Angus ist ihr zu Hilfe gekommen.«

»Ach, das Wettrennen? Willst du mitmachen?«

»Bin schon dabei«, erklärte Paolo, machte ein paar Ausfallschritte und holte dabei Pasta von einem Regal. »Ich bin ein erfahrener Profi.«

»Die Strecke verläuft über unser Anwesen. Hast du nicht Lust auf eine Trainingssession und einen Kaffee danach in der Bibliothek? Die wolltest du dir doch noch mal anschauen. Tut mir leid, dass ich erst jetzt darauf zu sprechen komme. Ich wurde von Gästen praktisch überrannt.«

Ja, zur Hölle! Natürlich hatte er Lust! Ein kleiner Lauf durch den magischen Schlosswald und danach eine ordentliche Portion Koffein in einem seiner liebsten Räume auf der ganzen Welt?

»Ach, das hatte ich schon vergessen« erwiderte Paolo bemüht beiläufig. »Aber gerne. Ich weiß, am Wochenende musst du arbeiten, aber nächsten Mittwochnachmittag hätte ich frei.«

Hamish strahlte. »Super. Und ich laufe mit. Bin ziemlich aus der Übung – schaffe kaum eine halbe Meile, aber es wird bestimmt Spaß machen. Ich schicke dir eine SMS.«

 KAPITEL 31

In der Woche darauf, an einem grauen Mittwochnachmittag, war die Praxis für eine Grundreinigung geschlossen. Während Paolo mit Hamish joggen ging, saß Chloe mit Holly an einem Fensterplatz im Café, genoss ein Teilchen und unterhielt sich über das bevorstehende Wettrennen – vor allem über die Frage, die Chloe mit am meisten quälte, nämlich was sie anziehen sollte. Holly erklärte ihr gerade, dass Funktionskleidung nicht verkehrt wäre.

»Ich will aber keine peinliche Anfängerin mit Topausrüstung sein«, stöhnte Chloe.

Sie erinnerte sich nur zu gut an einen Skiausflug mit der Schule, wo sie sich ständig hingelegt hatte, aber das in einer neonfarbenen Skihose, die ihre Mutter ihr unbedingt hatte kaufen wollen.

»Betrachte es als Investition«, schlug Holly vor. »Du trainierst damit weiter und fühlst dich wie ein Profi. Du brauchst das richtige Mindset.«

»Ich habe das richtige Mindset, nur nicht die richtige Figur.« Chloe biss in ihr Plunderteilchen. »Gib mir einen Bleistiftrock, und ich zwänge mich rein. Aber bei diesen Sportstretchhosen sieht man jede Delle und jede Speckrolle.«

»Du hast eine super Figur, ehrlich! Außerdem müssen die

Sachen nicht hauteng sein. Die könntest über den Stretchsachen ein loseres Top und Shorts tragen. Mit Funktionszeug läufst du schneller. Bei diesen Dingen darf man nichts dem Zufall überlassen.«

»Ich überleg's mir«, sagte Chloe und schob das Thema in ihren Hinterkopf.

»Ach, guck mal. Da ist Wolfie«, bemerkte Holly und zeigte aus dem Fenster.

Als sie beide hinausblickten, sprang Wolfie gerade vom Steg ins Wasser, was er ständig tat, während Moira ihn anbrüllte, er solle sofort zu ihr kommen.

»Er ist so frech«, sagte Chloe. »Vermutlich hält er sich für einen Fisch.«

Holly nickte. »Von all den Tieren, die in der Praxis waren, ist er mein Liebling. So viele Haare und so viel Charakter! Außerdem hat er gut auf die Behandlung angesprochen. Guck nur, wie viel Energie er hat! Obwohl ich nicht weiß, ob ein Bad im Meer gut für ihn ist. Hey, da ist Angus!«

Chloe starrte andächtig aus dem Fenster. Sie nahm jeden Zentimeter seiner kräftigen Gestalt in sich auf und bewunderte, wie sein Haar im Wind wehte. Angus blieb bei Moira stehen, sprach kurz mit ihr, blickte dann auf und sah Chloe und Holly am Fenster. Er winkte.

»Schenk ihm dein schönstes Lächeln«, befahl Holly. »Schnell!«

Chloe leckte sich über die Lippen und strahlte ihn an. Dann wandte sie sich kichernd zu Holly. »Wie war das zum Thema: nichts dem Zufall überlassen?«

»Top!«

Chloe blickte wieder zu Angus, der sie schief angrinste. Er winkte noch mal und ging dann Richtung Parkplatz. Chloes Herz pochte so heftig, als wollte es aus dem Brustkorb springen. Sie presste ihre Hand darauf, um sich zu beruhigen.

»Das war viel einfacher, als über die Sportklamotten nachzudenken«, erklärte sie Holly. »Übrigens, hast du in letzter Zeit was von Greg gehört? Du erzählst gar nichts mehr von ihm.«

Holly starrte in ihre Kaffeetasse. »Er hat noch ein paar Mal versucht, mich anzurufen, aber ich habe es nicht gehört oder bin nicht rangegangen. Er hat mir auch eine Nachricht geschrieben, in der stand, er hätte neulich bei mir angeklopft – aber zum Glück war ich da gerade in Ullapool.«

»Und wenn er seinen Fehler eingesehen hat? Und sich für sein idiotisches Verhalten entschuldigen will?«

»Mir ist die ganze Sache *so peinlich*, Chlo. Ich hab mich einem Mann an den Hals geworfen, und er hat mich abgewiesen. Meine Selbstachtung hat einen echten Knacks bekommen, aber schlimmer noch ist, dass ich das getan habe, was ich nie tun wollte: Ich habe für einen Mann meine Vernunft in den Wind geschlagen.«

»Du kannst doch nichts dafür, dass du ihn magst. Außerdem hat er dir alle richtigen Signale gegeben.«

»Ich will das Ganze nur noch vergessen«, erwiderte Holly und starrte wieder aus dem Fenster.

»Und, gelingt dir das?«

»Nein, nicht besonders gut. Ein Glück nur, dass er nicht hier wohnt. Ich weiß nicht, wie du mit deinen Gefühlen für Angus klarkommst, wo du doch ständig auf ihn triffst.«

Chloe bedachte Holly mit einem wissenden Blick. »Aber ich hab mich ihm nicht an den Hals geschmissen. Also konnte er mich auch nicht abweisen. Trotzdem finde ich, du solltest drangehen, wenn Greg noch mal anruft.«

»Auf keinen Fall!«

»Komm schon, Holly, auch du verdienst Liebe.«

Holly verdrehte die Augen. »Ich hab nie gesagt, dass ich keine Liebe verdiene, nur dass ich sie im Moment nicht brauchen kann. Ich warte noch ein paar Jahre und versuch's dann mal in Ascot.«

Chloe seufzte. »Die Liebe läuft nie so, wie man will.«

Es sei denn, dachte sie bei sich, sie schnappte sich Angus am Renntag.

Holly biss von ihrem Teilchen ab und beobachtete, wie Wolfie sich das Wasser aus dem Fell schüttelte und dann Sporran anbellte, der im Hafenbecken aufgetaucht war.

Die Gedanken an Greg verdrängten alles andere aus ihrem Kopf. Wieder einmal dachte sie daran, wie sie sich gegenüber der Möglichkeit geöffnet hatte, dass sich etwas zwischen ihnen ergab – und wie diese Möglichkeit dann einfach verpufft war. So viel zum Selbstschutz.

»Jemand zu Hause?« Chloe riss sie aus ihren Gedanken.

»Ja, schon.« Holly starrte auf ihre Fingernägel. »Irgendwo unter der Doppelbelastung von einem grässlichen Chef und einer grässlichen Liebesschmach.«

»So schlimm kann es doch nicht sein.«

»Hugh hasst mich, und Greg hasst mich jetzt bestimmt auch.

Ich werde dich und Paolo und Eastercraig vermissen, aber für mich kann es nicht schnell genug nach Ascot gehen«, erwiderte Holly bedrückt. »Hey, was ist das?«

Über Chloes Schulter hinweg spähte Holly auf einen Aufruhr vor dem Anchor.

Chloe schaute sich um. »Das ist Mhairi, mit Goose.«

Mhairi trug ihren schwarzen Labrador auf dem Arm und rannte die Straße hinunter. Sie brüllte etwas, aber Holly konnte es nicht verstehen. Sie stand auf.

»Wir zahlen später, Anjali«, rief sie der Besitzerin des Cafés zu und zog Chloe von ihrem Stuhl hoch.

Mhairi traf sie auf halbem Weg und wiegte den Hund wie ein Baby.

»Was ist denn?«, rief Holly.

»Ich glaube, er hat einen Herzanfall«, erklärte Mhairi mit Tränen in den Augen. »Ich hab gerade in der Praxis angerufen, und Hugh sagt, er ist auf dem Weg.«

»Die Praxis wird gereinigt, aber das Behandlungszimmer können wir sicher benutzen«, erwiderte Chloe.

Sie gingen zur Hintertür der Praxis, und Holly ließ sie ein. »Erzählen Sie mir genau, was passiert ist.«

Mhairi folgte ihr und Chloe ins Sprechzimmer und legte Goose auf den Behandlungstisch. »Wir waren spazieren, und auf einer der Wiesen war ein Shetlandpony. Goose wollte es begrüßen, aber das Pony trat nach ihm. Ich hab nicht gesehen, ob es ihn getroffen hat, aber er brach zusammen. Als er wieder zu sich kam, war er benommen. Ich schätze, vor seinen Augen war gerade sein ganzes Leben abgelaufen.«

Während Mhairi ihr Schluchzen unterdrückte, untersuchte Holly Goose, der vollkommen in Ordnung zu sein schien. Er hechelte, als Holly ihm ihre Hand auf den Kopf legte.

Sie kratzte ihn hinter den Ohren. »Ist Goose ansonsten gesund? Ich hab ihn dieses Jahr noch nicht in der Praxis gesehen.«

»Sehr gesund. Er ist doch erst zwei. Aber jetzt das! Was ist, wenn er eine unentdeckte Krankheit hat?«

Holly hatte einen Verdacht, machte jedoch zuerst ihren üblichen Gesundheitscheck. Ein paar Minuten später lächelte sie. »Ich kann keinerlei Herzfehler entdecken. Oder sonst etwas. Offenbar ist er ohnmächtig geworden.«

»Ohnmächtig?«

Holly nickte. »Das kommt durchaus vor. Er hatte einen Schock, aber das ist nichts, was nicht mit ein paar Streicheleinheiten kuriert werden könnte.«

Da erschien Hugh in der Tür. »Mhairi? Wo ist der Hund?«

»Es ist alles in Ordnung, Hugh.« Mhairi strahlte geradezu, nahm den Hund und trug ihn zur Tür. »Danke, Holly. Schicken Sie mir bitte die Rechnung.«

»Das wird nicht berechnet, Mhairi. Schließlich haben wir heute Nachmittag offiziell gar nicht geöffnet.«

»Sie sind ein Schatz, Holly«, sagte Mhairi. »Dann gebe ich am Freitag eine Runde aus.«

Holly grinste, während Hugh die Augen verdrehte.

»Das liegt daran, dass wir weit über dem Meeresspiegel sind«, erklärte Paolo.

Er joggte auf der Stelle und betrachtete Hamish, der sich nach Luft schnappend gegen einen Baum stützte.

»Sei nicht albern. Das liegt daran, dass ich beim Kardio eine Niete bin«, stieß Hamish keuchend hervor. »Beim Wandern über Berg und Tal hab ich keinerlei Probleme. Aber das hier ... Glaubst du, an Äsops Fabeln ist was Wahres dran?«

»Wenn du glaubst, die Schnellsten von uns würden mitten auf der Strecke ein Nickerchen machen, hast du dich getäuscht.«

Paolo lächelte, während Hamish anfing, seine Waden zu dehnen. Sie waren tief in den Wald gelaufen, der Glenalmond umgab. Es war ein trüber Tag, und zwischen den Bäumen hing leichter Nebel, so dass die feuchte Luft nach Nadelbäumen duftete. Es war auch unheimlich still, und hätte es ein Geräusch gegeben, wäre es vom Wetter und dem Wald gedämpft worden.

Ehrlich gesagt, wenn Paolo genauer darüber nachdachte, war es tatsächlich ein bisschen gruselig. Hier draußen, weit weg von allem, hatten sie keine Menschenseele gesehen. Obwohl Paolo sich schon in den Highlands eingelebt hatte, war er doch den größten Teil seines Lebens Städter gewesen, der Licht, Menschen und Lärm gewohnt war. Hin und wieder wirkten die abgeschiedenen Plätzchen rund um Eastercraig nicht mehr idyllisch, sondern mit einem Mal Furcht einflößend. So wie im Blair Witch Project.

»Kriegst du hin und wieder auch Angst, wenn du durch dein

Anwesen streifst?«, fragte er, während sich die Tentakel des Unbehagens immer fester um seine Brust schlangen.

Hamish grinste – zum ersten Mal, seit sie vor einer halben Stunde losgelaufen waren. »Macht der Wald dir Schiss?«

»Pah. Nicht doch. Sieh mich an – ich bin schon fast ein Einheimischer.«

Hamish lachte, nahm es ihm aber offenbar nicht ab. »Schon klar. Es ist ein dunkler Wald. Und seien wir ehrlich: Im Wald geschieht nichts Gutes. Sieh dir Hänsel und Gretel an, oder Rotkäppchen.«

»Ach, das macht mir keine Angst. Ich bin nur leicht desorientiert«, versicherte Paolo, überzeugte aber niemanden. Am wenigsten sich selbst.

Hamish war mittlerweile wieder zu Atem gekommen. »Keine Panik«, sagte er betont beiläufig. »Wir sind hier gleich raus.«

»Nein, mir geht's gut«, versicherte Paolo.

Aber das stimmte nicht. Zwischen den dunklen Tannen, dem dichter werdenden Nebel und der Stille überkam ihn Platzangst. Oder war es Agoraphobie, weil er im Freien war? Wie auch immer, ihm standen die Haare zu Berge, und das hatte nichts damit zu tun, dass er drei Minuten im Schatten gewesen war. Als Paolo sich umdrehte, packte Hamish ihn an den Schultern und rief laut: »Buh!«

Das war der Tropfen, der das Fass zum Überlaufen brachte. Paolo kreischte und wirbelte herum, um ihn auszuschimpfen, stolperte aber über einen Ast und kippte nach hinten. Hilflos griff er nach etwas, woran er sich festhalten konnte: Hamish.

Mit einem dumpfen Schlag landeten sie nebeneinander auf dem Boden.

Hamish rollte sich leise lachend auf den Rücken. »Zwar ist mein Arsch jetzt voll Erde, aber das war es wert!«

Paolo lag auf der Seite und blickte hinauf zu den riesigen Tannen. »Aber fair war es nicht, und das weißt du auch.«

Hamish rollte sich zurück auf die Seite. »Tut mir leid. Das war kindisch. Aber ...«

Als Hamish verstummte, bemerkte Paolo, wie dicht sein Gesicht vor seinem war. Hatte Hamish seinen Satz deshalb nicht beendet? Wegen des Gefühls, jemandem so nahe zu sein, dass man seinen Atem auf der Wange spürte?

»Paolo«, sagte Hamish leise.

Eine Vorahnung überkam Paolo: Jetzt! Jetzt würde etwas geschehen.

»Hamish?« Mehr als ein Flüstern brachte er nicht hervor.

»Ich kann das nicht«, stieß Hamish hervor, sprang auf und rannte los.

Paolo war so aufgewühlt, dass er einen Moment brauchte, um das zu begreifen. Hamish, der sich über das Tempo beschwert hatte, seit sie losgelaufen waren, rannte nun schneller, als Paolo es für möglich gehalten hätte. Wenn Hamish das durchhielt, wäre er beim Halbmarathon ganz vorn.

Hastig stand er auf und lief ihm nach. Er musste ihn einholen und herausfinden, was da gerade passiert war. Wenn nicht, würde er qualvolle Stunden mit Grübeleien verbringen. Oder tagelang in diesem Wald herumirren.

Er erreichte Hamish am Rand des Waldes. Zwischen den letzten Bäumen sah er Glenalmond. Hamish hatte die Hände in die Hüften gestemmt und starrte zum Schloss. Paolo bemerkte, dass er wieder außer Atem war.

»Hamish, was ist los?« Als Paolo zu ihm trat, knackte ein Zweig unter seinen Füßen.

Hamish drehte sich um. Seine Miene war schmerzlich verzerrt. »Daisy will, dass wir es noch mal versuchen. Aber ich weiß nicht, ob sie die richtige Frau für mich ist. Oder der richtige Mensch, wenn du verstehst, was ich meine.«

»Klar verstehe ich das.« Paolo stellte sich neben Hamish und konzentrierte sich auf den Nebel, der sich immer weiter ausbreitete. »Aber du weißt schon, dass du sie abweisen kannst, oder?«

»Schon. Andererseits ... was im Wald passiert ist.«

»Was ist denn passiert?«, erwiderte Paolo und sah ihn direkt an.

»Das war doch ein ganz besonderer Moment, oder nicht?«

Paolo spürte, wie seine Augenbrauen hochschnellten. Ihm fehlten die Worte, und bevor er Hamishs Frage beantworten konnte – ja, es hatte da einen Moment zwischen ihnen gegeben –, fuhr Hamish schon fort: »Ich glaube, das liegt an der Sache mit Daisy, innerer Aufruhr, Verwirrung und so weiter ...«

»Verwirrung weswegen?« Erneut überkam Paolo Aufregung. Jetzt käme das Geständnis, auf das er gewartet hatte. Da Hamish jedoch nicht antwortete, hakte Paolo nach: »Du meinst ... wegen deiner sexuellen Orientierung?«

Hamish starrte ihn an. »Was? Nein! Da gab's nie Zweifel!«

»Aber da war doch gerade dieser Moment zwischen uns. Das hast du selbst gesagt.«

Hamish schien etwas zu dämmern. »Ach so, das wusstest du nicht! Tut mir leid. Ich bin bi. Da gibt's keinerlei Verwirrung«, sagte er leichthin. Dann verdüsterte sich seine Miene. »Was ich eigentlich meinte, war, dass ich wegen Daisy verwirrt bin. Wir haben zwar ein paar schwierige Monate hinter uns, aber vielleicht ist da ja noch was zu retten ...«

Hamish wirkte hilflos. Wahrscheinlich wusste er wirklich nicht weiter. Aber da war er nicht der Einzige. Paolo ging es nicht anders.

»Können wir noch mal einen Schritt zurückgehen? Wieso weiß ich nicht, dass du bi bist?«

Hamish zuckte die Achseln. »Ach, ich hatte nie das Gefühl, dass ich mich outen müsste. Gemerkt habe ich es an der Uni, da habe ich es dann ein paar Freunden erzählt. Aber als ich wieder nach Hause kam, wollte ich keine große Sache draus machen, verstehst du? Und da ich seit meiner Rückkehr hierher nur Freundinnen hatte, ist das Thema nie zur Sprache gekommen. Es ist nicht so, dass ich eine Lüge leben würde oder so. Nur ist eben der Richtige nie aufgetaucht.«

»Die Falsche aber schon, oder?«

»Das ist nicht fair. Alle Frauen, mit denen ich zusammen war, habe ich wirklich gemocht, zumindest am Anfang. Und Daisy war auch die Richtige, am Anfang. Aber dann war sie es eine Weile nicht mehr. Wir haben uns ständig über Kleinigkeiten gestritten, doch sie meint, sie hätte Zeit zum Nachdenken gehabt und wollte wieder mit mir zusammen sein. Und jetzt habe ich keine Ahnung, was ich machen soll.«

»Dann solltest du dir Zeit lassen und nichts überstürzen.

Such dir ein ruhiges Plätzchen und denk gründlich darüber nach.«

Hamish zog die Augenbrauen zusammen. »Am besten kann ich in der Natur nachdenken. Ich rede gerne mit Tieren. Das klingt vielleicht komisch.«

»Du sprichst hier mit einem Tierarzthelfer, der sein halbes Leben mit Tieren spricht.« Es freute Paolo, dass ein Lächeln über Hamishs Gesicht huschte.

»Ich werde nichts überstürzen, versprochen. Aber wie wär's jetzt mit einem Kaffee in der Bibliothek?«, fragte Hamish.

Paolo verstand den Wink. »Der käme genau richtig. Lass uns reingehen. Aber wir können jederzeit reden, wenn du möchtest.«

Zwar gab Paolo sich cool, doch sein Inneres war in Aufruhr. Diese Entwicklung hatte er ganz und gar nicht erwartet.

 # KAPITEL 32

Holly dehnte zum hundertsten Mal ihre Beine und wippte dann auf den Fußballen. Wenn sie erst mal zu laufen begonnen hätte, würde sie schon warm werden, aber das konnte eine Weile dauern. An der Küste von Schottland war es an einem Morgen im September noch empfindlich frisch.

Dick eingepackt war sie am Startpunkt erschienen und hatte erkannt, dass die meisten Teilnehmer aus Eastercraig stammten. Als sie sich zu ihren Kollegen gesellte, erklärte Paolo, er würde sein eigenes Tempo laufen, und Chloe verkündete kühn, sie würde die ganze Strecke schaffen, sich aber an den Grundsatz halten: Dabei sein ist alles. Holly hatte genickt und war näher an die Startlinie gerückt, um ganz vorne dabei zu sein.

Sie hatte direkt ein hohes Tempo angeschlagen und wurde von der Menge der Mitläufer nach vorn getrieben. Doch schon bald dünnte das Feld aus, und als die Strecke anstieg, bekam sie immer mehr Platz. Da der Läufer mit dem roten Oberteil vor ihr ein gutes Tempo lief, hängte sie sich an ihn dran. Nach einer Weile bog der Weg von der Küste ins Inland. Da hörte Holly, wie jemand ihren Namen rief.

»Holly! Hey, Holly, warte mal!«

Sie drehte sich um und sah Greg, der näher kam. Aufregung prickelte in ihr, die sie sofort in Ärger umwandelte. Auf gar keinen Fall würde sie auf ihn warten! Ihre Schmach brannte immer noch in ihr, und sie wollte ihm nicht in die Augen blicken.

Du wirst mich nicht mehr ablenken, Greg Dunbar, sagte sie zu sich. Weder in romantischer noch in sportlicher Hinsicht. Sie rannte schneller.

Zwar war der Abend in der Schutzhütte schon eine Weile her, doch hin und wieder meldete sich unerwartet das Gefühl der Demütigung – nicht täglich, aber ab und an, beim Zähneputzen zum Beispiel oder in der Praxis oder jedes Mal, wenn sie ein Pärchen sah, das die gemeinsame Zeit genoss und wo keiner dem anderen einen Kuss verweigerte. Und jetzt war Greg da, in Fleisch und Blut! Normalerweise bekam sie beim Joggen den Kopf frei, doch das war ihr wohl heute nicht vergönnt.

Die orangefarbenen Fähnchen der Laufstrecke zeigten ihr eine lange Ebene an. Holly erhöhte ihr Tempo.

Der Schotterweg wand sich über den Hügel und strebte dem Wald zu. Holly blickte über ihre Schulter und merkte, dass Greg außer Sichtweite geraten war. Gut. Da ihr das Blut in den Ohren rauschte, wurde sie langsamer und lief etwas aus dem Tritt weiter, weil ihr durch den Sprint leicht schwindelig geworden war.

Gerade als sie das Gefühl hatte, ihren Rhythmus wiederzufinden, hörte sie erneut Gregs Stimme, schwach zwar und gedämpft durch die Bäume, aber er rief eindeutig ihren Namen. Sie warf erneut einen Blick über die Schulter, schlitterte über eine moosige Stelle, stolperte und fiel hin.

»Verdammt!«, fluchte sie und rappelte sich wieder auf.

Keuchend stützte sie sich gegen einen Baum, um sich wieder zu fangen.

»Alles in Ordnung?« Greg hatte sie eingeholt.

Holly spürte, wie sie rot wurde, und starrte ihn finster an. »Kann man hier nicht mal ungestört ein Rennen absolvieren? Und überhaupt, hattest du nicht gesagt, du würdest nicht mitlaufen?«

»Das wollte ich auch nicht, aber ich habe es mir anders überlegt, weil ich gehofft habe, dich hier zu treffen. Seit Wochen versuche ich, dich zu erreichen, ich war sogar kurz davor, bei deiner Arbeit aufzutauchen wie so ein Stalker. Also bin ich jetzt hier. Ich wollte über das reden, was passiert ist.«

»*Jetzt*? Mitten im Wald, bei einem Geländelauf?«

»Nein. Reden wollte ich später. Aber ich dachte, es wäre nett, zusammen zu laufen.«

»Wie kommst du denn darauf?«, fragte Holly und hoffte, ihr Ton wäre Warnung genug.

»In Gesellschaft ist doch alles schöner, oder?«

Greg wirkte nicht, als wäre er außer Atem geraten oder ins Schwitzen gekommen. Wütend stürmte sie los, ohne ihm eine Antwort zu geben. Er verdiente auch keine.

»Holly, hör doch mal!«, rief er und schloss wieder zu ihr auf.

Holly mobilisierte ihre Energiereserven und sprintete auf das nächste Fähnchen zu, das die Grenze zwischen Wald und dem Anwesen von Glenalmond markierte. Die Familie Glennis, die begeistert alles unterstützte, was der Gemeinde diente, hatte einen Tisch mit Erfrischungen aufgestellt. Dahinter standen David und Moira in identischen Fleecejacken und feuerten die Läufer an. Holly lief auf David zu, der einen Becher in die Höhe hielt.

»Wolfie ist heute nicht dabei?«, fragte sie und hüpfte auf der Stelle, während sie das Wasser herunterkippte.

»Gott, nein!«, erwiderte David mit entsetzter Miene. »Der ist doch ein Jagdhund. Der dumme Kerl würde vor lauter Aufregung glatt einen Läufer hetzen.«

»Und ihn dann zu uns zurückschleifen, als Abendessen«, ergänzte Moira und verdrehte entnervt die Augen. »Weingummi?«

Moira hielt ihr eine Schüssel hin, und Holly nahm sich ein paar. Da hörte sich hinter sich den Schotter knirschen, und als sie sich umdrehte, sah sie Greg näher kommen. »Danke«, sagte sie hastig und nahm sich sicherheitshalber noch ein paar Weingummis mehr. »Bis später.«

Als Holly weitersprintete, hörte sie, wie David Greg in ein Gespräch verwickelte, und verspürte grimmige Befriedigung, weil Greg aufgehalten wurde. Vor lauter Freude, die restliche Strecke in Ruhe hinter sich bringen zu können, bekam sie einen Energieschub und erhöhte erneut ihr Tempo, während sie Richtung Straße lief.

Kurz darauf erblickte sie das Meer. Bei diesem Anblick waren alle Gedanken an Greg kurzzeitig verflogen. In der Sonne sah es aus, als hätte jemand eine Handvoll silbrigen Glitter darübergeworfen. Wie gebannt von den glitzernden Wellen wurde Holly langsamer. Ein paar Möwen, die auf der Wasseroberfläche wippten, stoben plötzlich wild mit den Flügeln schlagend auf, weil etwas sie aufgescheucht hatte. Als Holly genauer hinschaute, erkannte sie, dass es Sporran war.

Unwillkürlich musste sie lächeln, weil die Strecke sie durch die schönsten Bereiche von Eastercraig geführt hatte. Erst über die wilde, mit Ginster bewachsene Landspitze, dann durch die Wälder, am Fluss vorbei und schließlich zur Küste mit Blick aufs Meer. Keine ihrer Laufstrecken in London war so idyllisch gewesen.

Nachdem sie die Ziellinie überquert hatte und wieder nach Hause gelaufen war, spürte sie, gerade als sie den Schlüssel ins Schloss steckte, dass jemand hinter ihr stand. Man musste kein Genie sein, um zu erraten, wer es war. Ohne sich auch nur umzudrehen, seufzte Holly auf. »Greg. Bitte, hau ab.«

»Können wir nicht reden?«

Sie warf ihm einen Blick über die Schulter zu. Als sie sah, dass er offenbar verzweifelt etwas loswerden wollte – wahrscheinlich eine Entschuldigung, weil er so ein Arsch gewesen war –, wurde sie weich. Trotzdem wusste sie nicht, was sie sagen sollte.

Sie drehte den Schlüssel im Schloss und stieß die Tür auf. »Wieso. Da gibt's nichts zu reden. Ich hatte ein paar Drinks, dachte, wir wären in Stimmung für einen Kuss, und hatte mich verschätzt. Ich hab mich hinreißen lassen.«

»Hör zu, kann ich mit reinkommen?«

»Ach, *jetzt* willst du mit rein? Nach einem schönen gemeinsamen Abend nicht, aber nach einem schweißtreibenden Rennen schon?«

»Ja, alles klar. Mein Timing ist suboptimal.«

»Was du nicht sagst. Und willst du mir wieder erzählen, du könntest wegen der Sache mit Angus nicht zur Farm und müsstest hier übernachten?«

»Nein, ich wohne im B&B.«

»Ach.«

Ehrlich gesagt, wusste Holly nicht, was sie denken sollte. Ihre Verwirrung war eigentlich nur noch größer geworden. Erst hatte er sie abgewiesen. Dann hatte er sie während des Rennens praktisch verfolgt, und zwar ohne Vorwarnung, weswegen sie auf dieses Gespräch auch nicht vorbereitet war. Und jetzt war er ihr bis zum Haus nachgelaufen und wollte reden. Außerdem war sie völlig dehydriert. Brauchte eine Dusche. Musste aufs Klo. Und sich umziehen. Und was essen. Sie wusste kaum, welches Bedürfnis sie zuerst stillen sollte.

»Also, kann ich reinkommen?«, drängte er. »Es dauert nicht lang.«

»Na gut, na gut.« Holly blickte entnervt zum Himmel und fragte sich, ob sie einen Fehler machte. »Aber ich muss mich erst mal sortieren. Mach du schon mal Wasser für Tee heiß, ja?«

Chloe hielt sich im Schlussfeld auf. Alles andere wäre albern gewesen, obwohl ihr schon der Gedanke kam, dass niemand sie einsammeln würde, wenn sie wieder ohnmächtig würde. Trotzdem war sie entschlossen, die ganze Strecke durchzuhalten, und wenn sie erst eine Woche nach dem Rennen ins Ziel humpelte.

Als die erste Gruppe losstürmte, sah sie Holly, in Läuferklamotten und professionell wirkend wie immer, den Hügel hinauffliegen und eine Gruppe mit Vereinskluft überholen. Und als sie versuchte, sich locker warm zu machen, ohne zu straucheln, sah sie auch Paolo in ziemlichem Tempo loslaufen.

Sie seufzte laut und holte dann tief Luft, als die Teilnehmer vor ihr sich in Bewegung setzten. Einen Augenblick lang stand Chloe nur da, sah ihnen nach und fragte sich, was der ganze Blödsinn eigentlich sollte. Würde in drei Stunden überhaupt noch jemand an der Ziellinie sein?

»Chlo! Bist du da festgewachsen?«

»Was?« Sie wirbelte herum und sah Angus.

»Läufst du nicht los? Ich weiß, du hast Angst, es nicht bis ins Ziel zu schaffen, aber wenn du das willst, musst du schon loslaufen.«

Da hatte er recht. Trotzdem wurde ihre Nervosität immer schlimmer. »Die Strecke ist so lang«, sagte sie.

Ihr wurde heiß, und ihr ganzer Körper fing an zu kribbeln wie von tausend Nadelstichen.

»Weißt du was? Ich laufe die erste Meile mit. Und dann nehme ich die Abkürzung nach Glenalmond. Wenn du nicht in ...«, er warf einen Blick auf seine Uhr, »... neunzig Minuten aus dem Wald auftauchst, gehe ich dich suchen. Und wenn du schon durch bist, sagen Moira und David mir Bescheid.«

»Das würdest du tun?«

Angus legte ihr seinen Arm um die Schultern. »Aye. Für dich tue ich doch alles.«

Chloe wünschte, das wäre wahr. Dass er erkennen würde, welch guter Fang er war. Dass er sie buchstäblich von den Füßen reißen würde. Nur nicht wieder über die Schulter werfen, das war für sie nicht besonders vorteilhaft. Durch seine Aufmerksamkeit überzeugte er sie nur noch mehr, dass sich unter der rauen Schale ein Mann verbarg, der jedes Mädchen glücklich machen konnte. Idealerweise wäre sie natürlich dieses Mädchen.

»Danke, Angus. Das weiß ich wirklich zu schätzen.«

Als die Letzten vor ihr über die Startlinie liefen, durchfuhr Chloe noch einmal ein nervöser Schauer. Angus sah sie an und winkte ihr, sich in Gang zu setzen. Sie holte ein letztes Mal tief Luft und lief los.

»Ein schöner Tag für so ein Rennen«, sagte Angus munter.

Chloe warf ihm einen verstohlenen Seitenblick zu. Für den Wettlauf wirkte er völlig unpassend. Seine Gestalt schien viel besser fürs Hurling, fürs Baumstammwerfen oder fürs Herumwuchten von Rindern geeignet – was sie sich bei ihm oft vorstellte. Außerdem trug er seine klobige Wachsjacke und Wanderstiefel. Sie musste kichern.

»Was ist so lustig?«, erkundigte er sich.

»Sind die Sachen nicht unbequem?«

»Ein bisschen warm vielleicht«, sagte er, zog seine Mütze ab und stopfte sie in die Jackentasche. »Außerdem sehe ich in Stretchklamotten einfach nur lächerlich aus. Ganz im Gegensatz zu dir übrigens. Das Ding da am Kopf ist besonders kleidsam.«

Chloes Joggingkluft war in Pink und Weinrot, weshalb sie aussah, als hätte man sie in Erdbeermarmelade getaucht – ein Eindruck, der vervollständigt würde von dem roten Kopf, den sie von der Anstrengung unfehlbar bekommen würde. Aber sie wollte sich so darauf konzentrieren, das Ziel zu erreichen, dass ihr das egal sein würde.

»Holly hat mir dieses Stirnband aus Kunstfell besorgt«, sagte

Chloe, von diesem Kompliment beflügelt. »Für Paolo und sich selbst hat sie auch welche gekauft.«

»Nun, dann lass uns nur hoffen, dass die Raubvögel dich nicht für ein Beutetier halten.«

»O mein Gott! Glaubst du, das ist möglich?« Entsetzt blieb sie stehen.

Angus brach in Gelächter aus. »Das bezweifle ich ... aber jetzt werde ich dich verlassen. Ich warte in Glenalmond auf dich. Und nicht vergessen: positiv denken. Das wird helfen.«

Chloe winkte ihm kurz und joggte den Küstenpfad entlang. Als der kühle Wind ihr übers Gesicht strich, spürte sie nichts mehr von der kribbligen Angst, die sie zu überwältigen gedroht hatte. Natürlich hatte es nichts mit dem Wind zu tun – eher mit Angus' Beistand und Trost. Positive Gedanken würden sie das durchstehen lassen, genau wie Angus gesagt hatte – wenn nicht, wusste sie auch nicht weiter.

Nach einer gefühlten Ewigkeit – in der sie immer wieder über rutschiges Moos geschlittert war und mit Flechten bewachsene Zweige beiseitegeschoben hatte – tauchte Chloe aus dem Wald auf, der Glenalmond umgab. Die positiven Gedanken, die sie vorangetrieben hatten, wurden jetzt verdrängt von der noch positiveren Aussicht, dass Angus mit einem kalten Getränk auf sie wartete und sie praktisch zu sich zog. Allerdings durchzuckte sie hin und wieder die Angst, er hätte es sich anders überlegt.

Hatte er aber nicht. Da stand er, seine große Gestalt ragte hinter David und Moira Glennis auf. Nur gut, dass er so attraktiv war, sonst hätte er gewirkt wie Lurch von Addams Family.

»Komm schon, Mädel!«, brüllte er so laut, dass seine Stimme von den Mauern des Schlosses widerhallte.

Für den Bruchteil einer Sekunde hatte Chloe das Gefühl, dass er auch seine Kühe so anspornte. Allerdings liebte er die aus tiefstem Herzen. Unsicher, wie sie das finden sollte, rannte sie zum Tisch mit den Erfrischungen, trank einen Schluck Wasser und warf sich ein Weingummi ein.

Hüpfend merkte sie, dass sich an ihrem linken Fuß eine Blase bildete.

»Sieht gut aus, MacKenzie-Ling.« Angus kam um den Tisch herum zu ihr. »Du hältst dich ja immer noch senkrecht.«

»Ja!«, keuchte Chloe, weil ihre Luft knapp war.

»Ich gehe jetzt zur Ziellinie vor«, erklärte er. »Den Rest schaffst du auch noch. Ganz am Schluss wird es hart werden, aber dann geht es wenigstens bergab. Und ich sag deinen Eltern Bescheid, dass du auf dem Weg bist.« Er gab ihr einen Klaps auf den Arm, der sie fast umwarf.

»Gut«, sagte sie, fühlte sich aber ganz und gar nicht so.

»Ist wirklich alles in Ordnung? Hier, nimm noch ein Weingummi.«

»Danke.«

Er gab ihr eins und trat näher zu ihr. »Pink, passt zu deinem Outfit.«

Chloe lächelte dankbarer, als er ahnen konnte, und setzte sich, nachdem sie Moira und David gewinkt hatte, wieder in Bewegung, um die scheinbar endlose Auffahrt hinunterzujoggen. Sie konnte es schaffen, oder nicht?

 KAPITEL 33

Während Greg sich klappernd in der Küche zu schaffen machte, gönnte Holly sich eine kurze, kalte Dusche. Das eisige Wasser kühlte ihre schmerzenden Beine; um vor Greg zu fliehen, war sie noch schneller gelaufen als sonst, was eindeutig ein Schock für ihre Muskeln gewesen war. Danach zog sie sich Leggins, warme Socken und einen schönen grünen Wollpullover an, den sie an der Westküste gekauft hatte. Ein rascher Blick in den Spiegel bestätigte ihr, dass sie nicht mehr so aufgelöst aussah wie direkt nach dem Rennen, daher begab sie sich zufrieden nach unten.

»Das ging aber schnell«, bemerkte Greg.

Er saß auf dem Sofa. Holly nahm ihm gegenüber Platz. Als er ihr eine Tasse Tee einschenkte, leuchteten ihre Augen beim Anblick der Plätzchen auf.

»Danke dafür«, sagte sie, trank einen Schluck und nahm sich einen Keks. »Und dafür auch.«

»Wie geht's dir? Läuft die Arbeit gut?«

Innerlich stöhnte Holly auf, weil er tatsächlich Small Talk betreiben wollte. Sie hingegen wollte direkt zum Punkt kommen. Aber wahrscheinlich konnte Höflichkeit nicht schaden. »Ja, alles gut. Und bei dir?«

Greg lächelte. »Okay. Ich bin beruflich für ein paar Monate

in Edinburgh. Und ich habe eine neue Dame in meinem Leben. Genauer gesagt: eine Hündin.«

Hollys Herz hatte für einen Schlag ausgesetzt, kam aber jetzt holpernd wieder in Gang. »Wirklich?«

»Ja, einen Gordon Setter namens Sadie. Eine tolle Gefährtin. Dieses Wochenende bleibt sie bei einem Freund, weil ich es nicht für vernünftig hielt, sie mit hierherzubringen. Aber eigentlich will ich jetzt nicht über sie reden. Ich bin heute hergekommen, um mich zu entschuldigen. Wir sind miteinander ausgegangen, wir hatten Spaß, und eins führte zum anderen, und dann hab ich dich stehenlassen.«

Er hielt inne, als müsste er überlegen, was er als Nächstes sagen sollte. Holly spürte, wie ihr Herz schneller zu klopfen anfing. Sie beugte sich zum Tisch und nahm sich noch einen Keks.

»Du hast mich stehenlassen, und ich kam mir ziemlich blöd vor«, sagte sie. »Wie auch immer. Red weiter.«

»Du wirst wahrscheinlich schon gehört haben, dass ich früher ein paar Freundinnen oder ein paar Flirts hatte.«

»Mehr als nur ein paar.«

»Wir beide haben uns so gut verstanden, aber dann wurde mir klar, dass du kein Flirtmaterial bist.«

Gekränkt und gleichzeitig geschmeichelt ließ sich Holly gegen die Sofalehne sinken. »Danke. Wenn das ein Kompliment war.«

»Jedenfalls nicht wie andere. Ich meine, wir verstehen uns doch wirklich super. Das will ich nicht durch komische Gefühle verderben.«

»Weil dieses Gespräch ganz und gar nicht komisch ist.«

Greg holte tief Luft. »Du bist eigentlich nicht mein Typ.«

»Das wird ja immer schöner!«

»Nein, also ... Ach! Ich sag's jetzt ganz offen: Du bist nicht irgendein Mädchen, wie man es in einer Bar oder auf einer Party trifft. Du bist klug und witzig und kannst mich bei einem Wettlauf schlagen. Und ich bin wirklich gern mit dir zusammen. Ehrlich gesagt, dachte ich – zu meiner Enttäuschung –, dass du nicht an mir interessiert wärst. Jedenfalls nicht so. Nach dem Ball zum Beispiel hast du dich zurückgezogen.«

»Guter Gott«, sagte Holly und schloss die Augen. »Ich hoffe wirklich, dass dieses Gespräch bald vorbei ist.«

»Ich will dich nicht in eine unangenehme Lage bringen. Ganz im Gegenteil. Ich will die Dinge klären. Also: Da war was zwischen uns. Aber auf dem Heimweg wurde mir bewusst, dass du ein bisschen angetrunken warst und ich völlig nüchtern. Ich erinnerte mich an das, was du über die Freunde deiner Mutter erzählt hattest, und beschloss, die Dinge langsamer angehen zu lassen. Ich wollte nicht, dass du denkst ... Ich wollte nicht, dass du glaubst ...«

»Du würdest mich schnell wieder abservieren, wie so viele andere?«

»Das ist nicht fair«, wehrte sich Greg.

»Wenn deine romantische Vergangenheit in deinem Lebenslauf stünde, würde ich dich nicht einstellen. Tut mir leid, aber so ist es.«

Das war vielleicht ein bisschen brutal. Eigentlich hatte es witzig rüberkommen sollen. Jedenfalls ein bisschen. Sie hatte ihre beste Rüstung aus schnippischen Bemerkungen angelegt, um auf gar keinen Fall verletzt zu werden.

Greg wirkte betroffen. »So siehst du mich also?«

Jetzt machten sich Schuldgefühle bei Holly bemerkbar, und sie suchte nach beschwichtigenden Worten. »Alle sehen dich so. Du hast selbst gesagt, du wärst so.« Das machte es nicht wirklich besser. Sie wartete darauf, dass er etwas sagte.

»Pass auf. In diesem Jahr hatte ich noch kein einziges Date.«

Holly runzelte die Stirn. Mit einem solchen Geständnis hatte sie nicht gerechnet. Sie blickte aus dem Fenster aufs Meer und versuchte, ihre Gedanken zu ordnen. Alles, was er sagte, war vernünftig und durchdacht, und auf einmal wurde sein Verhalten nachvollziehbar. Aber es war sinnlos, so zu tun, als könnte dadurch irgendwas gerettet werden.

»Greg«, sagte sie und blickte ihn direkt an, »ich will ehrlich zu dir sein. Ich bin nur für ein Jahr hier, und es ist schon September. Nächstes Jahr gehe ich nach Berkshire, um meinen Traumjob anzutreten. Bei meiner Ankunft habe ich einen Pakt mit mir selbst geschlossen: Ich wollte mich nur auf die Arbeit konzentrieren und von nichts ablenken lassen. So habe ich es mein ganzes Leben gehalten – hauptsächlich wegen meiner Mum, wie du dir denken kannst. Ich bin nicht auf der Suche nach einer Beziehung. Oder einem Flirt. Oder was auch immer du mir anbieten willst. Oder auch nicht. Jedenfalls nicht jetzt.«

»Aber wenn ich deinen Kuss erwidert hätte, hätte das irgendwas bei dir geändert?«

Erwartungsvoll sah er sie an. Doch sie wusste, dass ihre Antwort Nein lautete. Trotz ihrer Gefühle für ihn, trotz der Hochstimmung, die sie jedes Mal in seiner Gegenwart überkam, musste sie sich selbst treu bleiben.

»Ehrlich gesagt, weiß ich es nicht. Ich will allen romantischen Verwicklungen aus dem Weg gehen. Vor allem mit berüchtigten Frauenhelden.«

Schockiert über die verbalen Spitzen, die ihr einfach so herausgerutscht war, stopfte sie sich noch einen Keks in den Mund.

Greg wirkte verletzt. »Das glaubst du also? Dass ich ein Womanizer bin, der sich nicht um die Gefühle anderer Leute schert? Ich hab nie gesagt, dass ich nicht auf der Suche nach der Richtigen bin.«

»Es sieht aber nicht so aus, als würdest du ernsthaft suchen«, gab Holly zurück, obwohl sie sich immer schlechter fühlte. Mit diesem Tiefschlag wollte sie vor allem eins: ihr Elend über ihre eigenen Entscheidungen überdecken.

»Habe ich aber. Ich wusste nur nicht, wie ich all das hinter mir ...« Er fuchtelte eine Sekunde hilflos mit den Händen. »Ich war noch nicht bereit ...«

Während er nach Worten suchte, fühlte Holly sich immer schlechter. Sie lehnte sich auf dem Sofa zurück und fuhr sich mit den Fingern durch die noch feuchten Haare. Sie blieben in den Strähnen hängen, die so verworren waren wie ihre Gedanken. Am Ende des Jahres würde sie nach Ascot gehen. Und Greg ging nach Edinburgh. Das Ganze hatte keinen Sinn. Das einzig Sinnvolle war, es kurz zu machen: »Ich glaube nicht, dass ich die Richtige bin, um dich aus dieser Krise zu holen, Greg. Aber es gibt bestimmt die Richtige für dich.«

»Aber du hast doch auch was gespürt, oder? Das Ganze habe ich mir doch nicht nur eingebildet?«

Holly biss sich auf die Unterlippe. »Da habe ich mich wohl kurz hinreißen lasssen. Aber was ich gespürt habe, ist längst verschwunden. Einfach so verpufft.«

»Ich weiß, dass das nicht ...«

Ihre Blicke trafen sich, und Holly spürte, wie jede Zelle in ihrem Körper erwachte. Doch sie rief sich zur Vernunft. »Ich kann nicht.«

Greg senkte kurz den Blick. »Ich sollte wohl gehen.«

»Besser wäre es«, nickte Holly. »Ich bin froh, dass wir darüber geredet haben, aber jetzt bin ich erledigt. Ich glaube, ich muss mich mal kurz hinlegen.«

Auch, um ihren schmerzenden Kopf wieder klar zu bekommen.

Er nickte, stand auf und ging zur Tür. »Aber wir sehen uns doch wieder, oder?«, fragte er, und Holly hörte einen hoffnungsvollen Unterton in seiner Stimme. »Wir könnten was trinken gehen – ganz harmlos. Oder zusammen laufen, wenn du dich vom Wettrennen erholt hast. Oder tatsächlich noch unser Picknick machen. Hör mal, mir ist lieber, wir bleiben Freunde, als dass wir gar nichts mehr miteinander zu tun haben. Wenn du das auch willst.«

»Klar«, sagte sie und gab ihm einen Kuss auf die Wange.

Er öffnete die Haustür und trat ins Freie. »Mach's gut, Holly.«

»Mach's gut, Greg.«

Als Holly die Tür hinter ihm schloss, überkam sie sofort heftiges Elend. Aber es wäre dumm, ihm nachzulaufen, oder? Oder?

KAPITEL 34

Endlich erreichte Chloe den letzten Streckenabschnitt: die Hauptstraße, die nach Eastercraig führte. Sie hatte keine Ahnung, wie sie dorthin gelangt war. Vielleicht hatte ihr Körper in den Überlebensmodus gewechselt, ohne dass sie es bemerkt hatte. Doch gerade, als sie dachte, sie hätte es geschafft, fing jeder Muskel in ihr an zu brennen.

Halb lief sie, halb stolperte sie den Hügel hinunter, bis endlich die Ziellinie in Sicht kam. Dort stand Angus und winkte wie wild. Trotz ihrer Kraftlosigkeit spürte Chloe, wie ihre Hand ganz von selbst in die Höhe schoss. Sie hatte es geschafft! Sie konnte alles schaffen!

Mit zunehmendem Tempo, das eher der abschüssigen Straße als irgendwelchen Reserven geschuldet war, stürmte Chloe dem Ziel entgegen. Sie stellte sich vor, wie die Menge ihr zujubelte und sich teilte – obwohl mittlerweile keine Menge mehr da war, die sich teilen konnte. Aber das war egal, denn Angus war da. Am Straßenrand sah sie Paolo, der sie mit einer Siegerfaust anfeuerte und ihr »Los, schnapp ihn dir« zurief, ehe er sich auf den Heimweg machte.

»Du siehst aus, als könntest du auch so einen gebrauchen«, bemerkte ihr Dad und zeigte auf den Stock ihrer Mutter.

Chloe wirbelte herum und erblickte ihre Eltern. Sie hatte sich so auf Angus konzentriert, dass sie sie gar nicht bemerkt hatte. »Wart ihr etwa die ganze Zeit hier? Ist euch nicht kalt geworden?«

»Wir waren im Pub, Schatz«, erwiderte ihre Mutter. »Angus hat uns Bescheid gesagt, dass es noch ein Weilchen dauern würde, nicht wahr, mein Lieber? Du bist wirklich sehr aufmerksam, Angus. Und wie schneidig du auf dem Ball ausgesehen hast. Für einen Mann deiner Größe bist du erstaunlich leichtfüßig. Es ist mir ein Rätsel, wieso du noch keine feste Freundin hast.«

Angus wurde immer röter, und Chloe selbst schämte sich zu Tode. Sie wagte es nicht mehr, Angus in die Augen zu blicken. Stattdessen schaute sie ihren Vater an, der ihr unmerklich zu zwinkerte.

Als Meis Loblied schließlich endete, murmelte Angus nur leise »danke«, worauf sie ihm den Arm tätschelte.

»Mir wird langsam kalt, Mum«, sagte Chloe rasch. »Sollen wir nicht nach Hause gehen?«

»Ach, Debbie Brewer hat gerade angerufen und gefragt, ob wir nicht einen Kaffee mit ihr trinken wollen. Kommst du allein heim?«

Da war sich Chloe nicht sicher. Schließlich war sie gerade dreizehn Meilen gelaufen. Aber für Mei war es wichtig, jede Möglichkeit zu nutzen, unter Leute zu kommen. »Ich versuch's, Mum.«

»Danke, Schatz. Ich möchte Debbie nur ungern absagen. Vielleicht könnte Angus dich begleiten? Ginge das, mein Lieber?«, wandte sie sich an Angus.

»Mum!«, rief Chloe aus und krümmte sich innerlich.

Angus nickte. »Natürlich, Mei.«

Chloe, peinlich berührt von ihrer Mutter, brauchte nur ein »Danke, nett von dir« heraus.

»Da ist Debbie ja«, bemerkte ihr Vater und winkte einer Frau am Laden zu. »Komm, Mei. Wir sehen uns später, Chloe. Bye, Angus.«

Kaum waren ihre Eltern außer Hörweite, wandte sie sich zu Angus, um sich zu entschuldigen. Angus konnte nur schwer mit Komplimenten umgehen, und Meis Lobreden hätten sogar dem eitelsten Mann die Schamesröte ins Gesicht gejagt.

Aber zu ihrer Überraschung lachte Angus leise. »Schneidig? Deine Mutter findet mich *schneidig*?«

Zumindest nahm er es mit Humor. »Offenbar.«

»Und erstaunlich leichtfüßig für einen Mann meiner Größe? Das sollte ich in mein Datingprofil aufnehmen.«

»Du hast ein Datingprofil?«

»Nein, aber wenn, dann sollte ich diese Referenzen anführen.«

Er lachte erneut, und Chloes Herz – das kurz gestockt hatte, als sie dachte, er würde online nach einer Frau suchen – setzte sich wieder in Gang.

»Nun«, sagte sie, weil sie durch sein Lachen wieder etwas an Selbstvertrauen gewann, »du hast wirklich sehr schneidig ausgesehen. Und du warst auch sehr leichtfüßig.«

»Genau wie du. Und schneidig hast du auch ausgesehen – oder besser gesagt: wunderschön, denn ich weiß nicht, ob Mädchen schneidig sein können. Aber deine Haut wird ja schon rot von der Kälte! Komm, ich bringe dich nach Hause.«

Sollte er bemerkt haben, dass er sie in Verlegenheit gebracht hatte, überspielte er das sehr gut. Sie gingen gemeinsam zum Wagen, und Angus streckte die Hand aus.

»Wie fühlt es sich an, etwas geschafft zu haben, das man sich niemals zugetraut hätte?«, fragte er und öffnete die Beifahrertür für sie.

Wenn er gewusst hätte, welche Ironie in seiner Frage lag! Chloe stieg ins Auto. »Ich bin ziemlich stolz auf mich. Obwohl ich es ohne dich nicht geschafft hätte. Ich bin dir wirklich dankbar, dass du mich am Anfang begleitet und am Schloss auf mich gewartet hast.«

»Das war doch gar nichts«, gab er zurück. »Ich freue mich immer, helfen zu können.«

Als der Wagen die Promenade entlangfuhr, erschauerte Chloe. Sie war immer noch in Hochstimmung, weil sie das Rennen geschafft hatte. Dies war der richtige Moment: Nun würde sie ihn fragen, ob er etwas mit ihr trinken gehen wollte. Mit ihr allein. Sie holte tief Luft.

Doch als sie sich dem Pub näherten, entdeckte Chloe Daisy Morello, die ihnen wie wild zuwinkte. Wie immer sah Daisy hinreißend aus, mit hochhackigen Schuhen, Skinny Jeans und einem glänzenden Parka. Neben ihr stand eine zierliche, aber nicht weniger umwerfende Frau mit grellrosa Lippenstift. Angus hielt neben ihnen und kurbelte das Fenster herunter.

»Angus, Schätzchen«, hauchte Daisy. »Dies ist meine Cousine Elle. Du weißt doch, die, von der ich dir auf dem Ball erzählt habe.«

»Daisy hat mir schon gesagt, dass du gut aussiehst. Und sie

hatte wirklich recht«, sagte Elle und verzog ihre Lippen zu einem verführerischen Schmollmund. Ihre großen blauen Augen funkelten.

»Hi, Daisy, hi, Elle.« Angus nickte ihnen mit leisem Lächeln zu. »Ihr kennt doch Chloe?«

»Ja, natürlich«, sagte Daisy und sah Chloe an, als würde sie erst jetzt bemerken, dass sie auch im Wagen saß. »Wie auch immer. Elle ist bis Dienstag hier, und ich dachte, du würdest vielleicht heute Abend mit uns und Hamish in den Pub gehen.«

Angus wirkte so verwirrt, wie Chloe sich fühlte. »Hattet ihr euch nicht getrennt?«, fragte Chloe. Paolo hielt sie und Holly ständig auf dem Laufenden. Allerdings war es nicht ganz leicht, immer mitzukommen. Chloe hatte gerade erst Paolos Information verarbeitet, dass Hamish bi war, und seine Bitte, das geheim zu halten. »Seid ihr wieder zusammen?«

Leichte Verärgerung huschte über Daisys Miene, wurde aber sofort von Selbstzufriedenheit verdrängt. »Du bist bestimmt zu erschöpft, um heute Abend zu feiern, Chloe, aber es war nett, dich zu treffen. Wir sehen uns später, Angus.«

Die ganze Zeit hatte Chloe gedacht, sie wäre bei Angus weitergekommen, nur um jetzt Zeugin zu werden, wie eine andere sich mit ihm verabredete. Der Anblick von Daisy und ihrer Cousine in all ihrer glamourösen Selbstsicherheit reichte aus, dass sie sich wieder hilflos fühlte. Hilflos und etwa einen halben Meter zu groß.

Angus nickte Daisy zu und fuhr dann den Hügel hinauf zu Chloes Haus.

»Also ist Daisy wieder auf der Bildfläche aufgetaucht?«, bemerkte Chloe ausdruckslos.

»Sieht so aus. Da wird Hamish wohl ein bisschen Verstärkung brauchen.«

Es schien ihn nicht abzuschrecken, dass er sich damit auch um Elle kümmern musste. Chloe hatte immer gedacht, er stünde auf praktisch veranlagte Frauen, die sich in Gummistiefeln wohlfühlten und Kuchen backen konnten, aber vielleicht hatte sie sich geirrt. Auch wenn Elle die personifizierte Gottesanbeterin im Kaschmirmantel war.

Doch das auffälligste Merkmal an Daisys Cousine war ihre pure Unverfrorenheit. Die, wie Chloe nur zu gut wusste und jetzt mit sinkendem Mut bedachte, sie selbst niemals aufbringen konnte. Dieses Mädchen hatte ein derart entwaffnendes Selbstvertrauen, dass sie Angus einfach so sagen konnte, wie sehr sie ihn mochte, und ihn damit aus der Reserve und seiner üblichen düsteren Laune lockte. Innerhalb eines Monats würden sie verlobt sein.

»Ja, wahrscheinlich schon«, seufzte Chloe.

Den Rest der Fahrt schwiegen sie. Chloe wusste nicht, was sie noch sagen sollte. Sie war schon vom Rennen erschöpft, aber die Tatsache, dass Angus am Abend zu einem Doppeldate gehen würde, war wahrhaft niederschmetternd.

»Alles in Ordnung? Du bist auf einmal so still«, bemerkte Angus, als er in Chloes Einfahrt bog.

»Es war ein langer Tag. Dabei ist noch nicht mal Mittag«, antwortete Chloe.

»Wird es denn gehen? Oder soll ich dich noch reinbringen?«

»Nein, ich komm klar«, erwiderte Chloe entschieden.

Mit weichen Knien stieg Chloe aus dem Wagen. Sie würde tatsächlich klarkommen: nach einem schönen, heißen Bad und einer Backkartoffel. Und ein paar Tagen Katzenjammer.

»Nur klarkommen? Sieht dir gar nicht ähnlich«, bemerkte Angus. »Ich dachte, du würdest dich viel überschwänglicher freuen.«

»Ich bin doch überschwänglich«, widersprach Chloe mit Frische eines welken Salatblatts. »Guck.«

Um es zu beweisen – oder Angus' Nachfragen zu unterbinden –, hüpfte sie mit den Armen fuchtelnd auf der Stelle.

»Putzmunter«, grinste Angus. »Sehen wir uns diese Woche? Ich könnte dir erzählen, was es Neues bei Hamish gibt – Gott weiß, was da vor sich geht.«

»Ja, berichte mir alles«, erwiderte Chloe. »Danke, dass du mich gebracht hast.«

Sie schlug die Wagentür zu und schaute dem davonfahrenden Angus nach. Dann betrat sie das Haus, um aufs Sofa zu sinken und sich in ihr Schneckenhaus zurückzuziehen.

Als Holly später alle Beweise für die Keksorgie im Wohnzimmer vom Tatort entfernte, dachte sie über ihre Lage nach. An diesem Morgen war sie buchstäblich vor Greg geflohen. Und auch, wenn sie ihm davongelaufen war, musste sie immer noch ständig an ihn denken. Sie ließ sich mit ihren bequemsten Leggins aufs Sofa fallen und schloss die Augen.

Sicherheit war immer noch ihre oberste Priorität. Oder nicht? Daran gab es keinen Zweifel, hatte es nie gegeben. Es war Fakt. Das war ihr Ziel. Ein sicheres Zuhause, eine sichere Familie, ernährt durch ihren sicheren Job. Ihr ganzes Leben hatte Holly danach gestrebt, und jetzt hatte sie es fast geschafft. Zumindest, was den Job und ein Zuhause betraf. Schon bald würde sie das nötige Geld für die Anzahlung einer Wohnung zusammenhaben, zumal sie hier in Eastercraig viel hatte beiseitelegen können.

Greg war der Inbegriff all dessen, wogegen sie sich sperrte. Er konnte einfach nicht mehr als eine Affäre sein, zumal sie Eastercraig verlassen würde. Und hatte Chloe nicht behauptet, er wäre »verloren«? Holly hielt sich nicht für diejenige, die ihn »finden« würde. Viel eher würde sie als neueste Kerbe in seinem Bettpfosten enden.

Doch obwohl es in jeglicher Hinsicht der falsche Mann, der falsche Ort und der falsche Zeitpunkt war, fühlte sie sich von Greg angezogen. Sie musste immer noch ständig an ihre Gespräche denken. An jede Berührung, an jeden Blick, an jeden bedeutsamen Moment.

»Holly Anderson«, ermahnte sie sich. »Du verlierst dein Ziel aus den Augen. Du musst auf Spur bleiben. Dies gehört nicht zu dem Leben, das du dir wünschst. Du musst diese Mogelpackung vergessen und weiterziehen.«

Da sie sich nicht mehr mit dem Chaos in ihrem Kopf beschäftigen wollte, stand sie auf, zog sich eine Jacke an und ging zur Praxis. Sie konnte ein paar Akten durchgehen und nach den Tieren sehen. Hauptsache, sie lenkte sich ab.

KAPITEL 35

Wie sich herausstellte, war es doch keine gute Idee gewesen, in die Praxis zu gehen. Denn dort sollte sie Joe MacAllan, dem Hafenmeister, erklären, was seiner alten Tigerkatze Dora fehlte. Das wäre vielleicht auch kein Problem gewesen, nur verstand Holly kaum ein Wort von dem, was Joe sagte.

Joe, ein alter Kunde der Praxis, wechselte die ganze Zeit vielsagende Blicke mit Hugh, der auf einem Hocker am Empfang saß. Hugh hatte Joe einen Gefallen getan und ihn in die eigentlich geschlossene Praxis gebeten, weil der sich Sorgen um Dora machte. Doch als er entdeckte, dass Holly Schriftkram erledigte, hatte er ihr die Untersuchung zugewiesen. Er musste sie wirklich hassen, weil er jetzt kein bisschen half.

»Sie wollte nicht ...«, sagte Joe jetzt schon zum vierten Mal.

Aber Holly verstand nur etwa jedes dritte Wort, er hatte den ausgeprägtesten Dialekt, den sie hier in Eastercraig je gehört hatte.

»Es tut mir wirklich leid, Joe. Könnten Sie das vielleicht noch mal wiederholen?«, fragte Holly und schrumpfte förmlich zusammen.

»Ich sagte ...«, bellte Joe los.

Holly hatte das Gefühl, vor lauter Scham gleich ohnmächtig zu werden. Sie sah zu Hugh, der sie finster anstarrte.

Joe sah sie an. »Ich sagte, sie verliert Gewicht. Sie frisst nicht, und die letzte Woche hat sie sich komisch benommen, sich in Ecken versteckt und immer die Flucht ergriffen«, sagte er überdeutlich, als hätte er es mit einer Schwachsinnigen zu tun.

Als Holly das hörte, biss sie sich auf die Unterlippe. Es war immer ein schlechtes Zeichen, wenn Tiere sich zurückzogen. Oft signalisierte es, dass das Ende nahe war, um welche Erkrankung es sich auch immer handeln mochte. Und Dora sah wirklich sehr elend aus.

Sie verdrängte allen Groll und sagte: »Ich möchte ein paar Tests durchführen, Joe. Die Ergebnisse haben wir dann nächste Woche.«

Nachdem sie Joe und Dora aus der Praxis begleitet hatte, nahm sie Hugh beiseite. »Ich glaube, die Katze lebt nicht mehr lange.«

»Aber Joe hat sich die Katze angeschafft, als seine Frau starb«, brummte Hugh.

Was sollte diese nicht gerade hilfreiche Bemerkung?. Wollte Hugh ihr etwa unterstellen, dass sie nicht ihr Bestes gab? Ohne eine Antwort ging sie in die Küche, um sich einen beruhigenden Tee zu machen, bevor sie den Fall dokumentierte. Als sie die Milch in den Kühlschrank zurückstellte, holte sie ihr Handy hervor und schrieb eine SMS an Chloe und Paolo.

»Seid ihr fertig? Tut mir leid, dass ich euren Zieleinlauf verpasst habe, aber mir ist etwas dazwischengekommen. Drink am Kai ASAP? X

KAPITEL 36

Elle? Die aussieht, als würde sie nicht mal eine Farm erkennen, wenn sie durchstöckelt?« Paolo glotzte sie ungläubig an.

Holly hingegen starrte aufs Meer. Eigentlich hätte der Anblick sie beruhigen sollen. Durch die Flut war das Wasser bis zum Rand der Mole gestiegen, wo sie saßen und die Beine durch das Geländer gesteckt hatten. Holly reckte ihren nackten Fuß, tauchte ihn in das kühle Nass und zog kleine Kreise, während sie versuchte, die Stimmen in ihrem Kopf zum Schweigen zu bringen, die sich Scheingefechte über ihr Gespräch mit Greg lieferten.

Chloe wirkte bedrückt. »Ich habe jahrelang gewartet. Zugegeben, es war nie was Offizielles, aber ich hatte wirklich das Gefühl, zwischen uns würde die Chemie stimmen. So wie wenn man Metall in Wasser taucht und es fängt an zu brodeln.«

»Lithium«, sagte Holly.

»Was?«, fragte Chloe. »Oh, ist das das Metall?«

Holly nickte und drückte Chloes Arm. »Du solltest da nicht zu viel reindeuten. Vielleicht ist da gar nichts. Das gilt auch für Hamish und Daisy. Möglicherweise geht das ganz schnell wieder den Bach runter.«

Paolo zuckte die Achseln, aber ein wehmütiger Ausdruck huschte über sein Gesicht.

»Jetzt sag nicht, du stehst auf ihn«, bemerkte Chloe. »Das hatten wir doch schon besprochen.«

Er schüttelte den Kopf. »Nein, darum geht's nicht. Aber Daisy passt wirklich nicht zu ihm. Er hat doch schon so viel Zeit mit ihr verschwendet. Wie ist der Prosecco? Fühlst du dich schon besser, Hols?«

»Nein. Ich bin völlig platt. Als hätte mich eine Dampfwalze überrollt.« Holly trank einen Schluck aus der Flasche, die sie in der Hand hielt, und reichte sie an Chloe weiter.

»Wir müssen uns neue Männer suchen. Nein – Männer sind eine grässliche Zeitverschwendung. Suchen wir uns keine! Ich jedenfalls will keinen. Zumindest keinen, der mit jemandem wie Elle ausgeht«, erklärte Chloe. »Empfindest du noch was für Greg?«

Nachdenklich krauste Holly die Stirn. Leugnen war sinnlos. »Ja. Aber du hast recht. Er geht für ein paar Monate nach Edinburgh, also ist es definitiv Zeit, ihn zu vergessen. Ich muss mir vor Augen halten, was alles gegen ihn spricht.«

»Ich auch«, sagte Chloe mit Nachdruck. »Tatsächlich habe ich auch schon ein paar Argumente. Angus war bereit, mit Elle auszugehen; ansonsten ist er mit seinen Kühen verheiratet; er stinkt nach Dung, manchmal wenigstens; er hat schlechte Laune, und das ständig. Ach, das ist so *befreiend!* Jetzt du.«

Holly holte übertrieben Luft. »Greg: Seine Schuhe glänzen zu sehr; er wohnt weder hier noch in Ascot; er ist nach Edinburgh abgehauen, was noch weiter weg ist als Aberdeen; er ist als Frauenheld berüchtigt ... meint er vielleicht, ich könnte es als Fürsorglichkeit betrachten, dass er sich einen Hund angeschafft hat?!«

»Holly.« Paolo stieß sie sacht mit der Schulter an.

Aber sie war jetzt in Fahrt. »Als würde ein Hund ausgleichen, dass er ein Arsch ist!«

»Holly!« Chloe packte ihren Arm und ruckte heftig daran.

»Au, Chlo!« Holly drehte sich zu ihr um. »Oh. Greg.«

Er stand direkt hinter ihnen und wirkte zutiefst verletzt. Holly überkam ein kalter Schauer, so als wäre sie bis zum Hals in ein Eisloch getaucht worden.

»Ich bin nur kurz auf dem Weg zum Pub vorbeigekommen«, sagte er.

»Oh, Greg«, seufzte Chloe.

Aber es war zu spät. Eine Sekunde sah Greg sie an, während er kopfschüttelnd zurückwich. Dann drehte er sich um und ging.

»O Gott«, flüsterte Holly. »Was habe ich getan?«

Nachdem Chloe und Paolo sich nach zwei weiteren Flaschen Prosecco verabschiedet hatten, verließ Holly später am Abend noch einmal ihr Haus und setzte sich auf die Bank vor dem Cottage, um mit einem Glas Whisky den Sonnenuntergang zu betrachten. Sie hob es an ihre Nase und atmete den torfigen Geruch ein.

Eigentlich hätte sie ins Bett gehen müssen, aber das Licht war an diesem Abend Ende September einfach zu verlockend. Sie wickelte sich in ihre Decke und sah zu, wie der Himmel sich in breiten Streifen rot, rosa und orange färbte, so als wäre ein Maler mit großzügigen Pinselstrichen darübergefahren.

Eigentlich hätte es das friedliche Ende eines verrückten Tages sein können, nur schwirrten ihr immer noch Szenen vom Desaster mit Greg im Kopf herum, als wäre sie in einem Horrorfilm gefangen. Ihre Schmähungen waren wie verbale Handgranaten gewesen, eine verheerender als die andere. Und eigentlich hatte sie keine wirklich ernst gemeint, was alles nur noch schlimmer machte.

Sie nahm ihr Handy und wählte Gregs Nummer. Keine Reaktion. Sofort versuchte sie es noch mal. Nichts. Allerdings hätte es sie auch überrascht, wenn er sich gemeldet hätte.

Also schickte sie eine SMS: *Können wir reden? Bitte.*

Die Antwort kam sofort. *Du hast wohl alles gesagt.*

Bitte, Greg. Es war nicht so, wie es sich angehört hat.

Es klang ziemlich eindeutig. Du hast deinen Standpunkt klargemacht.

So ging das nicht. Holly trank noch einen Schluck von ihrem Whisky.

Es war ein Missverständnis. Es tut mir wirklich leid.

Es ist spät. Muss morgen arbeiten. Bis irgendwann mal.

Es überkam sie der wilde Drang, das Handy ins Meer zu schleudern. Aber sie hielt inne, weil sie etwas Nasses auf ihrer Wange spürte. Tränen! Sie fluchte laut. Irgendwann im Laufe dieses Jahres hatte sie sich in Jackie verwandelt. Sie hätte längst ins Bett gemusst, sie war angetrunken und weinte wegen eines Kerls! Bei der Vorstellung erschauerte sie. Wenigstens liefen ihr keine Maskararinnsale übers Gesicht!

»Na ja«, sagte sie zu einer vorbeifliegenden Möwe, »wenn es irgendjemanden gibt, der meine Misere nachempfinden kann, dann wohl sie. Schließlich war ihr gesamtes Liebesleben ein einziger Trümmerhaufen.«

Als die Möwe kreischte, nahm Holly das als Zeichen der Zustimmung, griff erneut nach ihrem Handy und wählte. Es klingelte ein paar Mal, dann meldete sich Jackie, und zum ersten Mal seit langer Zeit fühlte sich Holly durch die zwitschernde Stimme getröstet.

»Holly, weißt du, wie spät es ist? Geht es dir gut?«

»Jackie, hör mal, wir reden so gut wie nie über was Ernstes, aber hast du einen Moment Zeit?«

»Ich weiß, Schatz«, erwiderte ihre Mum mit leisem Lachen, »und ja, ich bin ganz Ohr.«

Holly seufzte. »Ich komm gleich zum Punkt. Ich hab einen Typen kennengelernt, mich in ihn verknallt und es dann vermasselt. Jetzt fühle ich mich richtig scheiße.«

»Ach, du Arme. Ich weiß genau, wie du dich fühlst. Männer sind Schweine.«

Vielleicht war ihre Mum doch nicht die richtige Gesprächspartnerin für dieses Thema. Jackie hatte so viele Männer verschlissen, dass sie kein Gespür mehr für Nuancen hatte. Sobald es vorbei war, kamen sie alle auf denselben Müllhaufen.

Holly fing an, Greg zu verteidigen. »Er ist kein Schwein. Er ist großartig.«

Jackie stieß ein lang gezogenes Ooooooh aus. »Also einer von den guten, bei dem es sich lohnt, alles wieder in Ordnung zu bringen? Du hast vorher noch nie einen Mann erwähnt …«

Hauptsächlich, weil es keinen gegeben hatte. Die Leitung knackte, und es wurde kurz stumm. In der eintretenden Stille drehten sich bei Holly ein paar Rädchen, und dann machte es klick. Sie hatte ihre Mutter nicht angerufen, um sich einen Rat wegen Greg zu holen. Oder um sich bei ihr auszuweinen. Natürlich nicht! Sie hatte Jackie angerufen, weil sie der Grund war, warum Holly solche Angst hatte, sich zu verlieben.

Sie versuchte es von einem anderen Ansatzpunkt. »Lass uns bitte jetzt nicht darüber reden ... sag, mal Jackie, warst du je richtig verliebt? Hast du je alles verzehrende Liebe verspürt? Ich weiß, du hattest viele Freunde, aber ich rede hier von der echten Liebe.«

Am anderen Ende der Leitung raschelte etwas, dann hörte sie Schritte und eine Tür, die sich schloss. Mit gesenkter Stimme sagte ihre Mutter: »Ich bin ins Wohnzimmer gegangen, Marco soll das nicht mithören, so nett er auch ist. Von meinen Männern habe ich viele gemocht. Vor allem die, die wirkten, als wollten sie was Festes. Aber irgendwann fingen sie alle an, sich zu langweilen, also stürzte ich mich auf die windigeren Kerle, die einen umhauten und für eine schöne Nacht im Hotel gut waren. Aber es ging immer alles unfehlbar schief, weil ich mich auch noch um dich und den Job und die Rechnungen kümmern musste. Also, Holly, kann ich ehrlich gesagt nicht behaupten, dass ich einen von ihnen geliebt hätte. Ich wünschte es mir verzweifelt, aber so war es eben nicht.«

»Du hast nie echte Liebe empfunden?« Dieses Geständnis von einer Frau, die so viel Zeit und Mühe für die Suche nach dem richtigen Mann aufgebracht hatte, überraschte Holly sehr.

»Eher Lust. Aber Liebe nie.«

»Wow!« Holly wusste nicht, was sie sagen sollte. Sie merkte, wie ihr ganzer Körper erschlaffte. »Das tut mir leid.«

»Moment, Schatz, ich war noch nicht fertig«, sagte Jackie und klang gleichzeitig ernst und traurig. »Es gab nur einen einzigen Mann, den ich geliebt habe. Das war dein Dad, aber unsere Beziehung endete, bevor ich merkte, dass ich schwanger war. Danach geriet ich in Panik und warf mich jedem Kerl an den Hals, weil ich hoffte, es würde doch noch klappen. Aber keiner von ihnen war gut genug.«

»Du hast meinen Dad geliebt?«, flüsterte Holly. Das war eine echte Offenbarung. Über Hollys Vater hatte Jackie noch nie geredet.

»Ja, habe ich, Schätzchen. Aber das ist jetzt egal. Nicht mehr zu ändern, längst aus und vorbei. Manchmal frage ich mich trotzdem, wie es wohl gewesen wäre, wenn es funktioniert hätte. So, das war's. Mehr gibt's dazu nicht zu sagen.« Jackie seufzte zittrig, und Holly spürte, dass sie nicht mehr darüber reden wollte. »Hör mal, Schatz, wenn du jemanden gefunden hast, den du magst und der dich mag, dann trau dich! Tust du es nicht, wirst du dich immer fragen, was hätte sein können. Dann endest du wie ich – als rettungslose Chaotin.«

Da war es: ihre größte Angst. Das, was sie mehr als alles andere auf der Welt blockiert hatte. Holly verschlug es den Atem.

»Gott«, flüsterte Holly. »Glaubst du wirklich?«

Ein Kichern drang durch die Leitung. »Ach was. Das ist *höchst* unwahrscheinlich. Du bist zwar meine Tochter, aber wir sind völlig verschieden. Ich bin eine Spielerin, Hols. Hab immer darauf gewettet, dass einer der Richtige ist, und dabei meist verloren. Aber du bist viel zu klug, um ein solches Risiko einzugehen. Ich wette, du hast auch dies hier gründlich durchdacht.«

Erleichterung durchströmte Holly, weil Jackie ebenfalls fand, dass sie beide völlig verschieden waren. Und sie hatte recht. Holly hatte alles gründlich durchdacht. Die Stimme der Vernunft hatte ihr wieder und wieder gesagt, dass es dumm wäre, etwas mit Greg anzufangen. Und doch konnte sie nicht aufhören, an ihn zu denken.

»Er will nichts mehr von mir wissen. Wir haben uns ...« Sie verstummte, weil es ihr die Kehle zuschnürte. Es war doch alles vergeblich. Ihre Haut fühlte sich taub an. Sie rieb sich über die Schläfen, um die Blutzirkulation anzuregen.

»Dann entschuldige dich«, sagte Jackie.

»Er will mich nicht anhören.«

»Dann versuch's noch mal«, erwiderte Jackie entschieden. »Du hast doch noch nie aufgegeben, Holly. Im Gegensatz zu mir. Du hast Durchhaltevermögen. Du hast immer hart gearbeitet und bekommen, was du wolltest. Wenn du dies hier wirklich willst, dann kämpfe dafür. Los! Und manchmal, mein Schatz, und ich weiß, das fällt dir schwer, musst du deinem Herzen folgen.«

»Aber was ist, wenn es klappt und erst später schiefgeht? Was ist, wenn ich das nicht verkrafte?«

»Menschen können eine ganze Menge verkraften, Holly. Ich habe Dutzende von schlechten Beziehungen verkraftet. Natürlich hatte ich meine Tiefen, aber ich hatte auch meine Höhen. Kein Mensch ist perfekt. Es ist doch besser, etwas gewagt zu haben, als sich alles versagt zu haben, oder nicht?«

Dagegen gab es wohl nichts zu sagen. »Vermutlich.«

Ihre Mutter wirkte geradezu vernünftig. Natürlich nicht vollkommen, aber auch längst nicht so verrückt, wie Holly sie abgestempelt hatte. Sie hatte immer gedacht, ihre Mutter würde ihre eigenen Fehler gar nicht mitkriegen, doch möglicherweise stimmte das nicht. Vielleicht hatte sie sich einfach mit ihnen abgefunden. Vielleicht sollte Holly das auch versuchen.

Als erneut Schweigen eintrat, fragte sich Holly, was Jackie ihr noch sagen wollte. »Hör mal, Schatz. Wenn wir schon ein ernstes Gespräch haben, dann möchte ich dir sagen: Ich weiß, dass ich nicht immer die beste Mutter war. Wie gerne würde ich die Zeiten wiedergutmachen, in denen ich mich mies verhalten habe ...«

Dieses Fass wollte sie jetzt wirklich nicht auch noch aufmachen, sie hatte bereits genug um die Ohren. Mit leisem Schuldgefühl, das sie sonst nie gegenüber Jackie empfand, sagte Holly: »Können wir bitte ein andermal darüber reden?«

Ihre Mum lachte. »Ist gut, Schatz. Ich melde mich, wenn ich wieder im Lande bin. Vielleicht besuche ich dich dann mal.«

»Das wäre schön«, antwortete Holly.

»Und berichte mir, wie es mit diesem Typen läuft, ja? Bis bald.«

Sie verabschiedeten sich und beendeten das Gespräch. Holly lehnte sich gegen die Bank. Die ganze Zeit hatte sie sich gegen die Liebe gewehrt, weil sie den Sprung nicht wagen wollte. Sie hatte zu viel Angst vor der Liebe und ihren Auswirkungen. Aber vielleicht sollte sie stattdessen darum kämpfen. Sich ihren Ängsten stellen, ihre vorgefassten Meinungen beiseiteschieben und ihrem Herzen folgen.

 # KAPITEL 37

Holly erhob sich von ihrer Bank und ging etwa hundert Meter die Promenade hinunter, bis sie vor einem hübschen weißen Haus mit blauen Fensterläden stand. Es war so weit. Sie würde ihre Fehler wiedergutmachen. Mit zitternden Fingern holte sie ihr Handy heraus, schrieb noch eine SMS und drückte auf Senden.

Bist Du im B&B? Ich muss mit Dir reden.
Es ist schon spät, Holly.
Ich bin draußen. Will mich entschuldigen. Bevor Du nach Edinburgh gehst und ich Dich nie mehr wiedersehe.

Keine Reaktion. Holly fragte sich, ob noch ein Whisky zu viel wäre, wenn sie wieder nach Hause ginge.

Kurz darauf jedoch öffnete sich klickend die Haustür, und Greg kam mit einer alten Jogginghose, einem Pullover und etwas trübem Blick heraus.

»Holly, ich hab's kapiert. Du billigst mein Verhalten nicht. Und ich versteh das. Aber es ist spät, und morgen muss ich ganz früh nach Aberdeen zurück«, flüsterte er.

»Es tut mir aufrichtig leid. Ich war wütend. Und Chloe und ich haben ein dummes Spiel gespielt, indem wir versucht haben, uns dich und Angus aus dem Kopf zu schlagen.«

Greg zog die Tür hinter sich zu, legte eine Hand auf ihren Rücken und führte sie die Promenade entlang.

»Was ist denn?«, fragte sie.

»Schsch! Du redest unglaublich laut. Komm, gehen wir zu dir, dann erzähle ich dir die ganze Geschichte. Vielleicht verzeihst du mir dann, dass ich so ein Arsch bin.«

Holly biss sich auf die Wange und versuchte, die Scham zu unterdrücken, die durch die Erinnerung an ihre Schmährede ausgelöst wurde.

Sie erreichten das Cottage, und Holly trat ein. Nur gut, dass Eastercraig ein so friedlicher Ort war! Sie hatte die Haustür weit offen gelassen.

Greg setzte sich sofort aufs Sofa. »Erinnerst du dich noch, dass du sagtest, du hättest was für mich empfunden, aber das wäre verschwunden?«, begann er. »Ich weiß aber, dass Gefühle nicht einfach so verschwinden. Als Ally mich am Abend vor unserer Hochzeit verließ, hätte ich jedes Recht der Welt gehabt, sie zu hassen, aber das konnte ich nicht. Ich liebte sie und hätte sie auf der Stelle zurückgenommen.«

Moment mal, was? Holly blinzelte. »Ich dachte, *du* hättest *sie* verlassen!«

Greg schüttelte den Kopf. »Nein, sie hat *mich* verlassen. Aber ich sagte, ich würde die Schuld auf mich nehmen.«

»Alle haben behauptet, *du* hättest kalte Füße bekommen. Dabei war sie es?«

»Sie meinte, ihre Gefühle hätten sich schon seit längerer Zeit verändert, aber sie hätte nicht gewusst, wie sie die Beziehung beenden sollte. Sie hätte gedacht, sie müsste vielleicht nur den Schritt wagen und mich heiraten. Aber das machte alles nur noch schlimmer.«

Als er den Blick senkte, überkam Holly Mitleid mit ihm. Mit einem Mal war er nicht mehr der berüchtigte Frauenheld, als den sie ihn angeprangert hatte. »Was genau ist denn passiert?« Holly setzte sich ans andere Ende des Sofas, zog die Füße unter den Po und sah ihn an.

Greg zögerte. »Ich rede nicht gern darüber. Also ... Weißt du, wie es ist, wenn man die Richtige trifft? Ich hatte immer gedacht, die Sache mit dem Feuerwerk wäre nur ein Mythos, aber als ich Ally auf einer Party kennenlernte, war es, als ginge ein Riesenkarton Raketen in die Luft. Sie war unglaublich, und als sie einem Date zustimmte, haute mich das glatt um. Nach ein paar Verabredungen wurden wir ein Paar, und nach einem halben Jahr zogen wir zusammen. Nach einem weiteren Jahr machte ich ihr einen Antrag. Das ging zwar schnell, aber man weiß einfach, wenn es Liebe ist. Und ich wusste es. Als wir den Termin festlegten, war es, als wäre ein Panikknopf in ihr gedrückt worden. Wir begannen, uns über Kleinigkeiten zu streiten. Sie fauchte mich an, als ich nachhakte. Sie wollte mich nicht mehr um sich haben. Ich schob es auf die Nerven. Schließlich gerät jeder vor dem großen Tag in Stress, nicht wahr? Weil einen alles überwältigt. Kurz vor der Hochzeit dann beichtete sie mir, sie könnte es nicht durchziehen. Sonst nichts. Sie würde mich einfach nicht genug lieben.«

Er verstummte und schloss die Augen. Holly fragte sich, wie schmerzhaft das nach all den Jahren noch für ihn war.

»Das tut mir sehr leid«, sagte sie nach einer Weile.

Greg öffnete die Augen. »Ich war so blind vor Liebe, da bemerkte ich gar nicht, dass sie nicht genau so empfand wie ich.«

»Warum hat sie dir das nicht früher gesagt?«

»Sie fand einfach nicht den richtigen Moment.«

»Und wieso glauben alle, du hättest sie verlassen statt umgekehrt?«

Greg fuhr sich mit den Händen durchs Haar. »Ihre Eltern sollten nicht erfahren, dass es an ihr lag. Sie hatten unendlich viel Geld in die Hochzeit gesteckt. Sie konnte die Schande nicht ertragen und befürchtete, sie würden fuchsteufelswild sein. Also versprach ich ihr, die Schuld auf mich zu nehmen. Aus Liebe. Damit wäre nur eine Beziehung zerbrochen, nicht zwei. Ich hab's nie jemandem verraten, nicht mal meinem Trauzeugen – Angus.«

Holly erstarrte innerlich. Er hatte den gesamten Ort in dem Glauben belassen, er hätte seine Verlobte verlassen, weil er trotz seines Liebeskummers Großherzigkeit beweisen konnte.

Sie rutschte an den Rand des Sofas. »Und was war dann?«

»Ich hab sie seitdem nicht mehr gesehen. Und danach beschloss ich, nicht mehr nach Liebe zu suchen – nicht nach dieser Erfahrung. Ich war so gründlich reingefallen, dass ich mir schwor, diesen Fehler nie wieder zu machen.«

Mit dieser Bemerkung riss er sie in die Gegenwart zurück. »Also hast zur Abwechslung mal du ein paar Herzen gebrochen.«

Greg runzelte die Stirn. »Ich hab von Anfang an meine Karten offengelegt.«

»Du meine Güte, wie nobel von dir!«

Greg lächelte schief. »Ja, so könnte man es wohl sehen. Eines Tages will ich schon mal eine feste Beziehung. Gleichzeitig wollte ich aber keine Frau zu nah an mich ranlassen.«

»Verstehe ich«, sagte Holly, was der Wahrheit entsprach. Natürlich.

Das steckte also dahinter. Greg war durch Allys Verhalten so verletzt worden, dass er sich nicht mehr binden wollte, um das nicht noch einmal zu erleben. Auch nicht mit ihr.

»Und was ist mit dir? Wann kommt der richtige Zeitpunkt für Holly Anderson?«

Jetzt? Mit ihm? Nein, sie hatten schon entschieden, dass sie nur Freunde sein wollten. Daran musste sie sich halten. »Ich hab heute mit meiner Mum geredet. Jackie war mir gegenüber ganz offen, daher bekam ich den Eindruck, dass Beziehungen vielleicht doch nicht an sich schlecht sind. Bis heute ging es mir vor allem um Selbstschutz, aber ich bin vielleicht bereit, ein bisschen die Kontrolle loszulassen.«

Sie sah Greg an, der seine Hand nach ihr ausstreckte. Sie ergriff sie und drückte sie.

»Wieso nennst du sie immer so?«, fragte er.

»Wie denn?«

»Jackie. Statt Mum.«

»Ach, als ich elf war, befand ich, sie wäre eine so schlechte Mutter, dass sie nicht mal die Bezeichnung verdiente. Von da ab nannte ich sie nur noch beim Vornamen. Sie fand das witzig, was nur bewies, dass ich recht hatte.«

Seufzend starrte sie auf ihre Füße und erinnerte sich an die Worte ihrer Mutter. Wie schrecklich es gewesen wäre, hätte Jackie gesagt: »Eigentlich sind du und ich nicht so verschieden.« Aber das hatte sie nicht gesagt. Beruhigenderweise hatte sie ihr bestätigt, dass sie von zwei unterschiedlichen Planeten kamen.

Was *hoffentlich* hieß, dass Holly nicht – gäbe sie sich doch die Erlaubnis, sich zu verlieben – mit fünfzig in einer Spelunke an der Costa del Sol enden, Makramé-Bikinis und abgeschnittene Jeans tragen und nachmittags schon drei Espresso Martinis intus haben würde.

Aber ihre Ehrlichkeit siegte. »Jedenfalls habe ich durch das Gespräch mit ihr erkannt ...« Holly hielt inne und suchte nach den richtigen Worten. Viel zu verlieren hatte sie nicht. Abgesehen von der Kontrolle. Doch sie ermahnte sich, dass sie ja auch damit ihren Frieden gemacht hatte. »Dass ich dir zeigen sollte, wie sehr ich dich mag. Du hattest recht: Gefühle verschwinden nicht einfach so. Aber ... Ende des Jahres verlasse ich Eastercraig.«

»Ich weiß. Das sagtest du bereits.«

»Ja. Also war's das, trotz allem, was ich gesagt habe. Aber ich fände es wirklich schön, wenn wir Freunde blieben. Wenn du das auch willst.«

Letzteres brachte sie nur stockend heraus, denn es schnürte ihr die Kehle zu, obwohl sie nicht den geringsten Zweifel hatte, das Richtige zu tun. Auf sie wartete ein neues Leben – auch wenn es sie längst nicht so lockte, wie es sollte. Daher wäre es der völlig falsche Zeitpunkt, eine Beziehung mit jemandem vom anderen Ende des Landes anzufangen.

»Soll ich dich umarmen?«, hörte sie Greg fragen.

Sie blickte auf. »Ja, schon. Willst du das auch?«

»Ja«, nickte er.

»Also gut«, sagte er dann, rutschte zu ihr und legte seinen Arm um ihre Schultern. »Es tut mir leid, dass es zwischen uns nicht geklappt hat. Aber wenn ich dich als Freundin gewonnen habe, ist das doch schon was.«

Holly lächelte. »Finde ich auch. Ich glaube, du könntest das Beste sein, was mir nie passiert ist.«

Schweigen breitete sich zwischen ihnen aus, und Hollys Gedanken kreisten um die Frage, ob Greg sie an sich ziehen und küssen würde. Jede Faser ihres Körpers sehnte sich danach, und er saß quälend nah bei ihr. Sie verzog schmerzlich das Gesicht, weil ihre Gedanken sie so leicht überrumpeln konnten.

»Reden wir über was anderes«, sagte sie, um sich aus dieser gefährlichen Lage zu reißen. Bis in die frühen Morgenstunden unterhielten sie sich über alles Mögliche, während Holly die ganze Zeit gegen den Gedanken kämpfte, wie traurig es doch war, dass sie nie wirklich zusammen sein konnten.

 ## KAPITEL 38

Es war schwer, mit jemandem nur befreundet zu sein, wenn man mehr wollte. Wenigstens war Greg in Edinburgh, so dass Holly nicht befürchten musste, ihn ständig zu sehen. Um sich von einer endgültig verpassten Chance abzulenken, versuchte Holly, jede freie Minute mit Aktivitäten zu füllen. Sie joggte mehr, stieg öfter aufs Paddleboard, und als sie an einem Wochenende im November völlig depressiv zu werden drohte, überredete sie Paolo und Chloe, zusammen mit Chloes Freundinnen Isla und Morag die Praxis neu zu streichen. Selbst zu fünft brauchten sie dafür volle zwei Tage, aber es kamen viele Leute vorbei und versicherten ihnen, wie frisch und sauber alles aussah.

An diesem Wochenende war Hugh zu seiner Schwester und ihrem Mann nach Edinburgh gefahren, und am Montag darauf kam er aus dem Nieselregen wie üblich in die Praxis gestürmt.

»Hier ist irgendwas anders«, bemerkte er und blickte sich prüfend um. »Ich kann nur nicht sagen, was.«

Während er zur Küche durchging, warteten Holly, Chloe und Paolo am Empfang.

»Sollen wir es ihm sagen?«, flüsterte Chloe.

»Nein. Soll er selbst draufkommen. So schwer ist es ja nicht«, erwiderte Paolo.

Hugh kehrte zurück. »Es riecht auch komisch.«

»Nach frischer Farbe vielleicht?«, schlug Holly vor.

Hugh verzog das Gesicht. »Ach, das ist es. Die Wände haben eine andere Farbe.«

»Und Fiona hat neue Kissen für die Couch genäht«, erklärte Chloe. »Sieht das nicht alles viel fröhlicher aus?«

»Die Wand hinter dir ist gelb«, bemerkte Hugh und starrte darauf. »Ihr habt alles in Gelb getaucht. Ich fühle mich, als würde ich in Vanillepudding schwimmen.«

»Alle lieben Vanillepudding«, verkündete Holly so munter wie möglich. Keine gute Tat blieb ungestraft, ein Spruch, der in jeglicher Hinsicht auf Hugh zutraf.

»Ich nicht«, sagte Hugh.

Dafür hatten sie unzählige Stunden geschuftet! Paolo wirkte nicht überrascht, Chloe hingegen sah geknickt aus. Holly warf die Hände in die Luft und rief: »Tut mir leid, dass es dir nicht gefällt. Aber ich finde, es ist eine deutliche Verbesserung!«

Hugh schnaubte, murmelte etwas vor sich hin und begab sich zum Behandlungsraum.

»Ist doch gar nicht Vanillegelb«, meinte Chloe kleinlaut, »sondern Holländisch Orange.«

Paolo lachte. »Das sehe ich eher wie Hugh. Hier, Chloe, ein paar Kekse, die ich am Wochenende gebacken habe. Leg sie auf einen Teller, dann können wir sie ihm als Friedensangebot bringen.«

Holly betrachtete die leuchtenden Dahlien, die eine Kundin ihnen geschenkt und die Chloe in einer großen Vase auf den Schreibtisch gestellt hatte. Ohne Greg-Dramen blieben ihr nur noch Hugh-Dramen. Aber nur noch zwei Monate musste sie

Hughs irrationale Tiraden über sich ergehen lassen, dann wäre sie schon in Ascot. Judith hatte angerufen und ihr bestätigt, dass die Stelle bei VetCo Ende des Jahres definitiv frei werde. Holly müsse zwar eine erneute Bewerbung schicken, aber der Job sei ihr sicher, und dem ganzen Team in Ascot habe es schrecklich leidgetan, sie um ein ganzes Jahr zu vertrösten.

Aus dem Augenwinkel bemerkte sie eine Bewegung vor der Praxistür. Als sie den Blick von den Dahlien löste, sah sie einen Pappkarton auf dem Bürgersteig.

Sie erwarteten keine Lieferung. Oder wenn, dann musste dafür eine Unterschrift geleistet werden. Als sie zum Karton ging, merkte sie, dass er sich bewegte. Sie hoffte nur, es wären keine Schlangen darin. Das war ihr schon einmal passiert, und der Anblick der ausgesetzten Kornnattern, die sich windend aus der Kiste hochreckten, hatte sie nicht gerade mit Begeisterung erfüllt.

Vorsichtig lüftete sie den Deckel.

»Oh!«, keuchte sie auf und holte ein winziges schwarzes Kätzchen mit weißen Söckchen heraus.

Im Karton befanden sich noch zwei weitere. Die Mutter war nicht dabei. Holly setzte das Kätzchen zurück zu seinen Geschwistern und trug den Karton zum Empfang.

Chloe war von ihrer Friedensmission zurück und stand hinter der Theke. »Die Kekse haben ihn vorübergehend besänftigt. Was hast du da?«

Holly trug den Karton hinter die Theke. »Guck mal«, sagte sie leise.

»Wow! Wo kommen die denn her?«

»Keine Ahnung. Ich hab nicht gesehen, wer die gebracht hat, und es ist auch kein Zettel dabei. Ich nehme sie mit nach hinten, um sie zu untersuchen. Dann überlegen wir, wohin wir sie geben.«
Sie brachte den Karton ins Behandlungszimmer und rief Paolo zu sich.

Misstrauisch näherte er sich dem Tisch. »Hast du ›Sieben‹ gesehen? Da hat auch jemand einen Karton abgestellt und sich vom Acker gemacht.«

»Ich gehe lieber davon aus, dass die Leute hier mich mögen und mir keinen abgeschlagenen Kopf schicken.«

»Oh, wie niedlich!« Paolos Augen leuchteten auf, als er eines der Kätzchen aus dem Karton hob. »Wir haben noch zwanzig Minuten bis zum nächsten Termin. Untersuchen wir die Kätzchen so schnell wie möglich. Hugh ist gleich wieder da und kann uns helfen.«

Da schwang die Tür auf. »Herrgott! Ich erwarte jede Minute zwei Frettchen. Was soll das Gerede über Kätzchen?«

»Hallo, Hugh«, sagte Holly. »Jemand hat uns ein kleines Präsent hinterlassen.«

»Ach, echte Kätzchen. Lieber Himmel, die armen kleinen Dinger«, grummelte Hugh. »In Inverness gibt's ein Tierheim. Ich erkundige mich mal, ob sie die aufnehmen können.«

Holly betrachtete die winzigen Wesen, die in der Kiste herumtaperten, und hob eines heraus, worauf es leise miaute. Es war so hilflos! Ein paar Wochen würde rund um die Uhr für die drei gesorgt werden müssen. Plötzlich kam ihr eine Idee.

»Hugh, du kümmerst dich doch gleich um die Frettchen, oder? Ich glaube, ich wüsste, wer die nehmen könnte. Wenigstens eins davon. Ich bin gleich wieder zurück ... Halt währenddessen bitte ein Auge auf sie.«

Sie ignorierte Hughs Brummen, schlüpfte aus der Hintertür der Praxis und ging durch die Gasse zur Promenade. Dort joggte sie zum Büro des Hafenmeisters. Es war zwar noch früh, aber sie war sicher, dass es bereits besetzt war. Nachdem sie tief Luft geholt hatte, klopfte sie an die Tür. Quietschend wurde im ersten Stock eines der Fenster hochgeschoben.

»Guten Morgen, Miss Anderson«. Joe MacAllen reckte seinen Kopf in die frische Herbstluft.

Grinsend betrat Holly das Haus und rannte die Treppe zum Büro hinauf. Die Tür stand offen, und hinter einem wackligen Tisch saß Joe und trank Tee aus einem angeschlagenen Becher. Holly sammelte sich und sagte: »Ich weiß, Dora ist noch nicht lange tot. Und ich bin sicher, Sie vermissen sie sehr. Sie war ein sehr süßes Ding. Es ist komisch, sie nicht mehr auf ihren Runden durch den Hafen zu sehen.«

»Aye.« Joe nickte bekümmert. »Ich vermisse das alte Mädchen jeden Tag.«

»Ich habe mich gefragt, ob Sie vielleicht eine neue Katze möchten – wenn das noch nicht zu früh ist. Ich weiß, Dora kann nicht ersetzt werden, aber eben wurde ein Karton mit drei winzigen Kätzchen vor der Praxis abgestellt, und irgendjemand muss sich um sie kümmern. Sie sind alle gesund und ... Ich dachte nur, es wäre doch schön, wenn sie hierbleiben könnten, und Sie hätten vielleicht Zeit. Es geht nur um eine, nicht um alle drei. Ich versuche, die anderen woanders unterzubringen.«

Joe stützte die Ellbogen auf den Schreibtisch und lehnte sich vor. Holly hoffte inständig, er würde zustimmen – und sie könnte verstehen, was er sagte. Sein Akzent war für sie immer noch eine ziemliche Herausforderung.

Sie fuhr fort: »Sonst müssen sie nach Inverness. Aber als ich sie sah, habe ich sofort an Sie gedacht.«

»Aye«, nickte Joe. »Ich nehm sie.«

»Im Ernst?« Holly klatschte in die Hände. »Was denn ... alle drei?«

»Sie sind von ihrer Mutter getrennt und von ihrem Besitzer ausgesetzt worden. Da ist es doch das Mindeste, alle Geschwister zusammenzuhalten.«

Holly legte die Hand aufs Herz. Wenn sie nicht immer noch ein bisschen Angst vor Joe gehabt hätte, wäre sie zu ihm gelaufen und hätte ihn vor lauter Dankbarkeit umarmt.

»Wir behalten sie für ein, zwei Tage bei uns, um uns zu vergewissern, dass auch wirklich alles mit ihnen in Ordnung ist. Sie sind sehr süß. Zwei Weibchen und ein Kater.«

»Danke«, sagte Joe. »Und danke, dass Sie an mich gedacht haben. Das ist sehr nett von Ihnen.«

»Aber nicht doch«, wehrte Holly lächelnd ab.

Am Nachmittag brachte Holly den Mut auf, Hugh eine Frage zu stellen, die sie schon länger belastete.

»Auf ein Wort, bitte?«

Hugh blickte vom Schreibtisch auf, wo er sich um Schriftkram gekümmert hatte, und knurrte: »Nur eins?«

»Nein, ein paar«, sagte Holly und hätte am liebsten zurückgeknurrt.

»Na gut. Aber es muss schnell gehen.«

Holly schloss die Augen. Jetzt war es so weit. Dies war ein entscheidender Moment. Der Anfang vom Ende, im besten Sinne.

»Ich habe mich gefragt, ob du bereit wärst, mir zum Ende des Jahres die Empfehlung zu schreiben. Ich habe so viel gelernt, habe wirklich das Gefühl, um viele Erfahrungen reicher geworden und auch für die Praxis ein echter Gewinn gewesen zu sein.«

Da hüstelte Hugh und blickte auf. Er sagte nichts, aber Holly ließ sich nicht von seinem Schweigen einschüchtern. Auf keinen Fall würde sie sich aus dem Konzept bringen lassen. Sie fuhr fort: »Für Ascot brauche ich die Empfehlung. Judith und du, ihr beide habt euch auf zwölf Monate geeinigt, und ich glaube, ich habe die Zeit wirklich gut genutzt.« Genauer gesagt, *abgedient*.

Hugh sah sie an und lächelte. »Du kriegst die Empfehlung.«

Holly grinste. Dann ging ihr auf, dass Hugh wahrscheinlich nur lächelte, weil er sie endlich loswurde. Genau darauf hatte er vermutlich das ganze Jahr gewartet. Aber vielleicht hatte die Sache auch einen Haken. Denn Hugh holte Unheil verkündend Luft.

»Doch erst am 31. Dezember und nur, wenn du bis dahin keinen Scheiß baust. Und unter der Bedingung, dass du als Juror für die Hundeshow fungierst.«

Holly starrte ihn an. »Für *was*?«

Als Paolo in der Mittagspause Milch kaufen ging, sah er Hamish, der ihm winkend entgegenkam.

»Paolo«, rief er, »wie geht's?«

Paolo holte tief Luft. Jedes Mal, wenn er in den letzten Wochen mit Hamish reden wollte, hing Daisy ihm am Arm, und er hatte das Gefühl, es würde peinlich, wenn er zu ihnen ginge. Obwohl er nicht wusste, warum. Nein, das war gelogen. Er wusste ganz genau, warum. Weil er ständig an jenen Moment im Wald denken musste und sich fragte, was wohl passiert wäre, wenn ...

Er unterbrach sich in dem sinnlosen Versuch, die Geschichte umzuschreiben. Vor ein paar Wochen waren sie im Pub gewesen, wo Daisy bei Wodka Soda wie üblich ihr Haar über die eine oder andere Schulter schnippte und Hamish ganz zufrieden wirkte, dass sie einen Neuanfang wagen wollten. Paolo hatte sie angestarrt und gespürt, wie sich seine Brust immer mehr zusammenzog, bis Holly ihn mit einem fragenden Blick angestupst hatte.

»Gut, danke. Ich hab nur ein paar Minuten Zeit«, antwortete er jetzt. »Und wie geht es dir? Läuft es gut mit Daisy?«

»Hast du's noch nicht gehört?«, fragte Hamish überrascht.

»Nein, was denn?«

»Wir haben uns wieder getrennt. Vor zwei Wochen. Ich wollte ein Wochenende zum Wandern in die Cairngorms, worauf Daisy mit einem Boutiquehotel in Glasgow konterte. Und von da aus ging es nur noch bergab. Ich hatte meine Zweifel – das weißt du –, hoffte aber doch, da wäre noch irgendwas zwischen uns.«

»Tut mir leid.«

Paolo hoffte nur, mitfühlend zu klingen, obwohl er insgeheim hocherfreut war. Die Nachricht erzeugte ein angenehmes Glühen in ihm.

Hamish zuckte die Achseln. »Ich glaube, ich bin nur wieder mit ihr zusammengekommen, um mir zu beweisen, dass es nicht schon beim ersten Mal ein Irrtum war. Dass ich mich auf mein Gefühl verlassen kann.«

»Und?«

»Es bestätigte nur, dass ich keine gute Menschenkenntnis habe.« Hamish fuhr sich mit der Hand durch seine wirren Haare.

Paolo streckte die Hand aus und fasste ihn am Arm. »Kommst du damit klar?«

»Aye. Ehrlich gesagt, geht's mir besser. Ich dachte, ich könnte mich mal eine Weile vom anderen Geschlecht fernhalten. Es diesmal besser machen. Ach, guck mal, Chloe winkt dir.«

Als Paolo sich umschaute, sah er, dass Chloe mit einer leeren Milchflasche wedelte.

»Wenn sie kein Koffein kriegt, kann sie ein richtiger Diktator sein«, bemerkte Paolo. »Hör mal, sag Bescheid, wenn du Zeit hast. Dann gehen wir was zusammen trinken.«

»Super. Mach ich gern.«

Als Paolo zum Laden ging, fummelte er an seinem Schal herum, öffnete ihn, band ihn wieder zusammen und öffnete ihn erneut – wie ein Mensch, dem sich neue Möglichkeiten boten. Nicht, dass er deswegen etwas unternehmen würde, jedenfalls noch nicht. Er konnte warten. Welche Gefühle er auch immer empfinden mochte, sie konnten eine Weile vor sich hin köcheln.

 KAPITEL 39

Endlich kam der Dezember und mit ihm die Eiseskälte, die Holly bei ihrer Ankunft in Eastercraig wie ein Schock getroffen hatte. Das Jahr war fast zu Ende, und in der letzten Woche wurde ihr schmerzlich bewusst, dass damit auch ihre Zeit in Eastercraig endete. Der Ort kam ihr vor wie eine völlig andere Welt, und je mehr Zeit sie hier verbracht hatte, desto mehr wurde ihr klar, dass sie das Leben hier liebte. Sie würde diese Mischung aus heidebewachsenen Hügeln, einsamen Buchten und dem unberechenbaren Meer vermissen.

Holly ging an der Promenade entlang zu den Fischerbooten, denn sie hatte mit dem zwielichtigen Sandy Alexander ein Arrangement getroffen, wonach sie jeden zweiten Samstag frischen Fisch für sich abholte. Joe MacAllan lehnte sich aus seinem Fenster und winkte ihr fröhlich. Auf dem Heimweg grüßte sie Lola, die zum Laden wollte, und sie erntete sogar ein Lächeln von Doreen Douglas. Ja, ganz eindeutig würde sie diesen Ort vermissen.

Später, nachdem sie eine Runde gejoggt war und geduscht hatte, machte sie sich auf den Weg zum Gemeindesaal von Eastercraig. Der Tag der Hundeshow war gekommen. Auf einer Seite des Saals manövrierten Paolo und Chloe unter Hughs Leitung mit den Absperrungen. Offenbar orientierte Hugh sich an Hollywood und rief so laut wie möglich alle zwei Sekunden Kommandos wie »links«, »nein, ein bisschen weiter rechts!«. Seine Stimme hallte im ganzen Saal wider, was den Eindruck vermittelte, es gäbe mehr als einen Hugh, und Holly ganz nervös machte.

»Hallo, Leute, was kann ich machen?«, rief sie, worauf alle drei den Kopf zu ihr drehten wie aufgeschreckte Erdmännchen.

»So schnell wie möglich das Weite suchen«, sagte Paolo. »Hugh kann sich nicht entscheiden, wo die Arena sein soll.«

Hugh schnaubte. »Es muss alles passen. Ganz ehrlich, wenn man es gut haben will, muss man es selber machen!«

Er hob eine der Podeste hoch, taumelte aber sofort rückwärts. Holly, die erkannte, dass er gleich hintüberkippen würde, rannte ihm zu Hilfe. Auch wenn sie ihre Höhen und Tiefen mit Hugh hatte, wollte sie nicht sehen, wie er platt gedrückt wurde wie ein alter Pfannkuchen. Außerdem hatte sie die beunruhigende Vision, er könnte von oben bis unten in Gips enden und würde von einem Stuhl im Behandlungszimmer aus grummelnd seine Wünsche und Befehle äußern.

»Sag mir, wo ich das hinstellen soll«, bat sie, holte tief Luft und zwang sich zur Geduld.

Zehn Minuten später schien Hugh mit dem Aufbau zufrieden zu sein.

»Wir beurteilen also nach Rasse, Auftreten und Geschicklichkeit. Irgendwelche Verhaltenstests?«, fragte Holly.

»Nach der Show im letzten Jahr haben wir über einen Preis für Hunde nachgedacht, die kein Häufchen auf dem Boden machen«, erklärte Chloe mit einer Grimasse. »Ehrlich, es war eine Katastrophe. Wir hatten große Mühe, noch mal den Gemeindesaal für die Hundeshow zu bekommen.«

»Aber dieses Jahr haben wir ...« Paolo rannte aus dem Saal, und als er zurückkam, zerrte er eine riesige schwarze Rolle zu ihnen. »Ich hab sogar einen passenden Spruch dazu: Mit Plastikfolie zur rechten Zeit, bis du vor allem Sch...«

»Das reicht!«, unterbrach Holly ihn.

»Und da sind die Formulare«, sagte Chloe und zeigte zur Tür. »Lola Carlson aus dem Laden wird dort das Eintrittsgeld kassieren.«

»Ich muss also nur am Tisch sitzen, mir die Hunde anschauen und den Gewinner ausmachen?«, fragte Holly. Das klang zu schön, um wahr zu sein.

»Genau«, lächelte Hugh. »Nur fürs Protokoll: Mrs Wilkins Labradore gewinnen jedes Jahr in der Kategorie Familienhund, und Rab Darlings Hund hat letztes Jahr in der Kategorie Terrier gewonnen, kann also dieses Mal nicht gewinnen.«

Also doch nicht zu schön, um wahr zu sein! »Gibt es da Geheimabsprachen?«

Eigentlich sollte es doch Spaß machen. Aber jetzt hörte es sich so spaßig an, wie offene Rechnungen einzutreiben und sich gleichzeitig Zahnstocher unter die Nägel zu schieben.

»Ich sitze neben dir«, strahlte Chloe, »und kann dir auf den Fuß treten, wenn du was falsch machst.«

Holly starrte sie ungläubig an. »Das Ganze ist eine abgekartete Sache? Ich fasse es nicht!«

»Sei nicht albern«, gab Hugh zurück. »Es ist nichts dergleichen. Etwa fünfzig Prozent ist reine Formsache, im Großen und Ganzen.«

Holly verdrehte die Augen. »Okay. Dann ist die Hälfte manipuliert. Einfach lächerlich! Wisst ihr was? Da ich ja bald verschwinde, ist es egal, wie ich die Hunde beurteile. Die Konsequenzen werde ich ja nicht mehr erleben.«

»Aber wir!«, quiekte Chloe.

»Dann gebt mir die Schuld«, erwiderte Holly. »Ich muss noch mal raus und frische Luft schnappen.«

Sie zog sich ihren Mantel an und setzte sich auf die Bank auf der gegenüberliegenden Straßenseite. Es wurde kälter – der pfirsichfarbene Himmel vom Morgen hätte Warnung genug sein sollen. Unter der eisengrauen Wolkendecke wogte das Meer hypnotisch vor und zurück und spritzte mit weißer Gischt gegen die Kaimauer.

Während sie dort saß, tauchte etwas glänzend Schwarzes aus dem Wasser auf. Eine Sekunde lang fragte sie sich, ob es ein U-Boot war; sie hatte in der Zeitung gelesen, dass sie manchmal in der Nordsee patrouillierten. Aber es war nur Sporran.

»Hallo, alter Freund«, sagte sie, als er näher kam.

Er bellte laut.

»Tut mir leid, ich habe keine Fritten. Und selbst wenn, würde ich dir keine geben. Du sollst doch keine Robbendiabetes kriegen. Wieso schwimmst du nicht ans andere Ende des Hafens und holst dir Fisch? Da ist gerade eine frische Lieferung gekommen.«

Ein Fischerboot lud seinen Fang aus, deutlich zu sehen an den Möwen, die in der vergeblichen Hoffnung auf leichte Beute darüberkreisten. Sporran wirkte nicht besonders begeistert. Er schien den Kopf zu schütteln und blieb weiter in ihrer Nähe.

Sie würde dies *alles* vermissen: die Strände, das raue Wetter, die Robben, den Ginster, Paolo und Chloe, den Dundee-Kuchen. Die komischen Regeln in der Praxis und die Arbeit mit Hugh vielleicht nicht. Doch eigentlich würde sogar er ihr fehlen. Und allen voran natürlich *Greg*. Obwohl sie ihn nicht mehr gesehen hatte, seit er nach Edinburgh gegangen war. Aber sie hatten ein paar Mal gesimst oder telefoniert und waren darüber in Kontakt geblieben. Sie hoffte nur, sie würden sich vor ihrem Abschied noch mal persönlich treffen. Sie ertappte sich immer noch dabei, dass sie öfter an ihn dachte, als gut für sie war.

»Hi, Holly«, ertönte da eine Stimme hinter ihr.

Als sie sich umdrehte, sah sie Hamish, der versuchte, Wolfie bei Fuß zu halten. Der Hund hatte Sporran gesehen und wollte entweder spielen oder ihn versenken, denn er drohte, Hamish über die Kaimauer zu zerren.

»Willst du mit diesem zottigen Ungeheuer etwa in die Hundeshow?«

Hamish zog eine Augenbraue in die Höhe. »Muss man davor zum Hundefriseur?«

»Es könnte helfen«, erwiderte Holly und musterte Wolfie, der extrem wild wirkte. »Ich mag ihn sehr gern, doch er sieht aus wie ein Höllenhund.«

»Aye. Aber er ist furchtbar liebebedürftig«, sagte Hamish und stemmte sich gegen Wolfies Zerrerei. »Siehst du nicht, dass er unbedingt Sporran küssen will?«

»Ich glaube, er will ihn verschlingen.«

»Kann auch sein. Was die Hundeshow betrifft, so lasse ich das lieber«, erklärte Hamish.

»Bist du sicher? Ich könnte Wolfie eine eigene Kategorie zuweisen: Verrücktester Hund der Show?«

Hamish lachte. »Ich überleg's mir.«

»So ist's recht«, nickte Holly. »Aber jetzt muss ich mich umziehen.«

 ## KAPITEL 40

Chloe liebte und fürchtete die Hundeshow gleichermaßen. Die Tiere zeigten sich oft von ihrer besten Seite – im Gegensatz zu ihren Besitzern, die es häufig nicht schafften, ihre Gefühle unter Kontrolle zu halten. Im letzten Jahr war nicht nur der ganze Boden von Hundehäufchen übersät gewesen, sondern Mrs Chambers war in Tränen ausgebrochen, weil ihr Chihuahua Poppy in keiner einzigen Kategorie gewonnen hatte. Und Hugh hatte eine Notoperation an einem Boxer durchführen müssen, weil der in einer Handtasche Schokorosinen erschnüffelt und die ganze Tüte verschlungen hatte.

Dennoch hatte es seit 1957 jedes Jahr eine Hundeshow in Eastercraig gegeben, und obwohl es dabei unweigerlich Dramen gab, war es undenkbar, sie aus dem Veranstaltungskalender des Orts zu streichen.

Holly war zum Umziehen nach Hause gegangen und kehrte nun in einer grauen Hose und einem olivgrünen Pullover zurück. Chloe kam sich neben ihr vor wie in einem Karnevalskostüm, da sie eine pinke Strumpfhose, Shorts und Tweedblazer trug. Allerdings störte sie das erst, als Angus am Eingang auftauchte. Sie ging ihm immer noch aus dem Weg, wollte nicht mit ihm reden und versteckte sich, sobald sie ihn auf der Straße entdeckte. Aber jetzt kam er auf sie zu, und sie konnte nicht flüchten.

»Ich dachte mir schon, dass ich dich hier finde«, bemerkte er. »Gut siehst du aus.«

»Nicht wie ein Schulmädchen beim Karneval?«, witzelte sie und hoffte nur, er würde nicht zustimmen.

»Ganz und gar nicht.«

»Danke«, sagte sie, etwas ermutigt. »Willst du einen deiner Hunde vorstellen?«

»Nö, aber ich wollte mir die Show ansehen, weil die immer wesentlich spaßiger ist, als man erwarten würde.«

»Wem sagst du das!«, seufzte Chloe, die sich an den Gestank und an die Rechnung für die Desinfizierung des Bodens erinnerte.

»Ich muss erst noch was einkaufen, dann komme ich zurück. Aber hättest du Lust, danach was mit mir trinken zu gehen? Ich hab dich schon so lange nicht mehr gesehen, dass ich ein Chloeförmiges Loch in meinem Leben habe.«

Chloe war so verblüfft, dass sie nur »Ja, gerne«, hervorbrachte.

Angus lächelte. »Super. Dann hole ich dich ab.«

Sie ging mit ihm zum Eingang und hatte ihm kaum zum Abschied gewinkt, da wurde sie so abrupt in die Küche gezogen, dass sie fast hingefallen wäre.

»Na bitte!«, rief Paolo aus. »Das wird doch noch was!«

»Oder auch nicht. Er war nur höflich.«

»Wieso erfindest du jedes Mal, wenn ich so was sage, irgendeinen Grund, wieso ihr nicht zusammen sein könnt? Er hat dich gerade eingeladen! Er mag dich!«

Chloe dachte darüber nach. Ja, Paolo hatte sie immer wieder mit Angus genervt, aber seit der Sache mit Elle hatte sie aufgegeben. Sie hatte das Gefühl, keinen Kampfgeist mehr aufbringen zu können.

Ihr wollte einfach nicht in den Kopf, wie Angus sie mögen sollte. Die Vorstellung, mit ihm in einem Raum zu sein, erfüllte sie mit Grauen. Nur gut, dass sie ihre Gefühle nie gezeigt hatte, aber es würde sie enorme Anstrengung kosten, das zu überspielen, was sie noch für ihn empfand. Ihr Treffen, so ermahnte sie sich, würde rein platonisch sein: Sie musste ihre innere Holly Anderson heraufbeschwören. Es würde nichts passieren.

»Ich will nicht darüber nachdenken. Himmel, ich könnte ja ohnmächtig werden! Oder ich muss kotzen! Hilfe!«

»Gott, Chloe! Wenn es nicht mal dein Selbstvertrauen stärkt, dass er mit dir was trinken gehen will, weiß ich nicht, was sonst noch nötig wäre.«

»Das weiß ich auch nicht.«

»Dann geh erst mal mit ihm und schau, wie es läuft.« Paolo bedachte sie mit einem strengen Blick. »Oder muss ich wieder meine imaginären Pompoms rausholen?«

Chloe schloss die Augen und begann mit Wechselatmung, da steckte Holly ihren Kopf durch die Tür. »Hey, ich hab eine Schlange am Eingang gesehen. Wir sollten uns bereit machen.«

»Alles klar«, nickte Paolo. »Allzeit bereit!«

»*Allzeit bereit?*« Chloe nahm ihren Finger vom Nasenflügel und verließ mit ihm die Küche. »Bist du ein Pfadfinder? Ach, ich fühle mich immer noch ganz schwach.«

Sie gingen zum Gemeindesaal. Chloe nahm Aufstellung an der Tür, Holly setzte sich an den Jurorentisch zu Hugh, und Paolo schnappte sich die Teilnahmeformulare. Wenigstens wäre sie erst einmal abgelenkt. Über ihre Gefühle zu Angus und die Angst, mit ihm auszugehen, konnte sie später nachdenken.

Kurz darauf hallte es in dem kleinen, holzgetäfelten Saal vom Gebell der Hunde in allen Größen und Formen. Nachdem Chloe sich beruhigt hatte, sah sie, wie Holly die Gewinner der verschiedenen Kategorien ermittelte, darunter »Bester Trick« und »Gepflegtester Hund«. Der kleine Hindernisparcours, den sie für den Wettkampf in Agility aufgebaut hatte, wurde gerade genutzt, daher konnte sie sich an die Wand lehnen und das Schauspiel genießen.

Da tauchte ein haariger Schatten neben ihr auf. »Huch!«, rief Chloe und zuckte zusammen, als er an ihr hochsprang, um sie abzulecken. »Wolfie!«

Zahmer als sonst, legte Wolfie ihr die Schnauze auf die Schulter. Chloe betete nur, er würde nicht ihr Ohr vollsabbern.

»Sitz!«, befahl Hamish, der neben ihm erschien. »Komm schon, du frecher Kerl. Sitz! SITZ!«

Schließlich brachte Hamish mit Einsatz beider Hände Wolfie dazu, dem Kommando zu folgen. Chloe atmete im Stillen erleichtert auf. Gleichzeitig bemerkte sie, dass Wolfie wirklich mit sehnsüchtigem Blick auf die anderen Teilnehmer zu sabbern begann.

Sie blickte auf ihre Uhr. Noch ein paar Stunden, dann wäre sie mit Angus im Pub.

Holly überreichte dem Besitzer des Terriers Dazzle eine Goldmedaille, weil der Hund in seiner Kategorie »Gehorsam« gewonnen hatte. Immer noch leicht benommen von Eastercraigs Antwort auf die große Hundeschau Crufts erinnerte sie sich erst im letzten Moment daran, auch noch eine Tüte mit Hundekeksen folgen zu lassen.

Der Besitzer schüttelte ihr die Hand und bedankte sich überschwänglich. Auch wenn es albern war, schienen sich doch alle zu amüsieren. Sie hatte viele ihrer Patienten aus dem letzten Jahr wiedergesehen und ein paar neue Bekanntschaften gemacht. Besonders angetan war sie von einem Scottish Terrier, der so schön wie gut erzogen war. Sie nahm sich einen Becher Tee und sah zu, wie Paolo die Teilnehmer für die nächste Kategorie versammelte.

Dann drehte sie sich um und lächelte Hamish an der Tür an. Wolfie, der nicht teilnahm, lag auf dem Boden und döste.

Doch bevor sie sich wieder umdrehen und die nächste Kategorie aufrufen konnte, betrat Greg mit einem hinreißenden Gordon Setter an der Leine den Raum. Holly beobachtete, wie Greg Hamish die Hand auf die Schulter legte und mit ihm eine Unterhaltung anfing. Er hatte ihr gar nicht gesagt, dass er kommen wollte. Ihr Herz begann zu hämmern, und mit einem Mal fiel ihr das Atmen schwerer als nach der Joggingrunde, die sie am Morgen unternommen hatte.

Rasch blickte sie wieder nach vorn und fing an, ihre Gefühle zu analysieren. Greg war hier. In Fleisch und Blut, nur wenige Meter entfernt. Sie wusste nicht genau, ob sie schockiert oder euphorisch war, aber auf keinen Fall sollte ihr Gesichtsausdruck sie verraten. Bevor sie ihn anblickte, musste sie eine möglichst neutrale Miene aufsetzen.

»Alles in Ordnung? Du siehst aus, als wolltest du deine Unterlippe aufessen.«

Erschrocken blickte Holly auf. Direkt vor ihr stand Greg. Ihr Magen verknotete sich.

»Nein, mir geht's gut. Ich überlege, welcher dieser Hunde der Sieger ist«, log sie.

»Wollen wir später noch was zusammen trinken?«, fragte Greg. »Rein freundschaftlich natürlich. Bevor du nach Berkshire abhaust.«

Der lange, holprige Weg, der nach Berkshire führte, schlängelte sich in ihr Bewusstsein und erstickte die Freude, die bei seinem Vorschlag aufgeflammt war. In der vergangenen Woche hatte sie online mit dem Cheftierarzt bei VetCo ein Bewerbungsgespräch geführt, der ihr bestätigt hatte, dass sie den Job bekommen würde. Er würde ihr bald den Vertrag zuschicken.

»Na klar«, nickte sie. Sie wollte ihn unbedingt noch einmal sehen, auch wenn es bittersüß werden würde.

»Großartig. Dann sehen wir uns gegen sieben im Anchor.«

Lächelnd verschwand er wieder. Bei der Aussicht auf den vor ihr liegenden Abend durchströmte sie Vorfreude, obwohl sie sie tapfer zu unterdrücken versuchte.

Sie konzentrierte sich auf ihre Aufgabe und prüfte die Liste der Teilnehmer. Paolo erschien neben ihr und nickte ihr zu. Der Sieger der nächsten Kategorie sollte jetzt verkündet werden. In diesem Moment hörte sie unter dem Tisch etwas rascheln. Spartacus, ein Chihuahua, wühlte in ihrer Tasche nach den Hundekeksen.

»Hey, du«, sagte sie und griff nach unten. »Raus da, du frecher Kerl.«

Sie wollte ihn hochheben und seinem Besitzer zurückgeben, da knurrte er sie an und hielt die Tüte mit den Zähnen fest. Holly verdrehte die Augen, stand auf, ging um den Tisch herum und sagte mit ihrer strengsten Stimme: »Komm jetzt. Lass das!«

Spartacus' Besitzer war nirgendwo zu sehen, daher versuchte Holly, die Tüte an sich zu bringen. Aber Spartacus wollte sie nicht hergeben, und als Holly daran zerrte, zerriss sie und die Hundekekse verteilten sich über den Boden.

»Mist!«, flüsterte sie und versuchte hektisch, die Kekse in die Tüte zurückzuschieben. »Ehrlich, Spartacus, du machst nur Ärger.«

Aber der Ärger hatte gerade erst begonnen. Spartacus bellte los, und das wirkte offenbar ansteckend auf die anderen Hunde, denn innerhalb von Sekunden hallte der ganze Saal von Gebell, Gekläffe und Gebelfer wider. Langsam geriet alles außer Kontrolle. Da Hugh sich einen Tee holen gegangen war, stand sie auf und schaute sich suchend nach Chloe oder Paolo um.

Paolo entdeckte sie zuerst. Er sah sie achselzuckend an und klatschte in die Hände. Doch da er in dem Lärm kaum zu hören war, ging er in die Mitte des Saals und brüllte um Ruhe. Spartacus aber war noch nicht fertig. Er witterte seine Chance, und so konnte Holly nur starr vor Schreck zusehen, wie er mit einem Keks im Maul aus dem Saal und Richtung Straße flitzte.

Holly jagte ihm nach. Draußen kniff sie gegen den kalten Wind leicht die Augen zusammen und versuchte, ihn ausfindig zu machen. Da, er rannte Richtung Hafenmeisterei! Sie folgte ihm und erwischte ihn endlich, als er bei den Booten stehen blieb.

»Du dummer Hund!«, schimpfte sie und hob ihn hoch.

Gerade, als sie zurückgehen wollte, sah sie einen riesigen grauen Schatten in rasender Geschwindigkeit auf sich zustürmen. Fast wäre sie ins Wasser gestoßen worden, sie stolperte und konnte nur noch zusehen, wie Wolfie, außer sich vor Begeisterung, einen Schwarm Möwen aufscheuchte. Dann rannte er ohne Vorwarnung am Kai entlang, bis er eine Lücke im Geländer fand und stürzte sich ins Wasser.

»Wolfie!« Holly rappelte sich auf und rannte mit Spartacus auf dem Arm zum Rand der Mole.

Wolfie war in seinem Element, paddelte munter durchs Hafenbecken und scheuchte weitere Möwen auf.

Holly verdrehte die Augen. Hamish joggte, eine Hand in die Seite gepresst, zu ihr, und nicht weit dahinter erschien Greg mit Sadie.

»Ist er reingesprungen?«, fragte Hamish keuchend.

»Leider ja«, nickte Holly.

»Aber wo ist er?«

Holly wirbelte herum. »Oh! Er war gerade noch da.« Sie starrte auf die Stelle, wo Wolfie sich ins Wasser gestürzt hatte.

Sie überflog das ganze Hafenbecken, doch er tauchte nicht auf. Wolfie war weg.

»Da drüben«, sagte Greg. »Er jagt Sporran.«

Holly blickte in die Richtung, die Greg anzeigte. Wolfies schwarzer Kopf tauchte zwischen den Wellen auf. Durch die Strömung, seinen Jagdeifer und seine Kraft hatte er eine viel weitere Strecke zurückgelegt als erwartet.

»Ich hole ihn«, verkündete Hamish. »Ferdies Boot ist da unten.«

»Nein, Hamish ...«, setzte Greg an, aber Hamish hatte sich schon in Bewegung gesetzt.

Holly sah, wie er auf den Schwimmsteg und dann in ein kleines Boot sprang. Benzingeruch erfüllte die Luft. Holly bemerkte, dass Ebbe war, also würde Hamish seinen Hund schnell einholen.

»Verdammt ...«, murmelte Greg.

»Was ist? Wenn Wolfie sich über Wasser halten kann, hat Hamish ihn in ein paar Sekunden erreicht«, sagte Holly.

»Aber Hamish kann nicht gut schwimmen, deshalb sollte er nicht allein rausfahren. Nimm mal den Hund, ja?«

Seine letzten Worte verflogen im Wind, als er die Treppe hinunterrannte. »Ist das eine gute Idee?«, rief Holly ihm nach.

»Aye, ich komm schon klar, aber hol mal Verstärkung, nur für alle Fälle«, brüllte Greg und sprang in das Boot, als Hamish aus dem Hafen steuerte.

Ganz kurz sah Holly ihm nach und versuchte, Sadie am Geländer anzubinden. Dann wollte sie zum Gemeindesaal zurückrennen, doch da kam Paolo schon auf sie zugelaufen, und dicht dahinter erschienen Chloe und Angus. Sie würden wissen, was zu tun war. An der Hafenmauer hatten sich ein paar Leute versammelt. Sie lehnten am Geländer und reckten die Köpfe.

»Was ist denn los?«, fragte Paolo. »Wir haben die Hunde beruhigt und dann bemerkt, dass du weg bist. Wir haben gesagt, wir würden gleich wieder ...«

Seine Stimme erstarb. Holly folgte seinem Blick aufs Meer.

»Was machen Greg und Hamish in einem Boot?«, fragte Chloe.

Hinter Chloe starrte Angus mit zusammengekniffenen Augen aufs Wasser. Der Wind war noch stürmischer geworden, und schwarze Wolken zogen heran.

»Wolfie wollte Sporran jagen und ist von der Ebbe rausgezogen worden«, erklärte Holly.

»Aber Hamish kann nicht schwimmen«, sagte Angus und zog damit entsetzte Blicke von Paolo und Chloe auf sich. »Ach, keine Panik. Greg kann schwimmen. Und sie sind ja nicht weit draußen.«

Schweigend blickten alle aufs Meer. Holly klapperten die Zähne, und sie bekam eine Gänsehaut unter ihrem Pullover. Mittlerweile näherte sich das Boot Wolfie. Während es über die Wellen hüpfte, wurde das Motorengeräusch immer schwächer.

Holly strich sich eine Strähne aus dem Gesicht und merkte, dass ihre Augen vom scharfen Wind tränten. Sie wischte sich die Tränen mit dem Handrücken ab und blinzelte, weil ihre Sicht verschwamm. Als sie wieder klar sehen konnte, lehnte sich eine der Gestalten über den Bootsrand und versuchte, den Hund hereinzuholen. Die andere Gestalt lehnte sich über den anderen Rand, damit das Boot nicht kippte.

»Es wird ziemlich stürmisch«, bemerkte Holly, die sah, dass die Wellen immer größer wurden.

»Aye«, nickte Angus.

Holly drehte sich zu ihm um. Er stand hinter ihr und hatte den Arm um Chloe gelegt, die sich an ihn presste. Trotz dieser misslichen und gefährlichen Lage sah es aus, als würde *eine* Sache doch ein gutes Ende nehmen. Jetzt musste nur noch ...

»Wolfie ist an Bord!«, rief Paolo aus und umarmte Holly. »Ich fasse es nicht! Ich war völlig runter mit den Nerven!«

Holly spürte förmlich Paolos Erleichterung, und auch sie konnte sich entspannen, als sie die drei Gestalten in dem winzigen Boot ausmachte.

»Wieso winken sie denn?«, fragte Chloe.

»Keine Ahnung«, erwiderte Holly.

Da vibrierte es in ihrer Tasche. Sie holte ihr Handy heraus und ging dran. »Greg? Was ist?«

Gregs Stimme war nur undeutlich zu hören. »Der Motor ist aus. Und es gibt keine Ruder in diesem verdammten Kahn. Jemand muss uns rausholen.«

»Die Küstenwache?«

»Ach nein. Das kann jeder mit einem Boot.«

Holly drehte sich zu ihren Freunden um. »Sie sind manövrierunfähig«, sagte sie fassungslos.

»Und jemand ist reingefallen!«, kreischte Chloe.

Holly wirbelte herum. Zwischen den Wellen sah sie einen Kopf im eiskalten Wasser hüpfen.

 # KAPITEL 41

Ganz kurz kam sie sich vor wie in einem Alptraum. Dann wachte Holly auf. Dastehen und Zuschauen hatten ihr noch nie gelegen. Wenn es hart auf hart kam, war sie konzentriert und entschlossen, und das würde dieses Mal auch so sein.

»Kann einer von euch ein Boot fahren?«, fragte sie rasch.

Angus hob die Hand. »Ich. Außerdem habe ich Hugh bei der Dorothy-Jo geholfen und weiß, wo die Schlüssel sind.«

»Wir holen sie da raus«, sagte Holly. »Chloe, Paolo, ihr ruft die Rettungsdienste, dann sucht nach Hugh und erklärt ihm, dass wir sein Boot genommen haben.«

Sie und Angus rannten auf den Steg bis zur Dorothy-Jo. Nachdem sie an Bord gestiegen war, eilte sie sofort zur Box mit den Schwimmwesten und warf eine davon Angus zu, der sie anzog, den Schlüssel aus einer Nische holte und den Motor startete.

»Leinen los!«, rief er ihr zu.

Sie eilte zum Bootsrand, löste das Seil und zog es ins Boot. Dann ging es los.

Das Boot schaukelte über die wachsenden Wellen, so dass Holly sich an der Reling festhalten musste, um nicht rauszufallen. Sie spürte, wie erst ein Tropfen und dann ein zweiter auf ihre Nase fiel, und als sie nach oben schaute, sah sie, dass sich die Wolkendecke völlig geschlossen hatte. Sie überblickte das Wasser vor ihr. Das Boot mit den dreien war verschwunden.

»Ich kann sie nicht sehen«, rief sie über das Brausen des aufkommenden Sturms hinweg.

Sie ging zum Bug des Boots und stellte sich neben Angus. Mittlerweile war das Meer schwarz, und der Regen fiel in dicken Tropfen. Als das Boot von einer großen Welle zur Seite geworfen wurde, prallte sie mit der Hüfte so heftig gegen die Reling, dass sie vor Schmerz aufschrie.

»Sie sind um die Landspitze gezogen worden«, brüllte Angus.

Holly konnte ihn kaum über den heulenden Wind hinweg hören. Vor ihnen wurden die Wellen immer mächtiger, sie türmten sich auf und brachen sich schäumend an den Felsen. Wasser spritzte über das Heck des Boots und hinterließ Pfützen auf dem Deck. Holly war schon so nass, dass die Kleider ihr am Körper klebten und die Kälte ihr bis in die Knochen drang.

»Bist du sicher, dass das Ding hier seetauglich ist?«, rief sie, als sie merkte, dass Angus fest die Zähne zusammenbiss.

»Hugh hat das behauptet, aber ich weiß nicht, ob er das auch für solche Wetterlagen meinte.«

Sie wischte sich den Regen aus den Augen, und dabei kippte eine riesige Woge das Boot fast um. Eine Sekunde verharrte es in der Schräge, dann krachte es hart aufs Wasser. Jetzt hämmerte Hollys Herz. Sie überblickte das Meer und strich sich die nassen Haarsträhnen aus der Stirn. Immer noch nichts zu sehen.

»Halt dich fest«, befahl Angus. »Ich fahre jetzt um die Landspitze, das wird ziemlich unruhig werden.«

Holly bemerkte, dass seine Knöchel weiß wurden, während er das Steuer umklammerte. Aus dem Augenwinkel sah sie eine riesige Welle. »Besteht die Gefahr, dass wir kentern?«

»Aye. Könnte sein.«

Angst stieg in Holly auf. Aber die Welle brach, bevor sie das Boot erreichte.

»Da!«, schrie Holly und zeigte auf eine Stelle in etwa dreißig Meter Entfernung.

»Wo?«

»Ich dachte, da ...«

Eine weitere Welle brach sich, und als die Gischt verschwunden war, kam das kleine Motorboot wieder in Sicht. Es tanzte hilflos auf dem brodelnden Meer.

»O mein Gott«, sagte Holly. »Da ist Greg. Und ich glaube Wolfie liegt im Boot.«

»Genau. Ich fahre so dicht ran wie möglich, und wenn die Seiten sich berühren, musst du sie zu uns ziehen. Kannst du Hamish sehen?«

Holly biss sich in die Wange, um die aufkommende Panik zu unterdrücken. »Nein.«

Chloe blickte aufs Meer, wo die Dorothy-Jo um die Landspitze verschwand. Als sie sich zu Paolo wandte, versuchte sie, ihre Angst zu unterdrücken, die es ihr schwer machte, sich zu konzentrieren.

»Glaubst du, das wird gut gehen?«, stieß sie hervor.

»Aye. Gar kein Problem. Bevor du dich's versiehst, werden alle wieder an Land sein und bereit für ein Bierchen im Pub«, versicherte Paolo, aber tiefe Furchen überzogen seine Stirn.

»Weißt du, wenn Angus zurückkommt, werde ich ihm sagen, was ich für ihn empfinde. Ich gehe in den Pub und werde ihn um ein echtes Date bitten.«

»Ernsthaft? Keine Ausflüchte mehr?«

»Nein. Ich werde ihm sagen, dass ich ständig an ihn denke und dass die Minuten, in denen er im Boot auf dem Meer war, die längsten meines ganzen Lebens waren. Und dass ich mit ihm zusammen sein will.«

Paolo lächelte. »Ich nagle dich drauf fest. Kann ich dabei sein, wenn du das machst? Ich glaube, dazu braucht es einen Zeugen, weil es so spektakulär klingt.«

Chloe wollte schon ablehnen, da entdeckte sie Hugh, der auf sie zueilte. Einer von ihnen musste ihm das mit der Dorothy-Jo beibringen. Ihr Magen sackte noch tiefer.

Sie blickte hinaus aufs Meer. Immer noch keine Spur von einem Boot. Sie holte tief Luft und bereitete sich auf ihren Boss und seinen unvermeidlichen Wutausbruch vor.

 **KAPITEL 42**

Mit eisernen Nerven manövrierte Angus die Dorothy-Jo, bis sie endlich Seite an Seite mit dem winzigen Motorboot lagen. Holly wagte nicht zu sprechen. Sie wollte ihn nicht ablenken. Weiter draußen grollte Unheil verkündend ein Donner. Greg, durchnässt und verfroren, klammerte sich an das kleine Boot. Hollys Sorge wuchs. Wo war Hamish?

Sie lehnte sich über die Reling und holte scharf Luft. Auf dem Boden des Boots lag Hamish, bleich und mit geschlossenen Augen. Wolfie hatte sich zitternd neben ihm zusammengerollt.

»Greg, du musst mir helfen, ihn hier rüberzubringen«, brüllte sie gegen den heulenden Wind.

»Nimm das Seil«, schrie Greg zurück, »ich binde uns kurz zusammen.«

»Nein!« Angus' Kopf fuhr herum. »Wenn eines der Boote umkippt, sind wir alle verloren.«

»Kannst du ihn nicht rüberheben?«, rief Holly. »Ich bin stark genug, um ihn dann hereinzuziehen.«

Greg sah sie an. »Sicher?«

»Ja, mach nur!«

Sie lehnte sich zum Motorboot und sah Greg an. Als ihre Blicke sich trafen, schwand ihre Angst.

Greg hob Hamish hoch. Erleichterung überkam Holly, als Hamish laut aufstöhnte. Als das Motorboot gegen die Seite der Dorothy-Joe stieß, packte Holly den erschlafften Hamish unter den Armen und zerrte ihn an Bord.

Vorsichtig, um nicht auf dem Deck auszurutschen, legte sie ihn hin und ging zur Reling zurück.

»Jetzt den Hund!«, rief Greg. »Ich schiebe, du ziehst.«

Holly biss die Zähne zusammen. Wolfie war schwer und mit seinen langen Beinen ziemlich sperrig. Und er war tropfnass.

»Hey, mein Junge«, sagte sie. »Komm rüber. Komm zu mir und Hamish.«

Wolfie streckte schwach die Pfoten nach ihr aus, und Holly zog, während Greg den Hund über die Reling schob. Wolfie faltete sich wie ein Akkordeon zusammen, als er aufs Deck gelegt wurde, und streckte sich neben Hamish wieder lang aus. Er hechelte leise.

»Und jetzt ich!«, rief Greg, als Holly sich wieder aufrichtete.

»Warte!«, brüllte Angus. »Nach dieser hier.«

Er hatte es kaum ausgesprochen, da war die Welle auch schon da. Holly sandte ein Stoßgebet gen Himmel, als sie gegen die Boote krachte und sie alle in die Höhe hob. Ganz kurz schwebte Holly in der Luft, gewichtslos, als wäre sie auf einer schmalen Brücke.

Die Dorothy-Jo hielt ihr Gleichgewicht, doch das Motorboot schaffte es nicht. Als Greg die Reling packte, hob sich das Heck in die Höhe, dann kippte das ganze Boot um.

»Greg!«, brüllte Angus.

Holly wurde übel. Sie konnte ihn nicht sehen. Aber gleich

würde er doch sicher wieder auftauchen, so dass sie ihm das Seil zuwerfen konnte! Der Rumpf des Boots bebte. Vielleicht war Greg darunter gefangen. Aber was, wenn er am Kopf getroffen worden war? Sie streifte ihre Schuhe ab und rief Angus zu: »Ich kann ihn rausziehen!«

Plötzlich ertönte ein Schrei. Zehn Meter von ihnen entfernt tauchte Greg auf. Er hielt sich so gerade über Wasser. Holly kletterte auf die Reling. Sie nahm den Rettungsring, vergewisserte sich, dass er festgebunden war, und schleuderte ihn zu Greg. Mit sichtlicher Anstrengung reckte sich Greg danach, verfehlte ihn und geriet erneut unter Wasser. Als er wieder auftauchte, war er schon viel weiter entfernt.

»Er kann nicht mehr«, rief sie. »Ich hole ihn raus.«

»Nein, lass mich!« Angus zerrte sich die Stiefel von den Füßen.

»Ich kann besser schwimmen.«

»Er ist mein Bruder«, beharrte Angus.

»Ich kann das Boot nicht lenken«, rief Holly aus.

Doch sie konnte Angus nicht aufhalten. Er stürzte sich ins Wasser, und das war eiskalt. Wenn er nicht schnell genug war, würde die Kälte ihn umbringen. Und Greg auch.

Angus kraulte mit mächtigen Armbewegungen, aber die Strömung zog ihn zurück. Es war qualvoll, ihm zuzusehen, und sie bemerkte, wie er schnell immer schwächer wurde. Es dauerte eine gefühlte Ewigkeit, bis er Greg erreicht hatte. Aber endlich schaffte er es. Er schlang den Arm um seinen Bruder und zog ihn Richtung Dorothy-Jo.

Währenddessen wickelte Holly, ohne den Blick von der Szene

im Wasser zu lösen, das Seil vom Rettungsring auf. Mit all der ihr verbliebenen Kraft schleuderte sie ihn zu den Männern.

»Angus!«, schrie sie. »Der Ring. Direkt hinter dir!«

Sie klammerte sich an die Reling. Von der Kälte waren ihre Hände leuchtend rot. Ihre Stimme verlor sich im tosenden Wind. Angus konnte sie unmöglich gehört haben.

»Bitte, bitte krieg ihn«, flüsterte Holly mit klappernden Zähnen.

Wie durch ein Wunder schien ihre Botschaft zu ihm durchzudringen, denn er drehte den Kopf und packte den Ring, gerade, als das Meer sie in seine Tiefen ziehen wollte. Wasser schlug über ihren Köpfen zusammen, doch als die Gischt verschwand, sah Holly zu ihrer unendlichen Erleichterung, dass beide noch da waren.

Holly zog das Seil ein und fühlte sich, als würde sie einen liegen gebliebenen LKW bewegen müssen. Sie spürte, wie Angst sie überkommen wollte, unterdrückte sie jedoch. Zitternde Hände konnte sie sich jetzt nicht leisten. Sie musste es schaffen.

Sie stemmte sich mit beiden Füßen gegen die Seite des Boots und wickelte langsam das Seil auf. Angus schwamm und unterstützte sie damit, aber es war harte Arbeit. Als sie die Dorothy-Jo erreicht hatten, hievte Angus Greg in die Höhe. Holly zerrte ihn herein, legte ihn neben Hamish ab und streckte Angus ihre Hand entgegen. Eine letzte Anstrengung, dann war auch er in Sicherheit.

Über das Tosen des Wassers hinweg, das von allen Seiten auf sie einstürmte, hörte Holly Motorengebrumm. Ihr ganzer Körper begann zu zittern, als ein Boot um die Landspitze bog. Sie winkte wie wild.

Schwach vor Erschöpfung und Erleichterung kniete sie sich neben Greg. Er atmete ruhig. »Die Küstenwache kommt«, sagte sie.

Danach kroch sie auf allen vieren zu Wolfie und legte ihm die Hand aufs Herz. Nichts. Fahrig tastete sie weiter. Er war so ein großer Hund, da suchte sie vielleicht an der falschen Stelle. Er musste okay sein. Das musste er einfach.

Da! Sie hatte den Herzschlag gefunden. Er war schwach. Und zu langsam. »Oh, Wolfie«, flüsterte sie.

 KAPITEL 43

In den ersten Stunden nach der Rettung blieb Holly merkwürdig ruhig. Sie behielt ihre Gefühle – und es waren eine Menge – seit dem Aufenthalt im Krankenhaus unter Kontrolle. Alle Beteiligten waren über Nacht zur Beobachtung da behalten worden. Der Anblick der bleichen Fiona Dunbar, die auf der Station erschien, hätte sie zu Tränen rühren sollen. Aber das tat er nicht, genau so wenig wie Moira Glennis, die weinend an Hollys Zimmer vorbeiging. Selbst die schluchzende Chloe raubte ihr nicht die Fassung. Sie führte es auf den Schock zurück. Daran musste es wohl liegen, dachte sie, als sie ihr zweites Twix des Tages aß.

Was sie letztlich um ihre Beherrschung brachte, war ausgerechnet Hughs Besuch.

Er tauchte am Sonntagmorgen gegen Ende der Besuchszeit auf, als alle anderen schon gegangen waren. Sie erkannte seine Silhouette durch die Jalousien und schluckte. Obwohl bei der ganzen Aktion vier Menschen den Tod hätten finden können, machte sie sich am meisten Gedanken um das Boot. Sie hatte es zuerst ganz vergessen, aber genau genommen hatte sie es gestohlen. Und zweifellos kaputt gemacht. Weil ihr niemand etwas über das Boot erzählt hatte, ging sie davon aus, dass die Dorothy-Jo in die Nordsee getrieben und dort von den Wellen zerschmettert worden war. Was auch hieß, die Empfehlung für

VetCo würde sie niemals bekommen. O Gott – darüber hatte sie noch gar nicht nachgedacht! Von dieser Stelle konnte sie sich verabschieden.

Sie trank einen Schluck Wasser aus dem Glas neben ihrem Bett, trotzdem wurde ihr Mund immer trockener.

»Hi, Hugh«, krächzte sie, als er eintrat. »Es tut mir so leid um dein Boot. Mir fiel einfach nichts anderes ein.«

»Guter Gott, Frau! Ihr hättet alle sterben können, und du machst dir Gedanken um das Boot?« Hugh wirkte entsetzt.

»Du bist nicht wütend?«

»Nicht im Geringsten.«

O Gott! Sie war erleichtert, und doch überkamen sie Schuldgefühle: wegen der Dorothy-Jo und weil sie Hugh unterstellt hatte, er könnte ihr deswegen einen Vorwurf machen. Als Hugh ihr einen Becher Tee aus dem Automaten reichte, brach sie in Tränen aus.

»Du kannst das Geld von meinem Gehalt abziehen«, brachte sie hervor. »Ich weiß, wie viel dir das Boot bedeutet.«

Es war so peinlich, dass sie vor Hugh weinen musste. Zwölf verdammte Monate hatte sie die Zähne zusammengebissen und sich geweigert, Schwäche zu zeigen. In dem vergeblichen Versuch, ihre fleckigen, tränenfeuchten Wangen zu verbergen, starrte sie in ihren Becher.

»Wieso reparierst du sie nicht selbst?« Hughs Ton war wieder so brummig wie üblich.

Verwirrt blickte sie auf. »Wie bitte?«

»Pack bei den Reparaturarbeiten mit an!«, erklärte er und starrte sie über seine Brille hinweg an.

»Natürlich. Das ist das Mindeste, was ich tun kann.« Holly unterdrückte einen weiteren Schluchzer. »Aber ich gehe in ein paar Wochen und weiß nicht, ob wir es bis dahin schaffen.«

»Ich glaube, wir könnten die Zeit dazu finden«, erwiderte er, und seine Mundwinkel zuckten.

»Wie meinst du das?«

»Ich möchte, dass du meine Praxis übernimmst.«

Holly blinzelte und musste seine Worte erst mal im Kopf wiederholen. »Was?«

»Du hast mich gehört.«

»Aber ... wieso?«

In ihrer ganzen Zeit in Eastercraig wäre Holly nie auf den Gedanken gekommen, er könnte ihr die Praxis anbieten. In Berkshire würde es Jahre dauern, Partnerin zu werden, und noch mal Jahre, eine eigene Praxis zu leiten. Sie war so verblüfft, dass ihr die Worte fehlten.

Hugh nahm seufzend seine Brille ab und putzte sie geistesabwesend. »Ich muss kürzertreten, ich bin nicht mehr jung – ganz im Gegenteil. Aber ich wollte abwarten, bis der richtige Kandidat kommt.«

»Ich dachte, du hasst mich.«

»Wie kommst du denn darauf?«

Holly starrte ihn an und war endlich in der Lage, einen vollständigen Satz zu bilden. »Du hast mich das ganze Jahr nur angeschnauzt, mir über die Schulter geguckt und über meine Arbeit geschnaubt. Hin und wieder kam auch mal so etwas wie ein Lob von dir, aber die meiste Zeit warst du schrecklich mürrisch.«

»Es war kein Hass«, erklärte er, »sondern Groll.«

Da dämmerte es ihr. »Weil du wusstest ...«

»Dass ich einen Nachfolger gefunden habe.«

»Aber ich hab doch gehört, wie du Judith im Sommer erklärt hast, ich wäre längst noch nicht so weit. Du wolltest mir nicht mal eine Empfehlung schreiben.«

»Ach, sie fragte, ob du früher kommen könntest, weil jemand in Mutterschutz gehen würde. Da musste ich mir eine Ausrede einfallen lassen, um dich hierzubehalten.«

Vor lauter Aufregung über sein Angebot ging Holly über seinen fragwürdigen Schachzug hinweg. »Aber bist du sicher, dass du in Ruhestand gehen willst? Was ist mit all deinem Wissen und deiner Erfahrung? Ich weiß kaum halb so viel wie du.«

»Es wird schwer werden«, gab er zu. »Aber ich kann nicht mehr fünf Tage die Woche arbeiten und am Wochenende in Bereitschaft sein. Ich bin fast siebzig. Und ich wünsche mir mehr Zeit für meine Hobbys.«

»Wow!«, sagte Holly.

Schweigen trat ein. Von allem, was Hugh gesagt hatte, schwirrte ihr der Kopf.

»Was meinst du?«, fragte Hugh schließlich. »Du kannst dir ein paar Tage Zeit lassen, um darüber nachzudenken.«

Aber die brauchte Holly nicht. »Ich würde gerne die Praxis übernehmen. Aber ... würdest du vielleicht in Betracht ziehen, Teilzeit zu arbeiten?«

»Und dein Junior Partner werden?«, knurrte Hugh.

»Senior«, antwortete Holly. Und fügte, obwohl sie wusste,

dass es frech war, hinzu: »Angesichts deines Alters und so weiter.«

»Unverschämtheit«, brummte er, gluckste dann aber. »Ich überleg's mir. Vielleicht ein, zwei Tage die Woche. Und ab und zu Bereitschaft. Außerdem bleibe ich ja in Eastercraig. Du kannst mich, wenn nötig, anrufen und um Rat fragen.«

Da kamen Holly wieder die Tränen. »Hugh! Du bist so undurchschaubar! Und so griesgrämig! Und jetzt verzeihst du mir nicht nur, dass ich dein Boot kaputt gemacht habe, sondern bietest mir auch noch einen Job an! Ich weiß nicht, was ich sagen soll!«

»Sag Ja. Lass mich nicht warten. Du weißt, wie ungeduldig ich bin.«

»Dann muss ich mir eine Wohnung suchen.«

»Fabien hat mir erzählt, er hätte seinen Vertrag in der Schweiz um zwei Jahre verlängert. Wenn du weiter im Cottage wohnen willst, bietet er dir eine sehr günstige Miete an.«

Holly hielt inne, weil sie spürte, wie sich angesichts dieser neuen Aussichten Begeisterung in ihr ausbreitete. Sie schloss die Augen und stellte sich ihren Namen auf einem Messingschild an der Tür vor, das in der Nachmittagssonne glänzte. Und dann sah sie sich, wie sie abends heimkam, ins Cottage, um danach noch joggen zu gehen oder ein Glas Wein mit Aussicht aufs Meer zu genießen. Oder wie sie mit Chloe und Paolo vor dem Pub saß. Sie fing an zu strahlen und öffnete die Augen.

»Ja, gerne«, sagte sie. »Unter der Bedingung, dass du mein Partner bleibst. Wir können MacDougal und Anderson sein.«

»Oder sogar Anderson und MacDougal«, erwiderte Hugh und zwinkerte ihr zu.

Als er ihr die Hand bot, ergriff Holly sie entschlossen.

»Danke, Hugh. Ich verspreche, das wirst du nicht bereuen«, sagte sie.

»Natürlich nicht. Du bist eine fantastische Tierärztin. Du hast Wolfie gerettet, obwohl dieser verdammte Hund eigentlich hätte tot sein müssen.«

Bei dem Gedanken, wie knapp es gewesen war, fing Holly wieder an zu weinen, und Hugh tat so, als hätte er etwas Interessantes draußen vor dem Fenster gesehen. Holly hatte den Eindruck, dass auch er mit den Tränen kämpfte. Nach einer Weile holte sie zittrig Luft und ließ mit hängenden Schultern alles heraus. Diesmal war es, als hätte sie nicht nur einen Hahn geöffnet, sondern ihn versehentlich gelöst, so dass das Wasser unaufhaltsam hervorspritzte. Schluckend und mit stockenden Atemzügen versuchte sie, Kontrolle über ihre Gefühle zu erlangen.

Als Hugh das hörte, drehte er sich um. Beim Anblick von Hollys tränenüberströmtem Gesicht wirkte er entsetzt, dass er solche Fluten ausgelöst hatte.

»Ah, hier kommt der Mann, der dich vielleicht trösten kann.« Erleichtert wies Hugh zur Tür. »Ich lass euch zwei Mal allein.«

Er verschwand, und Holly blickte zur Tür. Dort stand, mit Schatten unter den Augen, wild zerzausten Haaren und den Händen in den Hosentaschen Greg.

»Hi«, sagte er und wies mit dem Kopf zum Stuhl. »Ist der frei?«

 ## KAPITEL 44

Greg!« Holly hörte auf zu weinen. »Wie geht es dir?«

»Gar nicht so übel«, antwortete er. Er setzte sich und beugte sich zu ihr, um ihr eine letzte Träne von der Wange zu wischen. »Hätte viel schlimmer sein können.«

»Chloe und Paolo haben mir schon erzählt, dass du okay bist«, erklärte sie und legte spontan ihren Kopf an seine Schulter.

Ihre Kollegen waren zu Beginn der Besuchszeit aufgetaucht und hatten zutiefst erleichtert gewirkt, dass Holly keinen körperlichen Schaden davongetragen hatte. Sie hatten Holly erzählt, dass Greg und Hamish leicht unterkühlt waren und deshalb ebenfalls im Krankenhaus behalten wurden. Genau wie Angus. Außerdem hatten sie sie informiert, dass Wolfie überlebt hatte und Hugh sich in der Praxis um ihn kümmerte.

»Aye. Ich hab die Nacht in einem Zimmer mit meinem Bruder verbracht, also hatten wir viel Zeit zum Reden. Wenn es uns ein bisschen besser geht, setzen wir uns zusammen und gehen die Finanzen durch. Aber viel wichtiger ist, dass wir wieder Freunde sind.«

»Das freut mich«, sagte Holly.

»Wie geht es *dir* denn?«, fragte er. »Du hast geweint.«

»Ich hab mit Hugh über den Unfall geredet, und da habe ich die Fassung verloren«, sagte sie und entzog sich ihm.

Sie spürte, wie ihr erneut die Tränen kamen, und wischte sich mit dem Ärmel übers Gesicht. Schweigen trat ein, bis sie sich gefasst hatte. Um sich zu beruhigen, trank sie einen Schluck Wasser.

Während sie das tat, holte Greg tief Luft. »Hör mal, ich wollte dir was sagen. Du weißt schon, nach meiner Nahtod-Erfahrung.«

Ein Kichern entfuhr Holly. Erschrocken schlug sie sich die Hand vor den Mund. Sie hatte ihn nicht auslachen wollen. »Verzeihung«, sagte sie. »Es ist nur ...«

»Du hast Angst vor dem, was ich sagen könnte?«

»Ein bisschen, ja. Aber ich versichere dir, ich wollte nicht wegen deiner Nahtod-Sache lachen. Ach, erlöse mich von meinem Elend!«

Greg blickte ihr direkt in die Augen. »Holly. Es war verrückt, dass du mir nachgefahren bist. Ich weiß, du bist jemand, der immer das Richtige tut, aber du hättest nicht dein Leben riskieren dürfen. Es bedeutet mir viel, dass du das trotzdem getan hast.«

»Das war doch nichts Besonderes.«

Er lächelte. »Ich wollte es dir eigentlich im Pub sagen. Ich mag dich wirklich sehr, Holly. Nein, ich finde dich hinreißend. Ich wünschte, du würdest nicht weggehen.«

So viele Gefühle stürmten auf Holly ein, dass sie sich fühlte, als wäre sie an ein Stromkabel angeschlossen. Mit einem Mal wurde sie wieder in ihre Phantasie vom Finnen Beach zurückkatapultiert. Nur dämmerte ihr jetzt, dass sie vielleicht doch wahr werden konnte.

Greg stand auf und ging zum Fenster. Er schob die Jalousie weiter hoch, starrte hinaus und warf dann einen kurzen Blick über die Schulter zu Holly.

Holly stand ebenfalls auf und stellte sich neben ihn. Der Parkplatz vor dem Fenster war ein ziemlich langweiliger Anblick. Kaum das Passende für romantische Situationen. Auf keinen Fall so etwas wie Finnen Beach. Aber es zählte nur das Hier und Jetzt. »Was wäre, wenn ich sagte, dass ich vielleicht gar nicht weggehe?«

Greg drehte sich zu ihr und sah sie mit leicht zusammengekniffenen Augen an. »Nicht?«

»Dass ich es mir vielleicht anders überlegt habe und hierbleibe?« Holly konzentrierte sich auf den Parkwächter, der seine Runden drehte. Sie war entschlossen, möglichst gleichmütig zu wirken.

»Wäre das denn möglich?«, fragte Greg, und in seiner Stimme lag ein Hauch von Hoffnung.

»Vielleicht gehe ich doch nicht nach Berkshire. Dann könnten wir sehen, wie es läuft. Es ist nett hier oben.«

»Du würdest mit Hugh reden?«

»Unter seiner Hülle aus Wut ist er ganz in Ordnung.« Holly senkte den Blick, weil sie das Grinsen verbergen wollte, das sich auf ihrem Gesicht ausbreitete.

»Das wäre ein super Ausgangspunkt. Meine Versetzung endet früher, also könntest du, wenn nötig, eine Weile bei mir wohnen und pendeln. Nein, das ist zu weit weg. Wow – und ich bin echt vorschnell. Vielleicht könnte ich Fabien anrufen und ihn davon überzeugen, dass du eine großartige Mieterin bist.«

Während er redete, hellte sich seine Miene auf. Auf einmal hatte Holly Schmetterlinge im Bauch, Hunderte, nein Tausende. Sie wollte ihm gerade von Hughs Angebot erzählen, da klopfte es an der Tür. Holly drehte sich um und sah Chloe, die aussah, als hätte sie im Lotto gewonnen.

»Ihr seht glücklich aus«, bemerkte Chloe mit einem Funkeln in den Augen. »Und ich hab Hugh auf dem Gang getroffen. Er hat mir erzählt, du würdest ...«

Als sie Hollys Blick sah, verstummte sie und starrte verlegen an die Decke. Holly schaute Greg an, der den Kopf schräg gelegt hatte.

»Du würdest, was?«

Da erschien eine Krankenschwester mit einem Klemmbrett in der Hand vor der Tür. »Mr Dunbar, ich habe Sie schon gesucht. Wenn Sie jetzt mit mir kommen, kann ich Sie entlassen. Und Sie gleich auch, Miss Anderson.«

»Danke«, sagte Greg. Er wandte sich zu Holly. »Ich sollte mal zurück zu meiner Mutter, aber darf ich dich nachher anrufen? Dann machen wir etwas aus.«

Holly lächelte ihn an. »Da würde ich mich freuen.« Dann könnte sie ihm von ihren Neuigkeiten erzählen.

 ## KAPITEL 45

Mit angehaltenem Atem drückte Chloe die Hände gegen die Brust, bis Greg außer Hörweite war. Als sie sicher war, dass er fort war, atmete sie geräuschvoll aus. »Habe ich euch gestört?«

»Vielleicht ein bisschen!«, lachte Holly. »Ich wollte ihm gerade von dem Job erzählen, aber das kann ruhig noch warten. Ich freue mich schon darauf, ihn damit zu überraschen. Hey, hast du mit Angus geredet? Paolo war hier und meinte, du hättest ihm versprochen, Angus deine unsterbliche Liebe zu erklären.«

Ein wildes Grinsen breitete sich über Chloes Gesicht aus. Sie kam zu Holly ans Fenster. »Ja, habe ich – also fast. Ich habe ihn um ein Date gebeten und ihm gesagt, dass ich ihn mag. Wie sich zeigt, schenken lebensgefährliche Situationen einem Mut, auch wenn sie einen nicht selbst betreffen. So, als hätte man nichts mehr zu verlieren. Als mir bewusst wurde, dass Angus sterben könnte, erkannte ich plötzlich, dass ich es nicht mehr aufschieben durfte.«

Holly sah sie erwartungsvoll an. »Und? Was hat er gesagt?«

Chloe warf die Hände in die Luft. »Dass er nie gedacht hätte, jemand könnte mit ihm zusammen sein wollen. Und schon gar nicht eine Frau wie ich. Wie ich!«

Unvermittelt brach sie in Tränen aus. Es war einfach alles zu viel. Holly nahm sie in die Arme. »Gut gemacht. Ich wusste, du schaffst das.«

»Ich glaube, ich auch. Ich brauchte nur eine Weile. Man muss eben doch seinem Herzen folgen. Apropos: Du bleibst also wirklich hier?«

»Ja. Ich kann es selbst kaum glauben.«

Chloe löste sich aus ihrer Umarmung und wischte sich lachend die Tränen aus dem Gesicht. »Ernsthaft? Dabei ist das noch nicht mal das Erstaunlichste, was in den letzten vierundzwanzig Stunden passiert ist! Wann können wir es Paolo sagen? Er wird außer sich sein vor Begeisterung.«

»Sollen wir es gemeinsam tun? Ich weiß, es ist Sonntag und wäre ein Bruch mit der Tradition, aber wir könnten gleich in den Anchor gehen.«

»Perfekt. Ich rufe Paolo an und fahre dann zur Farm, um Angus nach Hause zu bringen. Fiona hat schon genug zu tun, ich glaube, sie backt haufenweise Kuchen, um die Rückkehr ihrer Jungs zu feiern. Ich weiß, normalerweise gehen wir nur zu dritt aus, aber darf ich ihn später mitbringen?«

»Nur, wenn Greg auch dabei sein darf.«

Da kam Chloe ein Gedanke: dass Paolo sich zwischen den Pärchen wie das fünfte Rad am Wagen vorkommen würde.

»Meinst du, Paolo könnte sich ausgeschlossen fühlen?«

»Hmm. Kann sein«, nickte Holly.

»Ich frage ihn«, erklärte Chloe entschieden. »Es ist das Beste, wir reden ganz offen über unsere Gefühle, oder nicht?«

Paolo machte gerade einen Spaziergang auf den Klippen, als Chloe ihn anrief. Der Sturm hatte sich fast ganz gelegt. Bis auf ein paar Wolken war der Himmel eisblau, und ein, zwei vereinzelte Möwen segelten im leichten Wind. Vielleicht lag ein bisschen mehr Treibholz als sonst am Strand, und das Gras auf den Hügeln war leicht niedergedrückt, aber abgesehen davon, hatten Eastercraig und Finnen Beach den Sturm bemerkenswert gut überstanden. Genau wie Wolfie.

Als Paolo spürte, wie das Handy in seiner Tasche vibrierte, holte er es hervor.

»Hey, Chloe. Was gibt es?«, fragte er.

»Ich bin im Krankenhaus und bringe Angus gleich zurück nach Auchintraid. Außerdem hab ich Greg getroffen, er kommt mit.«

»Bist du jetzt unter die Taxifahrer gegangen?«

»Sieht so aus. Wie auch immer, hör zu ... Holly und ich finden, wir sollten uns später im Pub treffen. Sie hat uns etwas zu erzählen. Und ich glaube, Angus und Greg könnten auch mitkommen. Aber das wollte ich dir vorher sagen, falls du dich dann ...«

»Ausgeschlossen fühlen würdest?«, beendete Paolo den Satz für sie.

»Ich wollte dich vorwarnen«, sagte Chloe leiser.

Paolo dachte darüber nach. »Nein, damit komme ich klar, aber könnte ich auch Hamish einladen? Sonst fühlt er sich vielleicht ausgeschlossen. Du weißt schon, nach dem Drama auf dem Meer«, fügte er hinzu.

»Natürlich«, erwiderte Chloe munter. »Wir sehen uns also. Ah, da kommen die Dunbars.«

»Bye, Chlo«, sagte Paolo und beendete das Gespräch.

 **KAPITEL 46**

Holly beschlagnahmte die gemütlichste Ecke im Anchor, einen niedrigen Tisch mit Sesseln und einem Sofa. Tatsächlich wurde es ihr sogar angeboten: zwei Fischer, die die durchgesessene Couch besetzt hatten, erklärten, sie verdiene es, die Füße hochzulegen. Holly dankte ihnen, da platzten Paolo und Chloe in den Pub.

»Oh. Mein. Gott. Es ist eiskalt da draußen«, verkündete Chloe zitternd. »Ich muss unbedingt an der Heizung sitzen.«

»Was du brauchst, ist ein wattierter Parka«, entgegnete Paolo.

»Nein! Dann könnte ich mich genauso gut in eine Bettdecke wickeln und mir von meinem Dad einen Gürtel leihen!«, protestierte Chloe und ließ sich neben Holly nieder.

»Sieh dabei nicht mich an«, wehrte Holly ab. »Ich finde, dass Funktionalität immer wichtiger ist als Ästhetik.«

»Das merkt man«, bemerkte Paolo nur, hängte seine Jacke über die Rückenlehne eines Sessels und setzte sich. »Aber sag mal, da du jetzt bleibst, könnten wir deine Garderobe nicht ein bisschen aufpeppen? Ein paar schicke Kleider kaufen, weil du von nun an vielleicht ein bisschen öfter ausgehst.«

Holly wollte schon protestieren, da tauchte Hamish auf. Er hängte seinen Mantel auf, setzte sich auf die Armlehne von Paolos Sessel und drückte ihm die Schulter. Holly widerstand dem Drang, Chloe einen vielsagenden Blick zuzuwerfen, und spürte, dass ihre Freundin ebenfalls jeglichen Augenkontakt vermied. Mit zuckenden Mundwinkeln senkte Holly den Blick.

Kurz darauf erschienen Greg und Angus am Eingang, und auf einmal wurde es im ganzen Pub still.

»Was überrascht euch mehr?«, rief Angus, an alle gewandt. »Dass wir so kurz nach unserem kleinen Unfall schon wieder im Pub sind? Oder dass ich mit meinem Bruder hier bin?« Leises Gelächter ertönte, dann klatschte Mhairi in die Hände. Einen schrecklichen Augenblick befürchtete Holly, dies würde allgemeinen Applaus auslösen, seufzte dann aber erleichtert auf, als die Wirtin grimmig rief: »Da gibt's nichts zu sehen! Kümmert euch wieder um eure Drinks!« Holly war mehr als erfreut, dass man wieder zur Tagesordnung überging.

Angus ließ sich neben Chloe nieder, zwängte seine massige Gestalt zwischen sie und die Armlehne des Sofas. Chloe wurde zwar knallrot, genoss es aber sichtlich. Holly warf Paolo einen Blick zu, der ihn grinsend erwiderte.

»Ich bestelle mal eine Runde«, sagte sie und stand auf.

»Nein, lass mich«, entgegnete Hamish. »Ich bestehe darauf, weil ich fast gestorben wäre und euch allen für eure Mühen danken möchte.«

Bevor Holly widersprechen konnte, steuerte Hamish schon die Theke an, und Paolo sprang auf und folgte ihm. Holly sah Greg an, der noch nicht Platz genommen hatte. Sie standen direkt nebeneinander.

Dies war ihr Moment. Genau jetzt.

»Da dein Bruder meinen Platz auf dem Sofa hat ...«, flüsterte Holly Greg ins Ohr ... »könnten wir vielleicht kurz rausgehen? Ich möchte dir etwas sagen.«

»Klar«, nickte er und folgte ihr zur Tür.

Sie traten hinaus in die eisige Luft. Holly blickte zuerst hinaus aufs dunkle Meer und dann zum Himmel, weil sie sich fragte, wo sie anfangen sollte. Über ihnen spannte sich der Himmel wie ein nachtblaues Laken voller glitzernder Sterne. Sie alle schienen Holly zuzuzwinkern, um sie zu ermutigen, Greg ihre Gefühle zu gestehen.

»Nun?«, fragte Greg. »Was wolltest du mir sagen?«

Holly blickte ihm direkt in die Augen. »Heute im Krankenhaus, da wollte ich dir etwas sagen ...« Sie hielt inne, weil sie genau die richtigen Worte wählen wollte.

»Was denn?«

Holly holte tief Luft und fuhr fort: »Ich habe dir doch gesagt, dass ich möglicherweise hierbleibe. Und ... ich bleibe tatsächlich. Hugh hat mir die Praxis angeboten. Ich soll sie übernehmen.«

Da zog Greg sie in seine Arme. Holly ließ sich in die Umarmung sinken und drückte Greg fest an sich.

»Das dachte ich mir schon«, sagte Greg. »Meinen Glückwunsch. Auf der Heimfahrt vorhin wollte Chloe zwar nichts sagen, aber eigentlich hat sie die Katze aus dem Sack gelassen.«

Holly lachte, weil sie gerührt war, dass Chloe zumindest versucht hatte, ihr Geheimnis zu bewahren, damit sie ihm die gute Nachricht selbst überbringen konnte. Sie trat einen Schritt zurück und verlagerte unschlüssig ihr Gewicht.

»Ich habe das Angebot angenommen, also bleibe ich hier. Und wenn das, was du gesagt hast, noch gilt: Können wir es dann versuchen? Das mit uns? Ich meine, du müsstest schon nachsichtig sein, weil ich gar keine Erfahrungen habe, aber vielleicht könnten wir mal schauen, was sich so entwickelt. Wenn du magst ... aber ich will keine Affäre. Du weißt, was ich von Affären halte.«

Sie plapperte sinnloses Zeug, wusste nicht genau, was sie sagen sollte. Nur weil sie ihrem Herzen folgte, klang sie wie eine Idiotin. Als Greg wieder die Arme um sie legte, betete sie nur, dass er es sich nicht anders überlegt hatte.

»Ich weiß, was du von Affären hältst«, sagte Greg.

»Puh«, machte Holly. »Ich wurde schon langsam nervös.«

»Habe ich gemerkt.«

»Hey!«, Holly boxte ihm leicht in die Rippen. »Du solltest jetzt etwas Romantisches sagen und nicht bestätigen, dass mein Gefühlsausbruch nur verbaler Müll war. Moment, warte ... Kann ich also davon ausgehen, dass du auch mehr als eine Affäre willst?«

Greg lachte. »Ja, kannst du, ich möchte mehr als das. Aber sag mal ... müssen wir nicht wieder reingehen? Du zitterst ja.«

Das war Holly noch gar nicht aufgefallen. Aber als sie in sich hineinhorchte, merkte sie, dass sie ausgekühlt war bis auf die Knochen. Sie hatte am ganzen Körper eine Gänsehaut, hatte dies aber Greg zugeschrieben und nicht den nordischen Temperaturen.

»Noch nicht«, sagte sie und schlang ihre Arme um seinen Hals. »Vorher möchte ich noch eines tun.«

Sie stellte sich auf die Zehenspitzen und küsste ihn. Greg zog sich enger an sich, drückte seine Lippen auf ihre und küsste sie dann auf ihre Wangen, ihre Stirn und wieder auf ihren Mund. Holly gab sich seinen Zärtlichkeiten hin, ohne sich darum zu kümmern, dass man sie vielleicht sah. Sie hätte endlos hier stehen können.

Als sie sich schließlich voneinander lösten, nahm Greg ihre Hand, rieb mit dem Daumen darüber, und wieder wallten die Gefühle in ihr auf. »Übrigens, soll ich mal mit Fabien reden und fragen, ob du im Cottage bleiben kannst?«, erkundigte er sich.

»Ist schon geschehen. Hugh hat arrangiert, dass ich die nächsten zwei Jahre dort wohnen kann. Apropos, hättest du Lust, auch dort zu übernachten?«

»Sehr gerne.« Greg beugte sich zu ihr und küsste sie erneut.

»Super«, flüsterte sie ihm ins Ohr. »Ich habe eine Couch, auf der dein Name steht.«

Greg lachte, und sie nahm seine Hand und zog ihn zurück in Richtung Pub.

Dabei konnte sie nicht aufhören zu lächeln, denn dies würde ihre Kneipe werden. Dies würden die Menschen sein, die sie jeden Tag sah. Und dies war der Mann, mit dem sie zusammen sein würde.

Ehe Holly die Tür öffnete, sah sie zu ihm auf und strahlte. »Greg Dunbar. Ich glaube, du bist das Beste, was mir je passiert ist.«

Klara Seewald
Das Wunder vom Café de Paris
Roman
320 Seiten. Broschur
ISBN 978-3-7466-4070-9
Auch als E-Book lieferbar

Wo können Wunder geschehen, wenn nicht in Paris?

Benoît, der Buchhändler und die alte Marie-Louise sind drei Menschen in Paris, deren Leben vor großen Veränderungen stehen. Alte Wunden reißen auf, eine stabile Ehe gerät ins Wanken, liebgewonnene Routinen finden ein Ende. Ein monströses Bauprojekt bedroht ihr Viertel, und auch in der Liebe scheinen sich überall Barrikaden aufzutürmen. Als sich die Wege der drei im kleinen Café de Paris kreuzen, ahnen sie noch nicht, wie wichtig und lebensentscheidend sie füreinander sein werden.

Ein Buch so wohltuend wie ein Spaziergang am Ufer der Seine, mit Figuren, die im Herzen bleiben

Regelmäßige Informationen erhalten Sie über unseren Newsletter.
Jetzt anmelden unter: www.aufbau-verlage.de/newsletter

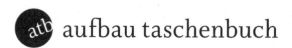